S0-BXZ-490

El beso carmesí

El beso carmesí

Lara Adrian

Traducción de Denise Despeyroux

TERCIOPELO

Título original: *Kiss of Crimson*

Primera edición: enero de 2011

© de la traducción: Denise Despeyroux
© de esta edición: Libros del Atril, S.L.
Marquès de l'Argentera, 17. Pral.
08003 Barcelona
info@terciopelo.net
www.terciopelo.net

Impreso por Litografía Rosés, S.A.
Energía 11-27
08850 Gavá (Barcelona)

ISBN: 978-84-92617-74-6
Depósito legal: B. 42.240-2010

Para Cappy y Sue Pratt, mi equipo viajero de relaciones públicas y animadores favoritos. Gracias por todo el amor, el apoyo y los incontables buenos ratos. Creo que puedo escuchar de nuevo la llamada del Caribe...

Capítulo uno

Dante pasó su dedo pulgar sobre la dulce carne de la mujer, demorándose al llegar a la carótida, donde el pulso de los humanos se hace más fuerte. Su propio pulso se aceleró también, respondiendo a la prisa con que la sangre fluía por debajo de esa superficie de delicada piel blanca. Dante inclinó su oscura cabeza y besó ese tierno lugar, dejando que su lengua jugara allí donde el corazón de la mujer batía precipitadamente las alas.

—Dime —murmuró él contra su piel cálida; su voz había sonado como un gruñido grave en medio de los palpitantes latidos del club de música—, ¿eres una bruja buena o una bruja mala?

La mujer se retorció en su regazo, sentada a horcajadas sobre él, con sus piernas cubiertas por unas sugerentes medias de rejilla, y vestida con un corsé negro que realzaba sus pechos, los cuales llegaban a la altura de la barbilla de él, como si se los fuera a ofrecer en un delicioso banquete. Ella jugueteó con su brillante peluca fucsia, luego dejó caer el dedo de manera sensual sobre su pecho, recorriendo un tatuaje celta que lucía en su generoso escote.

—Oh, soy una bruja muy pero que muy mala.

Dante gruñó.

—Esas son mis favoritas.

Él sonrió ante su ebria mirada, sin molestarse en ocultar los colmillos. Era uno de los muchos vampiros que había en el club de danza Boston aquella noche de Halloween, aunque la mayoría de ellos eran impostores. Humanos que lucían dientes de plástico, sangre falsa y ridículos disfraces. Otros pocos —él y unos cuantos más pertenecientes a uno de los Refugios

Oscuros de la nación de los vampiros que pasaban el rato cerca de la pista de baile— eran absolutamente genuinos. Dante y los otros eran miembros de la estirpe, una raza que se hallaba a años luz de los típicos vampiros pálidos y góticos del folclore humano. No eran ni los no muertos ni esos engendros de maldad. El tipo de vampiros al que Dante pertenecía se trataba de una clase híbrida, mezcla de sangre caliente del *Homo sapiens* y de seres de otro mundo. Los antepasados de la estirpe, una banda de conquistadores alienígenas que habían aterrizado accidentalmente en la Tierra hacía milenios y que ahora llevaban mucho tiempo prácticamente extinguido se habían alimentado de mujeres y habían transmitido a su descendencia la sed —la principal necesidad— de sangre.

Esos genes alienígenas habían dado a la estirpe poderosas fuerzas y también aplastantes debilidades. Sólo el componente humano de los vampiros de la estirpe, cuyas cualidades conservaban porque habían pasado a ellos a través de sus madres mortales, mantenía a la raza civilizada y capaz de adherirse a cierto tipo de orden. Aun así, unos pocos de la estirpe habían sucumbido a su lado salvaje perdiendo sus escrúpulos, adentrándose por una calle de dirección única pavimentada de sangre y locura. Estos eran los renegados.

Dante despreciaba a ese tipo de elementos, y pertenecía a una estirpe de guerreros cuyo deber era erradicar a esos indeseables sin escrúpulos dondequiera que se hallasen. Como hombre que disfrutaba de sus placeres, Dante no estaba muy seguro de lo que prefería: la cálida y sabrosa vena de una hembra bajo su boca o el tacto del acero terminado en titanio cuando abría en tajos a sus enemigos y los arrojaba al polvo de la calle.

—¿Puedo tocarlos? —La bruja del pelo fucsia que estaba en su regazo miraba fijamente la boca de Dante con total fascinación—. ¡Esos colmillos parecen terriblemente auténticos! Sólo quiero sentirlos.

—Ten cuidado —le advirtió él mientras ella llevaba los dedos a sus labios—. Muerdo.

—¿Ah, sí? —Ella soltó una risita y abrió los ojos con asombro—. Apuesto a que sí, cariño.

Dante se llevó un dedo de ella a la boca y lo chupó, contemplando lo rápido que podría tener a esa mujer en posición horizontal. Necesitaba alimentarse, pero nunca se oponía a tener un poco de sexo en el proceso... como preludio o como postre, no importaba. A él le venía todo bien.

Después, decidió en un impulso, dejando que sus colmillos se clavaran en la punta carnosa de su dedo cuando ella empezaba a retirarlo. Ella ahogó un grito mientras él chupaba la pequeña herida, negándose a soltarla todavía. El pequeño sabor de la sangre lo encendió, afilando sus pupilas, que se convirtieron en unas hendiduras verticales en medio de sus dorados ojos. Una ardiente necesidad se apoderó de él, alojándose en la hinchada protuberancia de su miembro, que se tensó debajo del cuero negro de los pantalones.

La hembra gimió, cerrando los ojos mientras se arqueaba como una gata sobre su regazo. Dante soltó su dedo y le puso la mano en la nuca para atraerla hacia él. Apropiarse de una huésped en un lugar público no era exactamente su estilo, pero estaba terriblemente aburrido y necesitaba diversión. Además, dudaba de que alguien se enterase, teniendo en cuenta que el club estaba lleno de falsos peligros y abierta sensualidad. En cuanto a la hembra que tenía en sus rodillas, ella sentiría únicamente placer cuando él tomara de ella lo que necesitaba. Y más tarde no recordaría nada, pues borraría de su memoria todo recuerdo de él.

Dante avanzó, movió a un lado la cabeza de la mujer y la boca se le hizo agua del apetito tan acuciante que sentía. Miró por encima de ella y vio a dos vampiros del Refugio Oscuro, los Darkhaven, parte de la población general de la estirpe, que lo observaban a unos pocos metros de distancia. Parecían chavales, de la generación actual, sin duda. Susurraron entre ellos, estaba claro que lo reconocían como uno de la clase de los guerreros y trataban de decidir si acercarse o no acercarse a él.

«Largaos», pensó Dante, mirando en su dirección, mientras separaba los labios y se preparaba para clavar sus colmillos en la vena de su huésped.

Pero los jóvenes vampiros ignoraron su mirada oscura. El más alto de los dos, un macho rubio que vestía pantalones anchos con estampado de camuflaje, botas de motociclista y una camiseta negra, se adelantó. Su compañero, que llevaba unos amplios tejanos, botas altas y un enorme jersey de los Lakers, avanzó pavoneándose detrás de él.

—Mierda. —A Dante no le importaba un poco de indiscreción, pero tenía muy claro que no necesitaba el público tan cerca mirándolo boquiabierto mientras se alimentaba.

—¿Qué pasa? —se quejó su aspirante a huésped cuando Dante se apartó de ella.

—Nada, cariño. —Le puso la mano en la frente, borrando de su mente la última media hora—. Vete con tus amigos.

Ella se levantó obediente de sus rodillas y se alejó, fundiéndose en la multitud de cuerpos que bailaban en la pista. Los dos vampiros Darkhaven le dedicaron apenas un vistazo y se acercaron a la mesa de Dante.

—¿Qué pasa, tíos? —Dante soltó el saludo de mala gana sin ningún interés en darles palique.

—¡Eh! —El rubio de traje militar hizo un gesto con la cabeza, exhibiéndose con sus brazos musculosos cruzados sobre el pecho. No había ni un solo *dermoglifo* visible en esa joven piel. Definitivamente se trataba de la última generación de la raza. Probablemente ni siquiera alcanzaban los veinte años—. Siento interrumpirte, pero teníamos que decirte, tío, que... es sobre esa paliza que les disteis a los renegados hace unos meses. Todo el mundo habla todavía de cómo los de la Orden se cargaron una colonia entera de vampiros chupadores de sangre en una noche. Mandasteis a esos hijos de puta al infierno. Fue alucinante, tío.

—Sí —añadió su compañero de barrio—. Por eso nos estábamos preguntando... quiero decir, hemos oído que los de la Orden están buscando nuevos reclutas.

—¿Eso habéis oído?

Dante se echó hacia atrás en su asiento y soltó un aburrido suspiro. Aquélla no era en absoluto la primera vez que se le acercaban vampiros del Refugio Oscuro con la pretensión de unirse a los guerreros. Desde el ataque a la guarida de los renegados, en el viejo manicomio el verano pasado, el reservado cuadro de guerreros de la estirpe había ganado muchísima popularidad, del todo indeseada. Y celebridad también.

La verdad es que era condenadamente molesto.

Dante le dio un puntapié a la silla apartándola de la mesa y se puso en pie.

—No es conmigo con quien tenéis que hablar de este asunto—dijo a los esperanzados muchachos—. Y por otra parte, el reclutamiento para formar parte de la Orden se hace sólo por invitación. Lo siento.

Se alejó de ellos a grandes pasos, aliviado al sentir la vibración de su teléfono móvil en el bolsillo de su chaqueta. Sacó el aparato y apretó el botón para aceptar la llamada procedente del recinto de la estirpe.

—¿Sí?

—¿Cómo va? —Era Gideon, el genio residente de los guerreros de la raza—. ¿Algún desorden sobre el que informar?

—No mucho. Las cosas están bastante muertas por aquí ahora mismo. —Dante examinó el club atestado de gente y advirtió que los dos vampiros habían decidido moverse. Se encaminaban hacia la salida, llevándose a una pareja de mujeres humanas con ellos—. No he detectado renegados en los alrededores hasta el momento. ¿No te parece increíble? Estoy deseando un poco de acción por aquí, Gid.

—Bueno, procura animarte —dijo Gideon, con una evidente sonrisa aflorando a sus labios—. La noche todavía es joven.

Dante se rio entre dientes.

—Dile a Lucan que le he ahorrado otra pareja de aspirantes en busca de acción. Ya sabes, me gustaban mucho más las cosas cuando éramos temidos que ahora que somos venerados. ¿Está haciendo algún progreso con los reclutas, o nuestro chico está demasiado enganchado a su compañera de sangre?

—Sí a ambas cosas —respondió Gideon—. En cuanto al reclutamiento, tenemos a un candidato que vendrá pronto desde Nueva York, y Nikolai ha puesto sus antenas sobre algunos de sus contactos en Detroit. Tendremos que organizar alguna prueba para los nuevos... ya sabes, hacer que demuestren sus talentos antes de comprometernos.

—¿Te refieres a darles una patada en el culo y ver quiénes vuelven buscando más?

—¿Hay alguna otra forma?

—Cuenta conmigo. —Dante arrastró las palabras mientras avanzaba por el club en dirección a la puerta.

Se adentró en la noche, evitando a un grupo de tipos discotequeros vestidos como zombies con ropas hechas jirones y esa pintura facial que parecía sacada de una tumba. Su fino oído captaba cientos de sonidos; desde el ruido general del tráfico a los chillidos y risas de los borrachos que iban de fiesta en Halloween atestando las calles y las aceras.

También oyó algo más.

Algo que erizó sus cabellos y puso en alerta sus sentidos de guerrero.

—Te tengo que dejar —le dijo a Gideon al otro lado de la línea—. Voy a por un vampiro chupador de sangre. Intuyo que después de todo la noche no va ser una total pérdida de tiempo.

—Vuelve por aquí después de cargártelo.

—Bien. Hasta luego. —Dante cortó la llamada y se guardó el teléfono en el bolsillo.

Se adentró por un callejón que había a un lado, siguiendo un gruñido profundo y un olor rancio, guiándose por el hedor de un vampiro renegado merodeando al acecho de su presa. Como los otros guerreros de la Orden, Dante sentía un enorme desprecio hacia los miembros de la raza que se habían convertido en renegados. Todo vampiro estaba sediento, todo vampiro tenía que alimentarse —y a veces matar— para sobrevivir. Pero todos y cada uno de ellos sabían que la línea entre la necesidad y la gula era delgada, tan sólo a una escasa separación de la sangre. Si un vampiro consumía demasiado, o se alimentaba con demasiada frecuencia, corría el riesgo de generar una adicción, de caer en un estado permanente de hambre conocido como «la lujuria de la sangre». Vencido por la enfermedad, se convertiría entonces en un renegado, un yonqui violento dispuesto a hacer cualquier cosa para conseguir su próxima dosis.

La ferocidad e indiscreción de los renegados ponía en peligro a toda la raza, dejándola expuesta a los humanos, una amenaza que Dante y el resto de la Orden no podían soportar. Y además estaba surgiendo una amenaza mayor: hacía unos pocos meses, se había constatado que los renegados se estaban organizando, su número aumentaba, sus tácticas se estaban dirigiendo hacia una meta que no parecía muy lejos de la guerra. Si no se los detenía, y si no se hacía pronto, tanto los humanos como los vampiros de la estirpe se verían en medio de un infierno, de una batalla empapada de sangre capaz de rivalizar con el mismísimo Apocalipsis bíblico.

Por ahora, con la Orden concentrada en localizar el nuevo cuartel de los renegados, la misión de los guerreros era simple. Dar caza y eliminar al máximo número de renegados posible. Exterminarlos como las alimañas enfermas que eran. Éste era un encargo que entusiasmaba a Dante, que nunca se sentía tan en casa como cuando entraba en acción, merodeando las calles con las armas en la mano, buscando una pelea. Eso lo mantenía vivo, estaba seguro; aún más, eso era lo que mantenía los más oscuros de sus demonios a raya.

Dante giró por una esquina y luego se deslizó por otro estrecho callejón entre dos edificios de viejos ladrillos. En alguna parte de su cabeza oyó el grito de una hembra en la oscuridad. Cambiando de marcha, se dirigió a toda velocidad hacia el lugar del que parecía provenir.

Y llegó apenas con un segundo de antelación.

El renegado había estado al acecho de los dos vampiros Darkhaven y sus dos compañeras hembras. Parecía joven, engalanado con un atuendo gótico bastante básico bajo una gabardina larga. Pero joven o no, era grande y fuerte, y estaba enfurecido por su hambre. Había agarrado a una de las mujeres en un abrazo mortal. El vampiro sediento de sangre ya la tenía sujeta por la garganta mientras los dos aspirantes a guerreros permanecían allí de pie, paralizados y congelados por el miedo.

Dante extrajo un puñal de la funda sujeta a su cadera. La cuchilla golpeó fuerte, clavándose entre los hombros del renegado. El arma estaba diseñada especialmente con acero y titanio, éste último era extremadamente venenoso para la sangre corrupta y los órganos de los renegados. Un beso de esa cuchilla mortal y el vampiro renegado empezaría a cocerse desde el interior a una velocidad récord.

Sólo que éste no lo hizo.

Arrojó una mirada salvaje a Dante, con sus brillantes ojos de color ámbar y sus colmillos sangrientos mientras escupía una despiadada advertencia. Pero el renegado soportó el asalto del puñal, agarrando rápidamente a su presa y balanceando la cabeza para beber con una urgencia aún mayor.

¿Qué diablos era eso?

Dante se acercó corriendo al vampiro hambriento con otra cuchilla en la mano. No desaprovechó un segundo, y esta vez fue directo al cuello, intentando hacer un corte limpio. La cuchilla se hundió, haciendo un tajo profundo. Pero ese vampiro chupador de sangre se liberó del ataque antes de que Dante lo aniquilara. Con un rugido de dolor, soltó a la mujer y concentró toda su furia sobre Dante.

—¡Sacad a las humanas de aquí! —gritó Dante a los vampiros Darkhaven mientras tiraba de la mujer para apartarla del combate y empujarla hacia los otros—. ¡Moveos, ahora! ¡Limpiadlas, borradles la memoria a las dos y sacadlas de este maldito lugar!

Los dos jóvenes se pusieron de golpe en acción. Agarraron a las mujeres, que chillaban histéricas, y se las llevaron de la escena mientras Dante reflexionaba acerca de la extrañeza de la que acababa de ser testigo.

El vampiro no se había desintegrado como tendría que haber ocurrido por la doble dosis de titanio que Dante le había procurado. No era un renegado, aunque hubiera cazado a su presa y se estuviera alimentando como el peor de los adictos a la sangre.

Dante contempló la cara transformada, los colmillos alargándose y las pupilas elípticas se movían en los iris inundados de un color encendido. Una baba rosada y maloliente había formado una costra en la boca del vampiro, haciendo que a Dante se le retorciera el estómago con su hedor.

Agredido, reculó, advirtiendo que el vampiro debía de tener la misma edad que los dos jóvenes Darkhaven. Un maldito crío. Ignorando el tajo palpitante en su cuello, el vampiro se echó hacia atrás y se sacó el puñal de Dante del hombro. Gruñó, ensanchando los orificios de la nariz como si fuera a saltar en cualquier momento.

Pero entonces salió corriendo.

El vampiro chupador de sangre salió huyendo a toda velocidad, con el dobladillo de su gabardina agitándose a su estela como una vela mientras él se adentraba en la ciudad por un camino serpenteante. Dante no aflojó el ritmo ni un segundo. Lo persiguió por las calles, una tras otra, a través de callejones y vecindarios, y luego más lejos, a las afueras, por los astilleros cercanos a Boston, donde las fábricas vacías y los viejos parques industriales se alzaban como sombríos centinelas a la orilla del río. El intenso pálpito de la música retumbaba desde uno de los edificios, los graves sonidos de música *house* y los destellos intermitentes de luces estroboscópicas sin duda procedían de alguna fiesta *rave* que se estaba celebrando en algún lugar cercano.

A unos pocos metros por delante de él, el vampiro disminuyó la velocidad para dirigirse hacia un muelle que conducía a un desvencijado cobertizo para botes. Un callejón sin salida. Escupiendo furia de sus fauces abiertas, el vampiro chupador de sangre se movió de un lado a otro y se puso al ataque rugiendo a Dante como un lunático. La sangre fresca empapaba sus ropas por el brutal asalto a la hembra humana. El vampiro lo golpeó y lo arañó, con sus largos colmillos chorreando saliva, el hocico abierto rezumando esa espuma rosada de olor asqueroso. Sus ojos ambarinos brillaban de pura malicia.

Dante notó como el cambio también operaba en él, la furia de la batalla se abría paso, transformándolo en una criatura no tan diferente de aquélla contra la cual luchaba. Con un gruñido, lanzó al vampiro chupador de sangre sobre las tablas de madera del muelle. Con una rodilla impuesta sobre el pecho de su oponente, Dante sacó rápidamente las dos cuchillas gemelas de afilada curvatura, esas prolongaciones diabólicas a las que llamaba *Malebranche*. Las armas de amenazantes hojas brillaron a la luz de la luna, con una belleza letal. Aunque el titanio hubiera demostrado ser inútil, había más de una manera de matar a un vampiro, renegado o no. Dante abatió las cuchillas, primero una, luego la otra, abriendo un tajo profundo en la carnosa garganta del demente vampiro y cortándole limpiamente la cabeza.

Dante lanzó los restos al agua de una patada. El oscuro río ocultaría el cadáver hasta la mañana, luego los rayos UV de la luz del sol se encargarían del resto. Un viento se levantó desde el agua, trasmitiendo el hedor de la polución industrial y... de algo más. Dante oyó movimientos cercanos, pero no fue hasta que sintió el ardor de la carne rasgada en su pierna cuando se dio cuenta de que se hallaba ante otro ataque. Recibió otro golpe penetrante, esta vez en el torso.

Maldita fuera.

Desde algún lugar detrás de él, cerca de la vieja fábrica, alguien le estaba disparando. El arma tenía un silenciador, pero no había ninguna duda de que se trataba de un rifle automático.

Su aburrida noche se estaba volviendo de repente más interesante de lo que quería.

Dante se tiró al suelo mientras otro tiro pasó zumbando al lado de él y fue a parar al río. Rodó, buscando el cobertizo para cubrirse mientras el francotirador hacía volar otra tanda de balas. Un tiro dio en una esquina de la estructura, haciendo añicos la vieja madera y esparciéndola como confeti. Dante tenía un revólver, un imponente 9 mm. como complemento de las cuchillas que él prefería usar en combate. Sacó el arma, aunque sabía que sería completamente inútil frente al francotirador a esa distancia.

Más balas acribillaron el cobertizo, una de ellas rozó la mejilla de Dante mientras éste escudriñaba alrededor intentando divisar a su atacante.

Oh, aquello no era bueno.

Cuatro figuras oscuras se movían al sesgo por el terraplén desde la zona de la fábrica, todas armadas hasta los dientes. Aunque los vampiros de la estirpe podían vivir cientos de años y resistir graves heridas físicas, estaban hechos esencialmente de carne y hueso. Con meterles plomo suficiente, cortar arterías principales, o lo que es peor, la cabeza... morían igual que cualquier otro ser vivo.

Pero no sin sostener antes una lucha infernal.

Dante se quedó quieto y esperó a que los recién llegados estuvieran al alcance. Cuando lo estuvieron, abrió fuego contra ellos, dándole a uno en la rodilla y golpeándole a otro en la cabeza. Se sintió extrañamente aliviado al comprobar que eran renegados, y que las balas especiales de titanio habían acabado con ellos provocándoles rápidamente una fusión celular.

Los renegados que quedaban dispararon, y Dante a duras penas pudo evitar las balas, moviéndose rápidamente al fondo del cobertizo para botes. Maldición. Ponerse a cubierto significaba sacrificar la posición desde la cual atacar. Por no mencionar el hecho de que eso impedía su capacidad de ver por dónde se acercaban sus enemigos. Los oyó aproximarse mientras volvía a cargar la pistola.

Luego silencio.

Esperó un segundo, atento a su alrededor.

Algo más grande que una bala voló por el aire hacia el cobertizo. Hizo estruendo al caer sobre las tablas de madera del muelle y rodó hasta detenerse.

Mierda.

Le habían lanzado una pequeña granada de gran alcance.

Dante inspiró profundamente y se arrojó al río apenas un instante antes de que el proyectil estallara, haciendo volar por los aires el cobertizo y la mitad del muelle con una gigante explosión de humo, llamas y metralla. La percusión fue como un estampido sónico bajo el agua tenebrosa. Dante sintió un latigazo en la cabeza, y su cuerpo entero se sacudió con una presión insoportable. Por encima de él, llovían los escombros sobre la superficie del río, que estaba iluminado por una cegadora luz anaranjada de fuego.

Se le nubló la vista mientras la conmoción cerebral lo arrastraba hacia abajo. Comenzó a hundirse, llevado a la deriva por el fuerte empujón de la corriente. Incapaz de moverse mientras el río lo arrastraba, inconsciente y sangrando, corriente abajo.

Capítulo dos

—Una entrega especial para la doctora Tess Culver.

Tess levantó la mirada de la fila de pacientes y sonrió, a pesar de lo tarde que era y de lo cansada que se sentía.

—Uno de estos días voy a aprender a decirte no.

—¿Crees que necesitas practicar mucho? ¿Qué pasa si te vuelvo a pedir que te cases conmigo?

Ella suspiró, sacudiendo la cabeza ante aquellos brillantes ojos azules y esa deslumbrante sonrisa completamente americana que de repente se había vuelto hacia ella.

—No estoy hablando de nosotros, Ben. ¿Y qué ha sido de las ocho en punto? Faltan quince minutos para la medianoche, por el amor de dios.

—¿Planeas convertirte en una calabaza o algo así? —Él cruzó el umbral de la puerta y entró en su oficina. Se inclinó y la besó en la mejilla—. Siento venir tan tarde. Estas cosas no suelen respetar el reloj.

—Bueno... ¿de qué se trata?

—Está ahí detrás, en la furgoneta.

Tess se levantó, se quitó una goma del pelo de la muñeca y rápidamente se hizo una coleta. La mata de rizos de un castaño dorado era rebelde, incluso cuando acababa de estar en la peluquería.

Dieciséis horas de turno en la clínica la habían dejado en un estado de total anarquía. Apartó de sus ojos con un soplido un mechón de pelo y pasó a grandes zancadas por delante de su ex novio hacia el camino de fuera.

—Nora, ¿podrías preparar una inyección de ketamine-xylazine, por favor? Y prepárame también la sala de exploración, la grande.

—Claro —cantó su ayudante—. Hola, Ben. Feliz Halloween.

Él le guiñó un ojo y le dedicó una sonrisa capaz de hacer temblar las rodillas de cualquier mujer con sangre en las venas.

—Bonito disfraz, Nora. Las trenzas de señorita suiza y el *lederhosen* te sientan muy bien.

—*Danke schön* —contestó ella, sonriendo satisfecha ante su cumplido mientras rodeaba el mostrador de recepción y se dirigía a la farmacia de la clínica.

—¿Dónde está tu disfraz, Tess?

—Lo llevo puesto. —Tess puso los ojos en blanco mientras caminaba delante de él, a través de la zona de casetas de perros donde media docena de perros soñolientos y gatos nerviosos los escudriñaban desde las rejas de sus jaulas—. Se llama el disfraz de «súper veterinaria que probablemente va a ser arrestada por este disfraz de Halloween».

—Yo nunca permitiría que te metieras en problemas. ¿No te lo he demostrado ya?

—¿Y qué pasa contigo? —Empujó la puerta del almacén trasero de la pequeña clínica y salió junto a él—. Estás metido en un asunto peligroso, Ben. Corres demasiados riesgos.

—¿Estás preocupada por mí?

—Por supuesto que me preocupo. Yo te quiero. Ya lo sabes.

—Sí —dijo él, un poco malhumorado—. Como a un hermano.

La puerta trasera se abría hacia un estrecho callejón donde casi nunca había nadie, a excepción de mendigos ocasionales que usaban la pared de su clínica de animales de renta baja cercana al río para apoyarse a descansar. Aquella noche, la furgoneta negra de Ben estaba aparcada allí. Se oían gruñidos graves y resoplidos procedentes del interior del vehículo y se advertía un suave balanceo, como si algo grande estuviera caminando de un lado a otro.

Y eso era exactamente lo que estaba pasando.

—¿Está encerrado ahí dentro, verdad?

—Sí. No te preocupes. Además, es tan dócil como un gato, te lo prometo.

Tess le dedicó una mirada llena de dudas mientras bajaba

el pórtico de hormigón y caminaba hacia las puertas traseras de la furgoneta.

—¿Me interesa saber de dónde lo has sacado?

—Probablemente no.

Durante los últimos cinco años, Ben Sullivan había estado entregado a la defensa personal del bienestar y la protección de animales exóticos. Primero, preparaba sus misiones de rescate paso por paso, de manera tan inteligente como los más secretos espías del gobierno. Entonces, como si fuera un miembro de la unidad de operaciones tácticas de los SWAT, procedía, liberando a los maltratados, mal nutridos o a las especies ilegales en peligro de extinción de sus cuidadores abusivos y los devolvía a las legítimas reservas equipadas para dar cuidados adecuados a esas criaturas. A veces, hacía una parada de emergencia en la clínica de Tess para dar tratamiento a heridas y lesiones que requerían una atención inmediata.

De hecho era así como se habían conocido hacía dos años. Ben había traído un gato cerval maltratado con una obstrucción intestinal. El pequeño y exótico felino había sido rescatado de la casa de un traficante de drogas. El animal había masticado y tragado un juguete de goma para perros y necesitaba que la obstrucción fuera solucionada con cirugía. Fue un procedimiento largo y meticuloso, pero Ben había estado allí todo el tiempo. Lo siguiente que Tess supo fue que estaban saliendo juntos.

Ella no tenía muy claro cómo habían pasado de tontear a enamorarse, pero en algún momento del camino había sucedido. Al menos para Ben. Tess correspondía su amor, en realidad lo adoraba... pero no creía que pudieran ser más que buenos amigos capaces de dormir juntos de tanto en tanto. Eso había terminado enfriando las cosas, por su propia iniciativa.

—¿Te gustaría hacer los honores? —le preguntó Tess.

Él se acercó y agarró el tirador de las puertas dobles, abriéndolas cuidadosamente en todo su ancho.

—Pero ¿qué le ha pasado? —musitó Tess, completamente anonadada.

El tigre de Bengala estaba demacrado y sarnoso, con una

úlcera abierta dolorosa y rezumante en la pierna, provocada al parecer por unos grilletes, pero por muy mal aspecto que tuviera era lo más majestuoso que había visto en su vida. El animal los miró, con la mandíbula floja, la lengua fuera y jadeando y el miedo dilatando sus pupilas hasta que sus ojos se volvieron prácticamente negros. El tigre gruñó, golpeando la cabeza contra los barrotes de jaula de contención que había usado Ben.

Con mucho cuidado, Tess se acercó.

—Ya lo sé, pobre pequeño. ¿Has visto mejores días, verdad?

Frunció el ceño al advertir la extraña forma de sus garras delanteras, la falta de definición que éstas tenían cerca de los dedos.

—¿Le han extirpado las uñas? —preguntó a Ben, incapaz de enmascarar el desprecio en su voz.

—Sí, y los colmillos también.

—¡Salvajes! Si decidieron que necesitaban tener a un animal tan bello como éste, ¿por qué lo han mutilado de esta manera?

—¿Podrías permitir que tu mascota de propaganda haga jirones a tus clientes y a sus pequeños mocosos?

Tess lo miró.

—¿Mascota de propaganda? No te refieres a la tienda de armas... —estalló ella, sacudiendo la cabeza—. No importa. Realmente no quiero saberlo. Llevemos dentro a este enorme gatito para que pueda echarle un vistazo.

Ben bajó una rampa hecha a medida de la parte trasera de la furgoneta.

—Sube y coge la jaula por detrás. Yo sujetaré la parte delantera, que será más pesada al bajarla.

Tess siguió las indicaciones, ayudándolo a descargar la jaula con ruedas de la furgoneta a la calzada. Cuando llegaron a la puerta de la clínica, Nora estaba allí esperando. Ahogó un grito y le hizo arrullos al enorme felino y luego le dedicó una mirada de adoración a Ben.

—Oh, dios mío. ¿Es *Shiva*, verdad? Durante años he estado esperando que se escapara de ese sitio. ¡Has raptado a *Shiva*!

Ben sonrió.

—No sé de qué estás hablando, *liebchen*. Es simplemente un felino extraviado que ha aparecido en el umbral de mi puerta esta noche. Me dije que la doctora Maravillosa podría curarlo antes de que le encuentre un buen hogar.

—¡Oh, eres malo, Ben Sullivan! Y a partir de ahora te has convertido en mi máximo héroe.

Tess le hizo un gesto a su entusiasmada ayudante.

—Nora, ¿puedes ayudarme con esto, por favor? Necesitamos subirlo por encima del pórtico.

Nora acudió junto a Tess, y los tres levantaron la jaula para entrarla en la habitación trasera de la clínica. Empujaron al tigre dentro de la habitación preparada para la exploración, que recientemente había sido equipada con un enorme ascensor hidráulico en forma de mesa elevadora, cortesía de Ben. Era un lujo que Tess no hubiera podido permitirse. Aunque tenía una pequeña clientela devota, no trabajaba precisamente en la parte rica de la ciudad. El precio de sus servicios estaba por debajo de su valor, incluso para la zona, pues sentía que era más importante dar ayuda que sacar un provecho económico.

Lamentablemente, el propietario y sus proveedores no estaban de acuerdo. Su escritorio estaba sobrecargado de una pila de avisos de cobro que no podría seguir aplazando durante mucho más tiempo. Iba a tener que recurrir a sus escasos ahorros personales para cubrirlos, y cuando esos se le acabaran...

—El tranquilizante está en el mostrador —dijo Nora, interrumpiendo sus pensamientos.

—Gracias. —Tess deslizó la jeringa con capuchón dentro del bolsillo de su bata, imaginando que finalmente no la iba a necesitar, basándose en la docilidad y el estado letárgico de su paciente. Además, aquella noche no iba a hacer más que un examen visual, tomar unas pocas notas sobre el estado del animal en conjunto y hacerse una idea de lo que habría que hacer para facilitar que fuese trasladado a salvo a su nuevo hogar.

—¿Crees que podemos conseguir que *Shiva* —o como sea que se llame este animal extraviado— salte encima de la mesa por su cuenta, o tendremos que usar el elevador? —preguntó Tess, viendo como Ben abría los cerrojos de la jaula.

—Vale la pena intentarlo. Vamos, muchachote.

El tigre vaciló un momento, con la cabeza baja mientras miraba a su alrededor, por la habitación de examen, brillantemente iluminada. Luego, animado por Ben, salió de la jaula y saltó con agilidad encima de la mesa de metal. Mientras Tess le hablaba con suavidad y le acariciaba la gran cabeza, el animal se sentó, como una esfinge, mostrando más paciencia que el mejor educado de los gatos domésticos.

—¿Necesitas algo más o ya puedo irme? —preguntó Nora.

Tess negó con la cabeza.

—Claro, puedes irte. Gracias por quedarte hasta tan tarde. Realmente lo valoro.

—No hay problema. La fiesta a la que voy a ir no empezará hasta después de la medianoche. —Se echó las largas trenzas rubias por encima de los hombros—. De acuerdo, entonces me marcho. Cerraré con llave al salir. Buenas noches, chicos.

—Buenas noches —respondieron al unísono.

—Es una niña estupenda —dijo Ben tras la salida de Nora.

—Nora es la mejor —se mostró de acuerdo Tess, manoseando a *Shiva* en busca de lesiones en la piel, bultos y otros problemas que pudiera haber por debajo del grueso pelaje—. Y no es tan niña, Ben. Tiene veintiún años, está a punto de sacarse el título de veterinaria, en cuanto termine el último semestre en la universidad. Será una doctora extraordinaria.

—No tan buena como tú. Tú tienes un toque mágico.

Tess sonrió y puso los ojos en blanco.

—Vete a casa, Ben. Te llamaré mañana.

Tess no hizo caso del cumplido, pero había algo de verdad en él. Cuánta, dudaba que Ben lo supiera realmente. Tess misma apenas lo entendía, y lo que sí entendía le habría gustado borrarlo del todo de su mente. Tímidamente, se cruzó de brazos, ocultando sus manos de la vista.

—Tú tampoco tienes que quedarte, Ben. Me gustaría dejar a *Shi*... —se aclaró la garganta y arqueó una ceja—. A mi paciente, quiero decir, en observación esta noche. No empezaré ningún procedimiento hasta mañana, y te llamaré para decirte mis conclusiones antes de hacer ninguna intervención.

—¿Ya me estás echando? Yo que pensaba que podría llevarte a cenar.

—He cenado hace horas.

—A desayunar, entonces. En tu casa o en la mía, tú eliges.

—Ben —dijo ella, evadiéndolo al tiempo que él se acercaba y le acariciaba la mejilla. Sus caricias eran cálidas y tiernas, cómodamente familiares—. Ya hemos pasado por esto, más de una vez. Simplemente no creo que sea una buena idea...

Él gruñó, con un sonido claramente demasiado sexual, grave y ronco. Hubo un tiempo en que ese sonido le hacía perder el control, pero no esta noche. Nunca más, si es que tenía alguna esperanza de mantener su integridad personal. Simplemente le parecía un error irse a la cama con Ben, sabiendo que él quería algo que ella no podía darle.

—Puedo quedarme hasta que acabes —sugirió él, apartándose—. No me gusta la idea de que estés aquí sola. Esta zona de la ciudad no es precisamente la más segura.

—Estaré bien. Simplemente acabaré de examinar al animal, luego haré algún trabajo de papeleo y cerraré la clínica. No será mucho.

Ben frunció el ceño, a punto de discutir hasta que Tess soltó un suspiro y le dedicó esa mirada especial. Ella sabía que él la interpretaba correctamente, ya que se la había visto en más de una ocasión durante los dos años que habían sido pareja.

—Está bien —aceptó finalmente—. Pero no te quedes mucho tiempo. Y que la primera cosa que hagas mañana por la mañana sea llamarme, ¿me lo prometes?

—Te lo prometo.

—¿Estás segura de que te las podrás arreglar manejando a *Shiva* tú sola?

Tess bajó la cabeza hacia la demacrada bestia, que inmediatamente comenzó a lamer su mano otra vez en cuanto la tuvo cerca.

—Creo que estaré a salvo.

—¿No te lo decía? Es tu toque mágico. Me parece que él ya se ha enamorado de ti también. —Ben se pasó los dedos por su pelo rubio dorado y dedicó a Tess una mirada derrotada—. Supongo que si quiero ganarme tu corazón tendré que dejarme crecer el pelo y los colmillos, ¿es eso?

Tess le sonrió y puso los ojos en blanco.

—Vete a casa, Ben. Te llamaré mañana.

Capítulo tres

Tess se despertó sobresaltada.

Mierda. ¿Cuánto tiempo había estado dormitando? Se hallaba en su oficina, con el historial clínico de *Shiva* abierto sobre el escritorio bajo su mejilla. Lo último que recordaba es que había alimentado al desnutrido animal y lo había metido en la jaula para poder escribir sus conclusiones. Eso había sido... —consultó su reloj— ¿hacía dos horas y media? Faltaban unos minutos para las tres de la mañana. Tendría que estar de vuelta en la clínica a las siete en punto.

Tess dio un gran bostezo y estiró sus brazos agarrotados.

Menos mal que se había despertado antes de que Nora regresara al trabajo, o nunca habría oído el final de...

Un fuerte golpe sonó en algún lugar de la parte trasera de la clínica.

¿Qué diablos era eso?

¿Se habría despertado de su sueño sobresaltada por un sonido similar un momento antes?

Oh, el sonido. Por supuesto. Ben debía de haber pasado en su coche y habría visto las luces de la clínica encendidas. No sería la primera vez que se acercaba hasta allí conduciendo a altas horas de la noche para controlarla. Realmente no se sentía con ganas de recibir un sermón acerca de sus locos horarios o su empecinada fijación por la independencia.

El ruido se oyó de nuevo, otro golpe tosco, seguido de un brusco estruendo de metal como de algo que golpeaba contra una estantería. Lo cual significaba que había alguien en el almacén trasero.

Tess se levantó de su escritorio y dio unos pasos vacilantes hacia la puerta de su oficina, afinando el oído a cualquier disturbio. En las casetas del área de recepción, el puñado de gatos y perros que pasaban el post operatorio estaban descansando. Algunos de ellos se quejaban, otros emitían graves gruñidos avisando de un peligro.

—¿Hola? —dijo Tess al espacio vacío—. ¿Hay alguien ahí? ¿Ben, eres tú? ¿Nora?

Nadie respondió. Y ahora el ruido de antes ya no se oía.

Estupendo. Acababa de anunciar su presencia a un intruso. Brillante, Culver. Absoluta y rotundamente brillante.

Trató de consolarse a sí misma con alguna lógica rápida. Tal vez se trataba tan sólo de un vagabundo buscando cobijo que encontró la entrada a su clínica desde el callejón de atrás. Tal vez no era un intruso. Y no representaba ningún tipo de peligro.

¿Ah, sí? ¿Entonces por qué tenía el vello de la nuca erizado por el miedo?

Tess metió las manos en los bolsillos de la bata, sintiéndose de repente muy vulnerable. Tocó su bolígrafo con los dedos. Y había algo más.

«Oh, sí, eso es.» La jeringa con el sedante, suficiente para noquear a un animal de cuatrocientos kilos.

—¿Hay alguien ahí detrás? —preguntó con insistencia, tratando de que su voz sonara firme y serena. Se detuvo en el área de recepción y alcanzó el teléfono. El maldito objeto no era inalámbrico —lo había conseguido muy barato en una tienda de oportunidades— y el auricular a duras penas le llegaba al oído por encima del mostrador. Tess dio la vuelta en torno al gran escritorio con forma de «U», mirando nerviosa por encima de su hombro mientras comenzaba a marcar el 911 en el teclado—. Será mejor que te vayas de aquí ahora mismo, porque estoy llamando a la policía.

—No... por favor... no tengas miedo...

La profunda voz sonó en un tono tan bajo que no debería ni haber llegado a sus oídos, pero sí lo hizo. Estaba tan segura de haberla oído como si alguien hubiera susurrado cerca de ella o, más aun, en el interior de su cabeza, por muy extraño que pareciese.

Se oyó un carraspeo seco y la violenta sacudida de una tos que definitivamente procedía del almacén. Y a quienquiera que perteneciese la voz, era sin duda la voz de alguien muy herido. Una herida de alguien que estaba entre la vida y la muerte.

—Maldita sea.

Tess contuvo la respiración y colgó el teléfono antes de que se realizara la conexión. Caminó despacio hacia el fondo de la clínica, sin saber lo que iba a encontrar y deseando en realidad no encontrar nada en absoluto.

—¿Hola? ¿Qué estás haciendo aquí? ¿Estás herido?

Le habló al intruso mientras abría la puerta y entraba. Oyó una respiración laboriosa, olió humo y el hedor salobre del río. También olió sangre. Muchísima.

Tess encendió la luz.

Los fuertes tubos fluorescentes dieron un zumbido desde lo alto, iluminando la increíble corpulencia de un hombre empapado y malherido tendido en el suelo cerca de una de las estanterías. Iba vestido todo de negro, como una especie de pesadilla gótica; chaqueta negra de cuero, camiseta, traje militar y botas de combate con cordones. Su pelo también era negro, y los mechones mojados se pegaban en su cabeza, ocultando su cara de la vista. Un desagradable rastro de sangre y de agua del río corría desde la puerta trasera, entreabierta hacia el callejón, hasta donde estaba el hombre echado, en la despensa de Tess. Era evidente que se había arrastrado hasta allí, quizás incapaz de caminar.

Si ella no hubiera estado tan acostumbrada a ver las horrorosas consecuencias de accidentes de coche, palizas y otros traumatismos físicos en sus pacientes animales, la visión de aquel hombre le habría revuelto el estómago.

En lugar de eso, su mente dejó de sentir ese instinto de luchar o de huir ante el peligro que había sentido en el área de recepción, y volvió a ser la doctora que estaba entrenada para ser. Clínica, serena y preocupada.

—¿Qué te ha pasado?

El hombre gruñó, sacudió ligeramente su negra cabeza como si fuese a decirle algo. Tal vez no pudo.

—Estás lleno de quemaduras y heridas. Por dios, debes de tener cientos. —Bajó la vista hasta una de sus manos, que descansaba en el abdomen. La sangre, que brotaba de un profundo pinchazo reciente, se colaba entre sus dedos—. Te sangra el estómago... y la pierna también. Dios mío, ¿te han disparado?

—Necesito... sangre.

Probablemente tenía razón en eso. Debajo de él, el suelo estaba mojado y oscuro de toda la sangre que había perdido desde su llegada a la clínica. Y probablemente también supuso Tess, habría perdido mucha más antes de entrar allí. Prácticamente cada centímetro de la piel que se hallaba expuesta tenía múltiples laceraciones... su cara y su cuello, sus manos, por todas partes. Tess lo miró y observó cortes sangrantes y contusiones. Sus mejillas y su boca estaban muy pálidas, tanto que parecían fantasmales.

—Necesitas una ambulancia —le dijo. No es que quisiera alarmarlo pero, maldita sea, aquel hombre estaba muy mal—. Ahora relájate. Voy a llamar al 911.

—¡No! —Se sacudió desde el suelo, estirando su mano hacia ella asustado—. ¡Nada de hospitales! No puedo... no puedo ir allí. Ellos no... no podrán ayudarme.

A pesar de su protesta, Tess comenzó a dirigirse hacia el teléfono, en la otra habitación. Pero luego se acordó del tigre robado tendido en la sala de exploración. Sería difícil explicarlo ante el Servicio Médico de Urgencias (EMT) o, Dios no lo quisiera, la policía. La tienda de armas probablemente ya habría avisado del robo del animal, o lo haría en cuanto abriera por la mañana, al cabo de unas pocas horas.

—Por favor —dijo con voz entrecortada el enorme hombre que estaba sangrando por toda la clínica—. Nada de médicos.

Tess se detuvo, mirándolo en silencio. Ese hombre necesitaba mucha ayuda, y la necesitaba inmediatamente. Desgraciadamente, ella parecía ser su mejor oportunidad en aquel momento. No estaba segura de lo que podría hacer por él, pero tal vez pudiera hacerle alguna cura provisional, conseguir que se mantuviera en pie y sacarlo de allí.

—De acuerdo —dijo—. Por ahora no habrá ambulancias. Escúchame... yo, de hecho, soy médico. Bueno, más o menos. Esta clínica veterinaria es mía. ¿Qué tal si me acerco un poco y te echo un vistazo?

Ella interpretó el raro gesto de su boca y un débil suspiro como un sí.

Tess se arrodilló en el suelo a pocos centímetros de él. Le había parecido grande desde el otro extremo de la habitación, pero en cuclillas junto a él, se dio cuenta de que era inmenso, probablemente midiera más de un metro noventa y cinco y debía de pesar cerca de cien kilos de duros huesos y sólidos músculos. ¿Sería culturista? Uno de esos machos imbéciles que se pasan la vida en el gimnasio? Pero había algo en él que parecía no encajar en aquel molde. Aun así, con la enorme herida que tenía en la cara parecía un tipo capaz de hacer pedazos a una rata de gimnasio con sus dientes.

Movió las manos suavemente por su cabeza, en busca de traumatismos. Su cráneo estaba intacto, pero su exploración le indicaba que había sufrido algún tipo de conmoción cerebral. Probablemente todavía se hallaba en estado de aturdimiento.

—Voy a comprobar cómo están tus ojos —le comunicó con suavidad, antes de levantarle uno de los párpados.

«Dios santo.»

La hendidura de la pupila estaba recortada en el centro de un iris grande y brillante de color ámbar que la hizo echarse atrás desconcertada. Retrocedió, asustada ante lo que acababa de ver.

—¿Qué es...

De golpe halló la explicación, e inmediatamente se sintió como una idiota por haber perdido la compostura.

Lentes de contacto.

«Tranquila», se dijo a sí misma. Se había asustado por nada. El tipo debía de haber estado en una fiesta de Halloween donde algo se fue de las manos. No había mucho que ella pudiera averiguar de sus ojos mientras llevara esas ridículas lentillas.

Tal vez se había estado peleando con un grupo de gente; ciertamente parecía lo bastante grande y peligroso como para formar parte de algún tipo de banda. Pero si hubiera estado revolcándose con alguna pandilla violenta esa noche, ella hubiera detectado algún rastro de drogas. No había olor a alcohol en él. Sólo un fuerte olor a humo, pero no a cigarrillos.

Olía como si hubiera caminado a través del fuego. Justo antes de haber saltado al río Mystic.

—¿Puedes mover los brazos o las piernas? —le preguntó, moviéndose para inspeccionar sus miembros—. ¿Crees que tienes algún hueso roto?

Ella rozó con las manos sus anchos brazos, notando que no había muestras de fractura. Sus piernas también eran sólidas, sin heridas graves aparte del orificio de bala en la pantorrilla. Por el aspecto del impacto, la bala parecía haber pasado limpiamente a través de la carne. Y lo mismo ocurría con el disparo del torso. Era una suerte para él.

—Me gustaría llevarte a la sala de exploración. ¿Crees que podrás caminar si yo te ayudo a sostenerte?

—Sangre —masculló con un hilo de voz—. La necesito... ahora.

—Bueno, lo siento, pero en eso no puedo ayudarte. Para eso necesitarás un hospital. De momento vamos a levantarte del suelo y a quitarte esas ropas hechas jirones. Dios sabe qué bacterias habrá en el agua de ahí fuera.

Lo agarró por las axilas y comenzó a levantarlo, ayudándolo a ponerse en pie. El soltó un gruñido profundo y animal. Cuando el sonido salió por su boca, Tess captó el brillo de unos dientes detrás de su labio superior.

«Qué... Eso es muy extraño.»

«¿Esos monstruosos caninos eran realmente... colmillos?»

Él abrió los ojos como si hubiera advertido su pensamiento. Su inquietud. Tess sintió inmediatamente una sacudida ante esa penetrante y brillante luz ambarina, los deslumbrantes iris le hicieron sentir un golpe de pánico directamente en el pecho. Por todos los diablos, estaba claro que no eran lentes de contacto.

«Dios santo. Había algo en ese tipo que no pintaba nada bien.»

Él la agarró por la parte superior de sus brazos. Tess gritó asustada. Trató de soltarse, pero él era demasiado fuerte. Unas manos tan inflexibles como el acero se afianzaron con fuerza en torno a ella y la atrajeron hacía él. Tess chilló y abrió los ojos enormes, helada por el miedo mientras agitaba su mano derecha contra él.

—Oh, dios. ¡No!

Él volvió su cara sangrienta y magullada hacia su cuello. Aspiró profundamente mientras se acercaba y sus labios rozaron su piel.

—Shhh. —Sintió un aire cálido en el cuello mientras él le hablaba con una voz grave, dolorida y áspera—. No voy a hacerte daño... te lo prometo.

Tess oyó las palabras.

Casi se las creyó.

Hasta esa escalofriante fracción de segundo en que él separó sus labios y clavó sus dientes profundamente en su carne.

Capítulo cuatro

La sangre manó a borbotones hasta la boca de Dante desde las dos incisiones paralelas realizadas en el cuello de la mujer. Él absorbió la sangre de ella con profundas y ansiosas succiones, incapaz de dominar su parte animal, esa que sólo conocía la necesidad y la desesperación. Era la misma vida latiendo sobre su lengua y descendiendo tan cálida por su reseca y suave garganta, con un intenso sabor a canela.

Tal vez era la intensidad de su sed lo que hacía que aquel sabor le resultase tan increíble, tan indescriptiblemente perfecto para él. Fuera lo que fuese, no le importaba. Bebió más de ella, necesitaba su calor ahora que estaba helado hasta los huesos.

—¡Oh, dios! ¡No! —En la voz de la mujer se reflejaba su conmoción—. ¡Por favor! ¡Suéltame!

Ella trató de aferrarse a sus hombros, en un acto reflejo, hundiendo los dedos en sus músculos. Pero el resto de su cuerpo lentamente se iba entregando a sus brazos, adormeciéndose y ablandándose presa de una especie de trance por el poder hipnótico del mordisco de Dante. Ella suspiró y dejó escapar un grito ahogado, cayendo y aflojándose mientras él la soltaba con cuidado en el suelo y se ponía encima de ella para obtener el alimento que tan desesperadamente necesitaba.

Ahora ella no sentía dolor, sólo había notado un fuerte pinchazo con la inicial penetración de sus colmillos, pero fue una punzada fugaz. El único dolor ahí era el de Dante. Su cuerpo se sacudió desde lo profundo de su trauma, sentía que se le partía la cabeza a causa de la conmoción cerebral, su torso y sus miembros tenían tantos cortes que era imposible contarlos.

«Está bien. No tengas miedo. Estás a salvo. Te lo prometo.»

Envió palabras de consuelo a su mente, aunque la estuviera abrazando más fuerte, apretándola con más firmeza en la jaula de sus brazos, bebiendo todavía con ansia de las heridas infligidas en su garganta.

A pesar de la ferocidad de su sed, una necesidad que quedaba amplificada por la severidad de sus heridas, las palabras de Dante eran sinceras. Más allá del susto del mordisco, no pensaba hacer daño a esa mujer.

«Tomaré sólo lo que necesite. Luego me iré y me olvidarás para siempre.»

Ya estaba recuperando las fuerzas. La carne desgarrada se estaba recuperando desde dentro hacia fuera. Las heridas de bala y metralla estaban cicatrizando.

Las quemaduras se enfriaban.

El dolor se extinguía.

Dejó de succionar con tanta avidez, obligándose a ir despacio, aunque el sabor de ella era más que tentador. Había advertido la exótica fragancia de su sangre desde el principio, pero ahora que su cuerpo estaba rejuvenecido y había recuperado plenamente los sentidos, Dante no podía dejar de saborear la dulzura de su involuntaria anfitriona, la que le había ofrecido un sustancioso trago de vida.

Y su cuerpo.

Bajo la bata blanca y sin forma, ella tenía unos músculos fuertes y delgados, y largas y elegantes extremidades. Con curvas en los lugares precisos. Dante sintió sus pechos apretándose contra su torso mientras la sujetaba contra el suelo del almacén, sus piernas enredadas con las de ella. Tess todavía mantenía las manos agarradas a sus hombros, ya sin tratar de apartarlo, sino simplemente sujetándose mientras él tomaba el último sorbo de la sangre que le devolvía la vida.

Dios, era tan exquisita que podría estar bebiendo de ella toda la noche.

Podría hacer mucho más que eso, pensó, dándose de repente cuenta de la erección que apretaba firme y exigente contra la pelvis de la mujer. Era demasiado bueno sentirla debajo de él. Ella era su bendito ángel misericordioso, aunque hubiera tenido que asumir ese rol a la fuerza.

Dante respiró su aroma dulce y picante, besando suavemente la herida que le había dado una segunda oportunidad para vivir.

—Gracias —susurró contra su cálida y aterciopelada piel—. Creo que esta noche me has salvado la vida.

Pasó la lengua sobre los pequeños pinchazos, haciendo que estos se cerraran y borrando toda huella de su mordisco. La mujer gimió, saliendo de su temporal esclavitud. Se movió debajo de él, y ese sutil movimiento de su cuerpo no hizo más que aumentar el deseo que Dante sentía de penetrarla.

Pero ya había tomado bastante de ella por esa noche. A pesar de que ella no recordaría nada de lo ocurrido, le parecía poco caballeroso seducirla sobre un charco de agua maloliente del río y sangre derramada. Y sobre todo después de haber recurrido a su cuello como un animal.

Se apartó suavemente de ella y le puso la mano derecha en la cara. Ella se estremeció, comprensiblemente asustada. Tenía los ojos abiertos, unos ojos fascinantes, de un perfecto color aguamarina.

—Dios mío, eres tan bella... —murmuró él. Había dicho aquellas palabras despreocupadamente a muchas mujeres en el pasado, pero sorprendentemente nunca habían significado tanto como ahora.

—Por favor —susurró ella—. Por favor, no me hagas daño.

—No —dijo Dante con suavidad—. No voy a hacerte daño. Sólo cierra los ojos, ángel. Ya casi ha acabado todo.

Una breve presión de la palma de su mano contra su frente y ella lo habría olvidado todo.

—Todo está bien —le dijo mientras ella retrocedía en el suelo, con los ojos clavados en él como si esperara que fuese a golpearla. Y desafiantes también. Dante le apartó el pelo de la mejilla con la ternura de un amante. Sintió cómo ella se ponía aún más tensa—. Relájate. Puedes confiar...

Algo punzante le golpeó el muslo.

Con un brutal rugido, Dante se alejó rodando, cayendo de espaldas.

—¿Qué demonios...

El calor se propagó desde ese punto punzante, ardiendo a través de él como ácido. Sintió un gusto amargo al fondo de la garganta, justo antes de que la visión se le empezara a hacer borrosa. Dante trató de incorporarse del suelo pero cayó de espaldas de nuevo, su cuerpo cooperaba tan poco como una losa de plomo.

Jadeante, con esos brillantes ojos azul verdosos ensanchados por el miedo, el ángel misericordioso de Dante lo escudriñó. Su bonito rostro entraba y salía de su campo de visión. Con una mano delgada se apretaba el cuello, en el lugar donde él la había mordido. Tenía la otra levantada al nivel del hombro, y en ella sostenía una jeringa vacía con los nudillos apretados con toda la fuerza del terror.

Dios santo. Lo había drogado.

Pero por muy mala que fuera esa noticia, Dante registró algo todavía peor mientras su mirada borrosa se centraba en la pequeña mano que había conseguido noquearlo de un solo golpe. Entre el pulgar y el índice, en ese carnoso lugar de la suave piel, la mujer tenía una pequeña marca de nacimiento.

De un color escarlata intenso, más pequeña que una moneda, la imagen de una lágrima cayendo en el cuenco de una medialuna penetró en el cerebro de Dante.

Era una marca poco común, un sello genético que proclamaba que aquella mujer pertenecía a la raza de Dante.

Era una compañera de raza.

Y ahora que la sangre de ella latía en su interior, Dante había establecido la mitad de un vínculo solemne.

Para las leyes de los vampiros, ella era suya.

Irrevocablemente.

Eternamente.

Eso era lo último que él deseaba o necesitaba.

En el fondo de su mente, Dante rugió, pero todo lo que oyó fue un gruñido casi mudo. Parpadeó sin fuerzas, estirando la mano hacia la mujer, sin llegar a acercarse a más de un metro de ella. El brazo se le cayó como si fuera de hierro. Los párpados le pesaban demasiado como para poder abrirlos más que una fracción de segundo. Gimió, observando cómo las facciones de la mujer que acababa de salvarlo se volvían borrosas ante sus ojos.

Ella lo miró, y su voz sonó teñida de una furia desafiante.

—¡Duérmete profundamente, maldito y degenerado cabrón de mierda!

Tess se apartó de un salto de su atacante, respirando con dificultad, con un jadeo acelerado. Le costaba creer lo que le acababa de pasar. Y que hubiese conseguido escapar de ese intruso demente.

Gracias a Dios por el sedante, pensó, alegrándose de haber tenido la suficiente lucidez como para recordar la jeringa que guardaba en el bolsillo. Por no mencionar la oportunidad de usarla. Miró la aguja usada, que todavía mantenía apretada en la mano, y se estremeció.

Mierda. Le había dado la dosis entera.

No era extraño que se hubiera caído como una tonelada de ladrillos. No se despertaría muy pronto. Ochocientos miligramos de sedante, la dosis necesaria para anestesiar a un animal de considerables dimensiones, eran un largo beso de buenas noches, incluso para un tipo tan grande como él.

De pronto le sobrevino una punzada de preocupación.

¿Y si lo había matado?

Sin tener muy claro por qué estaba preocupada por alguien que parecía inclinado a desgarrarle el cuello con los dientes apenas unos pocos minutos antes, Tess avanzó lentamente hacia donde estaba tendido el hombre.

No se movía.

Pero respiraba, sintió alivio al notarlo.

Estaba tumbado en el suelo, de espaldas, con sus brazos musculosos extendidos allí donde habían caído. Sus manos —esas grandes zarpas con una fuerza brutal que la habían mantenido apretada durante el ataque— estaban ahora flojas y quietas. Su rostro, que había permanecido oculto por la caída de su oscuro cabello, resultaba casi atractivo en ese obligado descanso.

No, no es que fuera guapo, porque incluso inconsciente, sus facciones mantenían esos ángulos duros, de formas afiladas. Las cejas rectas y negras formaban oscuras líneas sobre sus ojos cerrados. Sus pómulos estaban muy marcados, y daban al contorno de su rostro un aspecto anguloso y animal. Su nariz tal vez había sido perfecta tiempo atrás, pero la pronunciada línea de su puente tenía la débil marca de una vieja fractura. Tal vez más de una.

Había algo extrañamente atractivo en él, aunque desde

luego no sabía qué era exactamente. No era el tipo de hombre con los que solía relacionarse, e intentar imaginarlo entrando a la clínica para el cuidado de una mascota resultaba absurdo.

No, no lo había visto antes de esa noche. Sólo podía rezar para que, una vez que hubiera llamado a la policía y se lo llevasen, no volviera a verlo nunca más.

Tess bajó la mirada y sus ojos captaron el brillo del metal oculto bajo su chaqueta empapada. Apartó a un lado el cuero y contuvo la respiración al ver la curvatura de una cuchilla de acero que llevaba envainada bajo su brazo. Al otro lado había una funda de pistola vacía que debía de haber contenido una. Otros instrumentos para luchar mano a mano podían verse en un ancho cinturón negro ceñido en torno a sus delgadas caderas.

Aquel hombre era un peligro, sin ninguna duda. Alguna especie de matón, que hacía que los tipos indeseables que merodeaban cerca del río parecieran de baja categoría como farsantes de la peor calaña. Ese hombre era duro y letal, todo en él desprendía un aire de violencia.

Su boca era la única parte suave de él. Ancha y sensual, con los labios ligeramente separados en ese estado de embriaguez, su boca era profanamente bella. El tipo de boca que podría causar estragos en una mujer desde unos cien ángulos diferentes.

No es que Tess los estuviera contando.

Y tampoco había olvidado esos terribles colmillos.

Moviéndose con cautela junto a él, a pesar de la enorme dosis de sedante que estaría navegando por su sistema, Tess le levantó el labio superior para poder mirar.

No había ningún colmillo.

Tan sólo una hilera de perfectos dientes blancos. Si había usado dientes falsos cuando la atacó, habían sido endemoniadamente convincentes. Y ahora esos enormes colmillos parecían haberse desvanecido en el aire.

Eso no tenía ningún sentido.

Echó un vistazo rápido a su alrededor pero no vio nada. No los había escupido a ninguna parte. Y ella estaba segura de que no se los había imaginado.

¿De qué otra manera habría sido capaz de perforar su garganta como una lata de soda? Tess se llevó la mano a la zona del cuello donde la había mordido. Sintió la piel suave bajo la yema de sus dedos. No había sangre ni estaba pegajosa, no había ni rastro de los agujeros que él le había hecho en la yugular. Se palpó todo ese lado del cuello con los dedos. La zona estaba incluso más tierna.

—Esto es imposible.

Tess se levantó y entró corriendo a la habitación contigua a la sala de exploración, donde encendió todas las luces. Retirándose el pelo del cuello, se acercó hasta una máquina dispensadora de toallas de papel y escudriñó su reflejo en la superficie pulida de acero inoxidable. La piel de su cuello estaba limpia, intacta.

Como si el terrible ataque no hubiera tenido lugar.

—Ni rastro —se dijo con expresión afligida—. ¿Cómo puede ser?

Tess se apartó del improvisado espejo, atónita.

Totalmente desconcertada.

Hacía menos de media hora, estaba temiendo por su vida, sintiendo como la sangre le era extraída del cuello por aquel extraño vestido de negro y armado hasta los dientes que ahora se hallaba tendido en el suelo inconsciente, junto a la puerta trasera de la clínica.

Eso había sucedido.

¿Entonces cómo era posible que su piel no mostrara ni una sola señal del ataque?

Tess caminó arrastrando los pies desde la sala de exámenes hasta el almacén. Fuera lo que fuese lo que él le había hecho y sin que importara cómo había conseguido ocultar las heridas que le había infligido, Tess pretendía verlo arrestado y acusado.

Cruzó el umbral de la puerta que iba hacia la habitación trasera y se detuvo en seco.

El charco de agua del río y sangre derramada que el atacante había traído consigo inundaba una gran superficie del suelo de linóleo. A Tess se le retorció un poco el estómago al verlo, pero hubo algo más que le hizo sentir un nudo de terror frío en el intestino.

El almacén estaba vacío.

Su atacante se había marchado.

La dosis era como para anestesiar a un gorila, y sin embargo él se había levantado y se había ido.

—¿Me estás buscando, ángel?

Tess se giró y dio un grito.

Capítulo cinco

La adrenalina la recorrió, poniendo sus pies en movimiento. Pasó por delante de él esquivándolo y se abalanzó hacia el pasillo, con la cabeza a mil por hora.

Tenía que salir de allí.

Tenía que coger su monedero y su dinero y su teléfono móvil y salir de aquel infierno.

—Tenemos que hablar.

Allí estaba de nuevo, de pie justo frente a ella, bloqueándole el paso a la oficina.

Parecía que simplemente se hubiera desvanecido de donde estaba antes para materializarse ante el umbral de la puerta por la que ella tenía que pasar.

Con un chillido de alarma, Tess hizo un rápido giro y se lanzó hacia la zona de recepción. Agarró el teléfono del escritorio y pulsó uno de los números de llamada rápida.

—Esto no está pasando. Esto no está pasando —susurró por lo bajo, repitiendo aquellas palabras como si de un mantra se tratase, como si pudiera conseguir que todo desapareciera si tenía la suficiente convicción en ello.

La llamada comenzó a sonar al otro extremo de la línea. «Vamos, vamos, responde.»

—Deja el teléfono, mujer.

Tess se dio la vuelta, temblando de miedo. Su atacante se movió muy despacio, con la elegancia premeditada de un hábil depredador. Se acercó. Mostró los dientes en una dura sonrisa.

—Por favor, déjalo. Ahora.

Tess negó con la cabeza.

—¡Vete al infierno!

El auricular se le cayó de la mano sin que mediara su voluntad. Mientras caía al escritorio, junto a ella, Tess oyó la voz de Ben al otro lado de la línea.

—¿Tess? Hola... ¿eres tú, cariño? Dios, son más de las tres de la mañana. ¿Qué estás haciendo en...

Oyó un fuerte golpe tras ella, como si el cable del teléfono hubiera sido arrancado de la toma de la pared por unas manos invisibles. Tess se sobresaltó al oír el ruido, y el estómago se le encogió ante el silencio que siguió.

—Tenemos un serio problema, Tess.

—Oh, no, por favor.

Ahora él estaba cabreado, y sabía su nombre.

En el fondo de su mente, Tess registró el hecho de que además de que fuera imposible el estado de conciencia de su atacante, también parecía haberse curado milagrosamente de sus heridas.

Bajo la mugre y las manchas de ceniza que deslucían su piel, todos sus muchos arañazos y laceraciones habían sanado milagrosamente.

Su traje de combate negro todavía estaba desgarrado y empapado de sangre por la quemadura de su pierna, pero ésta ya no sangraba. Y tampoco sangraba la herida, probablemente de bala, de su abdomen.

Tess sólo pudo ver la lisa contracción de músculos y la inmaculada piel oliva.

¿Sería acaso todo esto algún tipo de broma enfermiza de Halloween?

No lo creía, y sabía muy bien que sería mejor no bajar la guardia ni un segundo ante ese tipo.

—Mi novio sabe que estoy aquí. Probablemente ya esté de camino. Incluso debe de haber llamado a la policía...

—Tienes una marca de nacimiento en la mano.

—¿Qué?

Su voz tenía un tono acusador, y la estaba señalando, indicando su mano derecha, que temblaba junto a su garganta.

—Eres una compañera de raza. Desde esta noche, me perteneces.

La comisura de sus labios se torció al decirlo, como si no le gustaran demasiado aquellas palabras. A Tess tampoco le gustó mucho cómo sonaban. Retrocedió unos pasos, sintiendo que palidecía ante cada movimiento del hombre que la seguía.

—Mira, no sé lo que está pasando aquí. No sé qué te ha pasado esta noche ni cómo has acabado en mi clínica. Ni siquiera sé cómo puedes estar ahora de pie frente a mí, después de haberte dado el suficiente sedante como para noquear a diez hombres...

—Yo no soy un hombre, Tess. Soy... algo más.

Ella se podía haber burlado ante eso si no hubiera sonado tan terriblemente serio. Tan terriblemente sereno.

Estaba loco.

Claro. Por supuesto que lo estaba.

Mal de la chaveta, loco de remate, era un psicópata demente.

Ésa era la única explicación que se le ocurría, mirándolo con ojos aterrorizados mientras él se acercaba y el espacio que los separaba se hacía cada vez más pequeño. El absoluto poder y tamaño de él la obligaron a retroceder hacia la pared que tenía a la espalda.

—Tú me has salvado, Tess. No te di otra elección, pero tu sangre me ha curado.

Tess negó con la cabeza.

—Yo no te curé. Ni siquiera estoy segura de que tus heridas fueran reales. Tal vez tú creías que sí, pero...

—Eran reales —dijo él, con un sugerente y melodioso acento en su profunda voz—. Sin tu sangre, ellos me habrían matado. Pero al beber de ti, te he hecho algo. Algo que ya no puedo remediar.

—Oh, dios mío. —Tess se sintió mareada, inundada por una súbita oleada de náusea—. ¿Estás hablando del VIH? Por favor, no me digas que tienes el SIDA...

—Esas son enfermedades humanas —dijo él con actitud despectiva—. Yo soy inmune a ellas. Y tú también, Tess.

Por alguna razón, aquella disparatada declaración no le dio mucha esperanza.

—Deja de usar mi nombre. Deja de actuar como si lo supieras todo sobre mí...

—No espero que te sea fácil de entender. Te lo estoy intentando explicar de la manera más suave que puedo. Te lo debo. Verás, tú eres una compañera de sangre, Tess. Eso es algo muy especial para los de mi raza.

—¿Tu raza? —preguntó ella, cada vez más cansada de ese juego—. De acuerdo, renuncio. ¿Cuál es tu raza?

—Soy un guerrero. Un guerrero de la raza.

—Bien, un guerrero. Y que quieres decir con eso... ¿qué tipo de raza?

Durante un largo momento, él se limitó a mirarla, como si estuviera sopesando su respuesta.

—Como la de los vampiros, Tess.

Por Moisés, padre de los dementes. Ese tipo estaba loco de remate.

Las personas cuerdas no van por ahí fingiendo ser adictas chupadoras de sangre... o peor aún, actuando realmente como les dictan sus fantasías perversas, como ese tipo había hecho con ella.

Excepto que ahí estaba el hecho de que el cuello de Tess no ofrecía ni el rastro de una herida, a pesar de que estaba segura, con una seguridad escalofriante, de que él le había perforado la garganta con afilados colmillos y había bebido una buena cantidad de su sangre.

Y luego estaba el hecho increíble de que permanecía allí de pie, caminando y hablando como si el sedante no le hubiera causado ningún efecto, cuando lo cierto era que debería haberlo dejado noqueado al menos una semana.

¿Cómo podía explicarse eso?

Lejanas sirenas de la policía rugieron desde alguna parte ahí fuera, el silbido constante parecía estar acercándose a la zona de la ciudad donde se hallaba la clínica. Tess las oyó, y las oyó también el pirado que la mantenía cautiva. Ladeó la cabeza ligeramente, sin que sus ojos de color whisky la perdieran de vista por un segundo. Sonrió con ironía, curvando apenas las comisuras de su amplia boca, luego musitó una maldición por lo bajo.

—Parece que tu novio ha pedido un poco de ayuda.

Tess estaba demasiado ansiosa para responder, insegura de qué podría provocar en él el hecho de saber que las autoridades estaban de camino.

—Un modo brillante de joder una noche —gruñó él, aparentemente para sí mismo—. Ésta no es la manera correcta de dejar las cosas entre nosotros, pero parece que de momento no tengo más elección.

Acercó la mano a la cara de Tess. Ella se estremeció y trató de evitarla, esperando recibir el golpe de un puño o cualquier otra brutalidad. Pero únicamente sintió la cálida presión de su amplia palma abierta contra su frente. Se inclinó hacia ella, y ella sintió el suave toque de sus labios en la mejilla.

—Cierra los ojos —murmuró.

Y el mundo de Tess se sumió en la oscuridad.

—No hay señales de ninguna actividad sospechosa, amigos. Hemos comprobado todas las entradas alrededor del edificio y todo parece en orden.

—Gracias oficial —dijo Tess, sintiéndose como una idiota por haber provocado todo aquel escándalo a una hora tan avanzada, o más bien tan temprana, de la madrugada.

Ben estaba de pie junto a ella en su despacho, rodeándole los hombros con su brazo en actitud protectora y un poco posesiva. Había llegado hacía poco, no mucho después de que las sirenas de la policía la despertaran de un sueño inusualmente profundo.

Había estado trabajando hasta muy tarde, evidentemente, y se había quedado dormida en su escritorio. De algún modo le había dado al botón de llamada rápida y había llamado al celular de Ben. Él había visto el número de la clínica y tuvo miedo de que ella tuviera algún problema.

Llamó por eso a las tres de la mañana al 911 y dos oficiales se acercaron hasta la clínica.

Éstos no hallaron ninguna señal para alarmarse por la entrada de intrusos a altas horas de la noche, pero sí encontraron a *Shiva*. Uno de los policías los interrogó acerca de la procedencia del tigre, y cuando Ben insistió en que se había encontrado al animal, y que no lo había robado, el oficial se mostró muy escéptico.

Fue permisivo porque estaban en la noche de Halloween, durante la cual las mascotas publicitarias eran a menudo el blanco de travesuras adolescentes. Ben se apresuró a asegurar que eso es lo que hubiera ocurrido en el caso de *Shiva*.

Ben tuvo suerte de no terminar esposado. Recibió una advertencia y la seria recomendación de que devolviera a *Shiva* a la tienda de armas a primera hora de la mañana, antes de que nadie se hiciera una idea equivocada y abriera una investigación.

Tess se escurrió debajo del brazo de Ben y le dio la mano al oficial.

—Gracias por venir. ¿Puedo ofrecerle café o té? Tengo las dos cosas, y tardaré apenas unos minutos en prepararlas.

—No, gracias, señora. —El aparato transmisor-receptor del policía emitió un breve zumbido, seguido por una serie codificada de nuevas órdenes procedentes del puesto de mando. Habló a un micrófono que tenía enganchado a la solapa comunicando que todo estaba en orden en la clínica veterinaria—. Entonces, parece que ya hemos acabado. Cuídense, familia. Y, señor Sullivan, confío en que devuelva ese tigre a quien pertenece.

—Sí, señor. —Ben se mostró de acuerdo, exhibiendo una sonrisa tirante mientras le daba un breve apretón de manos al oficial.

Acompañaron a los policías a la puerta y observaron cómo el coche patrulla se adentraba por la tranquila calle de la ciudad. Cuando se marcharon, Ben cerró la puerta de la clínica y se volvió hacia Tess.

—¿Estás segura de que estás bien?

Ella asintió dejando escapar un largo suspiro.

—Sí, me encuentro perfectamente. Siento haberte preocupado. Debo de haberme quedado dormida sobre el escritorio y, posiblemente, le haya dado un golpe al teléfono sin querer.

—Sigo diciendo que no es bueno que te quedes trabajando hasta tan tarde. Ésta es la peor parte de la ciudad, lo sabes.

—Nunca he tenido problemas.

—Siempre hay una primera vez —dijo Ben, con una expresión sombría—. Vamos, te llevaré a casa.

—¿Todo el camino hasta North End? No tienes que hacer eso. Llamaré a un taxi.

—Esta noche no, yo te llevaré. —Ben cogió el bolso de ella y se lo entregó—. Estoy completamente despierto, y mi furgoneta está allí fuera. Vamos, Bella Durmiente.

Capítulo seis

Dante salió del ascensor del recinto de los guerreros de la estirpe con un aspecto y un olor pestilentes que reflejaban cómo se sentía. Había estado furioso —sobre todo consigo mismo— durante todo el trayecto cien metros más allá de las lujosas casas de Boston y las mansiones con verjas y alta seguridad al nivel de la calle que pertenecían a la Orden. Había entrado allí con apenas unos pocos minutos de margen antes de que amaneciera sobre la ciudad y el sol lo convirtiera en una bonita tostada por tener una piel alérgica a los rayos UV.

Eso habría sido la corona perfecta para una noche que llevaba el rótulo PEOR IMPOSIBLE escrito en ella.

Dante se encaminó por el austero pasillo blanco que giraba una y otra vez a través del corazón del laberíntico recinto. Necesitaba una ducha caliente y echar una cabezadita. Estaba ansioso por poder pasar todas las horas de luz a solas durmiendo en su cuarto privado. Incluso sería capaz de dormir durante los próximos veinte años, lo suficiente como para librarse de tener que enfrentarse al enorme desastre en el que se había metido esa noche.

—Eh, Dante.

Dante murmuró una maldición cuando oyó la voz que lo llamaba desde el otro extremo del corredor. Era Gideon, el genio de las computadoras y la mano derecha de Lucan, el venerable líder de la Orden. Gideon mantenía el recinto fuertemente controlado por dentro y por fuera; probablemente estaba al tanto de la llegada de Dante desde el primer momento en que había puesto un pie en la propiedad.

—¿Dónde has estado, amigo? Se supone que tenías que haber llamado comunicando tu posición hace horas.

Dante se volvió lentamente en el largo pasillo.

—Creo que podría decirse que mi posición estaba un poco jodida.

—No, mierda —contestó el otro vampiro, escudriñándolo con la mirada por encima de unas gafas de forma cuadrada y lentes azul pálido. Soltó una risita, sacudiendo su puntiaguda cresta de pelo rubio—. Tienes una pinta espantosa. Y hueles a residuos tóxicos. ¿Qué diablos te ha pasado?

—Es una larga historia. —Dante señaló sus ropas hechas jirones, sangrientas y empapadas, que apestaban a salmuera, residuos y vete a saber qué cosas de las que había arrastrado en su viaje por el río Mystic—. Me ocuparé de todo el mundo más tarde. Por ahora necesito una ducha.

—Con un limpiador industrial —se mostró de acuerdo Gideon—. Pero la limpieza va a tener que esperar un poco. Hemos tenido compañía en el laboratorio.

A Dante lo asaltó la preocupación.

—¿Qué tipo de compañía?

—Oh, te va a encantar. —Gideon le hizo un gesto con la cabeza—. Vamos. Lucan requiere tu presencia para una deliberación.

Dejando escapar un largo suspiro, Dante se colocó al lado de Gideon. Caminaron dando otro giro por el pasillo, en dirección al laboratorio técnico, el eje de vigilancia e inteligencia donde los guerreros tenían la mayoría de sus reuniones. Cuando la pared de vidrio del laboratorio apareció a la vista, Dante vio a los otros tres vampiros guerreros que eran como de la familia para él: Lucan, el oscuro líder de la Orden; Nikolai, el presuntuoso ingeniero del grupo; y Tegan, el mayor después de Lucan y el tipo más individualista que Dante había conocido nunca.

Recientemente la Orden había perdido otros dos miembros. Río, que había resultado gravemente herido por un renegado que le había tendido una emboscada unos meses atrás y permanecía en la enfermería del recinto, y Conlan, que fue asesinado por los renegados en la misma época, en una explosión que tuvo lugar en una de las líneas de tren de la ciudad.

Mientras Dante escudriñaba la asamblea de guerreros, su mirada se fijó en una cara familiar. Evidentemente, esa era la compañía que Gideon había mencionado. El vampiro varón tenía el buen aspecto de un contable, con su traje oscuro y su camisa blanca, una corbata gris que se veía muy nueva, y unos zapatos de cordones negros y brillantes. Su pelo castaño dorado era corto y con un estilo impecable, sin un mechón fuera de lugar. Aunque había un hombre de gran tamaño bajo aquel aspecto tan pulido, recordaba a esos chicos guapos que parecen cincelados que uno ve en los anuncios de las revistas, exhibiendo ropa de diseño o perfumes caros.

Dante frunció el ceño y sacudió la cabeza.

—Dime que ése no es uno de los nuevos candidatos a guerrero.

—Ése es el agente Sterling Chase, de los Refugios Oscuros de Boston —dijo Gideon.

Un Darkhaven agente de la ley y el orden. Ciertamente eso explicaba el aspecto reservado y de inútil burócrata.

—¿Qué quiere de nosotros?

—Información. Algún tipo de alianza, según tengo entendido. Los Darkhaven lo han enviado hasta aquí con la esperanza de obtener ayuda de la Orden.

—Nuestra ayuda. —Dante se burló, con escepticismo—. Me estás tomando el pelo. Hasta no hace mucho los habitantes de los Refugios Oscuros condenaban a nuestros vigilantes rebeldes.

Mientras caminaba a su lado, Gideon le lanzó una mirada con una sonrisa de satisfacción.

—La de dinosaurios que sobreviven a su tiempo y se ven forzados a extinguirse es una de las insinuaciones más educadas que pueden hacerse.

Era una ironía, considerando que las poblaciones de esos santuarios existían gracias a que los guerreros continuaban luchando contra los renegados. En las edades oscuras de la humanidad, mucho antes del nacimiento de Dante en Italia durante el siglo XVIII, la Orden actuaba como única protección de la raza de los vampiros. Entonces eran venerados y tenidos como héroes. En esos tiempos en que los guerreros cazaban y ejecutaban a los renegados por todo el globo, sofocando incluso las más pequeñas sublevaciones antes de que éstas tuvieran tiempo de echar raíces, los Darkhaven se relajaron y entraron en un estado de arrogante confianza. El número de los renegados había disminuido en los tiempos modernos, pero ahora estaba aumentando otra vez. Mientras tanto, los Darkhaven habían adoptado leyes y procedimientos para tratar a los renegados como meros criminales, creyendo estúpidamente que el encarcelamiento y la rehabilitación eran una forma viable de solucionar el problema.

Los guerreros de la raza sabían que no era así. Ellos veían las matanzas desde cerca, mientras que el resto de la población permanecía escondida en sus santuarios, fingiendo estar a salvo. Dante y el resto de la Orden eran la única verdadera defensa de la estirpe, y habían escogido actuar de forma independiente. Algunos argumentaban que en abierto desafío a las impotentes leyes de los Darkhaven.

—¿Ahora nos piden ayuda? —Las manos de Dante, a los lados, se cerraron en forma de puños, pues no estaba de humor para tratar con políticos Darkhaven ni con los tontos que trataban de venderlos—. Espero que Lucan nos llamase a esta reunión para demostrar que somos salvajes y capaces de matar a sus malditos mensajeros.

Gideon soltó una risita mientras las puertas de cristal del laboratorio se abrían ante ellos.

—Intenta no ahuyentar al agente Chase antes de que tenga la oportunidad de explicar por qué está aquí, ¿de acuerdo, Dante?

Gideon entró a la sala. Dante lo siguió, dirigiendo un gesto respetuoso a Lucan y sus hermanos al entrar a la espaciosa habitación de control. Volvió su mirada hacia el agente Darkhaven, manteniendo la mirada mientras el vampiro civil se levantaba de su silla en la mesa de conferencias y observaba el estado sangriento y magullado de Dante con un disgusto apenas disimulado.

Ahora él estaba encantado de no haber tenido tiempo para arreglarse. Con el deseo de que la ofensa fuera mayor, Dante se acercó hasta el agente y le ofreció su mano mugrienta.

—Tú debes de ser el guerrero llamado Dante —dijo el representante de los Darkhaven con voz grave y cultivada. Aceptó la mano que Dante le ofrecía dándole un breve apretón. Hizo un gesto con la nariz casi imperceptible, sus delgados orificios se agitaron al notar el hedor de Dante—. Es un privilegio conocerle. Soy el agente de Investigación Especial Sterling Chase, de los Refugios Oscuros de Boston. Agente Superior de Investigación —añadió, sonriendo—. Pero dejémonos de ceremonias. Por favor, deseo que todos ustedes se sientan libres de dirigirse a mí como les plazca.

Dante se limitó a gruñir, reprimiendo la forma de dirigirse a él que le venía a la mente. En lugar de decirle nada, se dejó caer en el asiento más próximo al agente, manteniendo en él una mirada fija y fría.

Lucan se aclaró la garganta, eso indicaba que el mayor de la estirpe iba a retomar el mando de la reunión.

—Ahora que estamos todos, vamos a ocuparnos de nuestros asuntos. El agente Chase ha traído noticias de recientes disturbios entre los Darkhaven de Boston. Ha habido una avalancha de jóvenes vampiros que han desaparecido recientemente. Le gustaría obtener ayuda de la Orden para encontrarlos. Yo le he dicho que la tendrá.

—La búsqueda y el rescate no es exactamente nuestra ocupación —dijo Dante, con los ojos clavados en el civil mientras se oía un murmullo de acuerdo en la mesa de los guerreros.

—Eso es verdad —intervino Nikolai. El vampiro de origen ruso sonrió desde debajo de una larga madeja de pelo rojizo que no conseguía tapar por completo su escalofriante mirada de color azul hielo—. Somos más de tirar la piedra y esconder la mano.

—Se trata de algo más que unos pocos vampiros extraviados que se han saltado el toque de queda y necesitan unas collejas —dijo Lucan. Su tono sombrío cambió inmediatamente la actitud que había en la habitación—. Dejaré que el agente Chase explique de qué se trata.

—El pasado mes, un grupo de tres Darkhaven jóvenes fueron a una fiesta *rave* en algún lugar de la ciudad y nunca regresaron. Una semana más tarde, desaparecieron otros dos. Desde entonces, cada noche ha habido más desapariciones en la zona de los Refugios Oscuros de Boston. —El agente Chase cogió un maletín que había en el suelo junto a él y sacó una gruesa carpeta. La colocó en el centro de la mesa de conferencias. De su interior salieron una docena de fotografías: caras sonrientes de jóvenes vampiros—. Éstas son las desapariciones de las que tenemos informes. Probablemente hemos perdido a otros dos jóvenes durante el tiempo que llevamos aquí reunidos.

Dante examinó cuidadosamente la pila de fotografías y luego pasó la carpeta por encima de la mesa, diciéndose que no podían ser fugitivos. La vida podía resultar aburrida para los jóvenes Darkhavens con algo que demostrar al mundo, pero no había nada tan malo como para que grupos de ellos huyeran al mismo tiempo.

—¿Ha habido algún rescate? ¿Alguna observación? La desaparición de tantas personas en un periodo de tiempo tan corto... Me parece que alguien debería saber algo sobre esto.

—Se han encontrado sólo a unos pocos.

Chase sacó otra carpeta de su maletín, ésta última considerablemente más delgada que la primera. Extrajo unas pocas fotografías y las esparció ante él sobre la mesa. Eran fotografías del depósito de cadáveres. Tres vampiros civiles, de la generación actual, y probablemente ninguno tenía más de treinta y cinco años. En cada foto, un par de ojos petrificados miraban fijos a la lente de la cámara, con las pupilas alargadas convertidas en hendiduras hambrientas y el color natural del iris saturado de un amarillo ámbar brillante por la lujuria de la sangre.

—Son renegados —dijo Niko, prácticamente silbando la palabra.

—No —replicó el agente Chase—. Murieron en pleno ataque de lujuria de la sangre, pero no han vuelto a su condición normal. No eran renegados.

Dante se levantó de la silla y se inclinó sobre la mesa para mirar más de cerca las fotos Su mirada fue atraída inmediatamente por la costra de espuma rosada seca que se había formado en torno a las bocas flojas. Era el mismo tipo de residuo de saliva que había observado en el vampiro que lo había atacado al salir del club aquella noche.

—¿Alguna idea de qué fue lo que los mató?

Chase asintió.

—Una sobredosis de narcóticos.

—¿Alguno de vosotros ha oído hablar en la ciudad de una nueva droga llamada carmesí? —preguntó Lucan al grupo de guerreros. Ninguno la había oído nombrar—. Por lo que me ha dicho el agente Chase, es un compuesto químico particularmente peligroso que está circulando últimamente entre las pandillas de jóvenes de la raza. Es un estimulante un poco alucinógeno que también provoca un estallido de enorme fuerza y resistencia. Pero ése es sólo el aperitivo. La verdadera diversión da comienzo unos quince minutos después de la ingestión.

—Exacto —admitió el agente Chase—. Quienes ingieren o inhalan esos polvos rojos pronto experimentan una sed extrema y escalofríos de fiebre. Se ven arrojados a un estado animal donde pierden el sentido y exhiben todos los rasgos de la lujuria de sangre, desde las pupilas fijas y elípticas y los permanentes colmillos hasta la insaciable necesidad de sangre. Si se deja al individuo saciar esta necesidad casi seguro que se transformará en un renegado. Si continúa consumiendo carmesí éste es el resultado —dijo Chase señalando las fotografías del depósito de cadáveres.

Dante soltó una maldición, en parte porque la epidemia de la histeria estaría a punto de entrar en erupción entre la población de los Refugios Oscuros, pero también al darse cuenta de que el joven vampiro enfermo de la lujuria de la sangre al que había matado esa noche era un joven de la raza como esos contaminados por la mierda que Chase acababa de describir. Aún así le costaba lamentar la muerte del muchacho que se había arrojado contra Dante como una tonelada de ladrillos.

—Esa droga, carmesí —dijo Dante—, ¿alguien tiene alguna idea de dónde procede, quién puede estar fabricándola o distribuyéndola?

—No tenemos nada más que lo que he expuesto aquí.

Dante vio la grave expresión de Lucan y entendió hacia dónde apuntaba aquello.

—Y ahí es donde entramos nosotros, ¿no?

—Los Darkhaven han pedido nuestra ayuda para identificar y, si es factible o simplemente posible, recuperar a algunos de esos ciudadanos desaparecidos si nos cruzamos con ellos en nuestras patrullas nocturnas. Obviamente, a parte de esto, compartimos el interés por detener el negocio del carmesí y a los que lo manejan. Creo que todos estaremos de acuerdo en que lo último que necesitamos los de la estirpe es más vampiros que se conviertan en renegados.

Dante asintió junto con los otros.

—La buena voluntad de la Orden para ayudarnos con el problema es altamente apreciada. Les doy las gracias a todos —dijo Chase, deteniendo la mirada en cada uno de los vampiros guerreros—. Pero hay algo más, si me permiten.

Lucan hizo una leve inclinación de cabeza, invitando al agente a continuar.

Chase se aclaró la garganta.

—Me gustaría participar activamente en la operación.

Un largo y tenso silencio se prolongó mientras Lucan fruncía el ceño y se echaba hacia atrás en su sillón en la cabecera de la mesa.

—¿Activamente en qué sentido?

—Quiero ir junto con uno o más miembros de la Orden, para supervisar personalmente la operación y ayudar en la recuperación de esos individuos desaparecidos.

Sentado al otro lado de Dante, Nikolai rompió a reír.

Gideon se pasó los dedos por la cabeza rapada y luego dejó sus gafas de sol color azul pálido sobre la mesa.

—No llevamos a civiles con nosotros en nuestras operaciones. Nunca lo hemos hecho y nunca lo haremos.

Incluso Tegan, el estoico, que no había pronunciado ni una sola palabra durante toda la reunión, se vio finalmente inclinado a expresar su desacuerdo.

—No sobreviviría usted ni una noche, agente —dijo sin ninguna inflexión en la voz, exponiendo la cruda realidad.

Dante se guardó para sí su incredulidad, seguro de que Lucan haría callar al agente con el solo poder de su mirada. Pero Lucan no rechazó la idea abiertamente. Se puso en pie, con los puños preparados al borde de la mesa de conferencias.

—Déjenos solos —le dijo a Chase—. Mis hermanos y yo discutiremos su petición en privado. De momento nuestros negocios han acabado, agente Chase. Puede regresar al Refugio Oscuro para esperar nuestra decisión. Estaré en contacto con usted.

Dante y el resto de los guerreros se levantaron también; luego, después de un largo momento, también lo hizo el agente Darkhaven, recuperando su elegante maleta de cuero que se hallaba en el suelo junto a él. Dante se apartó un paso de la mesa. Cuando Chase trató de pasar junto a él se encontró con que el grueso hombro de Dante le bloqueaba el camino. Dado que no tenía otra elección, se detuvo.

—Los tipos como tú nos llaman salvajes —le dijo Dante con dureza—, y aquí estás, todo elegante y brillante con tu traje y tu corbata, pidiendo nuestra ayuda. Lucan habla en nombre de la Orden, y si él dice que vamos a poner de nuestra parte para salvar tu culo en este asunto para mí está bien. Pero eso no significa que tenga que gustarme. Y tampoco significa que me tengas que gustar tú.

—No espero ganar ningún concurso de popularidad. Y si tienes dudas sobre el rol que he propuesto desempeñar en esta investigación, pues adelante, exprésalas.

Dante soltó una risita, sorprendido ante el desafío. No se lo esperaba de ese tipo.

—Vamos a dejarnos de ceremonias, agente Chase, de Investigación Especial... disculpe... agente Superior de Investigación... pero lo que yo hago, lo que todos los presentes en esta habitación hacemos, todas y cada una de las noches, es un trabajo tremendamente sucio. Luchamos. Matamos. Te aseguro que no hacemos ningún tipo de programa turístico para agentes Darkhaven que buscan construir sus carreras políticas sobre la base de nuestro sudor y nuestra sangre.

—Ésa no es mi intención, te lo aseguro. A mí todo lo que me importa es mi tarea de localizar y recuperar a los individuos que han desaparecido de mi comunidad. Si la Orden puede detener la proliferación de esa droga llamada carmesí en el proceso, mucho mejor. Y también para todos los de la estirpe, por supuesto.

—¿Y cómo es que te sientes remotamente cualificado para salir a patrullar con nosotros?

El agente Chase miró en torno de la habitación, posiblemente buscando ayuda por parte de alguno de los guerreros que se hallaban de pie ante la mesa. La habitación permanecía en silencio. Ni siquiera Lucan intervino en su beneficio.

Dante afiló la mirada y sonrió, con la esperanza de que el silencio hiciera marcharse al agente, enviándolo de vuelta a su tranquilo y pequeño santuario con la cola entre las patas.

Entonces Dante y el resto de la Orden podrían volver a sus asuntos, es decir, matar renegados, preferiblemente sin público y sin una maldita tarjeta de puntuación.

—Soy licenciado en ciencias políticas por la universidad de Columbia —dijo finalmente Chase—. Y como mi hermano y como mi padre antes que yo, he estudiado derecho en Harvard, donde me gradué con las calificaciones más altas de mi clase. Además, he entrenado en tres escuelas de artes marciales y soy un tirador experto, a un alcance de trescientos cincuenta metros. Eso sin la ayuda de una mira telescópica.

—¿Es eso cierto? —El resumen era impresionante, pero Dante apenas se inmutó—. Entonces, dime, Harvard, ¿cuántas veces has puesto en práctica tu entrenamiento, en artes marciales o con las armas, fuera de clase? ¿Cuánta sangre tuya has derramado? ¿Cuánta le has quitado a tus enemigos en el calor de la batalla?

El agente sostuvo la mirada fija de Dante, con la barbilla cuadrada y afeitada apuntando hacia arriba.

—No me da miedo ponerme a prueba en la calle.

—Eso es bueno —dijo Dante alargando las palabras—. Es realmente bueno, porque si estás pensando en salir a bailar con alguno de nosotros, te aseguro que te pondremos a prueba.

Chase mostró sus dientes en una sonrisa tensa.

—Gracias por avisar.

Rozó a Dante al pasar junto a él, murmuró un saludo a Lucan y a los demás y salió del laboratorio a grandes pasos apretando su maletín en la mano.

Cuando las puertas de cristal se cerraron tras el agente, Niko soltó una maldición en su lengua nativa de Siberia.

—Éste es un jodido tipo que está mal de la cabeza, un administrativo que se cree que va a tener los suficientes cojones para salir con nosotros.

Dante sacudió la cabeza, compartiendo la misma opinión, pero sus pensamientos le estaban dando vueltas a otra cosa igual de turbadora. Quizás más.

—Me atacaron esta noche en la ciudad —dijo, mirando

los rostros tensos de sus hermanos—. Pensé que se trataba de un renegado acechando a su presa a la salida del club. Luché con ese maldito cabrón, pero no fue fácil. Finalmente acabé persiguiéndolo hasta la orilla del río, donde me metí en un nuevo problema. Un grupo de vampiros chupadores de sangres muy bien armados me dieron duro.

Gideon inclinó la cabeza y le dirigió una mirada afilada.

—Maldita sea, Dante. ¿Por qué no pediste ayuda?

—No tuve tiempo de hacer nada más que tratar de salvar mi propio culo —dijo Dante, recordando la brutalidad del ataque—. La cosa es que aquel vampiro chupador de sangre al que perseguí luchaba como un demonio. Era prácticamente imparable, como los miembros de la primera generación de los renegados, tal vez peor. Y el titanio no le afectaba.

—Si era un renegado —dijo Lucan—, el titanio debería haberlo ahumado allí mismo.

—Exacto —reconoció Dante—. Mostraba todos los síntomas de un estado de avanzada lujuria de sangre, pero no se había convertido realmente en un renegado. Y aún hay más. Esa baba rosada seca que habéis visto en las fotos del depósito de cadáveres que trajo Chase... Ese vampiro chupador de sangre la tenía.

—Mierda —dijo Gideon, cogiendo las fotografías y mostrándoselas a los otros guerreros—. Así que además de tener que tratar con los continuos problemas que tenemos con los renegados, ahora vamos a tener que luchar también contra vampiros de la estirpe contaminados por esa maldita droga llamada carmesí. En el calor de la batalla, ¿cómo vamos a saber lo que tenemos ante la mirilla de nuestros rifles?

—No lo sabremos —dijo Dante.

Gideon se encogió de hombros.

—De repente las cosas ya no son blancas o negras.

Tegan, con su plácida y fría expresión habitual, soltó una risa irónica.

—Hace unos pocos meses, nuestro problema con los renegados se convirtió en una guerra abierta. No había mucho lugar para el gris en esa imagen.

Niko expresó su asentimiento con la cabeza.

—Si un vampiro chupador de sangre quiere vérselas conmigo, sea un consumidor de carmesí o un renegado, sólo podrá esperar encontrar una cosa: la muerte. Dejemos que los Darkhaven se ocupen de los escombros cuando todo haya acabado.

Lucan centró su atención en Dante.

—¿Y qué pasa contigo, Dante? ¿Te preocupa participar en esto?

Dante se cruzó de brazos, más que preparado para esa ducha y para terminar con una noche que había ido cuesta abajo desde que empezó y amenazaba con seguir así hasta que se fuera a la cama.

—Lo poco que sabemos de esa droga llamada carmesí no suena bien. Todos esos civiles desaparecidos, que con el tiempo serán cada vez más, van a desencadenar una oleada de pánico entre la población de los Refugios Oscuros. Bastante mal lo tenemos ya con esta nueva complicación de los consumidores de carmesí, ¿pero podéis imaginaros lo complicada que será la situación de tener las calles infestadas por pandillas de agentes Darkhaven tratando de identificar a personas desaparecidas y detenerlas por su cuenta?

Lucan asintió.

—Lo cual nos conduce de nuevo al agente Chase y su petición de participar en nuestra operación. Ha acudido a nosotros con las mismas preocupaciones, no quiere sembrar una oleada de pánico y sin embargo necesita recuperar a los desaparecidos y hallar una solución rápida al problema que el consumo de carmesí parece estar causando entre los vampiros de la estirpe. Creo que él puede beneficiarnos, no sólo en la operación en sí misma, sino también en las calles. Puede ser bueno para la Orden tener algún aliado entre los Darkhaven.

Dante no pudo evitar mofarse con incredulidad.

—Nunca los hemos necesitado. Durante siglos les hemos estado sacando del fuego sus malditos culos, Lucan. No me digas que ahora se los vamos a empezar a besar. ¡Que jodan a ese hombre! Si dejamos que se metan en nuestros asuntos, sabes muy bien que lo próximo que tendremos que hacer será pedirles permiso para mear.

Había ido demasiado lejos. Lucan no dijo nada, pero una

mirada rabiosa a los otros guerreros bastó para que todos salieran de la habitación y él pudiera quedarse a solas con Dante. Dante miraba fijamente el suelo de mármol blanco bajo sus botas empapadas, teniendo la sensación de que acababa de pisar un hoyo de desgracia.

Nadie perdía el control frente a Lucan.

Era el líder de la Orden, lo había sido desde la formación inicial del cuadro de elite de los guerreros hacía casi setecientos años, mucho antes de que Dante y la mayoría de los miembros actuales hubieran nacido. Lucan pertenecía a la primera generación de la estirpe. Por su sangre corrían los genes de los Antiguos, esos despiadados de otro mundo que habían llegado a este planeta el milenio pasado, habían procreado con hembras humanas y habían dado comienzo a la primera generación de la raza de los vampiros. Los que tenían ahora genes como los de Lucan eran muy pocos y continuaban siendo los más poderosos, aunque también los más imprevisibles, de toda la raza.

Él era el mentor de Dante, un verdadero amigo, si Dante tenía la osadía de llamar así a un guerrero tan formidable como él.

Pero eso no significaba que Lucan no pudiera abrirle un boquete si creía que Dante lo necesitaba.

—No daría una mierda por los relaciones públicas de los Darkhaven, igual que tú —dijo Lucan. La cadencia de su profunda voz era mesurada y fría—. Pero las noticias sobre esta droga me preocupan. Necesitamos averiguar quién la está proporcionando y romper esta cadena. Es un asunto demasiado importante como para dejarlo en manos de los Darkhaven. Si tener un control sobre esta operación, de momento y hasta que podamos manejarla en nuestros propios términos, significa permitir que el agente Chase juegue a hacer de guerrero durante unas pocas noches, ése es el precio que tendremos que pagar.

Cuando Dante abrió la boca para esgrimir un argumento más en contra de esa idea, Lucan arqueó una de sus cejas negras y lo interrumpió antes de que pudiera decir una palabra.

—He decidido que tú serás el que patrulle en pareja con el agente Chase.

Dante se mordió la lengua, consciente de que Lucan no permitiría una discusión.

—Te escojo a ti porque tú eres el mejor para este trabajo, Dante. Tegan probablemente mataría al agente, simplemente porque le molesta. Y Niko, aunque es un guerrero capaz, no tiene tantos años de experiencia como tú en las calles. Mantén al agente Darkhaven lejos de problemas, pero no pierdas de vista el objetivo principal: exterminar a nuestros enemigos. Sé que no me fallarás. Nunca lo has hecho. Contactaré con Chase y le haré saber que su visita turística comienza mañana por la noche.

Dante hizo un profundo asentimiento con la cabeza a modo de aceptación, sin atreverse a hablar mientras sentía que la indignación ardía en sus venas. Lucan le dio una palmada en el hombro, como mostrando que entendía la ira que hervía en el interior de Dante, y luego salió del laboratorio. Dante no pudo hacer más que permanecer allí durante un momento, apretando la mandíbula con tanta fuerza que las muelas le ardían por la presión.

¿Realmente había entrado al recinto creyendo que la noche no podría empeorar?

Maldita sea, estaba completamente equivocado.

Después de todo lo que había pasado en las últimas doce horas, culminando con esta involuntaria tarea de niñera que le había sido encomendada, tendría que reconsiderar seriamente su idea de lo que es considerar algo «peor imposible».

Capítulo siete

—Ya está, señora Corelli. —Tess levantó una jaula de plástico para transportar gatos y la colocó sobre el mostrador de recepción, devolviendo a su dueña el gato persa blanco que refunfuñaba—. *Ángel* no está muy contento ahora mismo, pero seguro que se sentirá mejor en un par de días. Aunque si yo fuera usted no lo dejaría salir fuera hasta que se le hayan caído los puntos. A partir de ahora ya no volverá a sentirse nunca más como un Romeo.

La mujer mayor chasqueó la lengua.

—Desde hace meses, por mi calle arriba y abajo, ¿qué es lo que veo? Pequeños ángeles corriendo por todas partes. Ya se lo he dicho, ¡yo no tenía ni idea! Y mi pobre pequeño minino, volviendo cada noche a casa con el aspecto de un boxeador profesional, con esa preciosa carita suya hecha pedazos y sangrando.

—Bueno, a partir de ahora ya no tendrá más interés en pelear. Ni en su otro pasatiempo. Ha hecho usted lo correcto esterilizándolo, señora Corelli.

—Mi marido querría saber si haría usted lo mismo con el actual novio de nuestra nieta. Ese chico es un salvaje. ¡No hace más que meterse en problemas y sólo tiene quince años!

Tess se rio.

—Temo que mi práctica se limita a los animales.

—Es una verdadera lástima. Y ahora, ¿qué le debo, querida?

Tess observó a la anciana sacando su libreta de cheques con manos agrietadas y artríticas. A pesar de que había superado con creces la edad de jubilarse, Tess sabía que la señora Corelli limpiaba casas cinco días a la semana. Era un trabajo duro, y el sueldo era escaso, pero desde que la paga de invalidez de su marido se había acabado unos años atrás, la señora Corelli se había convertido en la única fuente de ingresos del hogar. Cuando Tess sentía tentaciones de lamentarse de si misma por ir tan justa de dinero y desbordada de problemas, pensaba en esa mujer que conseguía salir adelante con dignidad y elegancia.

—Actualmente estamos ofreciendo unos servicios especiales, señora Corelli. Así que el total de su factura hoy es de veinte dólares.

—¿Está segura, querida? —Ante el firme asentimiento de Tess, la mujer pagó los honorarios de la clínica, luego se puso el trasportín de la mascota bajo el brazo y se dirigió hacia la salida—. Gracias, doctora Tess.

—De nada.

Cuando la puerta se cerró tras su cliente, Tess miró el reloj de pared de la sala de espera. Era poco más de las cuatro. El día se le estaba haciendo interminable, sin duda debido a la extraña noche que había tenido. Había considerado la idea de anular sus citas y quedarse en casa, pero finalmente se había obligado a sí misma a trabajar el día entero. Una cita más y ya podría marcharse.

Aunque, en realidad, no tenía ni idea de por qué estaba tan ansiosa por volver a su apartamento vacío. Se sentía nerviosa y agotada al mismo tiempo, todo su sistema era presa de un extraño tipo de inquietud.

—Tienes un mensaje de Ben —anunció Nora mientras salía de una de las salas de cuidados para perros—. Está en una nota pegada a tu teléfono. ¿Algo sobre una exposición de arte lujoso mañana por la noche? Dijo que tú habías mencionado que irías con él hace unas semanas, pero quería asegurarse de que no te habías olvidado.

—Oh, mierda. ¿La cena y exposición del especialista en bellas artes es mañana por la noche?

Nora le dedicó una mirada irónica.

—Parece que te has olvidado. Bueno, suena bastante divertido. Oh, y tu vacuna número veinticuatro acaba de llamar para cancelar. Una de las chicas del restaurante está enferma, así que ella tiene que trabajar doble turno. Quiere cambiar la cita para la próxima semana.

Tess se recogió la larga melena por detrás del cuello y se frotó los tensos músculos de la nuca.

—Está bien. ¿Puedes llamarla y volver a fijar la cita para otro día?

—Ya lo he hecho. ¿Te encuentras bien?

—Sí, ha sido una noche larga, eso es todo.

—Eso he oído. Ben me contó lo que había pasado. Te quedaste dormida de nuevo en tu escritorio, ¿es así? —Nora se rio, sacudiendo la cabeza—. Y Ben, preocupado, llamó a la policía para socorrerte. Me alegro de que no se haya metido en líos con ellos a causa de ese «gato extraviado» que recogió.

—Yo también.

Ben había prometido al dejarla en casa que volvería a recoger a *Shiva* de la clínica para devolverlo a sus dueños, tal como la policía le había ordenado. Lo que no prometió es que no fuera a haber otro intento de rescate. Ya que aquella no era la primera vez, Tess se preguntaba si su tenaz entusiasmo, por muy bienintencionado que fuera, no sería algún día su perdición.

—Sabes una cosa —le dijo a su ayudante—, sigo sin entender cómo he podido marcar su número de llamada rápida estando dormida...

—Bah. Quizás de forma inconsciente deseabas llamarlo. Tal vez intente yo hacer eso una noche. ¿Crees que a mí también vendría a rescatarme? —Ante la mirada de Tess, Nora hizo un gesto con las manos en señal de claudicación—. Sólo lo decía... Realmente parece un chico estupendo. Guapo, inteligente, encantador... y no olvidemos que está loco por ti. No sé por qué no le das una oportunidad.

Tess le había dado ya una oportunidad. Más de una, en realidad. Y aunque pareciera que los problemas que había tenido con él eran cosa del pasado —él no hacía más que jurar una y otra vez que así era—, ella se mostraba precavida porque no quería verse envuelta otra vez en nada más allá de una amistad. De hecho, estaba empezando a pensar que a lo mejor no estaba preparada para una relación seria con nadie.

—Ben es un buen chico —dijo finalmente, recogiendo el mensaje y guardándolo en el bolsillo del uniforme de color verde que llevaba debajo de la larga bata de laboratorio—. Pero no todo el mundo es siempre lo que parece.

Con el cheque de la señora Corelli rematando los recibos del día, Tess lo selló para el banco y empezó a preparar un resguardo de ingreso.

—¿Quieres que lleve eso de camino a mi casa? —le preguntó Nora.

—No, lo haré yo. Ya que estamos libres de citas, creo que voy a irme a casa. —Tess guardó el resguardo de ingreso en la carpeta de piel en la que archivaba los recibos. Cuando levantó la vista, Nora la estaba mirando boquiabierta—. ¿Qué? ¿Qué pasa?

—No lo sé. ¿Quién demonios eres tú y qué has hecho con mi jefa adicta al trabajo?

Tess vaciló, sintiéndose de pronto culpable por los muchos días que le quedaban de archivar documentos y pensando que era injusta la idea de salir temprano, o más bien, en realidad, a la hora oficial.

—¡Estoy bromeando! —dijo Nora, corriendo en torno al escritorio para empujar a Tess hacia el pequeño vestíbulo—. Vete a casa. Relájate. Haz algo divertido, por el amor de dios.

Tess asintió, sintiéndose agradecida de tener a alguien como Nora a su lado.

—Gracias, no sé qué haría sin ti.

—Simplemente recuérdalo la próxima vez que revises mi sueldo.

A Tess le llevó tan sólo unos pocos minutos deshacerse de su bata de laboratorio, coger su bolso y apagar el ordenador de la oficina. Salió de la clínica y caminó bajo el sol de la tarde, incapaz de recordar la última vez que había conseguido dejar de trabajar y caminar hasta la estación antes de que oscureciera. Disfrutando de la repentina libertad —incluso sus sentidos parecían más vivos y sensibles que nunca—, Tess se tomó las cosas con calma, llegó al banco justo antes de que fueran a cerrar y cogió el metro hasta su casa en North End.

Su apartamento era bonito pero nada del otro mundo. Un solo dormitorio, un baño y lo bastante cerca de la autopista como para que ella hubiera aprendido a considerar el continuo silbido de tráfico fluido y veloz como un ruido de fondo.

Ni siquiera los frecuentes bocinazos de conductores impacientes o los chirridos de los frenos de vehículos en las calles que había justo debajo la molestaban realmente.

Hasta ahora.

Tess subió los dos tramos de escaleras hasta su apartamento, mientras en su cabeza repicaba el ruido de la calle como si fuera un estruendo. Se encerró dentro de la casa y se apoyó contra la puerta, dejando caer su bolso y sus llaves sobre una antigua máquina de coser que había comprado barata para reconvertirla en un aparador del vestíbulo. Se sacó sus mocasines de piel marrón y entró en el comedor para comprobar su buzón de voz y pensar qué cenaría.

Tenía allí otro mensaje de Ben. Iba a estar por North End esa noche y esperaba que a ella no le molestase que se acercara para ver cómo estaba, y tal vez salir a alguno de los bares del vecindario a tomar una cerveza.

Sonaba tan ilusionado, tan amistosamente inofensivo, que el dedo de Tess rondó sobre el botón de devolver la llamada durante un largo momento. No quería alentarlo, y ya era lo bastante malo que hubiera concertado con él la cita para ir a la exposición de arte contemporáneo de Boston.

La inauguración tenía lugar la noche siguiente, volvió a recordarse a sí misma, preguntándose si tendría alguna manera de escabullirse. Quería hacerlo, pero no lo haría. Ben había conseguido las invitaciones precisamente porque sabía que a ella le encantaba la escultura y los trabajos de algunos de sus artistas favoritos estarían expuestos durante poco tiempo.

Era un detalle muy considerado, y rechazándolo ahora sólo conseguiría herir a Ben. Acudiría a la exposición con él, pero ésa sería la última vez que harían algo en pareja, aunque fuese sólo como amigos.

Con esa firme decisión en mente, Tess encendió la televisión y encontró un viejo episodio repetido de *Friends*, luego fue hasta la cocina a buscar algo de comer. Se dirigió directamente al congelador, su habitual fuente de sustento.

¿Qué aburrida caja naranja de congelados escogería esta noche?

Distraída cogió la primera que tuvo al alcance y la abrió.

Cuando la cubierta de celofán hizo ruido sobre la encimera, frunció el ceño. ¿Realmente era así como pretendía pasar su insólita noche fuera de la oficina?

«Haz algo divertido», le había dicho Nora.

Tess estaba prácticamente segura de que nada de lo que tenía programado hasta ahora constituía ninguna diversión. No para Nora, desde luego, pero ni siquiera para ella.

Estaba a punto de cumplir veintiséis años y, ¿en qué había dejado que se convirtiera su vida?

Aunque sus sentimientos amargos no eran simplemente el resultado de la perspectiva del arroz soso y el pollo gomoso, Tess observaba el ladrillo helado de comida con desprecio. ¿Cuándo había sido la última vez que había cocinado una buena comida de manera improvisada, con sus propias manos?

¿Cuándo había sido la última vez que había hecho algo bueno simplemente para sí misma?

Hacía demasiado tiempo, concluyó, recogió aquella cosa de la barra y la tiró a la basura.

Sterling Chase, el agente superior de Investigación Especial, había vuelto rápidamente al recinto de los guerreros al anochecer. Para mayor credibilidad, se había quitado el traje y la corbata, optando por una camisa de hilo color grafito, pantalones vaqueros negros y botas de cuero negras con suelas de goma. También se había tapado su brillante cabello con una gorra también oscura. Vestido como iba ahora, Dante casi olvidaría que era un civil.

Lástima que ninguna medida de camuflaje pudiera ocultar el hecho de que para Dante Harvard resultaba ser, a partir de aquel momento, como un molesto grano en el culo.

—Si algún día tenemos que atracar un banco, al menos ya sé al armario de quién puedo recurrir —le dijo al agente Darkhaven mientras se ponía la trinchera de cuero cargada con todo tipo de armas para luchar cuerpo a cuerpo, y los dos se dirigían hacia uno de los parques de vehículos de la Orden en el garaje del recinto.

—No contendré la respiración esperando a que me llames —le soltó Chase divertido, observando una colección de aparatos de primera—. Parece que lo estáis haciendo bastante bien sin recurrir a grandes hurtos.

El enorme garaje, que parecía más bien un amplio hangar, albergaba docenas de vehículos selectos, coches todoterreno y bicicletas, algunos coches de época y algunos actuales, todos ellos conformaban una auténtica explosión de belleza. Dante lo condujo hasta un flamante Porche Caimán S negro basalto y le dio al control remoto para abrirlo. Los dos subieron al coche de dos puertas, Chase miró el impecable interior con evidente satisfacción mientras Dante ponía en marcha el motor y marcaba el código para abrir la puerta del hangar. Luego la dulce bestia negra comenzó su sigilosa ronda nocturna.

—La Orden vive muy bien —comentó Chase junto a Dante en la cabina débilmente iluminada. Dejó escapar una risa divertida—. Ya sabes, una gran parte de la población de los Refugios Oscuros cree que sois crudos mercenarios, que continuáis viviendo sin leyes en cuevas subterráneas.

—Eso es —murmuró Dante mirando ferozmente el tramo de oscura carretera que se extendía ante él. Con la mano derecha, abrió la guantera central y extrajo una mochila de cuero que contenía un pequeño alijo de armas. Dejó caer todas ellas: cuchillos enfundados, una gruesa cadena y una pistola semiautomática con su funda, en las rodillas del agente—. Vamos, Harvard. Supongo que puedes imaginarte qué extremo de esa Beretta 92FS trucada es el que vas a necesitar para apuntar a los chicos malos. Sobre todo, sabiendo que vienes de los pasillos enrarecidos de los Refugios Oscuros y esas cosas.

Chase sacudió la cabeza y murmuró un improperio.

—Mira, no era eso lo que quería decir...

—Me importa una mierda lo que quisieras decir —replicó Dante, girando bruscamente a la izquierda en torno a un almacén y acelerando a lo largo de una calle vacía—. Me importa una mierda lo que pienses de mí o de mis hermanos. Dejemos eso de una vez, ¿entendido? Has venido conmigo sólo porque Lucan ha dicho que vendrías conmigo. Lo mejor que puedes hacer es quedarte sentado aquí quieto, con la boca cerrada y mantenerte lo más alejado que puedas de mí.

La ira brillaba en los ojos del agente, que podía sentir el calor de ésta creciendo en oleadas. Aunque Dante pensara que

Chase no estaba acostumbrado a obedecer órdenes —y menos de alguien que considerara por debajo de él en la escala social— el Darkhaven se guardó su enfado para sí. Revisó las armas que Dante le había dado, comprobó el seguro de la pistola y luego la guardó en la funda de cuero.

Dante condujo adentrándose en el North End de Boston, siguiendo un aviso que Gideon había obtenido acerca de una posible fiesta *rave* que tendría lugar en uno de los viejos edificios de la zona. A las siete y media de la tarde, todavía tenían cinco horas durante las cuales matar el tiempo antes de que alguna actividad alrededor del lugar demostrara la pertinencia o no pertinencia del aviso. Pero Dante nunca había podido ejercer ese tipo de paciencia. No podía sentarse a esperar, pues tenía en mente que la muerte era más difícil para un blanco en permanente movimiento.

Apagó las luces y aparcó el Porche en la calle que había bajo el edificio que estaban vigilando. Se levantó una brisa, enviando un puñado de hojas y polvo de ciudad al capó del vehículo. Cuando la brisa se hubo calmado, Dante bajó la ventanilla y dejó que el aire fresco se colara dentro. Respiró profundamente, llenando sus pulmones de la ligera brisa que refrescaba ya a finales del otoño.

Un aroma dulce y picante le hizo cosquillas en la nariz, enviando a cada célula de su cuerpo mensajes de alerta. El aroma era distante y esquivo, de nada fabricado por el hombre, o los de la estirpe ni ninguno de sus colectivos científicos. Era de una calidez oscura, como la canela o la vainilla, aunque decir eso era referirse tan sólo a alguno de sus matices. Era una fragancia exquisita y singular.

Dante lo supo inmediatamente. Pertenecía a la hembra de la que se había alimentado; la compañera de sangre que tan imprudentemente había hecho suya hacía menos de veinticuatro horas.

«Tess.»

Dante abrió la puerta del coche y salió.

—¿Qué vamos a hacer?

—Tú te quedarás aquí —ordenó a Chase, sintiéndose arrastrado inexorablemente hacia ella, avanzando por el pavimento.

—¿Qué pasa? —El agente sacó su pistola y comenzó a salir del Porche como si quisiera seguir a Dante—. Dime qué está pasando, maldita sea. ¿Has visto algo ahí fuera?

—Quédate dentro de este maldito coche, Harvard. Y mantén los ojos y los oídos pegados a ese edificio. Yo voy a comprobar algo ahí fuera.

Dante no creía que fuera a ocurrir nada durante los próximos minutos allí donde estaban, pero si ocurría, en aquel momento realmente no le importaba. Todo lo que tenía presente era el aroma de ese perfume traído por el viento de la noche y la conciencia de que aquella mujer estaba cerca.

Su mujer, de algún lugar en su interior le llegó ese oscuro recuerdo.

Dante le siguió la pista como un depredador. Como todos los de la estirpe, estaba dotado de sentidos superiores y una velocidad y agilidad animales. Cuando querían, los vampiros podían moverse entre los humanos sin ser detectados, y estos no sentían más que una fría brisa en la nuca cuando pasaban por detrás de ellos. Dante usó ahora esta habilidad sobrenatural, navegando por las calles atascadas y los callejones traseros, con los sentidos atentos a su presa.

Dobló una esquina hacía una concurrida calle principal y allí estaba, en la ancha acera del otro lado de la vía.

Dante se quedó donde estaba, observando cómo Tess hacía unas compras en un mercado al aire libre, seleccionando con cuidado verduras frescas y vegetales. Metió una calabaza amarilla en su bolso de lona, luego examinó con detenimiento algunas frutas, deteniéndose para levantar hasta su nariz un pálido melón y comprobar su madurez.

Desde el primer momento en que la había visto en la clínica, a pesar de lo que lo afectaban sus heridas, Dante se había dado cuenta de que era preciosa. Pero esa noche, bajo la fila de pequeñas luces blancas que iluminaban los puestos, estaba radiante. Tenía las mejillas coloradas y sus ojos, de un verde azulado, brillaban cuando sonreía a los ancianos propietarios y les hacía cumplidos por la calidad de lo que le ofrecían.

Dante se trasladó a su lado de la calle, manteniéndose en las sombras, incapaz de despegar los ojos de ella. A esa distancia, su aroma era embriagador y excitante. Él se deleitó respirándolo, examinando cuidadosamente su picante dulzura con los dientes, saboreándolo con la lengua.

Dios, quería probarla otra vez.

Quería beber de ella.

Quería tomarla.

Antes de saber qué estaba haciendo, Dante dio un paso para bajar el bordillo de la calle. Podía haber estado a su lado en menos de un segundo, pero algo extraño le llamó la atención.

No era el único hombre que observaba a Tess con evidente interés.

Una persona, de pie bajo la entrada de un edificio algunas puertas más allá, escudriñaba la parada del mercado tratando de no ser visto mientras observaba a Tess realizando sus compras. No parecía un acosador, con su figura alta y delgada y su aspecto de buen chico universitario.

Tess pagó los comestibles y le dio las buenas noches a la anciana. En el instante en que comenzó a alejarse de los toldos iluminados donde estaban expuestos los productos, aquel hombre salió cuidadosamente de su escondite.

Dante se enfureció ante la idea de que Tess pudiera resultar herida. Cruzó la calle en menos de un parpadeo, quedando detrás del hombre y siguiéndolo a pocos pasos, preparado para arrancarle los brazos si hacía algo más que respirar cerca de ella.

—Eh, doctora —la llamó el hombre, con un tono de familiaridad en la voz—. ¿Qué hay?

Tess se dio la vuelta, y le dedicó una débil sonrisa sorprendida.

—¡Ben! ¿Qué estás haciendo aquí?

Ella lo conocía. Dante se echó hacia atrás inmediatamente, colándose entre la corriente de peatones que se arremolinaban en torno a las tiendas y los restaurantes.

—¿No oíste el mensaje que dejé en tu casa? Tenía cosas que hacer por aquí, y pensé que tal vez podríamos cenar o tomar algo.

Dante vio como el humano iba hasta ella y la abrazaba, y luego se inclinó para darle un beso en la mejilla. Era evidente que la adoraba; Dante detectó el fuerte sabor del sentimiento de posesión que irradiaba ese hombre.

—¿Vamos a quedar mañana para cenar después de la exposición del museo? —le preguntó el hombre.

—Sí, claro. —Tess asintió, entregándole la compra cuando él se ofreció a llevársela—. ¿Qué me tendría que poner?

—Lo que tú quieras. Sé que estarás preciosa.

Por supuesto. Dante ahora lo entendía. Aquel era el novio que Tess había llamado a la clínica la pasada noche. Aquel a quien ella había acudido ante el terror que Dante le había provocado.

Los celos le retorcieron el estómago... celos que en realidad no tenía derecho a sentir.

Pero su sangre le decía otra cosa. Sus venas estaban vivas y ardientes. La parte de él que no era humana le urgía a cruzar entre la multitud y decirle a esa mujer que ella le pertenecía a él y sólo a él. Lo supiera ella o no. Lo quisieran ellos o no

Pero su parte más sensata colocó un collar alrededor del cuello de esa bestia y la retuvo.

La obligó a detenerse.

No quería una compañera de sangre. Nunca la había tenido y nunca la tendría.

Dante observó a Tess y a su novio caminando delante de él, su charla despreocupada se perdía entre otras conversaciones y el zumbido general del ruido de la calle que se arremolinaba a su alrededor. Se quedó atrás durante un momento, con la sangre latiendo en sus sienes y también en otras regiones de su anatomía.

Se dio la vuelta y se escabulló con rapidez entre las sombras, de vuelta al edificio donde había dejado a Harvard vigilando. Tenía unos deseos infernales de que el aviso de Gideon acerca de la actividad de renegados allí resultará ser sólido —cuanto antes mejor— porque ahora mismo estaba ansioso por poder entregarse a una buena y sangrienta pelea.

Capítulo ocho

La operación de vigilancia de North End fue un desastre. Había habido, en efecto, una fiesta *rave* en el viejo y vacío edificio, pero los participantes eran sólo humanos. No había a la vista ni un renegado, ni ninguna señal de vampiros Darkhaven, ni tampoco ningún joven de la estirpe víctima de esa droga llamada carmesí. Tal vez deberían tomarse como un alivio que la ciudad estuviera tranquila durante unas horas, pero después de haber patrullado toda la noche sin éxito, Dante estaba muy lejos de sentirse aliviado. Estaba frustrado, tenso y muy necesitado de alimento.

La cura para eso era bastante simple. Conocía una docena de lugares donde podría encontrar a alguna hembra voluntariosa con sabrosas venas y un par de cálidos y acogedores muslos. Después de llevar a Chase a su residencia del Refugio Oscuro, Dante condujo hasta un club nocturno y aparcó el Porche junto al bordillo. Llamó al recinto desde su teléfono móvil y le hizo a Gideon un rápido resumen de los fiascos de la noche.

—Míralo por el lado bueno, Dante. Has pasado siete horas enteras junto al agente Darkhaven sin matarlo —subrayó con picardía—. Es una cota impresionante. Aquí teníamos una apuesta acerca de cuánto iba a durar el tipo. Yo he apostado que diecinueve horas como máximo.

—¿Ah, sí? —Dante soltó una risita—. Apúntame a mí siete horas y media.

—Ha ido mal, ¿eh?

—Supongo que podía haber sido peor. Al menos Harvard sabe obedecer órdenes, aunque parezca un tipo que prefiere estar al mando.

Dante miró el retrovisor lateral del coche, distraído por una pálida hembra que exhibía una porción del vientre, vestida con un traje corto de cuero, y se acercaba al vehículo. Subida a unos tacones de plataforma, se dirigió hacia la ventana cerrada pavoneándose con una práctica que hacía ver que se trataba de una profesional. Cuando se inclinó, dejándole vislumbrar sus exuberantes pechos, con una sonrisa endurecida por la calle y los ojos ausentes por el efecto de la heroína, lo sacó de toda duda.

—¿Buscas compañía, guapo? —soltó ella ante el vidrio oscurecido, incapaz de ver a quién se estaba ofreciendo y haciendo evidente que no le importaba, pues sólo se había fijado en la calidad de su vehículo.

Dante la ignoró. Incluso un libertino que viviera el momento como él tenía sus exigencias. Apenas advirtió cómo la prostituta se encogía de hombros, desanimada, y se alejaba por la calle.

—Necesito que hagas una búsqueda para mí, Gid.

—Claro —dijo él, al tiempo que se oía de fondo el ruido de un teclado dispuesto a ponerse en acción—. ¿Qué necesitas?

—¿Puedes encontrar alguna especie de museo donde inauguran una exposición mañana por la noche? ¿Con una cena o algo así?

Gideon apenas tardó un segundo en dar una respuesta.

—Tengo un listado de páginas de sociedad para elegantes mecenas donde se anuncia una cena exposición en el Museo de Bellas Artes. Mañana por la noche a las siete y media.

Ése tenía que ser el acto del que estaban hablando Tess y su novio. Su cita.

No es que debiera preocuparle lo que hiciera esa mujer o con quién. No debería hacerle bullir la sangre pensar en otro hombre tocándola, besándola. Hundiéndose en el interior de su cuerpo.

Eso no debería registrarse en el contador que medía su furia, pero era imposible que no fuera así.

—¿Qué pasa con el Museo de Bellas Artes? —preguntó Gideon, interrumpiendo sus pensamientos—. ¿Tienes una pista sobre algo allí?

—No, no es nada de eso. Simple curiosidad.

—¿De repente te interesas por el arte? —El guerrero se rio—. Dios santo, parece que unas pocas horas con Harvard te están causando una serie de efectos secundarios. Nunca te imaginé interesado por esas porquerías más propias de intelectuales.

Dante no era ningún salvaje completamente inculto, pero en ese momento no estaba de humor para dar explicaciones.

—Olvídalo —le espetó con sequedad a través del teléfono móvil.

Su irritación sólo comenzaría a apaciguarse cuando se sintiera de nuevo valorado. Esta vez eran dos bonitas hembras que tenían pinta de haberse acercado a los suburbios para pasar un buen rato. Chicas universitarias, imaginó él, basándose en la frescura de sus rostros, la alegría típica de las veinteañeras y los desgastados tejanos de diseño a imitación de los viejos. Se reían tontamente y trataban de actuar de forma desenfadada mientras se acercaban al coche en su camino hacia la discoteca.

—¿Entonces, dónde estás ahora Dante? ¿Vienes de camino al recinto?

—No —dijo él, bajando la voz mientras apagaba el motor y dejaba que su mirada siguiera el rastro de las mujeres al pasar—. La noche es joven. Creo que me detendré a tomar un bocado rápido. Tal vez dos.

Sterling Chase merodeaba en su residencia del Refugio Oscuro como un animal enjaulado, crispado y ansioso. Aunque la noche no había sido exactamente un éxito, en alguna medida, tenía que reconocer cierta alegría por haber tenido su primera noche de misión. No se preocupaba mucho por el arrogante y hostil guerrero que le había tocado como pareja, pues se recordaba a sí mismo que su objetivo de buscar la ayuda de la Orden pesaba más que todas las estupideces a las que tuviera que verse sometido por culpa de Dante o de sus hermanos durante las próximas semanas.

Llevaba en casa un par de horas. Unas horas más y ya sería de día, pero no se sentía con ganas de dormir.

En aquel momento sentía ganas de hablar con alguien.

Por supuesto, la primera persona que le vino a la mente fue Elise.

Pero a aquella hora ella ya se habría retirado a su cuarto y estaría a punto de acostarse. No le costaba mucho imaginarla sentada ante su pequeño tocador, probablemente desnuda bajo grandes cantidades de gasa y seda blanca, cepillando su largo y rubio cabello. Sus ojos color lavanda probablemente estarían cerrados mientras canturreaba ausente para sí misma; un hábito que había observado ya la primera vez que la había conocido, y que sólo contribuía a hacerla más querida para él.

Era dulce y frágil, y viuda desde hacía ya cinco años. Elise nunca se emparejaría con otro; y él, en lo profundo de su corazón, lo sabía muy bien. Y una parte de él se alegraba de que ella se negara a amar otra vez —el derecho de toda compañera de sangre que perdiera a su amado— porque aunque eso significara que él tendría que vivir con la tristeza de desearla, al menos no tendría que soportar la herida de verla unida a otro hombre.

Pero sin un hombre de la estirpe que la nutriera con su propia sangre y se nutriera a su vez de la de ella, Elise, nacida humana como todos los otros compañeros de sangre, algún día envejecería y moriría. Eso era lo que más lo entristecía. Puede que ella nunca fuera suya, pero era seguro que algún día, probablemente al cabo de unos sesenta o setenta años, apenas un pestañeo para los de su raza, la perdería por completo.

Tal vez era esa idea la que lo hacía desear con todas sus fuerzas evitarle cualquier clase de daño.

Él la amaba, como siempre.

Eso lo avergonzaba, esa manera en que ella lo afectaba tanto. Sólo de pensar en ella, sentía la piel tirante y demasiado caliente. Lo hacía arder por dentro, y ella nunca podría saberlo. Ella lo despreciaría por eso, él estaba seguro.

Pero eso no podía impedir el deseo apremiante de estar cerca de ella.

Estar desnudo junto a ella, aunque sólo fuera una vez.

Chase detuvo su ir y venir y se dejó caer sobre el gran sofá de su estudio. Se recostó, con los muslos extendidos, la cabeza hacia atrás sobre los hombros, contemplando el alto y blanco techo unos cinco metros por encima de él.

Ella estaba allí, en la habitación de arriba sobre aquel mismo espacio.

Si respiraba profundamente, podía notar su suave aroma a rosas y brezo. Chase inspiró con fuerza. La sed subió en espiral por él, ensanchando los colmillos en sus encías. Se relamió los labios, casi capaz de imaginar su sabor.

Aquélla era una dulce tortura.

La imaginó caminando descalza sobre la alfombra de la habitación, con los lazos de su ligero camisón desatados. Dejando que la seda cayera cerca de la cama mientras se recostaba sobre las frías sábanas y se tendía allí, sin cubrirse, desinhibida, con sus pezones como botones de rosas destacando en la palidez de su cuerpo.

Chase tenía la garganta seca. El pulso se le había acelerado como un tambor, y la sangre se agitaba en sus venas. Su polla estaba dura y confinada en el interior de sus tejanos negros. Alcanzó con la mano su ansioso sexo, tocando su erección sobre la gruesa tela y liberándola de la presión de los botones. Acariciándose como Elise nunca lo acariciaría.

Se acarició con más urgencia, pero eso sólo contribuyó a aumentar su necesidad.

Nunca dejaría de desearla...

—Dios santo —murmuró, disgustado consigo mismo por su debilidad.

Apartó su mano y se levantó con un siseo de ira, despreciándose a sí mismo aún más por la fantasía de acostarse con la inalcanzable Elise.

Unos cálidos lametazos recorrían la longitud de las desnudas piernas de Dante. Estos subieron más arriba, sobre sus caderas y su torso, serpenteando por su columna y en torno a sus hombros. Incesante, avasallador, el calor se hizo aún más profundo, como una oleada imparable que lo azotara en un movimiento tormentoso y lento. Crecía cada vez más, haciéndose aún más ardiente, tragándoselo.

No podía moverse, ya no tenía control sobre sus miembros ni sobre sus propios pensamientos.

Sólo era consciente del fuego.

Y del hecho de que ese fuego iba a matarlo.

Las llamas se retorcían ahora por todas partes a su alrededor, el humo se tornaba negro, secándole los ojos y abrasando su garganta con cada respiración inútil y jadeante que trataba de hacer.

Era inútil.

Estaba atrapado.

Sentía su piel abrasada. Oía el espeluznante chisporroteo de su ropa —también de su pelo— destruyéndose por el fuego mientras él lo registraba todo con un horror absoluto y paralizante.

No había manera de escapar.

La muerte estaba al llegar.

Sintió su mano oscura descendiendo sobre él, empujándolo hacia abajo, hacia un torbellino de furioso e interminable vacío...

—¡No!

Dante se despertó de un salto, con todos los músculos en tensión por la lucha. Trató de moverse, pero algo lo retuvo. Un ligero peso que cubría sus muslos. Y otro peso tendido sin fuerzas sobre su cuerpo. Las dos mujeres se removieron sobre la cama, una de ellas hizo un ronroneo mientras se acurrucaba junto a él y acariciaba su piel húmeda y fría.

—¿Qué pasa, cariño?

—Déjame —murmuró él, con un hilo de voz cruda en su garganta reseca.

Dante se desenredó de la maraña de miembros desnudos y puso los pies sobre el suelo de aquel apartamento desconocido. Todavía le costaba respirar, y su corazón aún estaba acelerado. Sintió unos dedos recorriendo su espalda. Irritado por aquellas caricias que no deseaba, se levantó del colchón tirado en el suelo y comenzó a buscar sus ropas en la oscuridad.

—No te vayas —se quejó una de ellas—. Mia y yo todavía no hemos acabado contigo.

Él no respondió. Todo lo que quería ahora era moverse. Se había quedado allí demasiado tiempo. El suficiente como para que la muerte viniera a buscarlo.

—¿Estás bien? —preguntó la otra chica—. ¿Has tenido una pesadilla?

«Una pesadilla», pensó él con ironía.

Estaba muy lejos de ser eso.

Había visto la misma visión —la había vivido con terrible detalle— muchas veces, que él recordara.

Era un destello del futuro.

Su propia muerte.

Conocía cada segundo de su agonía en los últimos momentos de su vida; lo único que permanecía sin respuesta era el porqué, el dónde y el cuándo. Sabía incluso a quién debía la maldición de esa visión.

La mujer humana que lo trajo al mundo en Italia unos 229 años atrás había visionado no sólo su propia muerte, sino también la de su compañero amado, el vampiro Darkhaven, erudito y aristócrata, que había sido el padre de Dante.

Tal como lo había anticipado, esta dulce mujer tuvo una trágica muerte, ahogándose en las aguas revueltas de un océano después de haber logrado poner a salvo a su hijo del mismo desastre. El padre de Dante, según había predicho, sería asesinado por un celoso rival político. Unos ocho años después de la muerte de ella, en una ocasión en que una multitud se agrupaba junto a la entrada al Refugio Oscuro de Roma, Dante había perdido a su padre tal como su madre había descrito.

El don especial que su madre tuvo como compañera de sangre le había sido trasmitido a su único hijo, como ocurría a menudo entre los de la estirpe, y ahora Dante era el que sufría la maldición de tener visiones premonitorias relacionadas con la muerte.

—Vuelve a la cama —rogó detrás de él una de las jóvenes—. Vamos, no te resistas tanto. —Tirando de sus ropas y de sus botas, Dante se levantó de la cama. Las mujeres se estiraron para manosearlo, con movimientos soñolientos y torpes, sus mentes todavía lentas por la esclavitud a la que las sometía el mordisco que antes les había dado. Él había cerrado sus heridas inmediatamente después de alimentarse, pero quedaba algo por hacer antes de que pudiera escapar. Dante alargó la palma de su mano hasta la frente de una de las chicas, luego la otra, borrando de sus pensamientos todo recuerdo de aquella noche.

Si al menos pudiera hacer lo mismo consigo, pensó, mientras sentía la garganta todavía seca por el sabor del humo, las cenizas y la muerte.

Capítulo nueve

—Relájate, Tess. —La mano de Ben vino a apoyarse sobre su región lumbar y su cabeza se inclinó para hablarle cerca del oído—. Por si no lo has notado, éste es un cóctel de recepción, no un funeral.

Lo cual era una buena cosa, pensó Tess, echando un vistazo a su vestido de color granate. Aunque era sencillo y uno de sus favoritos, era la única que iba vestida de color en medio del mar de ropa negra. Se sentía fuera de lugar, demasiado llamativa.

No es que estuviera acostumbrada a pasar desapercibida entre las otras personas. Nunca le había ocurrido, ni siquiera cuando era niña. Siempre había sido... diferente. Siempre distinta al resto del mundo de manera que no acababa de entenderlo y había aprendido que era mejor no explorar. En lugar de eso, trataba de adaptarse —o fingía hacerlo—, como ahora, resistiendo en una sala llena de extraños. La ansiedad por huir de aquella aglomeración era muy fuerte.

En realidad, cada vez más y más, Tess se sentía como si estuviera frente a una tormenta que se avecinara. Como si fuerzas invisibles se reunieran en torno a ella, empujándola hacia una cornisa. Pensó que si miraba a sus pies tal vez no encontraría bajo ellos más que un abismo. Un paso en falso y no habría nada ante su vista.

Se frotó la nuca, pues sentía una especie de dolor en los músculos cercanos a su oreja.

—¿Estás bien? —le preguntó Ben—. Has estado callada toda la noche.

—¿Ah, sí? Lo siento. No quería estarlo.

—¿Lo estás pasando bien?

Ella asintió, forzando una sonrisa.

—Es una exposición extraordinaria, Ben. El programa dice que es para patrocinadores privados, ¿cómo conseguiste las invitaciones?

—Tengo algunos contactos en la ciudad. —Se encogió de hombros, luego se bebió el resto de su copa de cava de un trago—. Alguien me debía un favor. Y no es lo que estás pensando —dijo, con tono de reprimenda mientras le sacaba el vaso vacío de la mano—. Conozco al camarero, y él conoce a una de las chicas que trabajan en los eventos que organizan en el museo. Sabiendo lo mucho que disfrutas de la escultura, hace unos meses estuve tanteando para ver si me podía conseguir dos entradas extra para esta recepción.

—¿Y el favor? —apuntó Tess, con suspicacia. Ella sabía que Ben a menudo se mezclaba con gente cuestionable—. ¿Qué tuviste que hacer por ese tipo?

—Su coche estaba en el taller y yo le presté mi furgoneta una noche para una boda en la que tenía que trabajar. Eso es todo. Nada turbio. —Ben le dedicó una de sus sonrisas capaces de derretir—. Eh, te hice una promesa, ¿no?

Tess asintió débilmente.

—Hablando del bar, ¿qué tal si renuevo nuestras bebidas? ¿Otra agua mineral con lima para la dama?

—Sí, gracias.

Mientras Ben se desplazaba entre la multitud, Tess reanudó su examen de la colección de arte que se exponía alrededor del gran salón de baile. Había cientos de esculturas, en representación de miles de años de historia, todas colocadas dentro de altas vitrinas de plexiglás.

Tess se acercó a un grupo de mujeres rubias, bronceadas, pertenecientes a la alta sociedad y llenas de joyas que estaban bloqueando una vitrina de figuritas italianas color terracota, mientras charlaban acerca de la reciente aventura de no sé qué señora con un profesional del club de tenis que tenía menos de la mitad de su edad. Tess rondó por detrás de ellas, tratando sinceramente de no escuchar mientras intentaba mirar desde más cerca la elegante escultura de Cornacchini, *Endimión durmiendo*.

Se sentía como una impostora, tanto por la cita de Ben

aquella noche como por estar entre esa gente en una exposición organizada para mecenas. Aquella gente tenía más que ver con él que con ella. Nacido y criado en Boston, Ben había crecido muy cerca de los museos de arte y del teatro, mientras que su bagaje cultural estaba limitado a ferias del condado y cine local. Lo que ella sabía acerca de arte era muy modesto, pero su amor por la escultura había sido siempre una especie de escapatoria para ella, especialmente en esos días difíciles de vuelta a casa en la rural Illinois.

Tiempo atrás, ella había sido una persona diferente, y Teresa Dawn Culver sabía unas cuantas cosas acerca de impostores. Su padrastro se había encargado de eso. Toda su apariencia era la de un ciudadano modelo: exitoso, bueno, moral. Y no era ninguna de esas cosas. Pero llevaba muerto casi diez años, y su madre, divorciada, también había fallecido recientemente. En cuanto a Tess, había dejado atrás su pueblo y aquel doloroso pasado hacía nueve años.

Si pudiera dejar atrás también sus recuerdos.

La horrible conciencia de lo que había hecho...

Tess volvió a concentrar su atención en las bellas líneas de *Endimión*. Mientras examinaba la escultura terracota del siglo XVIII, el fino vello de su nuca comenzó a erizarse. Una oleada de calor la invadió. En realidad fue una sensación de lo más breve, pero bastó para hacerla mirar alrededor en busca de la causa. No halló nada. El grupo de mujeres que cotilleaban se movió y Tess quedó sola ante la exposición.

Escudriñó el interior de la vitrina una vez más, dejando que la belleza de la obra del artista la transportara lejos de sus angustias personales, a un lugar de paz y consuelo.

—Exquisita.

Una profunda voz teñida de un suave y elegante acento le hizo enderezar la cabeza de un sobresalto. Allí, al otro lado de la vitrina transparente, se hallaba de pie un hombre. Tess se sorprendió a sí misma mirando sus ojos color whisky y de gruesas pestañas tan negras como la tinta.

Dos metros de oscuridad la contemplaban fijamente y con una severidad casi amenazadora por su aire de confianza. Iba todo de negro: las brillantes ondas de su pelo, las anchas líneas de su chaqueta de cuero y su camisa de punto ceñida al cuerpo, sus largas piernas, que parecían favorecidas por ese uniforme de negro.

A pesar de su traje inapropiado e informal, exhibía una confianza en sí mismo que lo hacía parecer el amo del lugar, proyectando un aire de poder incluso en su quietud. La gente lo contemplaba fijamente desde todos los rincones de la sala de exposiciones, no con desprecio ni desaprobación, sino con una deferencia —una respetuosa cautela— que Tess no podía evitar sentir también. Se dio cuenta de que estaba boquiabierta, y rápidamente volvió a dirigir la mirada a la escultura para evitar el calor de su inquebrantable mirada.

—Es... es hermosa, sí —tartamudeó ella, anhelando no parecer tan aturdida como realmente estaba.

El corazón le latía aceleradamente, de una manera inexplicable, y volvía a sentir ese extraño hormigueo en la nuca. Tocó el lugar, junto a su oído, donde el pulso le latía más fuerte, tratando de que se le pasara. La sensación no hizo más que empeorar, como si hubiera un zumbido en su sangre. Se sentía nerviosa y asustada, y necesitaba aire. Cuando comenzó a moverse hacia otra vitrina, el hombre se movió alrededor de la exposición, poniéndose discretamente en su camino.

—Cornacchini es un maestro —dijo, con ese sedoso gruñido al pronunciar el nombre que se parecía al ronroneo de un gran felino—. No conozco todos sus trabajos, pero mis padres eran grandes mecenas de las artes en Italia.

Italiano. Entonces eso explicaba su delicioso acento. Dado que en aquel momento no podía escaparse fácilmente, Tess asintió con educación.

—¿Llevas mucho tiempo en Estados Unidos?

—Sí. —Una sonrisa movió las comisuras de sus sensuales labios—. Llevo aquí realmente mucho tiempo. Me llamo Dante —añadió, extendiendo hacia ella una mano de tamaño considerable.

—Tess. —Ella aceptó el saludo, y sintió que le costaba respirar cuando los dedos de él se envolvieron en torno a los suyos en un momento de contacto que fue nada menos que electrizante.

Dios santo, aquel tipo era guapísimo. No el clásico modelo de belleza, sino un hombre de rasgos duros y masculinos, con una mandíbula cincelada de formas cuadradas y pómulos marcados. Sus labios eran lo bastante gruesos como para que cualquiera de las celebridades rellenas de colágeno que había en la recepción lloraran de envidia. De hecho, tenía el tipo de rostro masculino que los artistas habían estado escogiendo durante siglos para reproducir en el barro y el mármol. Su único defecto visible era una marca en el puente de su nariz, que de otro modo hubiera sido recto.

¿Sería un boxeador? Tess se hizo esa pregunta, al tiempo que su interés perdía intensidad. No estaba acostumbrada a los hombres violentos, ni siquiera aunque parecieran ángeles caídos.

Ella le ofreció una agradable sonrisa y comenzó a alejarse.

—Disfruta de la exposición.

—Espera. ¿Por qué huyes? —Le puso la mano sobre el antebrazo. Fue un roce de lo más ligero, pero permaneció allí—. ¿Tienes miedo de mí, Tess?

—No. —Qué extraño era que hiciera esa pregunta—. ¿Debería tenerlo?

Algo brilló en sus ojos, y luego desapareció.

—No, yo no quiero que sea así. Quiero que te quedes, Tess.

Él continuó diciendo su nombre, y cada vez que lo pronunciaba con su lengua, ella sentía que parte de su ansiedad se disipaba.

—Mira, yo... eh... he venido aquí con alguien —dejó escapar, pues esa fue la excusa más fácil que le vino a la mente.

—¿Tu novio? —preguntó él, y luego volvió su sagaz mirada de forma infalible hacia el concurrido bar donde había ido Ben—. ¿No quieres que vuelva y nos vea hablando?

Sonaba ridículo y él lo sabía. Ben no la reclamaría para sí, e incluso aunque estuvieran saliendo juntos, ella nunca permitiría estar tan dominada que ni siquiera pudiera hablar con otro hombre. Eso era lo único que estaba haciendo con Dante, aunque la experiencia pareciera intensamente íntima. Ilícita.

Peligrosa, porque a pesar de lo mucho que había aprendido a protegerse a sí misma, a mantenerse en guardia, estaba intrigada por aquel hombre, aquel extraño. Se sentía atraída por él. Más que atraída, se sentía conectada a él de una manera inexplicable.

Él le sonrió, luego comenzó a merodear lentamente en torno a la pieza de Cornacchini.

—*Endimión durmiendo* —dijo, leyendo el rótulo de la escultura del mítico muchacho pastor—. ¿Qué crees que está soñando, Tess?

—¿No conoces la historia? —Ante la sutil negativa de su cabeza, Tess se acercó hacia él, casi sin darse cuenta de que se estaba moviendo. Fue incapaz de detenerse a sí misma hasta que se halló junto a él y sus brazos se rozaron mientras los dos contemplaban el interior de la vitrina—. Endimión sueña con Selene.

—La diosa griega de la luna —murmuró Dante cerca de ella, con una voz profunda que vibró en sus huesos—. ¿Y eran amantes, Tess?

«Amantes.»

Una sensación ardiente creció en su interior con sólo oírle pronunciar la palabra. La había dicho con un tono bastante despreocupado, sin embargo Tess oyó la pregunta como si sólo hubiera estado dedicada a sus oídos. El cosquilleo en la nuca se intensificó otra vez, palpitando al mismo tiempo que los latidos de su corazón. Se aclaró la garganta, sintiéndose extraña y desconcertada, con todos sus sentidos agudizándose.

—Endimión era un atractivo muchacho pastor —dijo ella finalmente, recurriendo a los recuerdos que conservaba de su curso de mitología en la universidad—. Selene, como tú has dicho, era la diosa de la luna.

—Un humano y un ser inmortal —subrayó Dante. Podía sentir ahora sus ojos fijos en ella, esa mirada color whisky observándola—. No es la combinación ideal, ¿verdad? Habitualmente alguno acaba muriendo.

Tess lo miró.

—Ésta es una de las pocas veces que las cosas llegaron a funcionar. —Miró fijamente la escultura a fin de evitar mirar de nuevo a Dante y confirmar que él continuaba observándola, tan cerca que podía notar el calor de su cuerpo. Ella comenzó a hablar otra vez, necesitando llenar el espacio con algo que la distrajera—. Selene sólo podía estar con Endimión por las noches. Ella quería estar con él para siempre, por eso rogó a Zeus que concediese a su amante la vida eterna. El dios aceptó y provocó en el pastor un sueño interminable, en el que cada noche espera que su amada Selene lo visite.

—Feliz después de todo —dijo Dante alargando las palabras, con una nota de cinismo en su voz—. Algo que sólo ocurre en los mitos y en los cuentos de hadas.

—¿No crees en el amor?

—¿Tú sí, Tess?

Ella lo miró, escudriñándolo con una mirada penetrante que fue tan íntima como una caricia.

—Me gustaría creer —dijo, no muy segura de por qué estaba reconociéndolo ahora, ante él. El hecho de haberle dicho eso la confundió. De repente, se sintió ansiosa y caminó hasta una vitrina contigua donde se exponían piezas de Rodin—. Entonces, ¿a qué se debe tu interés por la escultura, Dante? ¿Eres un artista o un entusiasta?

—Ninguna de las dos cosas.

—Oh. —Dante caminó hasta colocarse a su lado, deteniéndose junto a ella ante la vitrina. Tess lo había considerado tan fuera de lugar al verlo por primera vez, pero al oírlo hablar tenía que reconocer que, a pesar del hecho de que pareciera sacado de una película de acción de los hermanos Wachowski, había un inconfundible nivel de sofisticación en torno a él. Bajo el cuero y los músculos, tenía una sabiduría que la intrigaba. Probablemente más de lo debido—. Entonces, ¿qué? ¿Eres un patrocinador del museo?

Negó con su oscura cabeza.

—¿Trabajas como guardia de seguridad en la exposición?

Eso ciertamente explicaría que no llevara una vestimenta formal y la afilada intensidad que irradiaba en torno a él. Tal vez pertenecía a una de esas unidades de seguridad de alto nivel que a menudo contratan los museos a fin de proteger sus colecciones en una exposición pública.

—Había aquí algo que quería ver —replicó, con sus fascinantes ojos fijos en ella—. Ésa es la única razón por la que he venido.

Algo en la forma de mirarla al decir eso —la manera en

que parecía ver en su interior— transmitió a su pulso una pequeña sacudida de electricidad. Habían intentado ligar con ella bastantes veces en el pasado como para saber cuándo un tipo estaba intentando algún tipo de acercamiento, pero aquello era distinto.

Aquel hombre la miraba con una intimidad que parecía afirmar que ella ya le pertenecía. No era una fanfarronería ni una amenaza, sino un hecho, una constatación.

A ella no le costaba mucho imaginar sus grandes manos sobre su cuerpo, acariciándole sus hombros desnudos y sus brazos. Sus labios sensuales apretándose contra su boca, sus dientes raspando suavemente su cuello.

«Eres exquisita.»

Tess lo miró, se detuvo en la ligera curva de sus labios, que no se habían movido a pesar del hecho de que ella acababa de oírle hablar. Se movió hacia ella sin reparar en la multitud que se arremolinaba —tampoco nadie parecía reparar en ellos— y con ternura le pasó el dedo pulgar por la mejilla. Tess no encontró voluntad para moverse mientras él se inclinaba y rozaba con sus labios la curva de su mandíbula.

El calor se encendió en su centro, un lento incendio que derritió todavía mas su razón.

«He venido aquí esta noche por ti.»

No podía haber oído correctamente, por el simple hecho de que él no había pronunciado ni una sola palabra. Sin embargo, la voz de Dante sonaba en su cabeza, tranquilizándola cuando en realidad debería estar alarmada. Haciendo que creyera, cuando lo único razonable era concluir que aquella experiencia no era posible.

«Cierra los ojos, Tess.»

Sus párpados se cerraron y entonces la boca de él se acercó hasta la suya para darle un beso hipnotizante. Aquello no estaba pasando, pensó Tess desesperadamente. Ella no estaba permitiendo que aquel hombre la besara, ¿verdad? ¿En medio de una habitación llena de gente?

Pero sentía sus labios cálidos, sus dientes raspando bruscamente mientras sorbía su labio inferior antes de retirarse. Justo eso, el repentino y sorprendente beso se había acabado. Y Tess quería más.

Dios, cuánto quería.

No podía abrir los ojos por la manera en que su pulso estaba latiendo, toda ella ardía de necesidad y anhelo imposible. Tess se tambaleó un poco sobre sus pies, jadeante y sin respiración, atónita ante lo que acababa de experimentar. Sintió una brisa fría que rozaba su cuerpo, poniéndole la carne de gallina.

—Lamento haber tardado tanto. —La voz de Ben la hizo abrir los ojos de golpe mientras se acercaba con las bebidas en la mano—. Este lugar es un zoológico. La cola del bar era eterna.

Sobresaltada, miró alrededor buscando a Dante. Pero había desaparecido. No había ni rastro de él, ni cerca de ella ni entre la multitud que circulaba.

Ben le ofreció un vaso de agua mineral. Tess se lo bebió rápidamente, sintiendo la tentación de arrebatarle el vaso de cava y hacer lo mismo.

—Oh, mierda —dijo Ben, observándola con el ceño fruncido—. Debes de haberte lastimado con el borde del vaso, Tess. Te has cortado el labio.

Ella se llevó la mano a la boca mientras Ben trataba de darle una pequeña servilleta blanca. Las yemas de sus dedos estaban mojadas y de un intenso color escarlata.

—Dios, lo siento. Debí haberme fijado...

—Estoy bien, en serio. —No estaba segura de que fuera del todo cierto, pero nada de lo que estaba sintiendo era culpa de Ben. Y no tenía que examinar el vaso para saber que no había un borde afilado que le pudiera haber cortado el labio. Se debía haber mordido cuando ella y Dante... Bueno, ni siquiera quería pensar acerca del extraño encuentro que había tenido con él—. Estoy un poco cansada, Ben. ¿Te importa si nos retiramos ya?

Él negó con la cabeza.

—No, está bien. Como tú quieras. Vamos a recoger nuestros abrigos.

—Gracias.

Mientras se ponían en marcha, Tess lanzó una última mirada a la vitrina transparente donde se exponía a *Endimión durmiendo*, esperando la oscuridad y a que su amante de otro mundo se uniera con él.

Capítulo diez

¿En qué demonios estaba pensando?

Dante caminaba arriba y abajo entre las sombras a la salida del museo. El error número uno había sido en primer lugar ir a aquel lugar, pensando en echarle otro vistazo a la mujer que, según la ley de la estirpe, le pertenecía. ¿Error número dos? Verla del brazo de su novio humano, luciendo como una espléndida joya con su vestido rojo oscuro y las pequeñas sandalias de tiras, y haber creído que no necesitaría mirarla desde más cerca.

Tocarla.

Probarla.

A partir de ahí las cosas se habían acelerado y podía sentenciarse que habían ido a parar directamente al desastre. Su sexo estaba furioso por relajarse, su visión se había hecho más aguda por el estrechamiento de sus pupilas, contraídas hasta parecer hendiduras por el deseo de esa mujer. Su pulso latía con fuerza, sus colmillos se habían alargado ante el ansia de la carne. Todo ello no contribuía en absoluto a refrenar su frustración por haber estado a punto de perder el control de la situación cuando se hallaba con Tess.

Dante no hacía más que imaginar lo lejos que podía haber llegado la situación con Tess, con toda aquella gente mirándolos o no, si su novio no hubiera regresado cuando lo había hecho. Había habido un momento, cuando el macho humano se acercaba a ellos desde el bar, en que Dante había abrigado pensamientos bastante primitivos. Pensamientos asesinos, llevado por su deseo de Tess.

Dios santo.

Nunca tendría que haber ido allí esa noche.

¿Qué estaba tratando de demostrar? ¿Que él era más fuerte que el lazo de sangre que ahora los unía?

Lo único que había demostrado era su propia arrogancia. Su cuerpo acalorado se encargaría de recordarle ese hecho durante el resto de la noche. Esa sensación de estar atado le acompañaría ahora durante el resto de la semana.

Aun así le resultaba terriblemente difícil arrepentirse de las sensaciones tan dulces que Tess le provocaba. El sabor de su sangre en la lengua cuando le había mordido el labio con los colmillos todavía persistía, consiguiendo que el resto de su tormento pareciera un juego de niños.

Lo que ahora sentía rebasaba cualquier necesidad, carnal o de otro tipo. Sólo habían transcurrido dieciséis horas desde que se había alimentado por última vez, y sin embargo la sed que sentía por Tess parecía la de alguien que llevara dieciséis días sin nutrirse. Había echado un polvo hacía dieciséis horas y sin embargo no había nada que anhelara más que hundirse dentro de ella.

Realmente eran malas noticias, de eso se trataba.

Necesitaba poner su cabeza en orden, y rápidamente. No había olvidado que todavía tenía una misión que cumplir esa noche. Estaba más que preparado para concentrarse en algo más allá de la furiosa ansiedad de su libido.

Hurgando en el bolsillo de su chaqueta negra, Dante sacó su teléfono móvil y llamó al recinto.

—¿Chase ha presentado ya un informe de la patrulla? —gritó al aparato en cuanto Gideon respondió la llamada.

—Todavía no. No tiene la obligación de hacerlo hasta las diez y media.

—¿Qué hora es?

—Las nueve menos cuarto. ¿Dónde estás tú?

Dante soltó una risa seca, con todas las células de su cuerpo ardiendo de deseo por Tess.

—En un lugar donde nunca pensé que fuera a estar, hermano.

Y con demasiado tiempo para desperdiciar antes de que se iniciara su segunda noche de demostraciones y explicaciones con Harvard. Normalmente, Dante no tenía mucha paciencia; y mucho menos ahora.

—Llama al Darkhaven de mi parte —le dijo a Gideon—. Dile a Harvard que la clase empieza antes esta noche. Voy de camino para recogerle.

Ben insistió en acompañarla hasta su apartamento después de que el taxi los dejara allí. Su furgoneta se hallaba aparcada en la calle de abajo, y aunque Tess hubiera preferido una despedida rápida, Ben estaba empeñado en hacerse el caballero y acompañarla hasta su puerta, en el segundo piso. Sus pasos hacían un sonido hueco tras ella mientras los dos subían las viejas escaleras de madera, luego se detuvieron ante el apartamento 2F. Tess abrió su bolso de noche y hurgó en él en busca de la llave.

—No sé si te lo he dicho —dijo Ben suavemente detrás de ella—, pero estás realmente preciosa esta noche, Tess.

Ella se estremeció, sintiéndose culpable por haber ido con él a la exposición, especialmente a la luz de lo que acababa de pasar de manera tan inesperada con el hombre que había conocido allí.

Con Dante, pensó, con su nombre deslizándose en su mente como un oscuro y suave terciopelo.

—Gracias —murmuró ella, e introdujo la llave en la cerradura—. Y gracias por acompañarme esta noche, Ben. Ha sido muy amable por tu parte.

Mientras la puerta se abría, ella notó que los dedos de él jugaban con un mechón suelto de su cabello.

—Tess...

Ella se dio la vuelta para desearle buenas noches, para decirle que ésa sería la última vez que salían juntos como pareja, pero tan pronto como se halló de cara a él, la boca de Ben se acercó a la suya para darle un beso impulsivo.

Tess retrocedió con brusquedad, demasiado sobresaltada para controlarse. No le pasó desapercibida su mirada herida. El atisbo de amarga comprensión que se reflejaba en sus ojos mientras ella se llevaba la mano a los labios y negaba con la cabeza.

—Ben, lo siento, pero no puedo...

Él suspiró con aspereza, pasándose una mano por su dorado cabello.

—No, olvídalo. El error es mío.

—Yo sólo... —Tess luchaba por encontrar las palabras adecuadas—. No podemos seguir haciendo esto, lo sabes. Yo quiero ser tu amiga, pero...

—Te he dicho que lo olvides. —Su voz era cortante, hiriente—. Tú me has dejado bien claros tus sentimiento. Simplemente supongo que me cuesta un poco aceptarlos.

—La culpa es mía, Ben. No debí haber salido contigo esta noche. Yo no quería que pensaras que...

Él le dedicó una sonrisa tensa.

—No pienso nada. De todos modos, ya está hecho. Las cosas pasadas, pasadas están.

Comenzó a retroceder hacia las escaleras. Tess salió hacia el pasillo, sintiéndose terriblemente mal por el rumbo que habían tomado las cosas.

—Ben, no lo dejemos así. ¿Por qué no entras un rato? Hablemos.

Él ni siquiera respondió, se limitó a mirarla durante un rato, luego se dio la vuelta y bajó rápidamente las escaleras. Unos segundos más tarde, la puerta principal del edificio de apartamentos se cerró de un portazo. Tess entró en su casa y cerró la puerta tras ella, luego fue hasta la ventana para mirar cómo Ben se subía a su furgoneta y se adentraba a toda velocidad en la oscuridad.

Detrás de sus oscuras gafas de sol y a través del parpadeo de las luces estroboscópicas de la discoteca, Dante escudriñaba la multitud de humanos que bailaban agitadamente. Desde que había recogido a Chase en su residencia un par de horas antes sólo se habían topado con un renegado, un varón alto y delgado que andaba husmeando presas entre los vagabundos. Dante le había dado a Harvard una lección rápida sobre el milagro que hace el titanio cuando se encuentra con el sistema sanguíneo corrupto de un renegado, dejando al vampiro chupador de sangre calcinado allí donde lo encontraron.

Era una pena, porque Dante estaba ansioso por poder librar un combate personal. Antes de que acabara la patrulla de la noche quería verse magullado y sangrando. Podría considerarse un ajuste de cuentas, después de la forma en que se le habían jodido las cosas esa noche.

Harvard, por otra parte, tenía aspecto de ser capaz de matar por una larga ducha. Tal vez una ducha de agua fría, pensó Dante, siguiendo la mirada del vampiro alrededor del club hasta donde había una pequeña hembra, con una larga cascada de pelo rubio, junto con otros humanos. Cada vez que ella sacudía aquella rubia cabellera de seda sobre sus hombros, el agente Darkhaven se excitaba más. La contemplaba anhelante, pendiente de sus más ligeros movimientos y con aspecto de estar a punto de abalanzarse sobre ella.

Tal vez ella notó el calor de la mirada del vampiro; el sistema nervioso humano tiende a responder instintivamente a la sensación de estar siendo acechado por los ojos de un ser de otro mundo. La rubia enrolló un largo mechón de pelo rubio en torno a su dedo y lanzó una mirada de soslayo sobre su hombro, apuntando en dirección del agente Darkhaven con ojos oscuros y provocativos.

—Estás de suerte, Harvard. Parece que a ella también le interesas.

Chase frunció el ceño, ignorando a la rubia mientras ella se separaba de su pandilla evidentemente para flirtear.

—Ella no tiene nada de lo que quiero.

—Cómo puedo haber sido tan tonto. —Dante se rio—. ¿Qué pasa, que los Darkhaven como tú no os ponéis calientes?

—A diferencia de los de tu clase, encuentro que es personalmente degradante ceder a todos mis impulsos, como una especie de animal que no puede ser puesto en vereda. Procuro mantener cierto nivel de autocontrol.

Ciertamente habría algo que decir con respecto a eso, pensó Dante irritado.

—¿Por qué diablos no me diste tu consejo hace unas horas, doctor?

Chase le lanzó una mirada interrogante.

—¿Perdona?

—No importa.

Dante señaló un grupo de discotequeros al otro extremo de la pista. Entre los humanos había unos pocos vampiros

Darkhaven, jóvenes varones civiles que parecían menos interesados en las mujeres entregadas a esas vibraciones frenéticas que en uno de los varones humanos, que por lo visto estaba pasando drogas en el centro de una multitud.

—En aquella esquina está pasando algo grande —le dijo a Chase—. Parece que se lo están pasando muy bien. Vamos...

Apenas terminó de decir aquellas palabras cuando se dio cuenta de lo que realmente estaba viendo. Para entonces, todo se había ido al infierno.

Uno de los vampiros tomó una dosis de alguna sustancia, esnifando con fuerza. A continuación echó la cabeza hacia atrás sobre sus hombros y dejó escapar un profundo aullido.

—Carmesí —gruñó Chase, pero Dante ya lo sabía.

Cuando el joven Darkhaven bajó de nuevo la barbilla, rugió, mostrando sus largos colmillos y unos ojos amarillos, feroces y brillantes. Los humanos gritaron. El caos dispersó los pequeños grupos, pero era una fuga torpe, y una de las mujeres no fue lo suficientemente rápida como para escapar. El vampiro se abalanzó sobre ella, saltándole encima, haciéndola caer al suelo debajo de él. El muchacho se perdió demasiado pronto, enfermando rápidamente de la lujuria de sangre, sus afilados colmillos se alargaron más y más preparándose para su asesinato.

Doscientas personas iban a ser testigo del sangriento, violento y público festín de un vampiro.

Moviéndose demasiado rápido para los ojos humanos, Dante y Chase se abrieron paso entre la pista de baile atestada de gente. Se hallaban cerca de la catástrofe que tenía lugar en la esquina cuando Dante lanzó un vistazo al humano que estaba allí de pie, que sostenía un pequeño frasco lleno de polvo de carmesí, con la mandíbula floja por el horror, justo un segundo antes de huir por la puerta trasera de la discoteca.

Maldita sea.

Dante conocía a aquel desgraciado.

No de nombre, pero sí de cara. Lo había visto hacía tan sólo unas horas, con Tess, en el museo de arte.

El traficante de carmesí era su novio.

Capítulo once

—Ve tras él —le gritó Dante a Chase.

Aunque su impulso visceral fue abalanzarse sobre el humano que huía y despedazar a ese maldito bastardo antes de que sus pies pisaran la calle, Dante tenía un problema mayor con el que lidiar allí mismo en el club. Se lanzó sobre la espalda del joven Darkhaven enloquecido y le arrebató su presa humana, que no hacía más que chillar. Arrojó al vampiro contra la pared más próxima y se agachó para saltar sobre él otra vez.

—¡Vete de aquí! —le ordenó a la acongojada mujer que yacía a sus pies, inmovilizada por la conmoción. Todo sucedía demasiado rápido como para que su mente humana pudiera comprenderlo, la voz de Dante sin duda llegaba a sus oídos como una orden que consistía en un gruñido informe—. ¡Muévete, maldita sea! ¡Ahora!

Dante no esperó a ver si obedecía.

El consumidor de carmesí se levantó del suelo, gruñendo y siseando, con garras en los dedos. De su boca jadeante goteaba espuma rosada, y la mayor parte de ésta se acumulaba en el final de sus enormes colmillos. Sus pupilas se habían estrechado hasta convertirse en hendiduras verticales, y alrededor de ellas sólo había una explosión de fuego amarillo. El vampiro afectado por la lujuria de sangre no sabía dónde enfocar su atención, movía la cabeza de un lado a otro como si no pudiera decidir qué era lo que prefería: si una carótida humana abierta o un pedazo de aquel imbécil que había interrumpido su comida.

El vampiro gruñó, y luego arremetió contra el ser humano que tenía más cerca.

Dante se lanzó sobre él como un huracán.

Los cuerpos de ambos se precipitaron a toda velocidad por el pasillo trasero del club, atravesando la salida y lanzándose por el callejón. Allí fuera no había nadie: ni rastro de Chase ni del novio traficante de Tess. Sólo el pavimento húmedo y oscuro y un contenedor de basura que apestaba a viejos desperdicios de la semana.

Con el consumidor de carmesí golpeándole y arañándole en un movimiento fiero y caótico, Dante lanzó una orden mental rápida a la puerta trasera del club, cerrándola de un portazo y echando la llave para evitar que los curiosos se asomaran a ver el combate.

El joven vampiro Darkhaven luchaba como si estuviera loco, rebelándose y lanzando patadas, golpeando y peleando como si hubiera recibido un chute de pura adrenalina. Dante sintió que algo caliente ponía freno a su antebrazo y se dio cuenta con no poca furia de que el chico le había clavado los colmillos en el brazo.

Dante rugió, la poca paciencia que tenía ante la situación se evaporaba mientras agarraba el cráneo de su atacante para sacárselo de encima. El joven Darkhaven chocó contra un lado del contenedor de acero y luego se deslizó por el pavimento convirtiéndose en una maraña de brazos y piernas desgarbados.

Dante lo acechó, con sus ojos afilados por la ira, con el brillo ambarino de la furia. Podía sentir como sus colmillos se alargaban; una reacción física ante el calor de la batalla.

—Levántate —le dijo al joven—. Levántate antes de que te levante yo por las pelotas, gilipollas.

El chico gruñía con voz grave y baja, preparando sus músculos mientras recuperaba el control de sí mismo. Se puso en pie y sacó una navaja de un bolsillo trasero de sus tejanos. Como arma era lamentable, apenas una pequeña hoja de ridículo tamaño con un mango falso. El cuchillo utilitario tenía el aspecto de ser algo que el chico había hurtado de la caja de herramientas de su padre.

—¿Qué mierdas crees que vas a hacer con eso? —le preguntó Dante, deslizando tranquilamente su *Malebranche* fuera de la funda. El arco de acero pulido con su lustroso filo de titanio brillaba como plata fundida, incluso en la oscuridad.

El joven Darkhaven miró el puñal fabricado a medida, luego gruñó y asestó a Dante un golpe descuidado.

—No seas estúpido, mocoso. Esa rabia que sientes es sólo el carmesí hablando por ti. Suelta tu navaja y acabemos con esta mierda. Te daré la ayuda que necesitas para volver a estar en tus cabales.

Incluso si el joven estuviera escuchando a Dante, todo aquello debía de sonarle como si procediera de una lengua extranjera. No parecía registrar nada. Los brillantes ojos amarillos del vampiro permanecían fijos y sordos, y la respiración salía y entraba de su boca entre sus dientes expuestos. Una espesa baba rosada se acumulaba en las comisuras de sus labios. Parecía rabioso, completamente fuera de control.

Soltó un gruñido. Lanzó otro golpe a Dante con la navaja. Cuando el filo del cuchillo se le acercó, Dante movió su arma para desviarlo. El acero con borde de titanio hizo contacto, rebanando un pedazo de la mano del otro tipo.

El joven Darkhaven dejó escapar un silbido de dolor, pero el sonido se alargó como el lento chisporroteo de la lluvia.

—¡Joder! —murmuró Dante, pues conocía demasiado bien aquel sonido de los muchos años que había luchado contra los renegados.

El consumidor de carmesí no tenía salvación. La droga le había provocado una lujuria de sangre demasiado fuerte, y aquel joven vampiro se había convertido en renegado. La prueba de que se trataba de una transformación irreversible era el ácido que quemaba su carne allí donde el filo de titanio del arma de Dante le había cortado.

La aleación del metal actuó rápidamente; la piel del la mano del vampiro ya estaba corroída, disolviéndose, cayéndose. Regueros rojos se acumulaban en el brazo del renegado mostrando la forma en que el veneno se abría paso a través de su sistema sanguíneo. Al cabo de unos pocos minutos no quedaría de él más que una masa de carne y huesos derretidos. Un final infernal.

—Lo siento, chico —dijo Dante al renegado de ojos salvajes que tenía ante él.

En un acto de piedad, retiró la cuchilla arqueada de su mano y cortó limpiamente el cuello del vampiro.

—¡Dios santo, no! —El grito de Chase precedió sus fuertes pisadas sobre el asfalto del callejón—. ¡No! ¿Qué diablos estás haciendo?

Llegó junto a Dante, justo cuando el cuerpo del renegado caía sin vida en el suelo, con su dura cabeza rodando para descansar cerca. La descomposición fue rápida pero horripilante. Chase retrocedió, observando el proceso con un horror absoluto.

—Era un... —Dante oyó que la voz del agente se cortaba, como si de repente se hubiera atragantado—. ¡Estás loco! ¡Acabas de matar a un Darkhaven civil! Era un maldito crío...

—No —respondió Dante con calma mientras limpiaba su cuchilla y volvía a guardársela—. Lo que he matado ha sido a un renegado, ya no era un civil ni un chico inocente. El carmesí lo transformó, Chase. Obsérvalo por ti mismo.

En la calle frente a ellos todo lo que había quedado del renegado era una pila de cenizas esparcidas. El polvo fino fue transportado por una ligera brisa, dejando un rastro a través del pavimento. Chase se inclinó para recuperar el tosco cuchillo de entre los restos esparcidos de su dueño.

—¿Dónde está el traficante? —preguntó Dante, ansiando ponerle las manos encima.

Chase negó con la cabeza.

—Me dejó atrás. Lo perdí a unas pocas manzanas de aquí. Creí que lo tenía, pero entonces se metió en un restaurante y yo... lo perdí.

—Olvídalo. —Dante no iba a preocuparse de encontrar a ese tipo; sólo tenía que vigilar a Tess, y tarde o temprano su novio aparecería. Y tenía que reconocer que acabar con ese humano personalmente era algo que anhelaba.

El agente Darkhaven soltó un taco por lo bajo mientras contemplaba el cuchillo que sostenía en las manos.

—Ese crío que mataste... ese renegado —se corrigió—, pertenecía a mi comunidad. Era un buen chico de una buena familia, maldita sea. ¿Cómo voy a explicarles lo que le ha pasado a su hijo?

Dante no sabía qué decir. No podía disculparse por haberlo matado. Era una guerra, no importaba cuál pudiera ser la posición oficial de los Darkhaven respecto a la situación. Cuando un vampiro de la estirpe se convertía en renegado —ya fuera por el carmesí o por la debilidad presente en todos los de la raza— no había vuelta atrás, no existía esperanza de rehabilitación. Nada de segundas oportunidades. Si Harvard iba a trabajar con la Orden durante un tiempo, sería mejor que se metiera eso en la cabeza cuanto antes.

—Vamos —dijo Dante, dándole unas palmadas en el hombro al agente de rostro sombrío—. Aquí ya hemos acabado. No podrás salvarlos a todos.

Ben Sullivan no dejó de pisar el acelerador hasta que las luces de la ciudad de Boston se convirtieron en un brillo lejano en el espejo retrovisor. Se salió del itinerario y condujo el vehículo por uno de los caminos industriales que pasaban cerca del río. Las manos al volante le temblaban, con las palmas pegajosas por el sudor. El corazón le latía como si tuviera una taladradora enjaulada en su pecho. Apenas podía respirar.

Maldita fuera.

¿Qué narices acababa de pasar en el club?

Alguna especie de sobredosis... tenía que haber sido eso. El chico que se había tomado una dosis y había entrado en convulsiones era un cliente habitual. Ben le había vendido al menos media docena de veces en las últimas dos semanas. Llevaba fabricando y suministrando el ligero estimulante en el club y el circuito de fiestas *rave* desde hacía meses —desde el verano—, y, hasta donde él sabía, jamás había ocurrido nada similar.

Una maldita sobredosis.

Ben dejó la furgoneta en un patio de gravilla que había junto a un viejo almacén, quitó las luces y permaneció allí sentado con el motor en marcha.

Alguien lo había perseguido a pie cuando huyó del club, uno de los dos tipos grandes que estaban allí dentro y evidentemente lo habrían visto traficando. Debían de ser policías secretos, quizás incluso de la Brigada Antidroga, pero ambos, tanto el de pelo negro con gafas de sol como su igualmente intimidante compañero, que se lanzó sobre Ben como un tren de mercancía, parecían ser de esos tipos que primero disparan y luego hacen las preguntas.

Ben no iba a quedarse allí a descubrirlo. Había huido del club, en un frenético y descontrolado ir y venir por las calles y callejones de alrededor, logrando al fin deshacerse de su perseguidor el tiempo suficiente como para dar vuelta atrás, llegar hasta su furgoneta y salir del infierno de Dodge.

El suceso del club todavía daba vueltas en su cabeza en una bruma confusa. Todo había ocurrido tan rápido. Aquel crío se había metido una sobredosis de carmesí. La señal de que había un problema, cuando su cuerpo comenzó a tener espasmos mientras la droga entraba en su sistema. El monstruoso rugido que salió de su boca un instante más tarde. Los gritos de incomprensión de la gente a su alrededor.

El caos absoluto que siguió a todo aquello.

La mayoría de esos intensos minutos todavía giraban sin cesar en la mente de Ben como destellos en su memoria, algunas imágenes eran claras, otras se perdían en la niebla oscura de su pánico. Pero había algo de lo que estaba completamente seguro...

«A aquel crío le habían crecido unos inmensos colmillos.»

Caninos afilados que hubieran sido condenadamente difíciles de ocultar, aunque el chico no había tratado de ocultar nada cuando soltó ese espeluznante aullido y agarró a una de las chicas que tenía más cerca.

«Como si quisiera desgarrarle la garganta con sus afilados dientes.»

Y sus ojos. Por dios santo, tenían un intenso brillo ambarino, como si hubiera fuego en el seno de su cabeza. Como si pertenecieran a algún tipo de criatura de otro mundo.

Ben sabía que lo que había visto no tenía ningún sentido. No en su mundo, no para ninguna rama de la ciencia de las que conocía, y no en esta realidad, donde cosas como ésa sólo ocurrían en el reino de la ficción.

Francamente, si obedecía a todo lo que sabía acerca de la lógica y la verdad, aquello de lo que había sido testigo era sencillamente imposible.

Pero la lógica tenía poco que ver con el miedo que lo atenazaba en aquel momento y con la escalofriante sensación de que su pequeño e inofensivo intento de trapichear con drogas de pronto se torcía del sendero. Una sobredosis ya era algo lo bastante malo de por sí, peor aún si ocurría en un lugar público con él todavía en el local para ser identificado. Pero el increíble efecto que el carmesí parecía haber tenido en aquel chico —la monstruosa transformación— era algo que superaba todos los criterios de lo real.

Ben giró la llave de contacto y se quedó allí atontado mientras el motor traqueteaba para apagarse. Tendría que revisar su fórmula de la droga. Tal vez la remesa actual estaba en mal estado; puede que hubiera alterado algo accidentalmente. O tal vez el chico simplemente había tenido una reacción alérgica.

Sí. Una reacción alérgica era lo que había convertido a un chico normal de apenas veinte años en un vampiro sediento de sangre.

—Dios santo —silbó Ben mientras salía de la furgoneta y daba patadas en la grava al trotar ansiosamente.

Llegó hasta el viejo edificio y hurgó en busca de la llave del gran candado de la puerta. Tras un sonido metálico y un chirrido de las bisagras de la puerta, entró en su laboratorio privado. El lugar tenía un aspecto espantoso por fuera, pero por dentro, una vez pasabas los restos industriales desmoronados y fantasmales de la fábrica de papel abandonada, el entorno era en realidad casi agradable; todo proporcionado por un rico y anónimo patrón que comisionaba a Ben para que concentrara sus esfuerzos de producción exclusivamente en el polvo rojo conocido como carmesí.

La oficina de Ben se hallaba localizada detrás de una celda espaciosa rodeada de un cerco de rejas de acero de tres metros de altura. Dentro había una mesa de acero inoxidable sobre la cual se extendía toda una colección de vasos de plástico, quemadores, un mortero y una moderna báscula digital. Una pared con armarios provistos de cerraduras con combinación que albergaban recipientes médicos y todo tipo de drogas farmacéuticas —serotonina, estimulantes, relajantes musculares y otras sustancias— ninguna de ellas demasiado difícil de obtener para un ex farmacéutico con numerosos contactos en deuda con él por diversos favores.

Él no había querido ser un traficante de drogas. Al principio, cuando lo habían despedido de la compañía de cosméticos donde trabajaba como ingeniero químico y director de investigación y desarrollo, Ben nunca se hubiera planteado trabajar del otro lado de la ley. Pero su firme oposición a los abusos que sufrían los animales —precisamente lo que había originado su despido en primer lugar, tras ser testigo durante años de las torturas a animales en las pruebas de laboratorio de las compañías de maquillaje— encendió a Ben y lo llevó a comprometerse en su postura reivindicativa.

Comenzó a rescatar animales abandonados y desatendidos. Luego comenzó a robarlos cuando los canales legales y regulares eran demasiado lentos para resultar eficaces. Pasar de ahí a otras actividades más cuestionables fue fácil. Las drogas en las discotecas eran una aventura sencilla y relativamente poco arriesgada. Después de todo, ¿qué crimen había en proporcionar drogas de placer prácticamente inofensivas a adultos que daban su consentimiento? Tal como Ben lo veía, su operación de rescate necesitaba fondos y él tenía algo de valor que ofrecer a los discotequeros de las fiestas *raves* —algo que si no obtenían de él obtendrían de otro en alguna otra parte.

Lamentablemente, Tess no veía las cosas desde la misma perspectiva. En cuanto se enteró de lo que estaba haciendo rompió con él. Ben le había jurado que lo dejaría, sólo por ella, y así lo había hecho, hasta que su actual patrocinador lo había visitado el verano pasado con un grueso fajo de billetes en la mano.

En aquel entonces, Ben no había entendido por qué concentraba todo su interés en el carmesí. Que le hubiera pagado para producir y distribuir éxtasis o GHB tal vez habría tenido más sentido, pero el carmesí —Ben mismo lo había probado— era una de las drogas de diseño más suaves que había producido. En las primeras pruebas de Ben, principalmente realizadas consigo mismo, le pareció que la droga generaba un efecto ligeramente más intenso que una bebida energética con cafeína, con un aumento del apetito y una pérdida de inhibiciones.

El carmesí tenía un impacto rápido, pero se extinguía rápidamente también. Sus efectos desaparecían al cabo de una hora. De hecho, a Ben el narcótico le había parecido tan inocuo que encontraba difícil de justificar el generoso pago que había recibido para su fabricación y venta.

Después de lo ocurrido aquella noche, imaginaba que esas generosas pagas iban a llegar a un abrupto y comprensible fin.

Tenía que ponerse en contacto con su benefactor e informarle del terrible accidente del cual había sido testigo esa noche en la discoteca. Su patrón debía estar al tanto de los problemas que por lo visto había con la droga. Sin duda se mostraría de acuerdo en que el carmesí debía ponerse fuera de circulación inmediatamente.

Capítulo doce

Dante siguió el suave murmullo de la conversación que procedía del comedor oficial de la mansión del recinto, ubicado al nivel de la calle. Él y Chase habían llegado a la sede de la Orden hacía unos pocos minutos, después de haber comprobado la situación en la discoteca y haber hecho un registro más amplio de la zona buscando señales de problemas. Ahora Chase se hallaba en el laboratorio técnico de abajo, accediendo al sistema informático de los Refugios Oscuros, para hacer su informe de los sucesos de la noche.

Dante también tenía que hacer su propio informe, que definitivamente no le iba a reportar ninguna palmadita en la espalda por parte del temible líder de los guerreros.

Encontró a Lucan sentado a la cabecera de la elegante y enorme mesa del comedor, iluminado por la luz de las velas. El guerrero iba vestido para el combate, ya que acababa de volver de su propia patrulla. Bajo su chaqueta negra de cuero, centelleaba una colección de armas, que le daba al respetado vampiro de primera generación un aura de peligro y de poder todavía mayor de la que normalmente lo envolvía.

A su compañera de sangre no parecía importarle su dureza. Gabrielle se hallaba sentada en las rodillas de Lucan, con la cabeza descansando amorosamente sobre su hombro mientras él hablaba con Gideon y su compañera, Savannah, que se hallaban al otro extremo de la mesa. Algo que Gabielle dijo hizo reír a los demás, incluido Lucan, cuyo humor había sido prácticamente inexistente antes de la llegada de la bella mujer al recinto. El guerrero sonrió, acariciándole el cabello pelirrojo tan suavemente como si se tratara de un gatito, un gesto que parecía haberse vuelto automático en los pocos meses desde que la pareja había establecido un vínculo de sangre y se había unido.

Lucan estaba loco por aquella mujer, y no parecía molestarse en hacer nada por aparentar lo contrario.

Y también Gideon y Savannah, la otra pareja que había en el comedor, parecían estar locos el uno por el otro. Era un hecho que Dante no se había cuestionado en los más de treinta años que llevaban juntos, pero tampoco lo había advertido realmente hasta aquel momento. Sentados juntos ante la mesa, Gideon y su compañera estaban cogidos de la mano, y él acariciaba distraídamente con su pulgar la piel morena de sus largos y afilados dedos. Los ojos color chocolate oscuro de Savannah se suavizaban cuando contemplaba a su hombre, llena de una tranquila alegría que demostraba que no había ningún otro lugar donde prefiriese estar antes que a su lado.

¿Sería eso lo que significaba estar unido a alguien por un lazo de sangre?, se preguntó Dante.

¿Era eso lo que había estado negándose a sí mismo durante todos esos años?

Un sentimiento lo golpeó con fuerza, procedente de no se sabe dónde. Había olvidado lo que era el amor verdadero, hacía tanto tiempo que había dejado de pensar en él. Sus padres habían estado profundamente unidos. Representaban para él un ejemplo que le parecía intocable, más de lo que podía llegar a esperar nunca. Más de lo que osaba imaginar. Por qué habría de hacerlo, sabiendo que la muerte podía llevárselo todo en un instante. La muerte no los había perdonado. Él no quería sentir esa clase de dolor, o provocárselo a otro.

Dante observó a las dos parejas en el comedor, golpeado por la sensación de intimidad, la profunda y distendida sensación de familiaridad. Era tan sobrecogedora que sintió la repentina urgencia de retirarse y olvidar que había estado allí. Arrugar el informe de lo ocurrido esa noche. Éste podía esperar a que los otros guerreros volvieran de la patrulla también.

—¿Tu plan es quedarte en el pasillo toda la noche o vas a entrar?

Mierda.

Demasiado tarde para largarse de allí sin haber sido visto.

Lucan, entre los más poderosos de la estirpe, probablemente habría advertido la presencia de Dante en la mansión incluso antes de que hubiera cogido el ascensor para ir al recinto de abajo.

—¿Cómo va todo? —preguntó Lucan mientras Dante entraba con reticencia—. ¿Ha habido problemas ahí fuera?

—Lamentablemente, no hay buenas noticias. —Dante metió las manos en los bolsillos de su abrigo y apoyó un hombro en la plancha de madera que conformaba la pared del comedor.

—Esta noche Harvard y yo hemos sido testigos de primera mano de un desastre con el carmesí. Un chico del barrio de los Refugios Oscuros consumió un poco más de lo que pudo manejar, evidentemente. Fue presa de un ataque de lujuria de sangre en la discoteca del centro, atacó a un humano y casi le desgarra la garganta delante de unos cien testigos.

—Dios —silbó Lucan, apretando la mandíbula. Gabrielle se deslizó de su regazo, dejando libre a su pareja para que pudiera ponerse en pie e iniciara un duro ir y venir de un lado a otro—. Dime que fuiste capaz de evitar ese desastre.

Dante asintió.

—Lo aparté de la mujer antes de que pudiera herirla, pero el chico ya estaba echado a perder. Se había convertido en un renegado, Lucan, eso es todo. Cuando lo arrastré fuera del lugar ya no había nada que hacer. Lo llevé detrás de la discoteca y lo carbonicé.

—¡Qué espantoso! —dijo Gabrielle, apretando sus finas cejas.

La compañera de Gideon señaló el mordisco del brazo de Dante, que casi había dejado de sangrar.

—¿Tú estás bien? —preguntó Savannah—. Parece que tanto tú como tu abrigo necesitáis unas pocas puntadas.

Dante se encogió de hombros, sintiéndose incómodo por toda la preocupación femenina.

—No es nada. Estoy bien. Harvard está un poco conmocionado. Lo envié detrás del traficante y volvió justo cuando yo estaba acabando el trabajo en el callejón. Pensé que iba a ahorrarse ver la descomposición celular del renegado, pero tuvo que presenciarla conmigo.

—¿Y el traficante? —apuntó Lucan con gravedad.

—Se nos escapó. Pero lo vi bien, y creo que sé cómo encontrarlo.

—Bien. Ésa es ahora nuestra nueva prioridad.

Un trino digital interrumpió la orden de Lucan. El sonido provenía del teléfono móvil que estaba sobre la mesa cerca de Gideon. El vampiro alcanzó el aparato y lo abrió.

—Es Niko —dijo mientras respondía la llamada—. Sí, amigo.

La conversación fue corta y concisa.

—Viene de camino al recinto —dijo Gideon a los otros—. También se ha encontrado con un consumidor de carmesí que se ha convertido en renegado esta noche. Dice que Tegan ya había contado a tres la última vez que llegaron a la base hace un par de horas.

—Hijo de puta —gruñó Dante.

—¿Qué está pasando ahí fuera, cariño? —preguntó Savannah a Gideon, con una mirada de preocupación que podía verse reflejada también en los ojos de Gabrielle—. ¿Esa droga está convirtiendo a vampiros en renegados por alguna especie de accidente o se trata de algo peor que eso?

—Todavía no lo sabemos —respondió Gideon. Su tono era grave pero sincero.

Lucan detuvo su paseo y se cruzó de brazos.

—Pero necesitamos averiguarlo rápidamente, mejor ayer que hoy. Tenemos que encontrar a ese traficante. Averiguar de dónde procede esa mierda y cortar el suministro de raíz.

Gideon se pasó los dedos por su pelo rubio cortado al rape.

—¿Quieres oír una trama desagradable? Digamos que eres un vampiro megalómano en busca de la dominación del mundo. Comienzas a formar tu ejército de renegados, sólo para verte frustrado cuando tu cuartel general es arrasado en el siglo siguiente por tus enemigos. Huyes con la cola entre las piernas, pero todavía estás vivo. Estás jodido. Y, no lo olvidemos, todavía continúas siendo un lunático peligroso.

Al otro lado del comedor, Lucan soltó una fiera maldición. Todos sabían que Gideon estaba hablando de un pariente del propio Lucan. Un vampiro de la primera generación de la estirpe que anteriormente había sido guerrero y durante mucho tiempo fue dado por muerto. No fue hasta el verano pasado, cuando la Orden derrotó a una creciente facción de renegados, que se descubrió que el hermano de Lucan había sobrevivido.

Seguía vivo y se había autoproclamado el líder de lo que prometía ser una sublevación masiva de los renegados. Y todavía podía serlo, considerando que Marek había conseguido escapar al asalto que acabó con su ejército en ciernes y su base de operaciones.

—Mi hermano es muchas cosas —dijo Lucan pensativo—, pero os aseguro que está totalmente cuerdo. Marek tiene un plan. Dondequiera que se haya escapado, podemos estar seguros de que se halla trabajando en ese plan. Sea lo que sea lo que pretenda, querrá llevarlo adelante.

—Lo cual significa que necesita reconstruir su ejército, y hacerlo rápidamente —dijo Gideon—. Y dado que lleva tiempo y se necesita bastante mala fortuna para que un vampiro de la estirpe se convierta en renegado por su cuenta, tal vez Marek ha comenzado a buscar una manera de reclutar refuerzos estimulándolos un poco...

—El carmesí sería una especie de maldita cartilla militar —intervino Dante.

Gideon le lanzó una grave mirada.

—Me da escalofríos pensar lo que Marek podría hacer con esa droga si se distribuye a nivel mundial. No seríamos capaces de contener una epidemia de ciudadanos de la raza que de pronto se convierten en renegados por efecto del carmesí. Reinaría una completa anarquía en todo el mundo.

Aunque Dante odiara tener que admitir que las especulaciones de Gideon podían ser ciertas, tenía que reconocer que él mismo albergaba pensamientos similares. Y la idea de que el novio de Tess estuviera involucrado... de que la propia Tess pudiera tener algo que ver con el problema que el carmesí suponía para la raza, le helaba la sangre en las venas.

¿Acaso Tess podía saber algo sobre aquello? ¿Podía estar involucrada de alguna manera, tal vez ayudando a su novio con suministros farmacéuticos de la clínica? ¿Alguno de ellos dos era consciente de lo que podía hacer el carmesí? Peor aún, ¿a alguno de los dos les importaría, una vez supieran la verdad: que los vampiros han estado caminando junto al género humano durante miles de años? Tal vez la idea de unos pocos vampiros chupadores de sangre muertos —o una raza entera— no pareciera algo tan malo desde una perspectiva humana.

Dante necesitaba saber cuál era el papel de Tess en esa situación, si es que jugaba alguno, pero no estaba dispuesto a ponerla en el punto de mira de una guerra de la estirpe hasta que averiguara la verdad personalmente. Y había una parte de mercenario en él que no se oponía en absoluto a estar cerca de Tess para poder acercarse también al cabronazo de su novio. Lo bastante cerca como para matar a ese bastardo, si era necesario.

Hasta entonces, sólo esperaba que la Orden pudiera poner un freno al problema del carmesí antes de que las cosas escaparan de control.

—Hola, Ben. Soy yo. —Tess cerró los ojos, apoyó la frente sobre su mano y dejó escapar un suspiro—. Mira, ya sé que es tarde para llamar, pero quería que supieras que realmente odio la forma en que han acabado las cosas esta noche, bueno, hace un rato. Me hubiera gustado que te quedaras y me dejaras explicarme. Tú eres mi amigo, Ben, y nunca he querido herirte...

Un agudo zumbido se coló por el oído de Tess al cortarse el contestador de Ben. Colgó el teléfono y se echó hacia atrás en el sofá.

Tal vez era bueno que no le hubiera dado tiempo a terminar. No paraba de caminar de un lado a otro, demasiado nerviosa como para dormirse, a pesar de que era casi medianoche y su trabajo en la clínica empezaría al cabo de unas seis horas. Estaba despierta y llevaba toda la noche desconcertada y preocupada por Ben, que en realidad —volvió a recordárselo a sí misma— era un hombre adulto y no su responsabilidad.

Ella no debería preocuparse, pero lo hacía.

Aparte de Nora, que nunca se encontraba con desconocidos, Ben era su más íntimo amigo. Ellos eran, en realidad, sus únicos amigos. Aparte de ellos, no tenía a nadie, aunque debía reconocer que su manera solitaria de vivir había sido decisión propia. Ella no era como otra gente, en realidad no, y ser consciente de eso siempre la había hecho mantenerse separada. Solitaria.

Tess se miró las manos, localizando distraídamente la pequeña marca de nacimiento que había entre su dedo pulgar y el índice Sus manos eran su oficio, y su fuente de desahogo creativo también. Cuando era más joven, en su hogar de Illinois, solía dedicarse a esculpir cuando no podía conciliar el sueño. Le encantaba la sensación de la arcilla fría bajo las yemas de los dedos, la suave caricia de su cuchillo, la belleza emergiendo lentamente que podía surgir de un montón de escayola o de resina sin forma.

Esa noche había sacado y colocado en el suelo junto a ella algunos de sus antiguos instrumentos del armario del pasillo; la caja de herramientas y piezas a medio hacer. ¿Cuántas veces se había refugiado en la escultura para distanciarse de su propia vida? ¿Cuántas veces la arcilla, los cuchillos y los punzones habían sido sus confidentes, sus mejores amigos, siempre disponibles para ella cuando no podía contar con nada más?

Sus manos le había concedido una meta en la vida, pero eran a la vez una maldición y la razón por la que no podía confiar en que nadie la conociera realmente.

Nadie podía enterarse de lo que había hecho.

Los recuerdos azotaron los bordes de su conciencia: los gritos de ira, las lágrimas, el hedor del alcohol y una respiración jadeante y odiosa lanzada contra su cara. La frenética agitación de sus brazos y piernas cuando trataba de escapar de esas ásperas manos que la apretaban. El peso que la aplastaba en esos momentos justo antes de que su vida cayera a un abismo de miedo y arrepentimiento.

Tess trató de apartar todo eso de su mente, como había estado haciendo durante los últimos nueve años, desde que había dejado su pueblo para comenzar una nueva vida. Para tratar de ser normal. Encontrar algún modo de adaptarse, incluso si eso significaba negar quién era realmente

«¿Respira? ¡Oh, dios mío, se ha puesto azul! ¿Qué le has hecho, pequeña perra?»

Las palabras volvían con tanta facilidad, la furiosa acusación tan cortante ahora como entonces. En esa época del año siempre regresaban los recuerdos. Mañana... o mejor dicho, hoy, ahora que ya pasaba la medianoche, era el aniversario de aquel día en que todo se había vuelto un infierno. Tess no quería recordarlo, pero era difícil que el día no estuviera marcado, ya que era el mismo de su cumpleaños. Veintiséis años, pero se seguía sintiendo como aquella muchacha de diecisiete aterrorizada.

«¡Eres una asesina, Teresa Dawn!»

Se levantó del sofá y caminó hasta la ventana en pijama. Levantó el vidrio y dejó que entrara el aire frío de la noche. El tráfico zumbaba desde la autopista y la calle de abajo, con bocinas que sonaban de forma intermitente y una sirena que gemía en la distancia. El viento frío de noviembre entraba cortante a través de la mosquitera, sacudiendo los visillos y las cortinas.

«¡Mira lo que has hecho! ¡Arregla esto ahora mismo, maldita seas!»

Tess abrió la ventana de par en par y contempló fijamente la oscuridad, dejando que los ruidos de la noche la envolvieran y enmudecieran los fantasmas de su pasado.

Capítulo trece

—Jonas Redmond ha desaparecido.

Al oír la voz de Elise, Chase apagó la pantalla de su ordenador y alzó la vista. Discretamente, sin permitir que ella advirtiera sus movimientos, deslizó la cuchilla que había rescatado hacía unas horas, cuando estaba de patrulla con Dante, en uno de los cajones de su escritorio.

—Salió anoche con un par de amigos, pero no volvió con ellos.

Elise permanecía de pie en el umbral de su estudio, irradiando belleza, incluso con las ropas de luto blancas y sin forma que llevaba siempre durante los últimos cinco años. La túnica con mangas acampanadas y la falda larga ondeaban en torno a su pequeña figura, y la única nota de color la daba la faja de viuda, en seda roja, que iba atada suelta a sus caderas.

Dada la rigidez de sus costumbres, Chase nunca hubiera imaginado que sería capaz de entrar en su propiedad sin ser invitada. Se levantó de la silla de su escritorio y le ofreció la mano en señal de bienvenida.

—Por favor —le dijo, incapaz de apartar los ojos de ella mientras se apartaba del umbral y se quedaba de pie junto a la pared lejana.

—Dicen que tomó algún tipo de droga cuando estaban en la discoteca y que se volvió loco —dijo ella suavemente—. Trató de atacar a alguien. Sus amigos se asustaron y salieron huyendo. Lo perdieron en ese momento de pánico, y no saben qué le ocurrió. Ha transcurrido el día entero sin que tengamos ni una noticia de él.

Chase no contestó. Elise no querría saber la verdad, y él sería la última persona en someterla a los horribles detalles que sabía de primera mano acerca de la agonía final del joven vampiro.

—Jonas es uno de los mejores amigos de Camden, lo sabes.

—Sí —dijo Chase con serenidad—. Lo sé.

Elise arrugó su lisa frente, luego apartó la mirada de él, sin dejar de toquetear su sortija de bodas.

—¿Crees que es posible que los encuentren ahí fuera? Tal vez Cam y Jonas se han escondido juntos en alguna parte. Deben de estar tan asustados, con necesidad de encontrar cobijo para protegerse del sol. Al menos oscurecerá pronto, dentro de tan sólo unas horas. Tal vez esta noche tengamos buenas noticias.

Chase no fue consciente de moverse hasta que se halló al otro lado del escritorio, tan sólo a unos pocos pasos de Elise.

—Encontraré a Camden. Te lo prometo. Tienes mi juramento, Elise: no descansaré hasta que esté a salvo contigo de nuevo en casa.

Ella sacudió débilmente la cabeza.

—Sé que estás haciendo todo lo que puedes. Pero estás haciendo un gran sacrificio para buscar a Cam. Sé lo mucho que disfrutas el trabajar para la agencia. Y ahora te ves envuelto con esos peligrosos matones de la Orden...

—No te tienes que preocupar por nada de eso —le dijo con suavidad—. Mis decisiones las tomo yo. Sé lo que estoy haciendo... y por qué.

Al alzar la mirada hacia él, esta vez ella le sonrió, un regalo poco común que él devoró con codicia.

—Sterling, yo entiendo que tú y mi marido teníais vuestras diferencias. Quentin a veces podía ser... inflexible. Sé que te apretaba mucho con los asuntos de la agencia. Pero él te respetaba más que a nadie. Siempre decía que eras el mejor, el que tenía más potencial. Tú le importabas, aunque a menudo le costara demostrártelo. —Inspiró y luego soltó el aire en un rápido suspiro—. Estoy segura de que él agradecería muchísimo todo lo que estás haciendo por nosotros, Sterling. Estaría tan agradecido como yo.

Mirando los cálidos ojos lavanda de Elise, Chase se imaginó trayendo a su hijo de vuelta a casa como un premio que él ganaría sólo para ella. Habría lágrimas de alegría y abrazos emocionados. Casi podía sentir los brazos de ella en torno a él en un alivio catártico, con sus ojos húmedos nombrándolo su héroe personal. Su salvador.

Él vivía por esa oportunidad.

La anhelaba con una ferocidad que le resultaba sorprendente.

—Sólo quiero que seas feliz —dijo él, atreviéndose a acercarse un poco.

En un instante vergonzoso, imaginó una realidad alternativa, donde Elise le pertenecía, con su atuendo de viuda arrojado lejos junto con el recuerdo del fuerte y honorable compañero que tan profundamente había amado y había perdido. En el sueño íntimo de Chase, el pequeño cuerpo de Elise crecería y maduraría con su propio hijo. Él le daría un hijo que amar y mantener cerca. Él le daría el mundo.

—Tú mereces ser feliz, Elise.

Ella hizo un pequeño ruido con la parte posterior de su garganta, como si él la hubiera hecho sentir incómoda.

—Es muy amable por tu parte preocuparte. No sé qué haría sin ti, especialmente ahora.

Ella dio unos pasos hacia él y le puso las manos sobre los hombros. Fue apenas un ligero roce, pero suficiente para enviar un raudal de calor a través de él. Él se contuvo, casi sin poder respirar cuando ella se alzó de puntillas y puso los labios en la comisura de su boca. Fue un beso breve, tan casto que le rompió el corazón.

—Gracias, Sterling. No podría pedir un cuñado más devoto.

Tess examinó los pasteles de la cafetería de North End, decidiéndose finalmente por un exquisito bizcocho de chocolate de siete capas bañado en salsa de caramelo. Normalmente no se mimaba mucho, y probablemente no tenía derecho a hacerlo ahora, dado lo precario de sus finanzas, pero después de un largo día de trabajo —un día que, además, había seguido a una noche casi sin dormir— pensaba disfrutar de su pastel y su capuchino sin sentirse culpable. Bueno, tal vez tendría tan sólo un pequeño momento de culpa, que sería olvidado en el instante en que ese pegajoso dulce tocara su lengua.

—Yo lo pagaré —dijo una profunda voz masculina detrás de ella.

Tess se sobresaltó. Conocía esa profunda y bella voz con un ligero acento, aunque sólo la hubiera oído antes una vez.

—Dante —dijo ella, volviendo el rostro hacia él—. Hola.

—Hola. —Él le sonrió, y el corazón de Tess comenzó a agitarse frenéticamente en su pecho—. Me gustaría invitarte... Dios, ¿no me digas que ésta es tu comida?

Ella se rio y negó con la cabeza.

—He almorzado tarde en el trabajo. Y no tienes por qué invitarme...

—Insisto. —Entregó un billete de veinte y no aceptó el cambio. No pareció advertir la mirada coqueta de la bonita cajera, pues toda su atención se concentraba en Tess. La intensidad de sus preciosos ojos, toda su presencia, parecían dejar sin aire esa sala demasiado cálida.

—Gracias —dijo ella, recogiendo su pastel de chocolate y la taza de papel del mostrador—. ¿Tú no vas a tomar nada?

—No tomo azúcar ni cafeína. No me van.

—¿Que no te van? Pues son dos de mis vicios favoritos.

Dante hizo un suave sonido con la garganta, casi un ronroneo.

—¿Cuáles son los otros?

—Básicamente el trabajo —se apresuró a decir ella, sintiendo que se ruborizaba mientras se volvía para coger una servilletas de la máquina expendedora que había al final del mostrador. También sintió un peculiar calor en la nuca, que la hizo estremecerse como si se tratara de una descarga eléctrica. Le llegó hasta la médula, en cada una de sus venas. Estaba ansiosa por cambiar de tema, demasiado consciente del calor que surgía de él mientras la conducía distraídamente hacia la puerta de la cafetería—. Es una sorpresa encontrarte aquí, Dante. ¿Vives cerca?

—No muy lejos. ¿Y tú?

—Apenas a un par de manzanas —dijo ella, caminando junto a él al aire frío de la noche. Ahora que volvía a estar a su lado, no podía dejar de pensar en el extraño encuentro lleno de carga sexual que habían tenido en la exposición. Ella había estado pensando en ese breve e increíble momento casi constantemente desde entonces, preguntándose si él habría sido tan sólo un producto de su imaginación, surgido de algún lugar oscuro de sus fantasías. Sin embargo, ahí estaba, de carne y hueso. Tan real que podía tocarlo. Y le sorprendían las ganas que tenía de hacerlo.

Eso la desconcertó, poniéndola nerviosa y preocupada. Haciéndola desear alejarse antes de que el deseo se volviera todavía más fuerte.

—Bueno —dijo, mientras inclinaba el vaso de humeante capuchino en su dirección—. Gracias de nuevo por el azúcar y la cafeína. Buenas noches.

Mientras se giraba para subir a la acera, Dante alcanzó su brazo. Su boca se curvó en una divertida y suspicaz sonrisa.

—Siempre estás huyendo de mí, Tess.

¿Eso hacía? Y en realidad, ¿por qué debería hacerlo? Apenas lo conocía, y lo que conocía de él parecía poner sus sentidos a toda máquina.

—No estoy huyendo de ti...

—Entonces déjame acompañarte a casa.

Él sacó un pequeño llavero del bolsillo de su chaqueta, y un Porche negro aparcado junto al bordillo hizo un chirrido, y sus luces destellaron en respuesta. Bonito coche, pensó ella, sin que le sorprendiera realmente que condujera un vehículo lustroso, rápido y caro.

—Gracias, pero... yo estoy bien, en serio. Es una noche tan bonita que de hecho voy a caminar un rato.

—¿Puedo ir contigo?

Si él hubiera insistido de esa manera suya tan confiada y dominante, Tess lo hubiera rechazado. Pero lo estaba pidiendo educadamente, como si entendiera hasta dónde podía empujarla. Y a pesar de que Tess tenía deseos de estar sola, aquella noche más que nunca, cuando trataba de buscar excusar para separarse de él, las palabras sencillamente no le salían.

—Claro. Supongo que sí. Si tú quieres.

—Nada me gustaría más.

Comenzaron a pasear lentamente por la acera, simplemente una pareja más en una calle llena de turistas y residentes disfrutando el pintoresco vecindario de North End. Durante un largo rato, ninguno de los dos habló. Tess bebía su capuchino y Dante observaba la zona con una intensidad agresiva que a ella la hacía sentirse nerviosa y a la vez protegida. Ella no veía peligro en ninguno de los rostros que pasaban cerca, pero Dante tenía un aire de feroz vigilancia que indicaba que estaba preparado para cualquier situación.

—La otra noche no me dijiste cómo te ganabas la vida. ¿Eres policía o algo así?

Él la miró con expresión seria mientras caminaban.

—Soy un guerrero.

—Guerrero —dijo ella, escéptica por lo anticuado del término—. ¿Qué significa eso exactamente... un militar? ¿Fuerzas especiales? ¿Vigilante?

—En cierto sentido, soy todas esas cosas. Pero soy de los buenos, Tess, te lo prometo. Mis hermanos y yo hacemos todo lo necesario para mantener el orden y asegurarnos de que los débiles e inocentes no sean víctimas de los fuertes y corruptos.

Ella no se rio, aunque no estaba del todo segura de que hablara en serio. La forma en que se describía a sí mismo traía a su mente los antiguos ideales de justicia y nobleza, como si estuviera suscrito a algún tipo de código de honor de caballeros.

—Bueno, no puedo decir que haya visto antes la descripción de ese oficio en algún currículo. En cuanto a mí, simplemente practico la medicina privada como veterinaria.

—¿Y qué me dices de tu novio? ¿Qué hace para ganarse la vida?

—Ex novio —se apresuró a aclarar ella—. Ben y yo rompimos hace un tiempo.

Dante se detuvo a observarla, algo oscuro asomaba a sus rasgos.

—¿Me mentiste?

—No, yo dije que había ido a la inauguración con Ben. Tu diste por supuesto que era mi novio.

—Y tú dejaste que lo creyera. ¿Por qué?

Tess se encogió de hombros, insegura.

—Tal vez no confiaba en ti como para decirte la verdad.

—¿Y ahora confías?

—No lo sé. No confío con mucha facilidad.

—Yo tampoco —dijo él, observándola ahora más cerca que nunca. Reanudaron el paseo—. Dime... ¿cómo te viste involucrada con ese... Ben?

—Nos conocimos hace un par de años, a través de mi profesión. Es un buen amigo.

Dante gruñó, pero no dijo nada más. A poco menos de una manzana se encontraba el río Charles, uno de los lugares favoritos de Tess para pasear. Ella abandonó la calle para adentrarse por uno de los senderos adoquinados que serpenteaban a lo largo de la orilla del río.

—En realidad no crees eso —dijo Dante cuando estuvieron cerca de la oscura y ondulante agua del Charles—. Dices que es un buen amigo, pero no estás siendo honesta. Ni conmigo, ni contigo misma.

Tess frunció el ceño.

—¿Cómo puedes saber lo que pienso? No sabes nada de mí.

—Dime que me equivoco.

Ella se dispuso a hablar, pero su mirada inquebrantable la desarmó. Él la conocía. Dios, ¿cómo era posible que se sintiera tan conectada con él? ¿Cómo podía leer en ella con esa claridad? Ella había tenido esa misma sensación —ese instantáneo y peculiar lazo con él— en el museo.

—Anoche, en la exposición —dijo ella, con la voz serena en el frío de la noche—, me besaste.

—Sí.

—Y luego desapareciste sin decir ni una palabra.

—Tuve que irme. De no haberlo hecho, no hubiera tenido suficiente sólo con besarte.

—¿En medio de una sala de baile llena de gente? —Él no dijo nada que lo negara. Y la suave y atractiva curva de sus labios envió flechas de fuego como lametazos a través de sus venas. Tess sacudió la cabeza—. Ni siquiera estoy segura de por qué te permití que lo hicieras.

—¿Desearías que no lo hubiera hecho?

—No importa si lo deseaba o no.

Ella reanudó sus pasos, adelantándose a él por el sendero.

—Estás huyendo otra vez, Tess.

—¡No lo hago! —Le sorprendió el tono asustado de su

propia voz. Y estaba corriendo, sus pies trataban de alejarse de él lo más posible, a pesar de que todo el resto de su cuerpo se sintiera arrastrada hacia él como si hubiera un campo magnético. Se obligó a detenerse. A permanecer quieta mientras Dante se acercaba a ella y la giraba hacia él para mirarla a la cara.

—Todos huimos de algo, Tess.

Ella no pudo evitar burlarse un poco.

—¿Incluso tú?

—Sí. Incluso yo. —Miró fijamente el río, luego asintió con la cabeza mientras volvía la mirada de nuevo hacia ella—. ¿Quieres saber toda la verdad? Yo he estado huyendo durante toda mi vida... más tiempo del que puedes imaginar.

Ella lo encontraba difícil de creer. Era cierto que sabía muy poco de él, pero si tuviera que describirlo en una palabra, probablemente ésta sería «valiente». Tess no podía imaginar qué podría hacer que ese hombre tan inmensamente confiado dudase un segundo.

—¿De qué, Dante?

—De la muerte. —Permaneció callado durante un instante, en actitud reflexiva—. A veces pienso que si simplemente continúo moviéndome, si no permito verme anclado por la esperanza o cualquier otra cosa que pueda llevarme a dar un paso en falso... —Soltó una maldición en la oscuridad—. No lo sé. No estoy seguro de si es posible burlar el destino, por más rápido o más lejos que corramos.

Tess pensó sobre su propia vida, el maldito pasado que la había estado abrumando durante tanto tiempo. Había intentado dejarlo atrás, pero siempre estaba allí. Siempre ensombreciendo cada decisión que tomaba, recordándole la maldición que nunca le permitiría vivir verdaderamente. Incluso ahora —muchísimo después— se preguntaba si sería el momento de cambiar, de empezar de nuevo.

—¿Qué piensas, Tess? ¿De qué huyes tú?

Ella no respondió, dividida entre la necesidad de proteger sus secretos y su anhelo de compartirlos con alguien que fuera capaz de no juzgarla, que pudiera entender qué la había llevado a esa situación en su vida, si es que no podía perdonarla por ello.

—Está bien —dijo Dante con suavidad—. No tienes que contármelo ahora. Vamos, busquemos un banco donde puedas sentarte y disfrutar de tu azúcar y tu cafeína. Nunca podrá decirse que soy capaz de negarle a una mujer alguno de sus vicios favoritos.

Dante observaba cómo Tess se comía el espeso pastel de chocolate bañado de caramelo, sintiendo que su placer irradiaba a través de la pequeña distancia que los separaba en aquel banco a la orilla del río. Ella le ofreció un bocado, y aunque los de su clase no podían consumir más de un bocado de comida humana, él aceptó probar una pequeña cantidad del dulce, aunque sólo fuera para compartir la descarada alegría de Tess. Tragó el pesado, pastoso y bastante asqueroso bocado de dulce con una sonrisa tirante.

—Está bueno, ¿verdad? —Tess se lamía los dedos cubiertos de chocolate, deslizándolos uno tras otro dentro de su boca para chuparlos.

—Delicioso —dijo Dante, contemplándola con ansia.

—Te doy más si quieres.

—No. —Se echó hacia atrás, negando con la cabeza—. No, es todo tuyo. Por favor, disfrútalo.

Ella lo terminó y luego bebió el último trago de café. Cuando se levantó para tirar la bolsita y el vaso vacío en una papelera del parque, se distrajo con un hombre mayor que paseaba junto al río con una pareja de pequeños perros marrones. Tess le dijo algo, luego se puso de cuclillas y dejó que los perros se le subieran encima.

Dante la observó reír mientras los perros se movían y bailaban reclamando su atención. Esa rígida actitud cautelosa que él había tratado de romper sin éxito, ahora había desaparecido. Durante unos minutos él pudo ver a Tess tal y como era realmente, sin miedo ni desconfianza.

Era magnífica, y Dante sintió una descabellada puñalada de envidia por los dos chuchos que se beneficiaban de su afecto desinhibido.

Él se acercó y saludó con la cabeza al anciano mientras éste y sus perros comenzaban a apartarse. Tess se levantó, todavía sonriendo satisfecha mientras observaba a los animales acudir al trote junto a su amo.

—Tienes mucho talento con los animales.

—Son mi oficio —dijo ella, como si necesitara justificar su placer.

—Eres buena con ellos. Eso es obvio.

—Me gusta ayudar a los animales. Es algo que me hace sentir... útil, supongo.

—Tal vez algún día podrías mostrarme lo que haces.

Tess inclinó la cabeza hacia él.

—¿Tienes una mascota?

Dante debería haber dicho que no, pero todavía tenía la imagen de ella con esas dos ridículas bolas de pelo y deseaba poder procurarle algún tipo de alegría similar.

—Tengo un perro. Como esos.

—¿Ah, sí? ¿Cómo se llama?

Dante se aclaró la garganta, pensando qué nombre podría ponerle a una criatura inútil que dependiera de él para sobrevivir.

—*Harvard* —dijo con voz cansada, curvando los labios en una sonrisa privada—. Se llama *Harvard*.

—Bueno, me encantaría conocerlo algún día, Dante. —Se levantó una brisa fría y Tess tembló, frotándose los brazos—. Se está haciendo un poco tarde. Probablemente debería dirigirme a casa.

—Sí, claro. —Dante asintió, riñéndose a sí mismo por haberse inventado una mascota, por dios santo, sólo porque con eso podía ganarse la aceptación de Tess. Por otra parte, ésa también podía ser una manera conveniente de pasar más tiempo con ella, para averiguar cuánto sabía acerca del carmesí y de la operación en la que estaba involucrado su ex novio.

—He disfrutado de nuestro paseo, Dante.

—Yo también.

Tess se miró los pies, con una expresión melancólica en su rostro.

—¿Qué pasa?

—Nada. Es sólo que... No esperaba que nada bueno pudiera suceder esta noche. Generalmente éste no es uno de mis días favoritos.

—¿Por qué no?

Ella levantó la mirada y se encogió ligeramente de hombros.

—Es mi cumpleaños.

Él dibujó una seductora sonrisa.

—¿Eso es malo?

—No suelo celebrarlo. Digamos que tuve una educación bastante disfuncional. No es nada grave, en realidad.

En realidad sí lo era. Dante no necesitaba un lazo de sangre con Tess para entender que todavía sentía dolor por una vieja herida. Él quería saberlo todo acerca de ese dolor y de su fuente, sus instintos protectores se dispararon al pensar que Tess pudiera estar sufriendo alguna clase de infelicidad. Pero ella ya se estaba apartando de él, avanzando lentamente hacia el sendero que los conduciría a la calle de vuelta al barrio. Él alcanzó su mano, demorando su retirada. Deseaba atraerla hacia él y abrazarla.

—Deberías tener una razón para celebrar cada día, Tess. Y especialmente éste. Me encantaría que me dejaras pasar algún tiempo contigo.

Ella sonrió, sonrió sinceramente, con sus ojos brillantes bajo el suave resplandor de las farolas del parque y su deliciosa boca extendiéndose en un bello y suave arco. Dante no pudo resistir su necesidad de sentirla cerca. Entrelazó los dedos con los de ella y suavemente la atrajo hacia sí.

Contempló su bello rostro, medio perdido en su deseo por ella.

—Ningún cumpleaños está completo sin un beso.

Como una puerta que se cerrara de golpe ante él, la expresión de Tess cambió. Se quedó helada, luego se puso rígida y se apartó de él.

—No me gustan los besos de cumpleaños —soltó ella en un soplo de aliento—. Yo... creo que debemos dar por terminada la noche, Dante.

—Tess, lo siento...

—Tengo que irme. —Ella ya se estaba moviendo hacia el sendero. Luego dio un giro y salió corriendo con un trote rápido, dejándolo de pie solo en el parque preguntándose qué diablos acababa de pasar.

Capítulo catorce

Chase se alejó de la finca de la Orden, irritado por la frustración. Aquella noche no patrullaría. Todos los guerreros hacían misiones en solitario, dejando a Chase con varias horas de oscuridad por delante para matar el tiempo por su cuenta.

La muerte del amigo de Camden la pasada noche todavía lo carcomía, haciéndolo todavía más consciente de que el reloj avanzaría más rápido si conservaba alguna esperanza de devolver a su sobrino sano y salvo a casa. Chase condujo por algunas de las zonas en las que había patrullado con Dante, tanto por los lugares conocidos como por los menos conocidos donde los humanos y los vampiros solían mezclarse.

Recorrió las calles y los astilleros en busca de Camden, de alguna señal de él o de alguno de sus amigos. Varias horas después todavía no había encontrado nada.

Estaba aparcado en el barrio chino, a punto de regresar al Refugio Oscuro, cuando vio a dos jóvenes de la estirpe y una pareja de mujeres humanas entrando a un portal sin numerar que estaba frente a él. Chase apagó el motor del Lexus y salió del vehículo. Mientras se acercaba al lugar donde había ido el grupo oyó música que procedía de algún lugar y llegaba hasta el nivel de la calle. Abrió la puerta y se deslizó en el interior.

Bajo un largo y apenas iluminado tramo de escaleras había otra puerta. Ésta tenía a un gorila humano parado junto a ella, pero Chase no tuvo problema en pasar junto al tipo poniéndole un billete de cien dólares en la mano.

El grave sonido de un bajo llenó la cabeza de Chase cuando entró al club lleno de gente. Había cuerpos agitándose en cualquier lugar donde miraba, la danza rebasaba la habitación en una masa gigante que se sacudía. Escudriñó la densa multitud mientras avanzaba hacia el interior, desde donde se proyectaban luces estroboscópicas azules y rojas que le molestaban en los ojos.

Se tropezó con una mujer bebida que estaba bailando con algunos amigos. Chase emitió una disculpa que probablemente ella no pudo oír por encima del estrépito. Con retraso, él se dio cuenta de que le había puesto las manos sobre el muslo, tratando de sostenerla para que no se cayera.

Ella le sonrió seductora, lamiéndose los labios, manchados de un rojo brillante por la piruleta que estaba chupando. Ella bailaba ahora más cerca de él, descaradamente sexual frotando su cuerpo contra el suyo. Chase contempló su boca, y luego la delgada línea blanca de su cuello.

Las venas de él comenzaron a zumbar, mientras una fiebre crecía en su sangre.

Debería marcharse. Si Camden se encontraba allí, las posibilidades de encontrarlo eran muy bajas. Demasiada gente, demasiado ruido.

La mujer le rodeó los hombros con las manos, deteniéndose frente a él, con sus muslos rozando los de él. La falda que llevaba era ridículamente corta, tan corta que cuando se volvió y apretó el trasero contra su ingle, Chase vio que no llevaba nada debajo.

Dios santo.

Realmente tenía que salir de allí...

Otro par de brazos lo rodearon por detrás, una de las amigas de la chica que había decidido jugar también. Una tercera se acercó y le dio a la primera un largo y húmedo beso. Las dos miraban a Chase mientras sus lenguas resbalaban juntas como serpientes.

La polla se le puso inmediatamente dura dentro de los pantalones. La mujer que tenía detrás alargó la mano hacia bajo, acariciando el bulto todavía más duro gracias a sus hábiles y despiadados dedos. Chase cerró los ojos, sintiendo que la lujuria se enroscaba con otra hambre distinta, una que no había saciado hacía casi tanto tiempo como su urgencia sexual. Estaba hambriento, su cuerpo reclamaba tanto satisfacción como liberación.

Las dos mujeres lo besaron ahora a él, compartiendo su boca mientras la multitud alrededor de ellos seguía bailando, sin importarles que la exhibición carnal tuviera lugar allí mismo. No eran los únicos; Chase vio a más de una pareja ocupada, y a más de un vampiro de la estirpe que encontraba una huésped en medio de la sensualidad explícita del lugar.

Con un gruñido, Chase deslizó sus manos por debajo de la falda corta de la primera mujer. Arrugó la tela con rudeza, dejándola expuesta a su mirada hambrienta mientras su amiga le daba a él un caliente lametazo en el cuello.

Los colmillos de Chase se alargaron en su boca mientras penetraba con la mano la húmeda hendidura que se ponía a horcajadas sobre su muslo. Las otras mujeres jugaban con su cremallera, bajándola y metiendo las manos para acariciar su miembro erecto. La necesidad lo arrolló, la urgencia por follar y alimentarse era incontenible. Con rudeza agarró a una de las hembras por los hombros y la empujó hacia abajo delante de él. Ella se arrodilló, liberándole la polla e introduciéndosela dentro de la boca.

Mientras se la chupaba enérgicamente, y la otra mujer le movía la mano para alcanzar su propio clímax, Chase acercó la tercera mujer a su boca. Sus colmillos palpitaban incluso más que su sexo, su visión se hacía más aguda a medida que el hambre afilaba sus pupilas hasta convertirlas en hendiduras y aumentaba todos sus sentidos. Separó los labios mientras apretaba el cuello de la hembra contra su boca. Con un seco empujón, la inmovilizó, abrió su vena y dejó que la sabrosa y cálida sangre pasara a través de sus dientes.

Chase se alimentó rápido y a fondo, con una pérdida de control nada propia de él y que le pareció repugnante. Pero no podía parar. Bebió con fuerza, y cada vez que chupaba la vena de su anfitriona, la urgencia de liberación crecía más vertiginosamente entre sus piernas. Movió sus caderas repetidamente, agarrando con una mano el cabello de la mujer mientras perseguía su orgasmo. Estaba a punto de llegar, rugiendo a través de él...

Con un furioso estallido explotó. Todavía tenía la boca agarrada con fuerza a su anfitriona. Pasó la lengua sobre los pinchazos de las heridas, cerrándolos herméticamente. Ella jadeaba anhelando su propia liberación, las tres mujeres lo manoseaban maullando y gimiendo en busca de más.

Chase se apartó de las manos que lo sujetaban, odiando lo que acababa de hacer. Llevó la palma de la mano hasta la frente de su huésped y limpió su memoria. Luego hizo lo mismo con las otras dos. Tenía tantas ganas de salir de allí que prácticamente temblaba ante la idea. Se abrochó los pantalones y sintió que una oleada de inquietud recorría su espina dorsal.

Desde algún lugar de la sala unos ojos lo estaban mirando. Examinó la multitud en busca del intruso... y se sorprendió contemplando a uno de los vampiros de la Orden.

Tegan.

Al carajo su idea de considerarse superior a los machos de la estirpe que elegían vivir una vida de violencia y una justicia casi de vigilantes.

¿Cuánto de la degradante falta de control de Chase habría visto Tegan? Probablemente toda, aunque la expresión del vampiro no traicionaba nada, simplemente se limitaba a sostener una mirada fría, plana y cómplice.

El guerrero continuó mirando un momento más, luego simplemente se dio la vuelta y abandonó el lugar.

Un par de brillantes ojos ambarinos con pupilas plateadas le devolvieron la mirada a Dante desde la pantalla del ordenador de su apartamento. La boca de la bestia estaba abierta, con sus labios curvados mostrando un juego de colmillos bastante impresionante. Tenía un aspecto furioso, pero la nota al pie de la fotografía lo describía como «una diva dulce y mimosa a quien le encantaría ir a casa contigo hoy mismo».

—Dios —murmuró Dante, con repulsión. Ya tenía bastante con las fieras babeantes que veía cada noche que pasaba fuera cazando renegados.

Diablos, a veces veía el mismo ser repugnante reflejado en su propio espejo, cuando la sed de sangre, la lujuria o la rabia emergían de su naturaleza original. El dolor en sus pesadillas premonitorias también provocaba lo mismo: las pupilas afiladas, sus ojos de un marrón claro pasaban a ser de un fiero ámbar y los colmillos le crecían en las encías.

Había tenido otro de sus infernales sueños precisamente hoy. Un sueño mortal lo despertó alrededor del mediodía y lo dejó sudando y temblando durante varias horas después. Las malditas pesadillas eran más frecuentes últimamente, y más intensas. Y los punzantes dolores de cabeza que le quedaban al despertarse eran peor que una patada en el culo.

Dante accionó el ratón inalámbrico que había junto a su teclado y pasó de la categoría de felinos a la de caninos. Le dio al botón para consultar el inventario de animales disponibles y luego examinó rápidamente las fotos. Unos pocos parecían adecuados para sus propósitos, en particular un perro de caza con rostro triste llamado *Barney*, que «necesitaba cuidados especiales y soñaba con un lugar agradable donde pasar sus últimos años dorados».

Eso podía funcionar. La verdad es que no estaba buscando nada que durara mucho.

Dante activó su teléfono móvil y marcó el número de la protectora de animales. Una joven que masticaba chicle, con un marcado acento de Boston, atendió el teléfono al quinto timbrazo.

—Rescate de Pequeños Animales de Eastside, ¿en qué puedo ayudarle?

—Necesito uno de sus animales —le dijo Dante.

—¿Disculpe?

—Un perro de su página web, el viejo. Lo quiero.

Hubo un tiempo de silencio, seguido de un comentario a todo volumen de la chica del chicle.

—¡Oh! ¿Se refiere usted a *Barney*?

—Sí, ése.

—Bueno, lo siento, pero ya ha sido adoptado. ¿Todavía sale en la página? Deben de haber olvidado ponerla al día. ¿Qué tipo de perro está buscando? Tenemos muchos otros que necesitan un buen hogar.

—Necesito un animal esta misma noche.

Ella soltó una pequeña risita insegura.

—Hum, la verdad es que no funcionamos así. Necesitamos que venga y rellene una solicitud, y luego se entreviste con uno de nuestros...

—Puedo pagar.

—Bueno, eso está bien, porque pedimos una pequeña donación para cubrir el tratamiento y...

—¿Será suficiente con cien dólares?

—Ej...

—¿Doscientos? —preguntó, sin importarle realmente el precio—. Es muy importante para mí.

—Sí —dijo ella—, yo... hum... esa era mi idea.

Dante bajó la voz y se concentró en la manejable mente humana que había al otro lado del teléfono.

—Ayúdeme. De verdad necesito uno de sus animales. Ahora piense un poco y dígame qué es lo que tengo que hacer para conseguirlo.

Ella vaciló durante unos segundos.

—Mire, podrían despedirme por esto, pero tenemos un perro que acaba de llegar hoy. Ni siquiera ha sido examinado todavía, pero no parece que esté en las mejores condiciones. Y para ser honesta con usted, tampoco tiene buen aspecto. No tenemos espacio para él ahora, así que está en la lista para ser sacrificado mañana por la mañana.

—Me lo llevaré. —Dante comprobó la hora. Eran las cinco pasadas, ya había oscurecido, gracias a que Nueva Inglaterra pertenecía a la zona horaria del Este. Harvard no se presentaría en el recinto hasta dentro de un par de horas. Tiempo suficiente para llevar a cabo su pequeña transacción antes de tener que unirse con el agente para la patrulla nocturna. Se puso en pie, agarró su chaqueta y sus llaves—. Salgo ahora mismo. Estaré allí en unos veinte minutos.

—De acuerdo. Cerramos a las cinco y media, pero le esperaré. Entre por detrás y pregunte por Rosa. Soy yo. —Hizo explotar su chicle otra vez, él podía oír funcionar su mandíbula en un frenesí de rápidos ruidos secos—. Ah, en cuanto al dinero... los doscientos... ¿Podrá pagarlos en efectivo?

Dante sonrió mientras salía por la puerta.

—Hecho.

Capítulo quince

Tess comprobó de nuevo la última imagen de su ordenador, asegurándose de que la suma era la correcta antes de darle al botón para completar la transferencia de fondos. Las facturas atrasadas de la clínica estarían pagadas ahora, pero su cuenta de ahorros tendría mil dólares menos. Y el mes siguiente las facturas comenzarían a acumularse otra vez.

—Hola, Tess. —Nora apareció en el umbral de la puerta y dio un golpecito vacilante en el marco—. Siento interrumpir, pero son casi las seis y tengo que irme a estudiar para un examen que tengo mañana. ¿Quieres que cierre?

—De acuerdo —dijo Tess, frotándose las sienes, donde dos nudos tensionales habían comenzado a asentarse—. Gracias, Nora. Buenas noches.

Nora la miró durante un largo momento y luego bajó la vista hasta la enorme pila de facturas del escritorio.

—¿Todo está en orden?

—Sí. —Tess trató de esbozar una sonrisa alentadora—. Sí, todo está bien.

—Vi hoy el aviso del propietario. El alquiler subirá a principios de año, ¿no?

Tess asintió.

—Sólo el ocho por ciento.

Realmente no era mucho, pero ella apenas podía cubrir el alquiler de la clínica tal como estaba. El aumento probablemente sería la gota que colmaría el vaso, a menos que comenzara a cobrar más por sus servicios. Eso seguramente le haría perder más de la mitad de los clientes, lo cual la llevaría directamente a la quiebra. La única alternativa razonable sería entonces cerrar la clínica y dedicarse a otra cosa.

Tess no temía esa opción; estaba acostumbrada a los cambios. A veces se preguntaba si acaso no sería más fácil para ella empezar de nuevo que profundizar realmente en algo. Todavía estaba buscando un lugar agradable en el que dejarse caer. Tal vez nunca lo encontraría.

—Mira, Tess, yo... quiero hablar de algo contigo. Mis clases se están haciendo más intensas este último semestre, y realmente necesito dedicarme en serio. —Vaciló, moviendo los hombros—. Sabes que me gusta trabajar aquí, pero voy a tener que recortar mis horas.

Tess asintió, en señal de aceptación.

—De acuerdo.

—Es sólo que entre la clínica y los estudios, no tengo tiempo de darme un respiro, ¿sabes? Mi padre se casa dentro de unas semanas, por eso también estoy pensando en irme de su casa. Por otro lado mi madre quiere que vuelva con ella a California después de graduarme en primavera...

—Está bien. De verdad, lo entiendo —dijo Tess, ligeramente aliviada.

Había compartido con Nora algunas de sus luchas con los asuntos económicos, y aunque Nora insistía en que aguantaran juntas, Tess se seguía sintiendo responsable. De hecho, había veces en que sentía que estaba manteniendo la clínica a flote más por sus clientes y por Nora que para sí misma. Era buena en su trabajo —eso lo sabía—, pero no podía dejar de sentir que su nueva vida no era más que otra forma de seguir ocultándose. De su pasado, desde luego, pero también del aquí y el ahora. De algo que tenía miedo de examinar de cerca.

«Siempre estás huyendo, Tess.»

Las palabras de Dante resonaban en su mente. Se había sentido identificada con lo que le había dicho, sentía que la observación que le había hecho era acertada. Al igual que él, a menudo pensaba que si continuaba moviéndose, si continuaba corriendo, tal vez, sólo tal vez, sería capaz de sobrevivir. Sin embargo, no temía a la muerte. Su demonio estaba siempre a su lado.

Tess enderezó la pila de papeles de su escritorio, obligándose a volver a concentrarse en la conversación.

—¿Cuándo piensas reducir tu jornada?

—Bueno, tan pronto como me dejes, supongo. Además, me atormenta que estés financiando mis pagas con tus ahorros personales.

—Deja que sea yo quien me preocupe por eso —le dijo Tess. Sus palabras fueron interrumpidas por el tintineo de las campanillas de la entrada de la clínica.

Nora miró por encima de su hombro.

—Debe de ser el servicio de paquetería de UPS con nuestro pedido. Voy a recogerlo antes de irme.

Se alejó al trote y Tess oyó una conversación amortiguada en el área de recepción. Luego Nora apareció otra vez, con rubor en las mejillas.

—Definitivamente lo que está en el vestíbulo no es nadie de UPS —dijo, bajando la voz como si no quisiera que la oyeran—. Es todo un dios.

Tess se rio.

—¿Qué?

—¿Estás preparada para una visita? Porque ese fascinante tipo está ahí fuera esperando con un perro en un estado lamentable.

—¿Es una emergencia?

Nora se encogió de hombros.

—No creo. No hay evidencia de sangre o traumatismo, pero el tipo se muestra muy insistente. Ha preguntado por ti. ¿Y te he mencionado que está de muerte?

—Sí, lo has hecho —dijo Tess, levantándose de su escritorio para ponerse su bata blanca. Sintió un hormigueo cerca del oído, la misma extraña sensación que había notado en la exposición del museo y de nuevo la noche pasada, cuando estaba cerca de Dante en la cafetería—. Dile que ahora salgo, por favor.

—No hay problema. —Nora se enganchó el pelo detrás de la oreja, alisó su suéter escotado y salió enérgicamente.

Era él. Tess sabía que era Dante, incluso antes de oír su voz retumbando en el vestíbulo. Se sorprendió a sí misma tapándose la boca al sonreír, logrando controlar una desenfrenada corriente de entusiasmo al pensar que él había venido a buscarla después de la manera embarazosa en que había acabado la noche en el parque.

Oh, dios. Esa sacudida de hormonas era muy mal indicio. Ella no era el tipo de mujer que se mareaba ante un hombre, pero Dante le hacía sentir algo que nunca antes había sentido.

—Contención —se susurró a sí misma mientras salía de su despacho y se encaminaba por el pasillo que conducía hasta el vestíbulo.

Dante se hallaba de pie en la zona de recepción, sosteniendo un pequeño bulto en los brazos. Nora se inclinaba sobre la encimera para acariciar al pequeño perro, arrullando con adoración y mostrando a Dante una buena porción de su escote. Tess no podía culpar a Nora por mostrarse coqueta. Dante simplemente provocaba ese efecto en una mujer; ni siquiera Tess era inmune a su oscuro atractivo.

Los ojos de él se posaron sobre ella en el momento en que entró a la habitación, y si Tess quería parecer fría y no afectada, probablemente estaba fallando miserablemente. Su sonrisa no se atenuó, y sus dedos temblaron un poco cuando se llevó la mano a un lado del cuello, donde ese extraño hormigueo parecía cobrar más fuerza.

—Éste debe de ser *Harvard* —dijo ella, contemplando el ejemplar de terrier con alguna mezcla que Dante sostenía en los brazos, y que parecía bastante demacrado—. Cuando dije que quería conocerlo no esperaba que fuese tan pronto.

Dante frunció el ceño.

—¿Es mal momento?

—No. No, está bien. Sólo estoy... sorprendida, eso es todo. No dejas de sorprenderme.

—¿Ya os conocéis? —Nora miraba boquiabierta a Tess como si quisiera chocarle las manos.

—Bueno, sí... nos conocimos hace un par de noches —tartamudeó Tess—. En la recepción del museo. Y anoche nos encontramos por casualidad otra vez en el North End.

—Me quedé preocupado —dijo Dante, mirándola como si estuvieran solos en la habitación—. No esperaba haberte molestado anoche, Tess.

Ella hizo un gesto con la mano para acallar su preocupación, deseando poder olvidarlo todo.

—No fue nada. En realidad no estaba disgustada. No hiciste nada malo. Debería ser yo quien me disculpara ante ti por salir corriendo de esa manera.

La mirada de Nora iba del uno al otro, como si la tensión que Tess sentía por estar cerca de Dante fuera palpable también para ella.

—Tal vez queráis estar solos...

—No —respondió Tess bruscamente al mismo tiempo que Dante lo afirmaba con calma.

Nora vaciló durante un segundo, luego se volvió para coger su abrigo y su bolso de una percha que había tras el escritorio.

—Yo... hum.... te veré por la mañana, Tess.

—Sí, de acuerdo. Que te vaya bien con el estudio.

De espaldas a Dante, Nora miró a Tess y silenciosamente pronunció sólo con los labios las palabras «¡está buenísimo!» mientras se dirigía hacia la salida trasera, donde tenía aparcado el coche. Unos segundos más tarde, retumbó el sonido de un motor, desvaneciéndose a medida que Nora se alejaba.

Hasta aquel momento, Tess había estado tan distraída por la presencia de Dante que apenas se había fijado en el estado del perro. Ahora no pudo evitar sentir una oleada de pena por el animal. Sus apagados ojos marrones estaban entrecerrados, y un débil pero audible resuello salía de sus pulmones al respirar. Sólo con verlo, Tess podía advertir que el perro necesitaba cuidados.

—¿Te importa que lo examine? —preguntó, alegrándose de poder concentrarse en algo más allá de Dante y la tensión que parecía haber entre ellos. Ante su gesto de consentimiento, Tess extrajo un estetoscopio del bolsillo de su bata de laboratorio y se lo colgó en torno al cuello—. ¿Cuándo fue la última vez que lo llevaste al veterinario?

Dante se encogió vagamente de hombros.

—No estoy seguro.

Tess cogió con suavidad el perro de los brazos de Dante.

—Vamos. Lo miraremos más de cerca en una de las salas de exploración.

Dante la siguió en atento silencio, colocándose junto a Tess mientras ella colocaba al tembloroso animal sobre la mesa de acero inoxidable. Ella puso el estetoscopio en el pecho del perro y escuchó los acelerados latidos de su corazón. Había un murmullo bastante significativo y su respiración estaba definitivamente mal, tal como ella sospechaba. Palpó con cuidado su tórax huesudo y advirtió la falta de elasticidad de su pelaje lleno de pulgas.

—¿*Harvard* ha dormido mucho últimamente? ¿Ha estado letárgico?

—No lo sé.

Aunque Tess apenas notó el movimiento de Dante, sus brazos se rozaron. Su cuerpo musculoso y sólido era como una cálida pared protectora junto a ella. Y olía de forma increíble, una fragancia condimentada y oscura que probablemente costaría una fortuna. Ella inspiró una ráfaga de su aroma, y luego se inclinó para examinar los oídos infectados de ácaros del perro.

—¿Has notado una pérdida de apetito o algún problema para retener la comida?

—No podría decirte.

Tess levantó los labios del terrier y comprobó el color de las encías enfermas.

—¿Puedes decirme cuándo fue la última vez que vacunaste a Harvard?

—No lo sé.

—¿Sabes algo de este animal? —Sonaba como una acusación, pero no pudo contenerse.

—No hace mucho que lo tengo —dijo Dante—. Sé que necesita cuidados. ¿Crees que puedes ayudarlo, Tess?

Ella frunció el ceño, sabiendo que iba a costar mucho solucionar todas las enfermedades que aquejaban al perro.

—Haré lo que pueda, pero no puedo prometerte nada.

Tess alcanzó un bolígrafo que estaba sobre la encimera que había tras ella. El bolígrafo cayó al suelo a sus pies y antes de que pudiera agacharse a recogerlo Dante ya lo había hecho. Lo cogió con sus dedos hábiles y se lo entregó. Al aceptarlo, ella notó que su pulgar le rozaba la mano. Llevó el brazo junto a su cuerpo con un movimiento repentino.

—¿Por qué te pongo tan nerviosa?

Ella le lanzó una mirada que probablemente lo explicaba todo.

—No me pones nerviosa.

—¿Estás segura? Pareces... inquieta.

De hecho lo estaba. Odiaba ver animales descuidados como ése, que era digno de la foto de un cartel de la Protectora de Animales. Y la conmoción que le provocaba todo lo que iba mal en su vida ahora le estaba pesando mucho.

Pero por debajo de todo eso estaba la inquietud que sentía simplemente por estar en la misma habitación con ese hombre. Que Dios la amparase, pero cuando lo miraba a los ojos se sentía sacudida por la impresión totalmente real y vívida de que ambos estaban desnudos juntos, con las piernas entrelazadas, los cuerpos húmedos y brillantes, arqueados el uno contra el otro en una cama con sábanas de seda escarlata.

Podía sentir sus grandes manos acariciándola, y su boca caliente apretada y hambrienta contra su cuello. Podía sentir su sexo entrando y saliendo de ella, mientras sus dientes acariciaban esa sensible zona debajo de su oído, ahora latiendo con el pesado redoble de un tambor.

Se quedó colgada de sus ojos de un intenso color ámbar, viendo todo eso con tanta claridad como si se tratara de un recuerdo. O de un futuro que danzaba más allá de su comprensión...

Con esfuerzos, Tess consiguió pestañear, rompiendo la extraña conexión.

—Discúlpame —dijo con voz entrecortada, y salió apresuradamente de la habitación, inundada de confusión.

Cerró la puerta tras ella y dio un par de pasos rápidos por el pasillo. Se apoyó contra la pared, cerró los ojos y trató de controlar su respiración. Su corazón iba aceleradísimo, latiendo con fuerza contra su esternón. Hasta sus huesos parecían vibrar como un diapasón. Su piel aún estaba cálida por el contacto, el calor rebosaba en su cuello y en sus pechos, y más abajo, en su centro. Todo parecía haber despertado en su presencia, todo lo que era femenino y elemental aparecía de pronto conectado, buscando algo. Buscándolo a él.

Dios, ¿qué le estaba pasando?

Se estaba perdiendo. Si fuera inteligente dejaría a Dante y a su enfermiza mascota en la sala de exploración y saldría de allí pitando.

Oh, claro. Eso sería realmente profesional. Muy adulto.

Él la había besado una vez. Todo lo que había hecho ahora había sido rozarla con la yema de los dedos; era ella la que estaba reaccionando de manera exagerada. Tess tomó aire profundamente, y repitió el ejercicio una vez más, deseando que su fisiología hiperactiva se calmase. Cuando finalmente consiguió recuperar el control, se volvió y se dirigió a la sala de examen, pensando en una docena de patéticas excusas que pudieran explicar por qué había salido corriendo.

—Lo siento —dijo mientras abría la puerta—. Creí que había sonado el teléfono...

Cortó en seco la pobre excusa en cuanto lo vio. Estaba sentado en el suelo como si acabara de caerse, la cabeza agachada y sujeta con las grandes palmas de las manos. Las yemas de sus dedos se veían blancas por la fuerza con que las apretaba contra el cuero cabelludo. Parecía estar soportando una atroz agonía, la respiración siseaba a través de sus dientes y tenía los ojos cerrados con fuerza.

—Oh, dios mío —susurró ella, entrando en la habitación—. Dante, ¿qué te ha pasado? ¿Qué te ocurre?

Él no respondió. Tal vez era incapaz.

Aunque era evidente que estaba sufriendo mucho daño, Dante irradiaba un peligro oscuro y salvaje que, de tan poderoso, parecía casi inhumano.

Al contemplarlo dolorido en el suelo, Tess tuvo una especie de *déjà vu,* una especie de presentimiento que le provocó un hormigueo en la espina dorsal. Comenzó a retroceder, dispuesta a llamar al 911 y dejar su problema —cualquiera que fuese— en manos de alguien más. Pero entonces sus grandes hombros se encorvaron sacudiéndose dolorosamente. Dejó escapar un gemido, y ese sonido grave y angustiado era más de lo que ella podía soportar.

Dante no sabía qué lo había golpeado.

La visión mortal le sobrevino súbitamente, asaltándolo como una explosión abrasadora de la luz del día. Estaba despierto, al menos, pero suspendido en un estado de conciencia paralizante, con todos sus sentidos asidos por un asalto debilitante. La visión no lo había sorprendido nunca antes estando despierto. Nunca había sido tan feroz, tan implacablemente fuerte.

Al minuto siguiente de haber estado de pie junto a Tess, inundado de las eróticas imágenes de lo que deseaba hacer con ella, se halló de pronto tirado como un burro en el suelo de linóleo de la sala de exploraciones, sintiendo como era engullido por el humo y por las llamas.

El fuego lo rodeaba por todas partes, arrojando gruesas columnas de humo negro y punzante. No podía moverse. Se sentía encadenado, indefenso, asustado.

El dolor era inmenso, como también lo era la desesperación. Le avergonzaba cuán profundamente sentía ambas cosas, lo duro que era para él no poder gritar atormentado por aquello que estaba viviendo con su mente.

Pero resistía, que era la única cosa que podía hacer cuando lo golpeaba aquella visión, y rezaba para que acabara pronto.

Oyó que Tess pronunciaba su nombre, preguntándole qué necesitaba. No podía responder. Tenía la garganta seca, la boca llena de cenizas. Sintió la sinceridad de su preocupación y su temor, mientras se acercaba a él. Quería decirle que se marchara, para que lo dejara sufrir aquello a solas, de la única manera que sabía hacerlo.

Pero luego sintió unos dedos fríos y suaves que se posaban sobre su hombro. Sintió la blanca calma del sueño flotando sobre él como una manta que lo cubría mientras ella acariciaba su espalda tensa y el pelo de su nuca, humedecido por el sudor.

—Te pondrás bien —le dijo con suavidad—. Deja que te ayude, Dante. Estás a salvo.

Y por primera vez en su vida, él creyó que lo estaba.

Capítulo dieciséis

Dante levantó los párpados, esperando un dolor de cabeza que lo cegara. No ocurrió nada. No hubo temblores que lo dejaran aturdido, no hubo sudor frío ni un miedo que le entumeciera los huesos.

Pestañeó una vez, dos, mirando fijamente el techo de tejas blancas y un panel de luces fluorescentes apagadas que había sobre su cabeza. Era un entorno desconocido: las paredes de un marrón apagado, el pequeño sofá tapizado debajo de él, el ordenado escritorio de madera que tenía enfrente, con su organizada superficie iluminada por una lámpara de mesa de un rojo anaranjado junto al ordenador de trabajo.

Inspiró, sin oler nada del humo familiar o el hedor a quemado que llenaba los orificios de su nariz durante la realidad infernal de su alucinación de muerte. Lo único que olió fue una fragancia picante y dulce que lo envolvió de paz. Movió las manos hacia arriba por debajo de la manta de lana que cubría sólo parcialmente su enorme cuerpo. La manta afelpada de color crema olía como ella.

«Tess.»

Volvió su cabeza justo cuando ella entraba en la habitación. Se había quitado la bata blanca; parecía increíblemente sensual y femenina con una chaqueta de punto desabrochada de un verde pálido sobre su camiseta ajustada de color beis. Los tejanos de tiro bajo dejaban al descubierto una pequeña porción de suave carne color crema allí donde la camiseta y el pantalón no llegaban a encontrarse. Se había quitado la pinza de plástico que antes le recogía el pelo. Ahora el cabello de un castaño claro como la miel caía suelto sobre sus hombros en brillantes rizos.

—Hola —dijo, observando cómo él se enderezaba y se giraba para ponerse de pie sobre la alfombra—. ¿Te sientes mejor?

—Sí.

Su voz sonó como un graznido seco, pero se sentía sorprendentemente bien. Descansado. Tranquilo, cuando debía haber estado tenso y dolorido, con la habitual resaca que venía después de su visión mortuoria. En un impulso, se pasó la lengua por los dientes en busca de colmillos, pero los temibles caninos habían disminuido. Su vista también era normal, y no esos agudos rayos láser de otro mundo que lo caracterizaban como uno de la estirpe.

La tormenta de su transformación, si es que la había tenido, ya había pasado.

Apartó la mullida manta y se dio cuenta de que le faltaban la chaqueta y las botas.

—¿Dónde están mis cosas?

—Ahí —dijo ella, señalando la chaqueta de cuero negro y las botas Doc Martens de suela pesada que habían sido colocadas cuidadosamente en una silla cercana a la puerta—. Tu teléfono móvil está en mi escritorio. Lo apagué hace unas horas. Espero que no te importase. Estaba sonando casi continuamente y no quería que te despertara.

¿Hace un par de horas?

—¿Qué hora es?

—Las nueve menos cuarto.

Mierda. Esas llamadas probablemente eran del recinto, y se estarían preguntando dónde diablos estaba. Lucy iba a tener que explicar muchas cosas.

—*Harvard* está descansando. Tiene algunos problemas que podrían ser muy graves. Le he dado de comer, y también líquidos y algunos antibióticos, que lo ayudarán a dormir. Está en las casetas para perros de la entrada.

Por unos pocos segundos, Dante se sintió confundido, preguntándose cómo era posible que ella conociera al agente Darkhaven y por qué diablos había sido medicado y estaba durmiendo en las casetas para perros de su clínica. Entonces su cerebro cayó en la cuenta y recordó al pequeño animal sarnoso que había usado como un medio de congraciarse con Tess.

—Me gustaría que pasara aquí la noche, si no te importa —dijo Tess—. Tal vez un par de días, para poder hacerle más pruebas y asegurarme de que tiene todo lo que necesita.

Dante asintió.

—Sí, de acuerdo.

Miró el entorno alrededor de la pequeña y confortable oficina, con su pequeña nevera en la esquina y la plancha eléctrica que había al lado de la máquina de café. Era evidente que Tess pasaba mucho tiempo en aquel lugar.

—Ésta no es la habitación donde estaba antes. ¿Cómo he llegado hasta aquí?

—Tuviste una especie de ataque cuando te encontrabas en la sala de exploraciones. Yo te levanté y te ayudé a caminar hasta mi oficina. Pensé que sería más cómoda. Parecías bastante fuera de ti.

—Sí —dijo él, frotándose la cara con las manos.

—¿Fue eso? ¿Un ataque?

—Algo así.

—¿Te ocurre con frecuencia?

Se encogió de hombros, no viendo ninguna razón para negarlo.

—Sí, supongo que sí.

Tess se acercó a él y se sentó en el brazo del sofá.

—¿Y tomas alguna medicación? Quería comprobarlo, pero no me gustaba la idea de revisarte los bolsillos. Si hay algo que necesites...

—Estoy bien —dijo él, todavía maravillado por la ausencia de dolor y de náuseas después del que había sido el peor de sus ataques hasta la fecha. El único que le había sobrevenido estando despierto. Ahora, aparte de estar un poco atontado por el sueño profundo, apenas podía asegurar que hubiera tenido la maldita visión—. ¿Me diste tú algo... o me hiciste alguna cosa? Hubo un momento en que sentí tus manos en la espalda y moviéndose en mi cabeza...

En el rostro de ella apareció una expresión extraña, casi un momento de pánico. Luego pestañeó y apartó la vista de él.

—Si crees que puede ayudarte, tengo tylenol en mi escritorio. Te daré un poco y un vaso de agua.

Ella comenzó a levantarse.

—Tess. —Dante la cogió de la muñeca en un apretón leve—. ¿Has estado conmigo todo el tiempo, todas estas horas?

—Por supuesto. No podía dejarte aquí solo.

Él tuvo una repentina y clara imagen mental de lo que ella habría visto si estuvo allí junto a él mientras luchaba contra el ataque de esas malditas pesadillas premonitorias sobre su propia muerte. Pero no había huido ni gritando y tampoco lo miraba con terror. De hecho, se preguntaba si tal vez el haber estado con ella habría aliviado la peor parte de su pesadilla antes incluso de que comenzara.

La manera en que ella lo tocó había sido tan suave, tan serena y tan tierna.

—Te quedaste conmigo —dijo él, asombrado por su compasión—. Me ayudaste, Tess. Gracias.

Ella podía haber apartado su mano en cualquier momento, pero vaciló, con una mirada interrogante en sus ojos azul verdosos.

—Creo que... ya que parece que ahora ya estás bien... creo que es hora de dar por acabada la noche. Es tarde, y debería irme a casa.

Dante reprimió la urgencia de señalarle que estaba intentando huir otra vez. No quería asustarla, así que se levantó lentamente del sofá y se quedó de pie junto a ella. Le miró los dedos, sus yemas todavía se tocaban, pues ninguno de los dos osaba romper el inesperado contacto.

—Tengo que... tengo que irme —dijo ella en voz baja—. No creo que esto... lo que sea que esté pasando entre nosotros... sea una buena idea. No estoy buscando liarme contigo.

—Y sin embargo has estado aquí sentada cuidando de mí durante más de cuatro horas.

Ella frunció el ceño.

—No podía dejarte solo. Necesitabas ayuda.

—¿Qué necesitas, Tess?

Él hizo un ovillo con sus dedos, capturando los suyos ahora con firmeza. El aire en la pequeña oficina parecía oprimirlos y vibrar entre ellos. Dante pudo sentir cómo el pulso de Tess se aceleraba hasta convertirse en un latido rápido, una vibración que a él le llegaba a través de los dedos. Él podía ver su interés, el deseo que había estado presente cuando la besó en la exposición de arte y había estado seriamente tentado de seducirla frente a unos cientos de testigos. Ella lo había deseado entonces, y tal vez la pasada noche también. Un delicioso rastro de aroma surgía de su piel mientras él le decía con una mirada elocuente y lo suficientemente clara que ella lo estaba deseando en ese mismo momento.

Dante sonrió, sintiendo llamaradas de deseo por esa mujer cuya sangre era ahora una parte de él.

La mujer que podía estar confabulada con sus enemigos, si es que Tess tenía algo que ver con las aventuras farmacéuticas de aquél que en otro tiempo había sido su novio.

Ahora ella no estaba pensando en él, eso era seguro. Tess tenía los ojos cerrados y respiraba agitada y superficialmente con los labios ligeramente separados. Dante flexionó los bíceps, apenas ligeramente, para atraerla más cerca de él. Ella no se resistió.

—Quiero volver a besarte, Tess.

—¿Por qué?

Él soltó una risita por lo bajo.

—¿Por qué? Porque eres preciosa y porque te deseo. Y creo que tú me deseas también.

Dante llevó la mano libre hasta su rostro y acarició suavemente la línea de su mandíbula. Era como seda en contacto con las yemas de sus dedos, tan delicada como el cristal. Rozó con su pulgar sus gruesos labios morenos.

—Dios, Tess. Me muero por probarte ahora mismo.

Ella cerró los ojos, dejando escapar un suspiro.

—Esto es una locura —susurró—. Yo no... esto no es... algo que haga normalmente...

Dante le levantó la barbilla y se inclinó para apretar sus labios contra los de ella. Simplemente quería sentir su boca en la de él, una urgencia que había estado albergando desde aquellos calientes y escasos momentos que habían compartido en la recepción del museo. Entonces él había sido una especie de fantasma para ella, que le había robado el sabor de su pasión huyendo luego antes de que ella pudiera saber si él había sido real o imaginario. Ahora, por alguna razón que difícilmente podía comprender, él quería que ella supiera que estaba hecho de carne y hueso.

Era, evidentemente, un maldito idiota.

Porque justo ahora quería que ella lo sintiera, que lo sintiera a él en su totalidad, y que comprendiera que ella era suya.

Al principio sólo había pretendido probarla, pero ella resultaba tan dulce a su lengua. Ella estaba tan sensible, con sus manos rodeándole el cuello para atraerlo más cerca mientras sus labios se apretaban juntos en una unión profunda y prolongada. Los segundos se convirtieron en un minuto, luego en varios minutos más. En un olvido loco e intemporal.

Mientras la besaba, Dante hundió las manos en la lujuriosa mata de sus cabellos, gozando de su suavidad y de su calor. La deseaba sin ropa. Desnuda debajo de él, gritando su nombre mientras la penetraba.

Dios, cuánto la deseaba.

Su sangre palpitaba, caliente y furiosa, a través de su cuerpo. Su sexo estaba duro por la necesidad, rígido en toda su longitud, completamente excitado, y no había hecho más que empezar con Tess.

Tal como ahora se sentía, esperaba que eso sólo fuera el principio.

Antes de poder detenerse, se halló guiándola en dirección al sofá, y la soltó sobre los cojines.

Ella se echó hacia atrás y alzó la vista hacia él, con sus espesas pestañas y los ojos de un azul tormentoso. Sus labios estaban brillantes e hinchados por su beso y se habían vuelto de un rosa oscuro e intenso. Su cuello estaba rosado por el resplandor de su deseo, y ese color se extendía hacia el escote de su camiseta ceñida. Sus pezones estaban duros como pequeños brotes, presionando contra la tela cada vez que su pecho se alzaba por la respiración. Ella había madurado por el deseo, y él jamás había visto nada tan exquisito.

—Eres mía, Tess. —Dante se puso sobre ella, besando la zona que iba de sus labios a su barbilla, luego su garganta, hasta la suave piel detrás de la oreja. Olía tan bien. Era tan bueno sentirla contra él.

Dante gimió, dejando que el dulce perfume de su excitación penetrara por los orificios de su nariz. La lujuria hizo que le dolieran las encías al crecerle los colmillos. Podía sentir las afiladas puntas apareciendo, vibrando con el continuo latir de su pulso.

—Eres mía y lo sabes, ¿verdad?

Aunque su voz sonó muy débil, apenas un soplo de aire saliendo de sus pulmones, Dante la oyó claramente, y la palabra lo atravesó como el fuego.

—Sí —fue todo cuanto ella puedo articular.

Dios, ¿qué estaba diciendo?

¿Qué estaba haciendo, dejándose besar y tocar —seducir— de ese modo?

Era descabellado y nada propio de ella. Y probablemente también peligroso, por una docena de razones que ni siquiera podía preocuparse de formular en aquel momento.

Ella nunca había sido fácil —estaba muy lejos de serlo, dada su desconfianza general hacia el género masculino— pero algo en aquel hombre hacía que su miedo y su inhibición se esfumaran por la ventana. Se sentía de alguna manera unida a él, con un tipo de conexión más profunda de lo que nunca había conocido, en un territorio inexplorado que la hacía pensar en conceptos propios de los cuentos de hadas, como la idea de predestinación y destino. Esas cosas no formaban parte de su léxico habitual, pero no podía negar que a pesar de todo lo que pensaba sobre ese momento, sentía... que estaba haciendo lo correcto.

Era demasiado bueno como para dudarlo, incluso aunque su cuerpo se sintiera inclinado a escuchar a su razón. Lo cual no ocurría, no cuando Dante la estaba besando, tocando, consiguiendo que todo lo que en ella había de femenino se despertara como si hubiera estado dormido durante cien años.

No se resistió mientras él, con cuidado, le quitaba el suéter, luego le levantó el dobladillo de su camiseta por encima de los pechos. Él respiraba con fuerza al inclinarse y besar su estómago desnudo, jugando con suaves mordiscos subiendo más allá de su ombligo hasta el cierre frontal de su sujetador. Lo desabrochó y lentamente retiró el satén de sus pechos.

—Dios, eres preciosa.

Su voz sonaba ruda, y su respiración resultaba cálida sobre su piel. Sus pezones ansiaban ser tocados, ser conducidos dentro de su boca y chupados con fuerza. Como él conocía la dirección de los pensamientos de ella, sacudió la lengua sobre uno de los erectos extremos. Lo mordisqueó y chupó con los dientes y con la lengua, mientras ponía la palma de la mano sobre el otro, acariciándolo, volviéndola loca de deseo.

Tess se dio cuenta de que él había alcanzado el botón de sus tejanos. Los desabrochó y luego descorrió la cremallera. Ella sintió el aire fresco en su abdomen y luego en sus caderas, mientras Dante le bajaba los pantalones. Tirando largamente de su pezón, él levantó la cabeza y observó su parcial desnudez.

—Exquisita —dijo. La misma palabra que había pronunciado la otra noche.

Alargó la mano con ternura, pasando la palma suavemente a lo largo de su garganta, y luego en su centro. El cuerpo de ella se arqueó hacia él como si estuvieran unidos por una cuerda invisible que él moviera. Cuando alcanzó su centro, él deslizó los dedos por debajo de sus bragas, sin detenerse hasta encontrar su húmeda hendidura. Tess cerró los ojos con un éxtasis tormentoso mientras él la tocaba con su mano, hundiendo un dedo largo entre sus pliegues.

A él se le escapó el aliento en un silbido.

—Te siento como la seda, Tess. Seda caliente y húmeda.

Él la penetraba mientras le hablaba, sólo con la punta del dedo, la más pequeña invasión. Ella quería más. Levantó las caderas, un suave gemido surgió de su garganta mientras él se retiraba, jugando, deslizando las humedades de ella en torno a su clítoris con la punta de su hábil dedo.

—¿Qué? —le preguntó con un ronco susurro—. ¿Qué quieres, Tess?

Ella se retorcía con sus caricias, buscándolo a él. Dante se inclinó y le besó el estómago mientras luchaba con las dos últimas pretinas de sus tejanos y se los quitaba. Después vinieron las bragas. Dante le besó el ombligo, luego trazó con su lengua un camino descendente hacia la pequeña parcela de rizos entre sus muslos. Con una mano, le levantó un muslo, separándole las piernas.

—¿Quieres que te bese aquí? —le preguntó, apretando la boca contra el hueso de sus caderas. Descendió la oscura cabeza hasta la sensible piel de la zona interior de su muslo—. ¿Qué tal aquí?

—Por favor —jadeó ella, arqueando la columna mientras el calor rugía a través de ella.

—Creo —dijo él moviéndose del sillón y colocándose entre sus piernas, que estaban flojas— que lo que tú quieres es que te bese... aquí.

El primer contacto de la boca de él en su sexo la dejó sin respiración. Él la besó entonces de un modo más profundo, empleando su lengua, haciéndola enloquecer. El placer de Tess se hacía cada vez más intenso, más demandante. Ella no sabía que era posible sentir ese tipo de necesidad, pero ahora que ardía con ella, había sólo una cosa que podía saciarla.

—Por favor —dijo, y su voz sonó rota y carnal—. Dante, por favor...

—¿Me quieres tener dentro de ti, Tess? Porque ahí es donde deseo estar ahora. Quiero hundirme dentro de ti, sintiendo como todo tu calor húmedo extrae de mi polla hasta la última gota.

Oh, dios. Iba a hacer que se corriera sólo de pensarlo.

—Sí —logró chillar—. Por dios, sí. Eso es lo que quiero.

Él se apartó y se quitó la camisa. Tess abrió los ojos, mirando a través de los pesados párpados cómo sus músculos se agrupaban en racimos y se flexionaban bajo la tenue luz de su despacho. Su pecho estaba desnudo, esculpido como el de un antiguo mito romano y decorado con tatuajes de diseños extraordinarios que descendían por la cresta de su firme estómago más allá de la cinturilla de sus pantalones.

Al menos ella creyó que eran tatuajes. Ante sus ojos inundados por el deseo, los diseños geométricos parecían cambiar de color mientras lo contemplaba, las líneas mutaban de un intenso rojo vino a un azul morado y un verde oceánico.

—Tu piel es maravillosa —dijo ella, tan intrigada como asombrada—. Dios, Dante... tus tatuajes... son increíbles.

Ella alzó la vista hasta su rostro y creyó ver una especie de destello ámbar en sus ojos. Y cuando sus labios se curvaron en una sonrisa, parecía tener algo dentro de la boca.

Dante se desabrochó los pantalones negros y se los quitó. No llevaba nada debajo. Su sexo se liberó, enorme y erecto, tan impresionante como el resto de su cuerpo. Para su sorpresa, el bello diseño de tatuajes continuaba bajando, formando una espiral alrededor de la raíz de su erección como una multitud de dedos adoradores. Gruesas venas rodeaban toda la extensión de su larga verga, coronada por una ancha cabeza, tan flexible y oscura como una ciruela.

Ella podía haberse quedado contemplándolo eternamente, pero él se acercó al escritorio y apagó la luz. Tess lamentó que la oscuridad lo ocultara, pero un instante después él la cubría con su calor y ella dejó que sus manos exploraran todo aquello que ya no podía ver.

Él se apretó contra ella, separándole los muslos con la pelvis para colocarse entre sus piernas. Su sexo estaba duro e intensamente cálido, mientras se restregaba contra sus pliegues, simplemente jugando con ella y haciendo que lo deseara cada vez más.

—Dante. —La respiración se le escapaba, estaba tan preparada para él, tan llena de necesidad. Le costó un inmenso esfuerzo desviar la atención de los estragos que él estaba provocando en sus sentidos y pensar racionalmente por un segundo—. Dante, espera. Yo... tomo la píldora... pero tal vez deberíamos...

—Todo está bien. —La besó al tiempo que su erección se estrujaba contra su centro. Le lamió los labios, el sabor de los propios fluidos de ella tenían una dulzura de almizcle que permanecía aún en su lengua—. Conmigo estás a salvo, Tess. Te lo prometo.

Normalmente hubiera sido la última persona en fiarse de alguien, pero algo le decía que podía creerle. Increíblemente, se sentía segura con él. Protegida.

Él la besó otra vez, empujando su lengua más profundamente. Tess se lo permitió, devolviéndole el beso al tiempo que arqueaba las caderas y se colocaba ella misma en la punta de su pene para demostrarle que lo deseaba. Él exhaló aire bruscamente, moviendo la pelvis mientras sus cuerpos comenzaban a unirse.

—Eres mía —jadeó contra su boca.

Tess no podía negarlo.

No ahora.

Se aferró a él hambrienta, y luego él, con un profundo gruñido, empujó hacia adelante, hundiéndose en ella más profundamente.

Capítulo diecisiete

En su laboratorio privado al otro lado de la ciudad, Ben Sullivan había decidido hacer algunos ajustes a la fórmula del carmesí. Para empezar, nunca había guardado la receta final en el laboratorio, imaginando que era una medida de seguridad prudente llevarla consigo en lugar de dejarla allí, arriesgándose a que los compinches de su cliente —o quien fuera— pudieran encontrarla. Lo ponía un poco paranoico la idea de tener que interrumpir su pequeña aventura lucrativa; después de la llamada telefónica que había hecho a su benefactor hacía un rato aquella misma noche, tenía la sensación de que su paranoia era algo más que una mera corazonada.

Había relatado todo lo ocurrido la noche anterior, desde cómo había escapado de aquellos tipos que lo habían perseguido al salir del club hasta la increíble idea de que el carmesí había tenido un efecto peligroso —se había sentido inclinado a llamarlo «vampírico»— en uno de sus clientes más recientes.

Las noticias habían sido recibidas con la usual serenidad impertérrita de su patrocinador. Le había aconsejado no transmitir ninguno de los detalles a nadie y habían acordado una reunión al anochecer del día siguiente. Tras los largos meses de secreto y anonimato, iba a encontrarse cara a cara con ese tipo.

Con menos de quince horas por delante para la reunión, Ben pensó que sería acertado ocultar la fórmula del carmesí lo mejor que pudiera, por si necesitaba alguna baza a su favor cuando fuera al encuentro con su jefe. Después de todo, no sabía exactamente con quién estaba tratando, y no era tan tonto como para no tener en cuenta que podía ser alguien con bastantes conexiones importantes en el mundo del hampa. No sería la primera vez que un chaval del sur creyera que podía jugar con auténticos matones y acabara flotando en el río Mystic.

Copió las dos fórmulas —la original y la nueva, modificada por lo que él consideraba su propia seguridad— y retiró el *pendrive* de su ordenador. Borró todos los rastros de informes de su disco duro y luego salió del laboratorio. Tomó carreteras secundarias para volver a la ciudad, sólo por si lo estaban siguiendo, y acabó en el North End, no muy lejos del apartamento de Tess.

A ella le sorprendería saber con cuánta frecuencia pasaba cerca de allí, sólo para comprobar si estaba. Estaría más que sorprendida, reconoció. Se sentiría un poco desconcertada si tuviera una idea de lo obsesionado que estaba con ella. Odiaba no poder liberarse de ella, pero el hecho de que ella siempre hubiera insistido en mantener las distancias, particularmente desde que habían roto, únicamente contribuía a aumentar su deseo. Continuaba esperando que volviera con él, pero después de la otra noche, cuando sintió que ella se encogía al besarla, algunas de esas esperanzas se habían desvanecido.

Ben dobló una esquina con su furgoneta y se dirigió hacia la calle de Tess. Tal vez aquélla sería la última vez que pasaría por delante de su casa. La última vez que se humillaría a sí mismo como un patético mirón.

Sí, pensó, pisando el freno ante una luz roja, tal vez sea la hora de cortar los lazos, avanzar. Tener una maldita vida.

Mientras su furgoneta estaba parada, Ben observó el Porche negro que avanzaba hasta un semáforo de una calle lateral y giraba a la derecha frente a él, circulando por la calle casi vacía del apartamento de Tess. Se le retorció el estómago cuando echó un vistazo al conductor. Era el tipo del club, no el que había corrido tras él, sino el otro, aquel grande con el pelo negro y esa sensación letal entorno a él.

Y maldita la hora en que reconocía a la mujer que iba en el otro asiento junto al tipo.

«Tess.»

Dios santo. ¿Qué estaba haciendo con él? ¿La habría estado interrogando acerca de las actividades de Ben o algo así, tal vez investigaba a sus amigos y conocidos?

Sintió el pánico inundándolo como un ácido en el fondo de su garganta, pero luego Ben se dio cuenta de que eran casi las tres de la madrugada, demasiado tarde para una entrevista de la policía o la brigada antidrogas. No, fuera lo que fuese lo que ese tipo le estuviera comunicando a Tess, no tenía nada que ver con una base oficial.

Ben golpeó el volante con impaciencia mientras la luz del semáforo seguía en rojo. No es que tuviera miedo de perder el Porche de vista. Sabía a dónde se dirigía. Necesitaba ver con sus propios ojos cómo era realmente Tess.

Finalmente la luz cambió y Ben se puso en marcha. La furgoneta entró dando tumbos en la calle justo cuando el coche se detenía junto al apartamento de Tess. Ben se detuvo a unos cuantos metros y apagó las luces. Esperó, observando con una furia que hervía a fuego lento cómo el tipo se inclinaba sobre el asiento que había al lado del conductor y le daba a Tess un largo beso.

Maldito cabrón de mierda.

El abrazo duró demasiado tiempo. Un tiempo condenadamente largo, pensó Ben, que estaba furioso. Puso en marcha la furgoneta y se adentró por la calle. Condujo despacio, evitando mirar cuando pasó por delante, y luego, lentamente, continuó su camino.

Dante se dirigía de vuelta al recinto en un estado de completa distracción, tanto que de hecho se equivocó de camino y tuvo que retroceder varias manzanas para recuperar el rumbo. Su cabeza estaba llena con el aroma de Tess, con su sabor. Ella permanecía en su piel y en su lengua, y eso le traía el recuerdo de la sensación de su espléndido cuerpo aferrándose a él, envolviéndolo, provocándole una impresionante erección.

Maldita sea.

Lo que había hecho esa noche con Tess no había sido planeado y era directamente estúpido. No es que albergara mucho arrepentimiento por la forma en que había pasado las últimas horas. Nunca se había sentido tan encendido ante una mujer, y no era porque le faltaran elementos para hacer comparaciones. Echaba la culpa al hecho de que Tess era una compañera de sangre, lo cual significaba que la sangre de ella estaba viva en su interior, pero la verdad era ligeramente peor que esa.

Esa mujer simplemente había provocado en él algo que no podía explicar, y mucho menos negar. Y después de que lo hubiera liberado de la caída en picado de su pesadilla sobre su propia muerte, todo lo que quería, todo lo que necesitaba, era perderse aún más profundamente en cualquiera que fuese el hechizo que ella le estaba lanzando.

Tener a Tess desnuda debajo de él no había hecho más que aumentar su deseo. Ahora que la había tenido, simplemente quería más.

Al menos con la visita a la clínica había conseguido alguna buena noticia.

Mientras Dante se adentraba en la propiedad del recinto, extrajo un papel arrugado del bolsillo de su chaqueta y lo colocó sobre la superficie lisa del tablero de mandos. Bajo la tenue luz interior del coche, leyó el mensaje escrito a mano hacía tan sólo un par de días.

La había sacado del cuaderno de notas que Tess tenía sobre su escritorio: LLAMÓ BEN. CENA DEL MUSEO MAÑANA POR LA NOCHE. ¡NO OLVIDAR!

Ben. El nombre circuló a través de la mente de Dante como un agresivo ácido. Ben, el tipo con el que Tess había estado en la elegante exposición de arte. La escoria humana que traficaba con el carmesí, probablemente bajo la dirección de los renegados.

Había un número de teléfono en el mensaje, de una central telefónica de la zona sur. Con esa pequeña información a su disposición, Dante apostaba a que no le llevaría más de dos segundos localizar a ese tipo vía Internet o a través de los archivos públicos.

Dante atravesó una verja con el Porche para dirigirse hacia la mansión de la Orden y luego entró en el espacioso y seguro garaje. Apagó las luces y el motor, cogió el trozo de papel del tablero y luego desenvainó una de sus *Malebranche,* colocándola en el centro de la consola ante él.

El curvo pedazo de metal era frío e implacable en su mano, y así es como lo sentiría el bueno de Ben contra su garganta desnuda. Apenas podía esperar a que el sol se pusiera de nuevo para poder ir y tener una presentación formal.

Capítulo dieciocho

Tess durmió bien por primera vez en toda la semana a pesar de que su cabeza no paraba de girar en torno a Dante. Había estado entrando y saliendo de sus sueños toda la noche y era lo primero que acudió a su mente al despertarse temprano por la mañana, antes de que el despertador de su mesita de noche tuviera la oportunidad de sonar con su habitual estruendo de las seis de la mañana.

Dante.

Su aroma todavía perduraba en su piel, incluso después de veinte minutos bajo el chorro de la ducha. Tenía una agradable sensación de dolor entre las piernas. Un dolor que disfrutaba porque le traía a la mente todo lo que habían hecho juntos la noche anterior.

Todavía podía sentir todos los lugares donde él la había tocado y la había besado.

Todos los lugares de su cuerpo que él había dominado y reivindicado como suyos.

Tess se vistió deprisa, luego salió de su apartamento, deteniéndose sólo para coger un vaso del Starbucks en su camino hacia el tren de la Estación del Norte.

Fue la primera en llegar a la clínica; Nora probablemente no llegaría antes de las siete y media. Tess entró por la puerta trasera y la cerró tras ella, ya que la clínica no abriría hasta al cabo de dos horas. Tan pronto como entró en la zona de las casetas de perros y oyó el resuello dificultoso que provenía de una de las jaulas supo que tendría problemas.

Soltó su bolso, las llaves de la oficina y el vaso de papel medio vacío sobre el mostrador cercano al lavamanos y fue corriendo hacia el pequeño terrier que Dante había traído la noche anterior. *Harvard* no estaba bien. Estaba acostado de lado en su jaula y su pecho subía y bajaba a un ritmo lento, mientras ponía los ojos en blanco. Tenía la boca ligeramente abierta y la lengua, de un color gris enfermizo, le colgaba hacia un lado.

Su respiración era un traqueteo seco, el tipo de sonido que indicaba que el análisis de sangre y todas las pruebas que ella le había hecho la noche anterior no necesitaban ser enviadas al laboratorio. *Harvard* moriría antes de que salieran por correo las muestras.

—Pobre pequeño —dijo Tess mientras abría la jaula y acariciaba suavemente la piel del animal. Podía sentir su debilidad a través de la yema de los dedos. Lo sostenía un diminuto hálito de vida, probablemente ya estaba condenado a morir antes de que Dante lo trajera para que ella lo viera.

La compasión por el animal atenazó el corazón de Tess como si éste estuviera oprimido dentro de un puño. Podía ayudarlo. Sabía la manera...

Tess retiró las manos y las juntó como en un nudo delante de ella. Había tomado una decisión sobre eso hacía mucho tiempo. Se había prometido a sí misma que nunca más lo haría.

Pero aquel era un simple animal indefenso, no un ser humano. No el hombre cruel de su pasado que no merecía ni piedad ni ayuda.

¿Qué había de malo realmente?

¿Podía quedarse allí mirando cómo moría el pobre perro, sabiendo que ella era la única que poseía un don para ayudarlo?

No. No podía.

—Está bien —dijo suavemente mientras metía las manos en la jaula.

Con mucho cuidado, Tess sacó fuera a *Harvard,* acunando entre sus brazos su pequeño cuerpo. Lo sostuvo como si fuera un niño, soportando su ligero peso con una mano mientras colocaba la otra en su flaca barriga. Tess se concentró en su respiración y en los débiles pero rápidos latidos de su corazón. Podía sentir su debilidad, la combinación de alimentos que lentamente habían debilitado su vida, probablemente durante largos meses.

Y había más... las yemas de sus dedos se estremecieron mientras recorría con ellas el abdomen del perro. Sintió un gusto amargo en el fondo de la garganta cuando pudo notar el cáncer con su tacto. El tumor no era muy grande, pero sí letal. Tess podía imaginarlo en su mente, viendo la red de hebras fibrosas aferradas al estómago del perro, la repugnante masa de enfermedad azulada cuyo único propósito era arrebatarle la vida.

Tess dejó que la imagen del tumor se formara en su mente a través de las yemas de sus dedos mientras la vibración de su sangre comenzaba a hervir a fuego lento con su poder. Se concentró en el cáncer, viéndolo iluminarse desde dentro y luego quebrarse. Sintiendo cómo se disolvía mientras ella sostenía la mano sobre él deseando destruirlo.

El don regresaba a ella tan fácilmente, con una inexplicable habilidad.

«Mi maldición», pensó, aunque era difícil considerarlo así ahora que el pequeño bulto acurrucado en sus brazos gemía suavemente y le lamía la mano con gratitud.

Estaba tan absorta en lo que hacía que casi no oyó el ruido que venía de una de las salas de exploración vacías de la clínica. Entonces lo oyó otra vez: un corto chirrido metálico.

Tess se puso de pie bruscamente, con el vello de la nuca erizado en señal de alarma. Entonces oyó otro ruido: unas pisadas fuertes sobre el suelo. Alzó la vista hasta el reloj de la pared y vio que era demasiado temprano para que llegara Nora.

No creía que tuviese nada que temer, sin embargo, mientras se dirigía hacia la otra zona de la clínica, la asaltó una repentina ráfaga de recuerdos: una luz encendiéndose en la despensa y un intruso sangrando y derrotado tirado sobre el suelo. Se detuvo, sus pies paralizados mientras la vívida imagen surgía en su mente, para después desvanecerse a la misma velocidad con la que había aparecido.

—¿Hola? —llamó, tratando de no asustar al perro que llevaba en los brazos mientras caminaba alejándose de las casetas vacías—. ¿Hay alguien ahí?

Se oyó a alguien maldecir en voz baja desde la sala más grande de exploraciones del área de recepción.

—¿Ben? ¿Eres tú?

Él salió de la habitación sosteniendo en las manos un destornillador eléctrico.

—Tess... Dios, me has asustado. ¿Qué haces aquí tan temprano?

—Bueno, suelo trabajar aquí —dijo ella, frunciendo el ceño al ver el rubor de su cara y las ojeras oscuras debajo de los ojos—. ¿Y qué explicación me das tú?

—Yo... bueno... —Hizo un gesto con el destornillador señalando la sala de exploraciones—. El otro día noté que el elevador hidráulico de esa mesa estaba atascado. Como ya estaba levantado y tenía la llave decidí venir a arreglarlo.

Era cierto, la mesa necesitaba algún ajuste, pero había algo raro en la actitud tan confusa de Ben. Tess se acercó a él, soltando delicadamente a *Harvard* cuando el perro comenzó a agitarse en sus manos.

—¿No podías esperar a que abriéramos?

Él se pasó una mano por el pelo, despeinándose aún más.

—Ya te he dicho que estaba levantado. Sólo trato de ayudar en lo que puedo. ¿Quién es tu amigo?

—Se llama *Harvard*.

—Bonito chucho, aunque un poco enano, ¿no? ¿Un nuevo paciente?

Tess asintió.

—Llegó anoche. No estaba muy bien, pero creo que pronto estará mucho mejor.

Ben sonrió, pero con una sonrisa demasiado tensa.

—¿Otra noche más trabajando hasta tarde?

—No. La verdad es que no.

Él apartó la vista de ella, y la sonrisa se volvió un poco amarga.

—Ben, ¿estás... bien? Intenté llamarte la otra noche, después de la recepción del museo. Te dejé un mensaje, pero no contestaste.

—Sí, he estado muy ocupado.

—Pareces cansado.

Él se encogió de hombros.

—No te preocupes por mí.

Más que cansado, pensó Tess. Ben parecía fuera de sí. Había en él una energía ansiosa, como si llevara varios días sin dormir.

—¿Por qué te has levantado tan temprano? ¿Has estado rescatando otro animal, o algo así?

—Algo así —dijo él, mirándola de soslayo—. Mira, me gustaría quedarme a charlar, pero la verdad es que tengo que irme.

Se guardó el destornillador en sus amplios tejanos y comenzó a dirigirse hacia la puerta principal de la clínica. Tess fue tras él, sintiendo un escalofrío al ver que una distancia emocional que antes no había existido entre ellos ahora comenzaba a abrirse.

Ben le estaba mintiendo, y no sólo sobre su intención al ir a la clínica.

—Gracias por arreglar la mesa —murmuró ante su rápida retirada.

Desde la puerta abierta, Ben volvió la cabeza para mirarla por encima del hombro. Su mirada transmitía desolación.

—Sí, claro. Cuídate.

Una llovizna helada repiqueteaba contra los cristales de la ventana del salón de Elise; en lo alto el cielo gris de la tarde resultaba inhóspito. Descorrió las cortinas del segundo piso de su residencia privada y contempló las calles frías de la ciudad, allí abajo, con grupos de gente precipitándose de un lado a otro en un esfuerzo por escapar del mal tiempo.

En alguna parte, su hijo de dieciocho años se hallaba también allí fuera.

Ya llevaba fuera más de una semana. Uno más del creciente número de jóvenes de la estirpe que habían desaparecido de los refugios de la zona. Rogaba que Cam estuviera bajo tierra, a salvo bajo algún tipo de cobijo, con otros como él que le dieran consuelo y apoyo hasta que encontrara su camino de vuelta a casa.

Esperaba que fuera pronto.

Daba gracias a Dios por Sterling y todo lo que estaba haciendo para tratar de encontrar a su hijo. Le costaba llegar a entender el altruismo que movía a su devoto cuñado a involucrase tan completamente en ese cometido. Hubiera deseado que Quentin pudiera ver todo lo que su joven hermano estaba haciendo por su familia. Se quedaría atónito, y sería para él una lección de humildad, estaba segura.

En cuanto a cómo se sentiría Quentin ahora en relación a ella, Elise era reacia a imaginarlo.

Su decepción sería enorme. Tal vez incluso la odiaría un poco. O mucho, si supiera que había sido ella quien impulsó a su hijo a adentrarse en la noche. De no haber sido por la discusión que había tenido con Camden, el ridículo intento de controlarlo, tal vez no se habría ido. Se culpaba por ello, y deseaba con todas sus fuerzas poder hacer que el tiempo volviera atrás y borrara esas horas para siempre.

El arrepentimiento tenía un sabor amargo en su garganta mientras contemplaba el mundo que había ante ella. Se sentía tan indefensa, tan inútil en su cálido y árido hogar.

Bajo las espaciosas habitaciones en el Back Bay del Refugio Oscuro se encontraban los apartamentos privados y el escondite subterráneo de Sterling. Él formaba parte de la estirpe, así que mientras hubiera una pizca de sol sobre su cabeza estaba obligado a permanecer en el interior al abrigo de la luz, como todos los de su raza. Eso incluía también a Camden, por más que fuera hijo suyo y tuviera por lo tanto una mitad humana, corría en él la sangre de su padre. Los poderes de otro mundo de su padre pero también sus debilidades.

Hasta el anochecer nadie seguiría buscando a Cam, y para Elise, esa espera parecía una eternidad.

Dejó de caminar arriba y abajo ante la ventana, deseando que hubiera algo que ella pudiera hacer para ayudar a Sterling a buscarlo a él y a los otros jóvenes Darkhaven desaparecidos.

Aunque fuera una compañera de sangre, una de las excepcionales mujeres de la raza humana capaces de producir descendencia con los vampiros —que eran únicamente machos—, Elise pertenecía completamente al género del *Homo sapiens*. Su piel podía soportar la luz del sol. Podía caminar entre otros humanos y pasar desapercibida, a pesar de que habían pasado muchos años —más de cien, de hecho— desde la última vez que lo había hecho.

Había sido una pupila de los Darkhaven desde que era una niña. La llevaron allí por su propia seguridad y bienestar cuando la pobreza dejó a sus padres en la indigencia en uno de los suburbios de Boston del siglo XIX. Cuando fue mayor de edad se convirtió en la compañera de sangre de Quentin Chase, su amado. Cuánto lo echaba de menos, habían transcurrido cinco años desde su muerte.

Ahora tal vez había perdido también a Camden.

No. Se negó a pensarlo. El dolor era demasiado grande como para considerarlo ni tan sólo un segundo.

Y tal vez pudiera hacer algo. Elise se detuvo ante la ventana salpicada por la lluvia. Su respiración empañó el cristal mientras escudriñaba el exterior, desesperada por saber dónde podría estar su hijo.

En un estallido de resolución, se volvió y fue hasta el armario para sacar su abrigo, que llevaba allí guardado varios inviernos. La pieza larga de lana azul marina cubrió el atuendo blanco de viuda, llegándole hasta los tobillos. Elise se puso unas botas claras de cuero y se dispuso a dejar sus habitaciones antes de que el miedo la hiciese volver atrás.

Bajó las escaleras hasta la puerta de la calle. Tuvo que hacer un par de intentos con el fin de marcar el código de seguridad correcto que necesitaba para abrir la puerta, pues no podía ni recordar la última vez que había estado fuera del Refugio Oscuro. El mundo exterior siempre le había resultado doloroso, pero tal vez ahora podría soportarlo.

Por Camden, ella era capaz de soportarlo todo. ¿Lo sería? Al abrir la puerta una fría aguanieve golpeó sus mejillas, traída por una ráfaga de aire gélido. Elise se protegió con sus brazos, luego salió, bajando los escalones de ladrillos con su barandilla de hierro forjado. Por la acera de abajo pasaban pequeños grupos de gente, algunos apiñados, otros caminaban solos, con paraguas negros que se inclinaban por su modo de andar apresurado.

Por un momento —la más pequeña suspensión de tiempo— hubo silencio. Pero luego, el don que siempre le había amargado la vida, la extraordinaria habilidad que poseía de forma exclusiva toda compañera de sangre, cayó sobre ella como un martillo.

«Debería haberle dicho lo del bebé...»

«No es porque vayan a perder veinte miserables dólares...»

«Le diré a esa vieja que mataré a su maldito perro si se vuelve a cagar en mi patio...»

«Él nunca sabrá que me fui si simplemente vuelvo a casa y actúo como si no hubiera pasado nada...»

Elise se llevó las manos a los oídos mientras todos los pensamientos desagradables de los transeúntes humanos la bombardeaban. No podía evitar oírlos. Llegaban hasta ella volando como murciélagos, un frenético asalto de mentiras, traiciones, y todo tipo de pecados.

No pudo dar otro paso. Se detuvo allí, empapada por la llovizna, con su cuerpo helado en un pasaje entre los apartamentos del Refugio Oscuro, incapaz de obligarse a sí misma a moverse.

Camden estaba allí fuera en algún lugar, necesitando que ella... o que alguien lo encontrase. Sin embargo ella le estaba fallando. No pudo hacer nada más que taparse la cara con las manos y llorar.

Capítulo diecinueve

La oscuridad llegó temprano esa noche, acompañada de una continua y desapacible lluvia de noviembre que provenía de una espesa niebla de nubes negras. La sección de apartamentos del vecindario del sur de Boston —que probablemente no tiene nada especial para ver durante el día, con su conjunto de dúplex y bloques de viviendas de ladrillos— se vio reducida a una barriada mojada y sin color bajo un monótono diluvio.

Dante y Chase habían llegado al bloque desvencijado de Ben Sullivan hacía aproximadamente una hora, justo después de la puesta de sol, y allí continuaban esperando en uno de los coches todoterreno de ventanas oscuras propiedad de la Orden. Simplemente el buen aspecto del vehículo hacía que diera la nota allí, pero por otra parte transmitía claramente el mensaje de «no se te ocurra joderme», lo cual ayudaba a que los pandilleros y otros matones de las calles no se acercaran demasiado. Los pocos que habían merodeado cerca de la ventana para echar un vistazo decidieron irse rápidamente al vislumbrar a través del vidrio los colmillos de Dante.

Estaba nervioso por todo el tiempo de espera, y casi deseaba que algún humano estúpido fuera lo bastante estúpido como para hacer un movimiento en falso y así pudiera dar salida a una parte de su energía ahora inútil.

—¿Estás seguro de que ésta es la dirección del traficante? —preguntó Chase, que se hallaba junto a él en el oscuro asiento de enfrente.

Dante asintió, tamborileando con sus dedos en el volante.

—Sí, estoy seguro.

Había considerado la idea de hacer a solas su visita al ex novio de Tess y además traficante de carmesí, pero luego creyó que sería mejor traer algún apoyo por si acaso. Apoyo para Ben Sullivan, no para él. Dante no estaba seguro de si el hombre continuaría respirando cuando acabase con él en el caso de acudir solo a la cita.

Y no sólo porque Sullivan fuese una escoria que traficaba con droga. El hecho de que el tipo conociese a Tess, y no había duda de que la conocía íntimamente, hacía saltar el gatillo que disparaba la rabia de Dante. Un sentimiento de posesión desatado lo embargó, una necesidad de protegerla de los perdedores como ese Ben Sullivan.

Exacto. Como si Dante mismo fuera una especie de premio.

—¿Cómo lo averiguaste? —La pregunta de Chase interrumpió sus pensamientos, provocando que volviera a concentrarse en la misión—. Aparte de ver a ese tipo huir del club la otra noche, no teníamos ninguna pista para llegar hasta él.

Dante ni siquiera miró a Chase, se limitó a encogerse de hombros mientras los recuerdos de las horas pasadas con Tess inundaban sus sentidos.

—No importa cómo conseguí la dirección —dijo después de un largo minuto—. Los Darkhaven tenéis vuestros métodos; nosotros tenemos los nuestros.

Mientras otra oleada de nerviosa impaciencia lo invadía, Dante vislumbró por un momento a su presa. Se enderezó en el asiento de conductor del vehículo, mirando hacia afuera en la oscuridad. El humano se desvió por una esquina y siguió adelante, con el rostro parcialmente escondido por una sudadera con capucha. Llevaba las manos en los bolsillos de un abultado chaleco acolchado, y caminaba con rapidez, mirando continuamente por encima de su hombro como si esperara que alguien le siguiera los talones. Pero era él, Dante estaba seguro.

—Ahí está nuestro hombre —dijo mientras el humano subía al trote los escalones de hormigón de su apartamento—. Vamos, Harvard. Anímate.

Dejaron el vehículo con la alarma puesta y entraron tras él en el edificio antes de que la puerta se cerrara, pues ambos eran varones de la estirpe, capaces de moverse con la velocidad y agilidad natural propia de los vampiros de su raza. Cuando el humano metía la llave en la cerradura de la puerta de su apartamento en el tercer piso para abrirla, Dante lo empujó en la oscuridad lanzándolo al otro lado de su espartano salón.

—Me cago en... —Sullivan trató de levantarse, apoyando una rodilla en el suelo, y de repente se quedó helado. Su rostro podía verse gracias al resquicio de luz que procedía del foco desnudo del pasillo.

Hubo un destello en los ojos del humano, algo por debajo de su inmediata sensación de miedo. Reconocimiento, pensó Dante, imaginándose que probablemente se acordaba de ellos por haberlos visto la otra noche en la discoteca. Pero también había ira. Pura animosidad de macho. Dante podía olerla surgiendo de los poros del humano.

Lentamente se puso en pie.

—¿Qué mierdas pasa?

—¿Y si nos lo dices tú? —contestó Dante, encendiendo una luz mientras entraba al lugar a grandes pasos. Tras él entró Chase y cerró la puerta con llave—. Estoy muy seguro de que puedes imaginar que ésta no es una visita social.

—¿Qué quieres?

—Para empezar, información. Depende de ti cómo vamos a obtenerla.

—¿Qué tipo de información? —Su mirada se movió ansiosamente entre Dante y Chase—. No sé quiénes sois y no tengo ni idea de qué estáis hablando...

—Verás —dijo Dante, interrumpiéndolo con una risita—, las preguntas absurdas son realmente un mal comienzo. —Mientras la mano derecha del humano se deslizaba en el hondo bolsillo de su chaleco acolchado, Dante sonrió satisfecho—. Vas a convencerme de que eres un idiota, sigue adelante y saca ese revólver. Sólo para ser claros, te diré que realmente espero que lo hagas.

El rostro de Ben Sullivan se puso tan blanco como las paredes sin pintar de su apartamento. Retiró la mano del bolsillo, muy lentamente.

—¿Cómo...?

—¿Aparte de nosotros, esperabas a alguien más esta noche? —Dante avanzó hasta él y le sacó del bolsillo la pistola del calibre 45 sin que él mostrase ninguna resistencia. Se volvió hacia Chase y le entregó el arma con el cierre de seguridad—. Una mierda de arma para una mierda de traficante...

—Sólo la tengo para protegerme, y no soy un traficante...

—Siéntate —le dijo Dante, haciéndolo caer sobre un sillón de falso ante. Éste era el único mueble de la habitación, aparte de la mesa de trabajo con el ordenador que había en una esquina y la estantería con el equipo estéreo contra la pared. Dante se dirigió a Chase—. Dale un buen repaso al lugar, a ver qué puedes encontrar.

—No soy un traficante de drogas —insistió Sullivan mientras Chase salía de la habitación para comenzar la búsqueda—. No sé qué es lo que pensáis...

—Te diré lo que pienso. —Dante bajó la cabeza, notando que su ira estaba afilando sus ojos y que los colmillos comenzaban a pincharle la lengua—. Supongo que no vas a quedarte ahí sentado negando que te vimos traficar con carmesí al fondo de aquella discoteca hace tres noches. ¿Cuánto tiempo llevas traficando con esa mierda? ¿Cuándo te metiste?

El humano bajó la mirada, formulando su mentira. Dante le cogió la barbilla con un violento apretón y lo obligó a levantar la mirada.

—No querrás morir por esto, ¿verdad, gilipollas?

—¿Qué puedo decir? Estáis equivocados. No tengo ni idea de qué estáis hablando.

—Tal vez ella pueda decirnos algo —intervino Chase, saliendo del dormitorio justo cuando Dante estaba a punto de noquear al tipo para obtener un poco de sinceridad. Chase traía en sus manos una foto enmarcada y la sostuvo ante él. Era una foto de Ben con Tess. Ella llevaba el pelo corto pero continuaba estando deslumbrante, y parecían una feliz pareja posando en la puerta de su clínica durante el día de la inauguración—. Parecéis íntimos. Apuesto a que ella podrá arrojar algo de luz sobre tus actividades nocturnas.

El humano lanzó a Chase una mirada aguda.

—Mantente lejos de ella, o te juro que yo...

—¿Ella está involucrada? —preguntó Dante. La voz le raspaba la garganta.

El humano se burló.

—¿Me vas a preguntar eso a mí? Fuiste tú quien le metió la lengua hasta la garganta la otra noche frente a su apartamento. Sí, yo estaba ahí. Te vi, maldito hijo de puta.

La noticia asaltó a Dante por sorpresa, pero ciertamente eso explicaba la ira de ese hombre, que parecía hervir a fuego lento. Dante pudo sentir los ojos de Chase mirándolo de forma interrogante, pero siguió con la atención concentrada en el celoso ex novio de Tess.

—Voy a perder la paciencia contigo —gruñó. Luego sacudió la cabeza—. No, joder. Ya la he perdido completamente. —Desenvainó una de las dos cuchillas gemelas de afiladas hojas curvas en menos de una fracción de segundo y puso su filo contra la garganta de Ben. Sonrió ligeramente mientras los ojos del humano se movían aterrorizados—. Sí, ahora me siento mucho mejor. Le voy a dejar a tu laringe un poquito de espacio para respirar y vas a empezar a hablar. No más sandeces ni rodeos. Pestañea una vez si estás de acuerdo conmigo, chico.

El humano bajó los párpados y luego volvió a examinar aterrorizado la cuchilla de Dante.

—Me dijeron que no contara nada a nadie —dijo con las palabras saliendo a toda prisa de su boca.

—¿Quiénes son ellos?

—No lo sé... quienes sean que me están pagando para que fabrique esa mierda.

Dante frunció el ceño.

—¿Fabricas tú mismo el carmesí?

El humano intentó asentir con la cabeza, aunque su movimiento se veía restringido por el acero frío que todavía rondaba cerca de su garganta.

—Soy un científico... o al menos lo era. Trabajaba como químico para una firma de cosméticos hasta que me despidieron hace unos pocos años.

—Sáltate el rollo del desempleo y háblame del carmesí.

Sullivan tragó saliva con dificultad.

—Lo fabriqué para las discotecas, sólo para sacar algo de dinero extra. El verano pasado, no mucho después de empezar a traficar, ese tipo me ofreció aumentar la producción.

Dijo que tenía contactos que querían negociar conmigo y que estaban dispuestos a pagar mucho por ello.

—¿Y tú no sabes quiénes son tus compañeros de negocios?

—No. No pregunté y no me lo dijeron. En realidad nunca me importó. Sean quienes sean, pagan al contado, y mucho. Me dejan los pagos en una caja de seguridad del banco.

Dante y Chase intercambiaron una mirada, ambos conscientes de que el humano probablemente ignoraba que estaba tratando con renegados, y muy probablemente relacionándose con el líder de la nueva facción de vampiros chupadores de sangre que, desde hacía unos meses, había estado organizándose y preparándose para lo que su líder pretendía encender entre la raza de los vampiros. Dante y el resto de la Orden habían puesto en serios apuros esos planes cuando hicieron volar por los aires los cuarteles generales que tenían como asilo, pero no habían logrado eliminar la amenaza completamente. Hasta que los renegados pudieran conseguir reclutas e incrementar su número —especialmente con la ayuda del carmesí— la posibilidad de una guerra era sólo una cuestión de tiempo.

—¿Pero cuál es el maldito gran problema? El carmesí no es una droga dura. Yo mismo lo he probado. Es sólo un estimulante, no muy diferente del X o del GHB.

De pie cerca de Dante, Chase se burló.

—No muy diferente. Al diablo si no lo es. Tú mismo viste lo que pasó la otra noche.

Dante le puso la cuchilla un poco más cerca.

—Tenías un asiento en primera fila para ver ese pequeño espectáculo monstruoso, ¿no es verdad?

Sullivan apretó la mandíbula y clavó los ojos en Dante con inseguridad.

—Yo... no estoy seguro de lo que vi. Te lo juro.

Dante lo escrutó con la mirada, sopesándolo. Podía ver que el hombre estaba ansioso, ¿pero era un mentiroso? Maldición, deseaba que Tegan les hubiera acompañado. No había nadie, ni humano ni animal, que pudiera ocultarle la verdad a ese guerrero. Por supuesto, conociendo a Tegan, él hubiera estado tan tentado como Dante de eliminar a ese humano por haber traído esa desgracia a la población de vampiros.

—Escucha. —Sullivan intentó levantarse, pero Dante le puso la palma de la mano en el centro del pecho, haciéndolo volver a caer en la silla—. Escuchadme, por favor. Nunca quise herir a nadie. Las cosas pasaron... Dios, ahora todo se ha enredado y se ha vuelto peligroso. Se me ha ido de las manos, y voy a dejarlo. De hecho, esta misma noche. Llamé a mi contacto, y voy a encontrarme con ellos para que sepan que he acabado con esto. Van a venir a buscarme en unos minutos.

Chase fue hasta la ventana y puso un dedo entre las láminas de aluminio de la persiana para examinar la calle.

—Hay un Sedán oscuro detenido junto al bordillo —advirtió. Luego miró al humano—. Parece que ha llegado la hora de tu paseo.

—Mierda. —Ben Sullivan se encogió en la silla, moviendo las manos con nerviosismo en los andrajosos brazos de la butaca. Dirigió a Dante una mirada de desconfianza—. Tengo que irme. Maldita sea, necesito que me devuelvas mi revólver.

—No irás a ninguna parte. —Dante desenfundó su *Malebranche* y fue hasta la ventana. Examinó el vehículo que estaba esperando. Aunque era imposible decir mucho sobre el conductor a esa distancia, él estaba dispuesto a apostar a que se trataba de un renegado o un secuaz, y a que había otro sentado a su lado en el asiento de pasajeros. Se volvió hacia el humano—. Si te metes en ese coche, puedes darte por muerto. ¿Cómo te comunicas con tu contacto? ¿Tienes un número para localizarlo?

—No. Me dieron un móvil de un solo uso. Hay un solo número programado para llamar, pero lo codificaron, así que en realidad no sé a dónde estoy llamando.

—Déjame verlo.

Sullivan sacó el aparato del bolsillo de su chaleco y se lo entregó a Dante.

—¿Qué vais a hacer?

—Nos encargaremos de esto por ti. Ahora mismo es necesario que vengas con nosotros para que podamos continuar esta pequeña charla en algún otro sitio.

—¿Qué? No. —Se puso en pie, mirando alrededor con ansiedad—. Joder. Tampoco estoy seguro de poder confiar en vosotros, así que gracias pero no. Cuidaré de mí mismo...

Dante cruzó la habitación y agarró al humano por la garganta antes de que éste tuviera tiempo de pestañear.

—No era una petición.

Soltó al traficante de carmesí, empujándolo hacia Chase.

—Sácalo de aquí. Encuentra un camino seguro hasta el coche y llévalo al recinto. Yo voy abajo a expresarles sus disculpas a los gilipollas que esperan junto al bordillo.

Mientras Chase cogía al humano por el brazo y comenzaba a moverlo hacia fuera, Dante se deslizó por la puerta y llegó hasta el vestíbulo. En menos de un segundo se halló en la calle lluviosa, se detuvo frente al Sedan que estaba parado y miró a través del parabrisas a los dos humanos que estaban sentados dentro.

Como Dante había sospechado, eran secuaces, mentes esclavas de un vampiro de escala superior que iba consumiendo su parte humana chupándoles la sangre pero dejándoles un resquicio de vida. Los secuaces eran seres humanos vivos que respiraban, pero estaban desprovistos de conciencia, y sólo existían para obedecer las órdenes de su amo.

Y se los podía matar.

Dante les sonrió, más que dispuesto a acabar con ellos.

El estúpido que había en el asiento de pasajeros pestañeó un par de veces como si no estuviera seguro de lo que veía. El que estaba al volante tenía mejores reflejos; mientras su compañero soltaba un montón de insultos inútiles, el conductor puso el coche en marcha y pisó con fuerza el acelerador.

El motor rugió y el Sedan dio una sacudida, pero Dante lo vio venir. Plantó las manos en el capó del vehículo y lo sostuvo, mofándose con desprecio mientras los neumáticos resbalaban en el pavimento húmedo, chirriando y sacando humo pero sin ir a ninguna parte.

Cuando el secuaz que estaba al volante dio marcha atrás, Dante saltó sobre el capó. Subió por encima de él mientras el coche viraba bruscamente en su esfuerzo por salir de la cuneta.

Manteniendo el equilibrio sobre el coche en marcha como si fuera un surfista sobre una ola, Dante, de una patada con la bota quebró el parabrisas. El vidrio se desplomó hecho añicos, saliéndose de la montura.

Los fragmentos volaron en todas direcciones mientras él saltaba dentro del coche y se colocaba entre los dos secuaces.

—Hola, chicos. ¿Dónde vamos esta noche?

Ellos, enloquecidos, lo agarraron, le dieron puñetazos, llegaron incluso a morderlo... pero eran tan sólo una molestia mínima. Dante detuvo el Sedán, con un brusco frenazo de marcha que los hizo resbalar en la calle.

Sintió que un objeto punzante se le clavaba en la pierna derecha, luego sintió el olor metálico de su propia sangre derramándose. Los colmillos le crecieron con un rugido furioso, su visión se afiló como los rayos láser y sus pupilas se estrecharon con rabia. Agarró del pelo al secuaz que había a su lado en el asiento de pasajeros. Sacudiendo el brazo con violencia golpeó la cabeza del humano contra el tablero de mandos, matándolo instantáneamente.

Al otro lado, el conductor luchaba por salir del coche. Manipuló la manija de la puerta y consiguió abrirla, cayó sobre el asfalto mojado y emprendió la huida por uno de los estrechos callejones que había entre los bloques de tres pisos.

Dante arremetió contra él, derribándolo en el suelo. Luchó cuerpo contra cuerpo, consciente de que no podía matarlo hasta que no hubiera obtenido algunas respuestas acerca de a quién servía y dónde se lo podía encontrar. Dante imaginaba que no necesitaba saber el nombre del vampiro superior de este secuaz; después de todo lo que había estado pasando los últimos meses, él y el resto de la Orden eran muy conscientes de que el vampiro que tenían que eliminar no era otro que Marek, el hermano del propio Lucan. Lo que no sabían era dónde había huido ese bastardo tras escapar del ataque de los guerreros el último verano.

—¿Dónde está? —preguntó Dante, levantando al secuaz y dándole un duro puñetazo en la barbilla—. ¿Dónde puedo encontrar al propietario de tu lamentable culo?

—Jódete —escupió el secuaz.

Dante le lanzó otro puñetazo, luego sacó su cuchilla y la apoyó contra la mejilla del humano.

—Sigue adelante y mátame, vampiro. No te diré nada.

La urgencia de obedecer a esa mente esclava era enormemente tentadora, pero Dante, en lugar de hacerlo, lo arrastró por el suelo. Golpeó al secuaz contra una pared de cemento del bloque de viviendas que tenía más cerca, sintiendo un oscuro placer al oír el sonido de su cráneo rebotando.

—¿Qué tal si vamos paso por paso? —silbó; su voz era un gruñido grave que pasaba a través de sus colmillos—. No me importa si hablas, pero estoy condenadamente seguro de que disfrutaré oyéndote gritar.

El secuaz gruñó mientras Dante apretaba la cuchilla contra su cuello carnoso. Dante lo sintió retorcerse, y oyó el sonido del cierre de seguridad de una pistola abriéndose. Antes de que pudiera alejarse de él, el secuaz levantó el arma con el brazo.

No apuntó a Dante sino a sí mismo. En una fracción de segundo, el humano tenía el cañón en las sienes, luego disparó.

—¡Maldita sea!

La explosión emitió unos destellos naranjas en la oscuridad. La percusión hizo eco en los altos edificios que había ante ellos. El secuaz cayó sobre el suelo mojado como un yunque, la sangre se derramó entorno a él como una horripilante aureola.

Dante se miró las propias heridas, los arañazos que tenía en las manos, el corte profundo en el muslo derecho. No había transcurrido mucho tiempo desde la última vez que había comido, por eso su cuerpo estaba fuerte y no tardaría mucho en recuperarse. Tal vez un par de horas, o quizás menos. Pero necesitaba un lugar seguro para hacerlo.

Por encima de él, se veían luces de algunos pocos apartamentos alrededor. En una de las ventanas se descorrió una cortina. Alguien lanzó un grito de horror. No faltaría mucho para que alguien llamara a la policía, e incluso probablemente ya habría sido avisada.

Mierda.

Tenía que salir de allí, cuanto antes. Chase ya se habría marchado hacía tiempo en el todoterreno, lo cual era bueno, considerando como estaban las cosas. En cuanto a Dante, no podría conducir el destrozado Sedan sin llamar la atención. Tomó aire con fuerza aguantando el dolor de su pierna lacerada, se dio la vuelta y empezó su retirada a pie, dejando a los secuaces muertos y el coche abandonado en la calle tras él.

Capítulo veinte

Tess secó los últimos platos de la cena y los guardó en el armario que había junto al fregadero. Mientras cerraba la tapa de plástico del recipiente donde había guardado lo que le había sobrado de pollo, sintió un par de ojos clavados en su nuca.

—Tienes que estar de guasa —dijo, volviéndose para mirar a la pequeña bestia que gemía a sus pies—. *Harvard*, ¿todavía tienes hambre? ¿Te das cuenta de que has estado comiendo prácticamente sin parar desde que llegaste?

Las espesas cejas del terrier se curvaron sobre sus ojos marrón chocolate y alzó las orejas al tiempo que ladeaba la cabeza en un ángulo adorable. Como ella no se movió con suficiente rapidez, él inclinó la cabeza en la otra dirección y levantó una pata.

Tess se rio.

—De acuerdo, criatura encantadora y desvergonzada. Te daré algo de eso tan rico.

Ella recuperó el pequeño cuenco que ya había sido vaciado de su segunda ración de latas Iams. *Harvard* fue tras Tess al trote, siguiendo cada uno de sus pasos. Había estado pegado a su lado todo el día, desde que ella había tomado la decisión de llevárselo a casa para vigilarlo mejor, se había convertido en su nueva sombra.

Era algo que nunca había hecho antes con sus pacientes, pero tampoco había usado nunca antes sus manos para curarlos. *Harvard* era especial, y él también parecía sentirse igual de unido a ella, como si supiera que lo había rescatado del borde de la muerte. Tras una dosis de líquidos, algo de comida y un baño antipulgas, era un perro nuevo. Ella no había tenido coraje para dejarlo solo en los criaderos para perros de la clínica vacía después de todo por lo que había tenido que pasar. Y él había decidido que ella era su mejor amiga.

—Aquí tienes —le dijo, cortando unas pequeñas piezas de pollo y poniéndoselas en el cuenco. Trata de comértelo poco a poco esta vez, ¿de acuerdo?

Mientras *Harvard* iba entusiasmado hacia la comida, Tess colocó las últimas sobras en la nevera, luego se volvió y se sirvió otra copa de *chardonnay*. Entró a grandes pasos en el salón, donde había dejado su escultura. Era agradable volver a trabajar con la arcilla, especialmente después de los dos días —y dos noches— tan extraños que había tenido.

Aunque no se había sentado a trabajar con un plan previsto de lo que haría, Tess no se sorprendió cuando el húmedo bloque de arcilla marrón claro comenzó a adquirir una forma familiar. Era todavía tan preliminar, tan sólo el asomo de un rostro bajo las ondas despeinadas de abundantes cabellos que ella había trabajado con la arcilla. Tess dio unos sorbos a su vino, sabiendo que si continuaba con la escultura se obsesionaría y estaría toda la noche, incapaz de retirarse hasta que la pieza estuviera acabada.

¿Pero acaso ella y *Harvard* tenían grandes planes para esta noche?

Dejó la copa de vino sobre la mesa de trabajo, preparó el taburete y se sentó. Comenzó a dar forma al rostro, usando un alambre para tallar suavemente la pendiente de la frente y las cejas, luego la nariz y el delgado ángulo de las mejillas. Al cabo de poco tiempo, sus dedos se estaban moviendo de forma automática, su mente iba suelta y por su cuenta, pues era su inconsciente el que directamente ordenaba las acciones a sus manos.

No sabía cuánto tiempo llevaba trabajando, pero cuando sonó un fuerte golpe en la puerta de su apartamento un rato más tarde, Tess se sobresaltó. Dormido junto a sus pies en la alfombra, *Harvard* se despertó con un gruñido.

—¿Esperas a alguien? —preguntó ella tranquilamente mientras dejaba sus instrumentos.

Dios, debía de haber estado realmente absorta mientras esculpía, porque había hecho un serio destrozo en la zona de la pieza que correspondía a la boca. Los labios estaban curvados hacia arriba en una especie de gruñido, y los dientes...

El golpe se oyó otra vez, seguido de una voz grave que llegó hasta ella como un rayo de electricidad.

—¿Tess? ¿Estás ahí?

«Dante.»

Los ojos de Tess se abrieron con asombro, luego un estremecimiento la recorrió de arriba abajo, y rápidamente hizo un repaso mental de su aspecto. Llevaba el cabello recogido con un moño despeinado, iba sin sujetador con una camiseta blanca de punto y unos pantalones de chándal de un rojo descolorido que tenían más de una salpicadura de arcilla seca. No era precisamente el atuendo más adecuado para recibir compañía.

—¿Dante? —preguntó, tratando de ganar tiempo y queriendo asegurarse de que su oído no le había jugado una mala pasada—. ¿Eres tú?

—Sí. ¿Puedo entrar?

—Sí, claro. Espera sólo un segundo —gritó, tratando de que su voz sonara despreocupada mientras cubría la escultura con una tela y rápidamente examinaba su rostro en el reflejo de una de sus espátulas para masilla.

Oh, estupendo. Tenía el aspecto de una artista muerta de hambre ligeramente enloquecida. Muy glamurosa. «Esto le enseñará lo que es presentarse en casa de uno por sorpresa», pensó, mientras llegaba hasta la puerta y descorría el cerrojo.

—¿Qué estás haciendo...?

Su pregunta quedó bruscamente interrumpida cuando abrió la puerta y le dio un simple vistazo. Estaba empapado por la lluvia, con el pelo pegado a la frente y a las mejillas, el abrigo de cuero goteando dentro de sus botas militares, y permanecía de pie sobre el felpudo que había a la entrada de su casa.

Pero eso no era lo único que estaba goteando. Manchas de sangre se mezclaban con el agua de la lluvia, cayendo continuamente de una herida que no se veía.

—¡Oh, dios mío! ¿Estás bien? —Se apartó a un lado para dejarlo entrar y cerró la puerta tras él—. ¿Qué te ha pasado?

—No me quedaré mucho. Probablemente no debería haber venido. Tú fuiste la primera persona en quien pensé...

—Está bien —dijo ella—. No te quedes ahí. Entra. Voy a buscarte una toalla.

Corrió hasta el armario del pasillo y sacó dos toallas, una para secarlo de la lluvia y otra para su herida. Cuando regresó al salón, Dante se estaba quitando el abrigo. Mientras él se bajaba la cremallera, Tess vio que tenía los nudillos manchados de sangre. También tenía salpicaduras en su rostro, la mayoría diluidas por el agua que continuaba cayéndole de la barbilla y el pelo mojado.

—Estás prácticamente destrozado —dijo ella preocupada por él, además de un poco desconcertada al ver que parecía venir de algún tipo de violenta pelea callejera. Ella no veía heridas en sus manos ni en su cara, así que la mayor parte de la sangre que había allí no debía de ser suya. Pero ése no era el caso en otras zonas.

Cuando se abrió la pesada chaqueta de cuero, Tess contuvo la respiración.

—Oh, dios...

Tenía una gran laceración por todo lo ancho de su muslo derecho, claramente una herida de cuchillo. La herida todavía estaba fresca y empapaba de sangre la pierna derecha de su pantalón.

—No es gran cosa —dijo él—. Puedes creerme, sobreviviré.

Se quitó la chaqueta y toda la compasión que ella sentía por él se esfumó de golpe.

Dante estaba armado como alguien salido de una terrible película de acción. Tenía en torno a sus caderas un cinturón grueso lleno de diferentes tipos de cuchillas, entre otras dos enormes dagas curvadas envainadas a cada uno de los lados de sus caderas. Sujeto a su pecho por una correa sobre su camisa negra de mangas largas tenía una pistolera que llevaba dentro una mortífera monstruosidad de acero inoxidable; ella no quería ni siquiera imaginar el tamaño del agujero que eso podía causar en alguien. Y tenía otro revólver sujeto en torno a su pierna izquierda.

—Qué demonios... —Tess, instintivamente, se apartó de él, sujetando las toallas contra ella como un escudo.

Dante se dio cuenta de su aflicción y su mirada insegura y frunció el ceño.

—No voy a herirte, Tess. Éstos son sólo mis instrumentos de trabajo.

—¿Tu trabajo? —Ella continuaba alejándose centímetro a centímetro, sin ser consciente de su movimiento hasta que tocó con las pantorrillas la mesa de café que había en el centro del salón—. Dante, vas vestido como un asesino.

—No tengas miedo, Tess.

No lo tenía. Estaba aturdida, preocupada por él, pero no asustada. Él comenzó a quitarse las armas, desabrochando la funda de su pierna y sosteniéndola como si no supiera dónde dejarla. Tess hizo un gesto señalando la mesa de café.

—¿Me puedes dejar una de esas toallas, por favor?

Ella le entregó una, al tiempo que observaba cómo él, cuidadosamente, colocaba su arma sobre la mesa como si no quisiera añadir otra muesca a la madera ya muy gastada. Aún armado hasta los dientes y sangrando, se mostraba considerado. Educado, incluso. Un auténtico caballero, si uno podía dejar de lado el armamento mortal y el aura de peligro que parecía irradiar de su enorme cuerpo en forma de ondas visibles.

Él echó un vistazo rápido a su apartamento, incluyendo el pequeño perro que, sentado cerca de Tess, guardaba silencio. Dante frunció el ceño.

—¿Es posible que éste sea...

Tess asintió y su tensión se redujo cuando *Harvard* se acercó a Dante, moviendo tímidamente la cola a modo de saludo.

—Espero que no te importe que lo haya traído a casa conmigo. Quería vigilarlo de cerca, y pensé...

Su excusa se fue apagando mientras Dante se agachaba hacia el animal, transmitiéndole únicamente cariño con sus caricias y con su voz profunda.

—Eh, pequeño —dijo, riendo mientras *Harvard* le lamía la mano y luego se tumbaba en el suelo para que le acariciara la barriga—. Alguien sin duda te ha estado cuidado muy bien. Sí, parece que alguien te ha dado una nueva correa de vida.

Miró a Tess con ojos interrogantes, pero antes de que pudiera preguntar acerca de la repentina recuperación del perro, ella le quitó la toalla mojada e hizo un gesto en dirección al cuarto de baño.

—Vamos, deja que te eche un vistazo.

Detenido ante un semáforo en rojo al otro extremo de South Boston, Chase lanzó una mirada al pasajero del coche todoterreno prácticamente sin ocultar su desprecio. Personalmente, no veía qué provecho podían sacar de ese infame traficante de drogas. Una parte de él disfrutaba reconociendo que podía haber estado de camino a su propio funeral si él y Dante no se hubieran presentado en su apartamento esa noche.

No parecía justo. Un tipo sin altura como Ben Sullivan tenía un golpe de suerte, mientras que jóvenes inocentes como Camden y los otros desaparecidos acababan muertos o algo peor, inducidos a una lujuria de sangre por el carmesí y convertidos en renegados por la mierda que ese humano les vendía.

A Chase le vino el repentino y espeluznante recuerdo de Dante poniendo la cuchilla en la garganta de Jonas Redmond en el callejón que había a la salida de la discoteca. Era un buen chico y estaba muerto, no por culpa del guerrero, sino por culpa del humano que estaba ahora sentado apenas a unos centímetros de distancia de él. La urgencia de hacerle un agujero de bala en la cabeza lo asaltó como un tsunami, con una rabia que no era frecuente que sintiera.

Mantuvo la vista pegada al parabrisas ahumado, con el deseo de vencer la tentación. Matando a Ben Sullivan no solucionaría nada, y sin duda no conseguiría que Camden regresara antes a casa.

Y ése, después de todo, era su principal objetivo.

—Se está acostando con ella, ¿verdad? El otro tipo... se está acostando con Tess. —Las palabras del humano sacaron a Chase de sus reflexiones, pero no comprendió la pregunta. Ben Sullivan soltó una maldición, volviendo la cabeza para mirar fijamente a través de la ventanilla—. Cuando los vi juntos la otra noche junto a la casa de Tess, ese hijo de puta tenía las manos encima de ella. ¿De qué va esto? ¿La ha estado usando para llegar hasta mí?

Chase permaneció en silencio. Se había estado haciendo preguntas sobre eso desde que Sullivan lo había mencionado por primera vez en el apartamento. Dante había dicho que él emplearía sus propios métodos para encontrar al traficante de carmesí, y al oír que había estado con una mujer al parecer íntima de Sullivan, Chase inicialmente había supuesto que se trataba, para Dante, de un medio de llegar a un fin.

Pero el rostro del guerrero había adquirido una expresión extraña ante la mención de la mujer, algo que parecía indicar que su implicación iba más allá del deber de la misión. ¿Estaba interesado en ella?

—Mierda. Supongo que en realidad no importa —murmuró Sullivan—. ¿Dónde me estás llevando?

Chase no se sintió obligado a responder. El recinto de la Orden estaba justo a las afueras de la ciudad, a poca distancia de donde se hallaban ahora. En una pocas horas, después de ser interrogado por Dante y los demás, Ben Sullivan estaría durmiendo en una cama caliente y seca; sería, a todos los efectos, un prisionero, pero al mismo tiempo estaría protegido tras las seguras puertas del cuartel de los guerreros. Mientras tanto, docenas de jóvenes Darkhaven estaban ahí fuera, expuestos a los peligros de la calle y a los terribles efectos de la droga destructiva y mortal de Sullivan.

No era justo, para nada.

Chase dio un vistazo rápido a la luz del semáforo cuando ésta se puso en verde, pero su pie no se decidía a pisar el acelerador. Tras él, alguien tocó la bocina. Él tamborileó con los dedos sobre el volante durante un segundo pensando en Camden y en Elise, en su promesa de traer al chico de vuelta a casa.

No tenía muchas opciones. Y el tiempo seguía pasando, podía hasta sentirlo.

Cuando un segundo toque de bocina sonó detrás, Chase pisó el acelerador y giró hacia la izquierda. Silencioso y sombrío, hizo circular el todoterreno en dirección al sur, adentrándose de vuelta en la ciudad, hacia la vieja zona industrial cercana al río.

Capítulo veintiuno

—Dios santo —dijo Tess con voz entrecortada, sintiéndose un poco mareada al arrodillarse ante Dante para examinar su herida. Él estaba sentado en el borde de la bañera de porcelana blanca, y sólo llevaba puestos los pantalones militares hechos jirones. El corte de su muslo parecía haber mejorado desde que lo había visto por primera vez en el salón, pero bajo la intensa luz del cuarto de baño, la vista de tanta sangre, sangre de Dante, le revolvía el estómago y le provocaba dolor de cabeza. Tuvo que apoyarse sobre el borde de la bañera para poder levantarse y sostenerse en pie—. Lo siento. No suele afectarme así. Quiero decir, estoy acostumbrada a ver muchas heridas horribles en la clínica, pero...

—No es necesario que me ayudes con esto, Tess. Estoy acostumbrado a cuidarme solo.

Ella lo miró indecisa.

—Por la cantidad de sangre que hay, yo diría que es una herida bastante profunda. Vas a necesitar puntos, y muchos. No creo que eso sea algo que puedas hacerte solo, ¿no es cierto? Y necesitas quitarte los pantalones. No puedo hacer mucho mientras los sigas llevando puestos.

Como él no se movió, ella frunció el ceño.

—¿Piensas quedarte ahí sentado sangrando sobre mis baldosas?

Él la miró, se encogió ligeramente de hombros, luego se puso de pie y se desabrochó el botón de la cintura. Cuando comenzó a bajarse la cremallera dejando al descubierto su piel tatuada y la oscura maraña de vello sobre su ingle, Tess se ruborizó. Dios, después de la última noche, debería haber recordado que no llevaba calzoncillos ni ningún tipo de ropa interior.

—Hum... aquí tienes otra toalla —le dijo, descolgando la que había en la barra para que se cubriera.

Volvió la cabeza mientras se acababa de desvestir, aunque probablemente era un poco tarde para mostrar pudor, considerando lo que habían hecho juntos la noche anterior. Estar de nuevo con él allí, especialmente teniendo en cuenta que él estaba sentado desnudo apenas cubierto con una toalla, hacía que el pequeño cuarto de baño pareciera tan estrecho como un armario y tan húmedo como una sauna.

—Entonces... ¿vas a explicarme qué te ha pasado? —preguntó sin mirarlo, ocupada con la pequeña colección de instrumentos médicos que había sacado del neceser del lavabo—. ¿Qué has estado haciendo esta noche para que te hayan acabado dando una puñalada con un cuchillo obviamente grande?

—Es de lo más normal. Mi compañero y yo estábamos deteniendo a un traficante de drogas, y me tropecé con un par de obstáculos. Tuve que eliminarlos.

«Eliminarlos», pensó Tess, entendiendo instintivamente lo que eso significaba. Colocó un rollo de gasa para vendajes sobre el lavabo, al tiempo que sentía un escalofrío interno ante lo que Dante había admitido de manera tan fría. No le gustaba lo que estaba oyendo, pero él juraba que era un buen tipo, y tal vez fuese una locura, pero lo cierto es que ella confiaba en su palabra.

—Muy bien —dijo ella—, déjame echarle un vistazo a tu pierna.

—Ya te lo he dicho, sobreviviré. —Ella oyó cómo sus pantalones golpeaban el suelo al caer—. Creo que no está tan mal tú crees.

Tess se volvió para mirarlo por encima del hombro, preparada para ver una espantosa herida abierta. Pero él tenía razón, en realidad no estaba tan mal. Debajo del borde de la toalla que cubría sus ingles y la parte superior de sus muslos, la herida era un corte limpio pero nada profundo. Estaba dejando de sangrar, incluso mientras ella lo miraba.

—Bueno, eso es... un alivio —dijo ella, confundida pero encantada de ver esfumarse su preocupación. Se encogió de hombros—. De acuerdo. Supongo que bastará con limpiarla, luego le pondremos una venda y pronto estarás como nuevo.

Tess se giró de nuevo hacia el lavabo, humedeció un trapo bajo el grifo y puso unas gotas de antiséptico en la gruesa tela de la toalla. Mientras frotaba para conseguir espuma oyó que Dante se levantaba e iba hacia ella. En medio paso se halló a su espalda, y le quitó la pinza que le recogía el pelo, dejando que las ondas de su cabello le cayeran por la espalda.

—Así está mejor —dijo con suavidad, con algo oscuramente sensual en su voz—. Tu precioso cuello desnudo me estaba distrayendo. Tanto es así, que lo único que podía pensar es cuánto me gustaría poner la boca en él.

A Tess se le atragantó la respiración, y por un segundo no estaba segura de si debía quedarse rígida y simplemente esperar a que él se apartara, o si debía darse la vuelta y enfrentarse a la locura que iba a volver a pasar entre ellos esa noche, cualquiera que ésta fuese.

Se movió unos centímetros en el breve espacio que había entre el lavabo y la toalla que tapaba el cuerpo de Dante. Desde tan cerca, los tatuajes de su pecho desnudo resultaban fascinantes, florecían en símbolos geométricos y se arqueaban arremolinándose para formar una cadena de matices que iban de un rojizo intenso al oro y al verde y al azul pavo real.

—¿Te gustan? —murmuró, observando que su mirada recorría los extraños diseños entrelazados y de bellos colores.

—Nunca he visto nada igual. Me parecen impresionantes, Dante. ¿Están inspirados en alguna tribu?

Él se encogió vagamente de hombros.

—Más bien en una tradición familiar. Mi padre tenía marcas similares, y también las llevaba su padre antes que él y todos los demás varones de nuestro linaje.

¡Vaya! Si los hombres de la familia de Dante se parecían en algo a él debían de haber causado estragos en los corazones de las mujeres de todas partes. Al recordar que los tatuajes de Dante continuaban por debajo de la toalla que le cubría las caderas, Tess se ruborizó.

Él se limitó a sonreír, dibujando una curva de complicidad en sus labios.

Tess cerró los ojos y se esforzó por controlar su respiración, luego lo miró una vez más mientras cogía el paño húmedo y tibio que había entre ellos para frotar con cuidado las manchas de sangre de su frente y sus mejillas. Tenía también un poco de sangre seca en las manos y ella se la limpió, sosteniendo con una mano su palma volcada hacia arriba. Sus dedos eran largos y delgados y cuando se enlazaban con los de ella los empequeñecían.

—Me gusta sentir tu contacto, Tess. He estado deseando que tus manos me acariciaran desde la primera vez que te vi.

Ella alzó la cabeza para mirarlo a los ojos, con la mente llena de recuerdos de la noche anterior. El color entre dorado y whisky de su mirada la atraía, contándole lo que iba a volver a pasar: los dos estarían desnudos, con sus cuerpos unidos. Ella se estaba haciendo a la idea definitiva de que con él siempre habría esa excitación y esa intensidad. Su corazón se tensó ante esa idea, un nudo y un ansia intensa florecieron en su centro, aflojándole las piernas.

—Déjame... ver tu pierna...

Se arrodilló hasta el borde de la toalla, que tenía una abertura en su cadera derecha y observó el largo músculo de su muslo. La herida había dejado de sangrar y ella limpió la zona suavemente, demasiado consciente de la belleza masculina de sus líneas, del poder de sus firmes piernas, la suavidad de su piel tostada, que se hacía más elástica por encima de la ligera protuberancia de su hueso pélvico. Mientras ella apartaba el trapo, notó que su sexo se despertaba debajo de la toalla; como un mástil rígido rozó su muñeca cuando ella la retiraba.

Tess tragó saliva con la garganta seca por la excitación.

—Ahora te pondré el vendaje.

Dejó el paño húmedo en el lavabo y se volvió para alcanzar el rollo de gasa blanca, pero Dante le cogió la mano. Se la sostuvo en un cálido apretón, pasando suavemente el pulgar sobre su piel como si le estuviera pidiendo permiso en silencio. Ella no retiró la mano, sino que se volvió hacia él y observó que sus ojos estaban resplandecientes, el centro de ellos parecía brillar dentro del borde color *bourbon* oscuro que envolvía sus pupilas.

—Debería apartarme de ti —dijo él, con la voz grave y carnosa—. Debería, pero no puedo.

Le puso la palma de la mano en la nuca y la atrajo hacia él, de modo que las pocas pulgadas que los separaban desparecieron y sus cuerpos se apretaron el uno contra el otro. Él bajó la boca y Tess dejó escapar un largo suspiro mientras los labios de él rozaban los suyos en un lento y dulce beso. Una de las manos de él se paseó por su espalda, deslizándose por debajo de su camiseta de punto que le quedaba suelta. Sus caricias eran cálidas, las yemas de sus dedos dejaban estelas de electricidad por todo lo largo de su columna mientras acariciaba su piel desnuda.

El beso de Dante se hizo más profundo, con la lengua metida dentro de su boca. Tess se abrió a él, gimiendo mientras él apretaba la dura erección contra su vientre. El deseo se disparó a través de ella, mojado y derretido. Él llevó las manos a sus pechos, recorriendo lentamente hacia abajo la forma de sus senos y luego subiendo hacia sus apretados pezones. Ella notó cómo se le erizaba el vello de las piernas, y se estremeció necesitando que él la tocara aún más. Durante un largo momento sólo se oyó el sonido de sus respiraciones entrelazadas, las suaves caricias de sus manos descubriendo el cuerpo del otro.

Ella jadeó cuando él interrumpió el beso, y su cuerpo parecía no tener huesos cuando él la levantó y la sentó sobre la encimera del lavabo. Él le quitó la camiseta blanca, sudorosa, y la tiró al suelo. Después se encargó de los pantalones. Se los quitó también, dejándola sentada sólo con las bragas puestas. Ella separó las piernas, y Dante colocó su perfecto y masculino cuerpo entre la ancha uve que formaban. La toalla que cubría su sobresaliente erección acarició suavemente el interior de sus muslos.

—Mira lo que me has hecho —dijo él, pasándole la mano por el antebrazo mientras guiaba sus dedos por debajo de la toalla hacia el enorme pedazo de carne erecta que la levantaba.

Tess no pudo fingir timidez al tocarlo. Acarició su grueso astil y la pesada bolsa que había debajo, moviendo arriba y abajo su piel aterciopelada, tomándose un dulce tiempo con sus dedos apenas capaces de abarcar todo la envergadura de su erección. Mientras ella palpaba la suave cabeza de su sexo, se inclinó hacia delante para besar la cumbre de su vientre, gozando de la suavidad con que estaba enfundada tanta fuerza viril.

Dante gimió mientras ella jugaba con la lengua a lo largo de las intrincadas líneas de los tatuajes; el retumbo de su profunda voz vibró contra sus labios. Él puso un brazo a cada lado de ella, los enormes músculos se hincharon cuando se agarró a los bordes del tocador dejando que ella continuara lo que estaba haciendo. Bajó la cabeza sobre el pecho; tenía los ojos cerrados, pero éstos ardían con una intensidad que Tess pudo advertir cuando se aventuró a mirarlo. Ella sonrió, luego se inclinó hacia abajo para hacer girar la lengua alrededor del borde de su ombligo, incapaz de resistir la urgencia de pellizcar la suavidad de su piel.

Él dejó escapar una maldición apretando los dientes ante su rasguño.

—Ah... dios... sí. Hazlo más fuerte —gruñó—. Quiero sentir tu pequeño mordisco, Tess.

Ella no sabía qué le estaba pasando, pero hizo lo que él le pidió, juntando los dientes mientras agarraba un trozo de su carne en la boca. No llegó a atravesarle la piel, pero el afilado mordisco pareció viajar a través del cuerpo de Dante como una corriente. Él dio un fuerte empujón con las caderas, haciendo caer la toalla, que llevaba allí demasiado tiempo y también la estaba molestando a ella. Se estremeció mientras ella recorría con su lengua la zona que acababa de morder.

—¿Te he hecho daño?

—No. No pares. —Se inclinó sobre ella y le besó un hombro desnudo. Sus músculos estaban apretados y tirantes y su erección se había hecho todavía más grande en su mano—. Dios, Tess. Me sorprendes tanto. Por favor, no pares.

Ella no quería parar. No entendía en absoluto por qué sentía una conexión tan fuerte con ese hombre —una especie de fiera necesidad—, pero en realidad había muchas cosas que no entendía con relación a Dante. Apenas acababa de conocerlo y parecía que llevara con ella tanto tiempo, como si el destino los hubiera emparejado años atrás y ahora volviera a reunirlos.

Fuera lo que fuese, Tess no tenía deseos de cuestionarlo. Le mordisqueó el vientre, bajando por sus estrechas caderas, luego se inclinó hacia adelante y metió la cabeza de su miembro en la boca. Chupó con fuerza, dejando que sus dientes rasparan suavemente su sexo al retirarse. Él gimió bruscamente, de pie ante ella tan rígido como una columna de acero. Ella notó cómo se le aceleraba el pulso cuando lo tomaba en su boca otra vez, y sintió los latidos de su corazón viajando a lo largo de su miembro venoso.

Podía sentir la prisa de su sangre corriendo por su cuerpo, feroz y de un color escarlata intenso, y durante un momento sorprendente y completamente loco, tuvo el deseo de saber qué sabor tendría ésta en su lengua.

El río iluminado por la luna era una ondulante cinta negra que se veía a través de la ventanilla del asiento de pasajeros del todoterreno. Y estaba tranquilo, no había ningún otro coche en el tramo de hormigón vacío y lleno de malas hierbas que había sido antiguamente el almacén de una vieja fábrica de papel, cerrada hacía ya veinte años. Ben Sullivan suponía que aquél era un buen lugar para un asesinato, y el silencio de piedra del enorme hombre armado hasta los dientes que había al volante no le daba muchas razones para esperar otra cosa.

Mientras el todoterreno se detenía, Ben se preparó para una pelea, con un deseo infernal de haber podido conservar la pistola del 45 de la que había tenido que desprenderse en su apartamento. No es que esperara tener muchas oportunidades con ese tipo, ni siquiera llevando un arma consigo. A diferencia de su compañero de pelo oscuro, cuya voz y sus acciones resultaban amenazantes, este otro evitaba mostrar sus cartas. Tenía una calma de hielo, pero Ben podía advertir la furia rabiosa que corría por debajo de la superficie del comportamiento de ese educado señor Frío, y ello le aterrorizaba.

—¿Qué pasa? ¿Por qué nos detenemos aquí? ¿Esperamos a alguien? —Las preguntas salieron de él en tropel, pero estaba demasiado ansioso como para que le preocupara parecer un gallina—. Tu compañero quería que me llevaras al recinto, ¿no?

No hubo respuesta.

—Bueno, sea lo que sea este sitio —dijo Ben, mirando el espacio desierto—, no creo que se trate de ese recinto.

Con el vehículo parado, el conductor soltó una larga bocanada de aire y se volvió hacia él para mirarlo con frialdad. Los pálidos ojos azules tenían un marcado aire asesino, llenos de una furia casi irreprimible.

—Tú y yo vamos a tener una conversación privada.

—¿Y voy a sobrevivir?

Él no respondió, se limitó a llevarse la mano al bolsillo de la chaqueta y sacó un trozo de papel doblado. Una fotografía, advirtió Ben, al verla brillar en el tablero de mandos.

—¿Has visto alguna vez a este individuo?

Ben observó la imagen de un joven de buen aspecto con el pelo castaño y despeinado y una sonrisa ancha y amistosa. Llevaba una sudadera de Harvard y con una mano le hacía al fotógrafo un gesto con el pulgar, mientras que en la otra sostenía un folio con un membrete de la universidad.

—¿Es un familiar tuyo?

La pregunta fue un gruñido en voz baja, pues aunque Ben estaba seguro de haber visto al chico, e incluso de haberle vendido carmesí esa misma semana un par de veces, no sabía si responder a esa pregunta con un sí o con un no le salvaría la vida o lo condenaría. Negó lentamente con la cabeza, encogiéndose de hombros sin comprometerse.

De pronto estaba a punto de ahogarse, pues el tipo le agarró la cara con tanta fuerza que él creyó que la mandíbula se le rompería. Dios, ese tipo lo apretaba tanto como podría hacerlo una víbora, y era más rápido, porque Ben ni siquiera le había visto mover la mano.

—Mira más de cerca —exigió el señor Frío, poniéndole la foto en la cara.

—Vale... —balbuceó Ben, sintiendo el sabor de la sangre en la boca mientras los dientes le cortaban el interior de las mejillas—. ¡Está bien, sí! ¡Mierda!

La presión disminuyó y él se puso a toser, frotándose la mandíbula dolorida.

—¿Lo has visto?

—Sí, lo he visto. Se llama Cameron o algo así.

—Camden —le corrigió el otro, con la voz tensa e inexpresiva—. ¿Cuándo lo viste por última vez?

Ben sacudió la cabeza, tratando de recordar.

—No hace mucho. Esta semana. Él estaba con otros que iban de juerga a una discoteca *tecno* de North End, La Notte, creo que era.

—¿Le vendiste? —Las palabras salieron lentamente, como sonidos marcados que parecían obstruidos por algo que tuviera en la boca.

Ben le dirigió una mirada cautelosa. A la tenue luz del coche, los ojos del tipo tenían un brillo intenso, como si sus pupilas hubieran desaparecido, estrechándose y alargándose en el centro de esos ojos suyos de un azul glacial. A Ben se le helaron los huesos, y pataleó de forma instintiva por su estado de alerta.

—¿Le diste carmesí, pedazo de mierda?

Ben tragó saliva dificultosamente. Movió la cabeza en señal de asentimiento, con gran inseguridad.

—Sí. Ese tío creo que me ha comprado un par de veces.

Oyó un gruñido despiadado, vio el destello de unos dientes blancos y afilados en la oscuridad, justo la fracción de segundo antes de que su cabeza fuera aplastada contra la ventanilla del asiento de pasajeros y el tipo se abalanzara sobre él en una explosión de furia demoníaca.

Capítulo veintidós

Ella lo estaba matando.

Cada giro de la lengua de Tess, cada largo movimiento de su tirante boca en su hinchado miembro —Dios santo, cómo lo arañaba juguetona con los dientes—, enviaba a Dante cada vez más lejos dentro de un torbellino de tormentoso placer. Inclinándose sobre ella mientras lo chupaba, se agarró a ambos lados del tocador del baño con un apretón vicioso, su rostro retorciéndose y los ojos cerrados muy apretados en una dulce agonía.

Sus caderas empezaron a bombear, su polla se levantó aún más dura, buscando el fondo de su garganta. Tess se la metió entera en la boca, gimiendo suavemente, haciendo que la vibración de su voz zumbara contra la sensible cabeza de su miembro.

Él no quería que ella viera su estado ahora, perdido en una lujuria que casi no podía controlar. Sus colmillos se habían alargado en su boca, casi imposibles de ocultar tras sus labios apretados. Por debajo de sus párpados cerrados su visión ardía roja de hambre y necesidad.

Podía sentir también la necesidad de Tess. El dulce aroma de su excitación perfumaba el aire húmedo que había entre ellos, llenando los orificios de su nariz del más potente afrodisíaco. Y detrás de ese perfume que lo empapaba todo había otra necesidad, una curiosidad que lo asombraba.

Cada tímido rasguño de los dientes de ella en su piel representaba una posibilidad, cada pequeño pellizco y mordisco expresaba un hambre que probablemente ella no debía ni entender y ni siquiera tenía palabras para expresar. ¿Le atravesaría la piel y probaría su sangre, llevándola al interior de su cuerpo?

«Dios, pensar que ella de hecho podría...»

Eso lo aturdía, cuánto deseaba que ella clavara sus diminutos y desafilados dientes humanos en su carne. Cuando ella se retiró de su sexo y mordisqueó su vientre, Dante rugió, el deseo de animarla a extraer y beber su sangre casi derrotaba su impulso, mucho más sensato, de protegerla del lazo que la convertiría en una compañera de sangre y la mantendría unida a él durante el resto de sus vidas.

—No —gruñó, con voz áspera. Los colmillos le obstruían las palabras.

Con manos temblorosas, Dante agarró las caderas de Tess. La levantó hacia él, acunando su trasero con los brazos mientras ella se quitaba las bragas de seda y acercaba los muslos a su cuerpo.

Su verga brillaba por la humedad de su boca y por su propia necesidad, hinchada hasta el punto de causarle dolor. No podía ser suave; con un brusco empujón, se sentó hasta llegar al fondo.

Tess respiraba agitadamente junto a su oído y arqueaba la columna en sus manos. Ella clavó los dedos en sus hombros mientras él se movía entre sus piernas, con un ritmo urgente, sintiendo un alivio que subía en espiral desde la base de su miembro. Empujó con fuerza, logrando que ella sintiera cómo su propio clímax crecía rápidamente mientras su canal se aferraba a él apretándolo como un puño húmedo y cálido.

—Oh, dios... Dante.

Ella se deshizo un instante después, contrayéndose en torno a él en deliciosas sacudidas. Dante la siguió hasta el final, dejando que su propio orgasmo saliera disparado de su miembro y estallara en un fiero torrente de calor. Ola tras ola, mientras él se hundía en ella como si no quisiera detenerse nunca.

Dante abrió los ojos mientras su cuerpo se sacudía con la fuerza de su liberación. En el espejo que había encima del lavabo, el captó su reflejo feroz: la verdadera imagen de quién era y de lo que era. Sus pupilas eran dos hendiduras negras en el centro de su brillante iris de color ámbar, sus mejillas eran duras y animales.

Sus colmillos estaban completamente extendidos, largas

puntas blancas que destellaban con cada respiración jadeante que arrastraba a sus pulmones.

—Ha sido... increíble —murmuró Tess, enganchando los brazos debajo de los hombros de él para apretarlo más contra ella.

Ella le besó la piel húmeda, paseando los labios por su clavícula y por la curva de su cuello. Dante la apretó contra él, con su sexo todavía dentro. Esperó, inmóvil, queriendo calmar su parte hambrienta. Echó de nuevo un vistazo a su cara en el espejo, sabiendo que faltaban unos pocos minutos para que su transformación cesara y pudiera mirar a Tess sin aterrorizarla.

No quería que tuviera miedo de él. Dios, si lo veía ahora —si supiera lo que le había hecho la primera noche que la vio, cuando ella le había mostrado amabilidad y él le había respondido clavándole lo dientes en la garganta— lo odiaría. Y con razón.

Una parte de él quería que ella se sentara y explicarle todo lo que había olvidado de él. Exponerlo todo a la luz. Empezar de nuevo, si es que podían.

Sí, imaginaba que esa pequeña charla transcurriría sin problemas, sería como pedirle que se bebiera un vaso de chinchetas. Y desde luego no era una conversación que él pretendiera empezar mientras ella estaba todavía ensartada sobre su renovada erección.

Mientras él deliberaba acerca de lo mucho que se estaban complicando las cosas con Tess, un gruñido retumbó desde la puerta abierta. Era un sonido pequeño, pero indudablemente hostil.

Tess se movió, volviendo la cabeza.

—¡*Harvard*! ¿Qué pasa contigo? —Ella se rio un poco, sonando tímida ahora que la intensidad del momento se había roto—. Hum, creo que tal vez hemos traumatizado a tu perro.

Ella se escabulló de los brazos de Dante y cogió un albornoz de una percha cercana a la puerta. Se lo puso y luego se agachó para recoger al terrier. Recibió inmediatamente unos vigorosos lametones en la barbilla.

Dante los observaba por debajo de su madeja de pelo negro, aliviado al sentir que sus rasgos recobraban un aspecto normal.

—Este perro se ha recuperado realmente rápido con tus cuidados. —Un cambio radical, pensaba Dante, que parecía demasiado rápido para ser producto de la medicina normal.

—Es un luchador —dijo Tess—. Creo que se pondrá bien.

Aunque Dante se había preocupado ante la idea de que ella advirtiera su aspecto fiero, se dio cuenta de que no tenía por qué preocuparse. Parecía estar evitando mirarlo directamente, como si fuera ella la que tenía algo que ocultar.

—Sí, es sorprendente cómo ha mejorado este animal. Yo lo atribuiría a un milagro, si creyera en esas cosas. —Dante la observó de cerca, con curiosidad y una buena dosis de sospecha—. ¿Qué le hiciste exactamente, Tess?

Era una pregunta sencilla, que ella probablemente podía satisfacer con un buen número de explicaciones, sin embargo se quedó helada en la puerta del cuarto de baño. Dante advirtió que el pánico empezaba a crecer en ella.

—Tess —le dijo—. ¿Es algo tan difícil de responder?

—No —se apresuró a aclarar, pero la palabra pareció atragantársele en la garganta. Le lanzó una mirada fugaz y aterrorizada—. Necesito... debería...

Sosteniendo al perro apretado con un brazo, Tess se llevó la mano libre a la boca, luego se dio la vuelta y salió precipitadamente del baño sin añadir ni una palabra.

Cuando llegó al salón y dejó el perro sobre el sofá, se puso a caminar arriba y abajo, sintiéndose atrapada y como si le faltara el aire. Que Dios la ayudara. En realidad deseaba contarle a él lo que había hecho para salvar la vida del perro. Quería confiarle a Dante su única y maldita habilidad —quería confiárselo todo—, pero a la vez eso la aterrorizaba.

—¿Tess? —Dante apareció tras ella, con una toalla envuelta y anudada en torno a sus caderas—. ¿Qué pasa?

—Nada. —Ella sacudió la cabeza y se esforzó por esbozar una sonrisa demasiado tensa—. En realidad no pasa nada. ¿Quieres algo de comer? Si tienes hambre, hay un poco de pollo. Podría...

—Quiero que me lo expliques. —Le puso las manos sobre los hombres y la hizo estarse quieta—. Dime qué ocurre. Dime de qué se trata.

—No. —Sacudió la cabeza, pensando desesperadamente cómo podía guardar su secreto y ocultar su vergüenza—. Es sólo que... No lo entenderías, ¿vale? No puedo esperar que lo entiendas.

—Déjame intentarlo.

Tess quería apartarse de sus penetrantes ojos, pero no podía. Él trataba de tocarla, y una parte de ella necesitaba desesperadamente abrazarse fuerte a algo sólido y firme. Algo que no la dejara caer.

—Juré que no volvería a hacerlo, pero yo...

«Oh, dios. Realmente no quería descubrirle a él ese horrible capítulo de su vida.»

Había sido su secreto durante tanto tiempo. Lo había protegido ferozmente, había aprendido a temerlo. Las únicas dos personas que sabían la verdad acerca de su don —su padrastro y su madre— estaban muertas. Aquélla era una parte de su pasado, y su pasado había quedado muy atrás.

Había sido enterrado, allí donde pertenecía.

—Tess. —Dante la ayudó a sentarse en el sofá cerca de *Harvard,* que se subió a su regazo, agitando la cola con alegría entusiasta. Dante se sentó junto a ella y le acarició la mejilla. Su caricia era tan tierna, tan cálida. Ella se acurrucó junto a él, incapaz de resistirse—. Puedes contármelo todo. Conmigo estás a salvo, Tess. Te lo prometo.

Ella ansiaba tanto poder creerlo. Lágrimas calientes brotaron de sus ojos.

—Dante, yo...

El silencio se alargó durante unos segundos. Cuando las palabras le fallaron, Tess se acercó hasta donde el borde de la toalla dejaba al descubierto el tajo de su pierna.

Alzó la mirada hacia él, luego puso la palma de su mano sobre la herida. Entonces concentró todos sus pensamientos, toda su energía, hasta que sintió que la herida comenzaba a curarse.

La piel de Dante comenzó a recuperarse, la herida se cerró de forma tan limpia que parecía que nunca hubiera estado allí.

Después de unos momentos, ella apartó la mano y acunó la palma hormigueante contra su cuerpo.

—Dios santo —dijo Dante en voz baja, frunciendo sus oscuras cejas.

Tess lo miraba fijamente, sin saber qué decir ni cómo explicar lo que acababa de hacer. Esperó su reacción en un tenso silencio, sin saber cómo interpretar su tranquila aceptación de lo que acababa de presenciar.

Él pasó los dedos sobre la suave piel donde ya no había herida y luego la miró.

—¿Es así como haces tu trabajo en la clínica, Tess?

—No —se apresuró a negar ella, moviendo vigorosamente la cabeza. La inseguridad que sentía un segundo antes comenzaba a convertirse en miedo por lo que Dante pensaría de ella ahora—. No, no lo hago así... nunca. Bueno... hice una excepción al tratar a *Harvard*, pero ha sido la única vez.

—¿Y qué pasa con los humanos?

—No —dijo ella—. Yo no...

—¿Nunca has usado tu talento con otra persona?

Tess se puso en pie, un pánico helado la inundó al recordar la última vez —la última y maldita vez— que había puesto sus manos en otro ser humano antes de la insensata demostración que le había hecho a Dante.

—Mi talento es una maldición. Desearía no tenerlo.

—No es una maldición, Tess. Es un don. Un don extraordinario. Dios, cuando pienso en todo lo que podrías hacer...

—¡No! —gritó la negación antes de poder contenerse, y sus pies la alejaron unos pasos del sofá, donde ahora Dante se estaba levantando. La miraba con una mezcla de confusión y preocupación—. Nunca debí haber hecho esto. No te lo debería haber mostrado.

—Bueno, lo has hecho, y ahora tienes que confiar en que yo lo entienda. ¿Por qué estás tan asustada, Tess? ¿Me temes a mí o a tu don?

—¡Deja de llamarlo así! —Se abrazó a sí misma con fuerza, los recuerdos la inundaban como una marea negra—. No lo llamarías don si supieras en qué me convirtió... si supieras lo que hice.

—Cuéntamelo.

Dante fue hacia ella, moviéndose despacio, su inmenso cuerpo llenaba la visión de ella en el pequeño salón. Pensó que debería salir corriendo, esconderse, como había estado haciendo durante los últimos nueve años... pero un impulso más fuerte la llevaba a desear arrojarse a sus brazos y dejar que todo emergiera de golpe en una terrible pero purificadora descarga.

Respiró profunda y pausadamente, y se sintió avergonzada al oír el sonido de un sollozo obstaculizado en el fondo de su garganta.

—Está bien —le dijo Dante. Su voz tan suave y la manera tan tierna en que la abrazó casi la deshacen—. Ven aquí. Está bien.

Tess se aferró a él, guardando el equilibrio al borde de un abismo emocional que podía sentir pero que todavía no se atrevía a afrontar. Sabía que la caída sería precipitada y dolorosa, pues había demasiadas rocas dentadas esperando cortarla si se dejaba ir. Dante no la empujó. Se limitó a sostenerla con sus cálidos brazos, dejándola apoyarse en su firme y sólida robustez.

Finalmente, las palabras hallaron el camino en su boca. Su peso era excesivo, su sabor demasiado vil, así que ella las obligó a salir.

—Cuando tenía catorce años, mi padre murió en un accidente de coche en Chicago. Mi madre volvió a casarse al año siguiente, con un hombre que conoció en nuestra iglesia. Él tenía un negocio próspero en la ciudad y una casa grande junto a un lago. Era generoso y amistoso, le gustaba a todo el mundo, incluso a mí, a pesar de lo mucho que echaba de menos a mi verdadero padre.

Mi madre bebía, mucho, desde que soy capaz de recordar. Creí que estaba mejorando cuando nos mudamos a casa de su nuevo marido, pero al cabo de poco tiempo volvió a recaer. A mi padrastro no le importaba que ella fuera una alcohólica. Él siempre tenía botellas en la bodega, incluso después de sus mayores borracheras. Comencé a darme cuenta de que la prefería ebria, sobre todo si se pasaba las tardes enteras inconsciente en el sofá y no se enteraba de lo que él hacía.

Tess notó que el cuerpo de Dante se ponía rígido en torno

a ella. Sus músculos vibraban con una tensión peligrosa que ella sentía como un escudo de fuerza, protegiéndola y dándole cobijo.

—¿Él... abusó de ti, Tess?

Ella tragó saliva con dificultad, asintiendo contra su cálido pecho desnudo.

—Al principio, durante casi un año, fue cuidadoso. Me abrazaba demasiado rato y demasiado cerca, mirándome de una forma que me hacía sentir incómoda. Trató de ganarse mi confianza haciéndome regalos y organizando fiestas para mis amigos en la casa del lago, pero a mí no me gustaba estar en casa, así que al cumplir dieciséis años comencé a pasar mucho tiempo fuera. Estaba fuera con amigos, pasé el verano de campamento, hacía todo lo que podía para alejarme. Pero finalmente tuve que volver a casa. Las cosas empeoraron en los siguientes meses hasta el día en que cumplí diecisiete años. Él se había vuelto violento conmigo y con mi madre, nos golpeaba y nos decía cosas horribles. Y entonces, una noche...

El coraje de Tess flaqueó, en su cabeza daban vueltas los recuerdos del estallido de blasfemias y gritos histéricos, el torpe movimiento de su padrastro borracho, los cristales rotos rompiéndose en miles de pedazos. Y todavía era capaz de oír el suave chirrido de la puerta de su habitación la noche en que su padrastro la despertó de un agitado sueño, con su respiración apestando a alcohol y a humo de cigarrillos.

Su mano carnosa estaba salada por el sudor cuando le apretó la boca para evitar que gritara.

—Era mi cumpleaños —susurró atontada—. Él entró en mi habitación alrededor de la medianoche, diciéndome que quería darme un beso de cumpleaños.

—Ese maldito cabrón de mierda. —La voz de Dante era un gruñido despiadado, pero sus dedos le acariciaban el pelo con suavidad—. Tess... Dios santo. La otra noche junto al río, cuando yo traté de hacer lo mismo...

—No. No era lo mismo. Me recordó a eso, sí, pero no era en absoluto lo mismo.

—Lo siento tanto. Lo lamento todo. Especialmente lo que has tenido que pasar.

—No —dijo ella, no queriendo aceptar su compasión

cuando todavía no le había contado lo peor—. Después de que mi padrastro entrara en mi habitación, se metió en la cama conmigo. Yo luché contra él, le di patadas, manotazos, pero era mucho más fuerte que yo y me sujetaba con su peso. En algún momento durante la lucha, oí que él respiraba con dificultad. Se asfixiaba un poco, como si estuviera sufriendo. Dejó de sujetarme y yo finalmente conseguí liberarme de él. Me soltó porque le dolía el corazón. Se estaba poniendo de un rojo intenso, luego azul... agonizando en el suelo de mi habitación.

Dante no dijo nada durante el largo silencio que siguió. Tal vez sabía a dónde se encaminaba su confesión. Ahora ella ya no podía detenerse. Respiró profundamente, acercándose a ese punto de no retorno.

—En ese momento, entró mi madre. Bebida, como de costumbre. Lo vio y se puso histérica. Estaba furiosa, conmigo, quiero decir. Me gritó que lo ayudara, que no lo dejara morir.

—¿Ella sabía lo que podías hacer con tus manos?

—Lo sabía. Lo había visto de primera mano, cuando yo le curaba sus contusiones y sus huesos rotos. Estaba tan furiosa conmigo... me culpaba del ataque de corazón de mi padrastro. Yo creo que me culpaba de todo.

—Tess —murmuró Dante—. Ella no tenía derecho a culparte de nada. ¿Lo sabes, verdad?

—Sí, ahora lo sé. Pero en aquel momento, estaba tan asustada. Yo no quería que ella fuera infeliz. Así que lo ayudé, tal como ella me ordenó. Hice funcionar su corazón y eliminé la obstrucción de su arteria. Él no sabía qué le había pasado, y se lo contamos. No fue hasta tres días más tarde cuando descubrí el tremendo error que había cometido.

Tess cerró los ojos retrocediendo en el tiempo, caminado hasta el cobertizo de herramientas de su padrastro para buscar un cuchillo de masilla con el que trabajar en uno de sus proyectos de escultura. Sacó la escalera de mano y se subió para buscar en los estantes superiores del viejo cobertizo. No vio la pequeña caja de madera hasta que la golpeó con el codo haciéndola caer al suelo.

Las fotos se esparcieron, docenas de ellas. Instantáneas de niños de diferentes edades, en varios estados de desnudez, algunos siendo tocados por el fotógrafo mientras sacaba la foto.

Ella hubiera reconocido esas manos terribles en cualquier parte.

Tess se estremeció en los brazos de Dante, helada hasta la médula.

—Yo no era la única víctima de mi padrastro. Descubrí que había estado abusando de niños en formas horribles durante años, tal vez décadas. Era un monstruo, y yo le había dado una segunda oportunidad para seguir haciendo daño.

—Dios —soltó Dante, apartándola un poco de él, pero sujetándola con ternura mientras la miraba a los ojos con una mirada descompuesta y furiosa—. No es culpa tuya. No podías saberlo, Tess.

—Pero una vez que lo había hecho —dijo ella—, tenía que arreglarlo. Dante frunció el ceño y ella dejó escapar una suave risa irónica—. Tenía que quitarle lo que le había dado.

—¿Quitarle?

Ella asintió.

—Esa misma noche, dejé la puerta de mi dormitorio abierta y lo esperé. Sabía que vendría, porque se lo pedí. Cuando mi madre se durmió, él se deslizó en el interior de mi habitación y yo lo invité a mi cama... Dios, ésa fue la peor parte de todas, fingir que verlo no me daba ganas de vomitar. Él se estiró a mi lado y yo le pedí que cerrara los ojos porque quería devolverle el beso de cumpleaños que me había dado hacía unas noches. Le dije que no mirara y él me obedeció. Estaba tan asquerosamente entusiasmado.

Me puse a horcajadas sobre su cintura y coloqué las manos sobre su pecho. Toda mi ira se precipitó hacia las yemas de mis dedos en un segundo, como una corriente eléctrica atravesándome y yendo directamente hacia él. Abrió los ojos de golpe y entendió lo que estaba pasando: la expresión de terror y confusión en sus ojos me indicó que sabía exactamente lo que yo pretendía hacer. Pero era demasiado tarde como para que tuviera tiempo de reaccionar. Su cuerpo se contrajo en violentos espasmos, y su corazón se detuvo de golpe. Yo resistí con toda la fuerza de mi resolución, sintiendo cómo su vida se escapaba. Me quedé allí durante veinte minutos, mucho rato después de que hubiera muerto, pues tenía que estar segura.

Tess no se dio cuenta de que estaba llorando hasta que Dante se acercó y le secó las lágrimas. Ella sacudió la cabeza, con la voz estrangulada en la garganta.

—Dejé la casa esa misma noche. Vine aquí, a Nueva Inglaterra y me quedé con unos amigos hasta que pude terminar los estudios y comenzar a vivir por mi cuenta.

—¿Y qué pasó con tu madre?

Tess se encogió de hombros.

—Nunca volví a hablar con ella, pero no es que le importara. Nunca trató de encontrarme, y a decir verdad, yo me alegraba de eso. Sea como fuere, murió hace unos años, de cirrosis, según tengo entendido. Después de esa noche, después de lo que hice, sólo quería olvidarlo todo.

Dante la apretó de nuevo contra él, y ella no se resistió a su calor. Se hundió en él, agotada por haber revivido la pesadilla de su pasado. Decir las palabras había sido duro, pero ahora que habían salido, sentía una especie de liberación, como una sacudida de alivio.

Dios, estaba tan agotada. Le parecía como si todos esos años que llevaba huyendo y ocultándose la hubieran alcanzado de golpe, provocándole una intensa fatiga.

—Me juré a mí misma que nunca volvería a usar mi habilidad, con nada que tuviera vida. Es una maldición, como te dije. Tal vez ahora lo entiendas.

Las lágrimas le quemaban los ojos y las dejó caer, confiando en que se hallaba en un refugio seguro, al menos por ahora. Los fuertes brazos de Dante la envolvían con actitud protectora. Las suaves palabras que murmuraba eran un consuelo que ella necesitaba más de lo que nunca hubiera imaginado.

—No hiciste nada malo, Tess. Esa escoria humana no tenía derecho a vivir para hacer lo que estaba haciendo. Tu administraste justicia en tus propios términos, pero no dejaba de ser justicia. Nunca lo dudes.

—¿No piensas que soy... una especie de monstruo? ¿No crees que no soy mucho mejor que él por haberlo matado como lo hice, a sangre fría?

—En absoluto. —Dante le levantó la barbilla con el borde de la mano—. Creo que eres valiente, Tess. Un ángel de la venganza, eso es lo que yo creo.

—Soy un monstruo.

—No, Tess, no. —La besó con ternura—. Eres extraordinaria.

—Soy una cobarde. Como tú dijiste, siempre estoy huyendo. Es verdad. He estado atemorizada y huyendo durante tanto tiempo, que no estoy segura de poder parar.

—Entonces huye hacia mí. —Los ojos de Dante eran feroces mientras le sostenían la mirada—. Yo lo sé todo sobre el miedo, Tess. Vive también en mí. ¿Recuerdas ese ataque que tuve en tu clínica? No tiene nada que ver con un problema médico.

—¿Y de qué se trata?

—De la muerte —dijo inexpresivo—. Desde que tengo uso de razón, he tenido esos ataques, esas visiones, de los últimos momentos de mi vida. No se trata más que de imaginaciones, pero las veo como si estuvieran ocurriendo. Puedo sentirlo, Tess. Es mi destino.

—No lo entiendo. ¿Cómo puedes estar seguro de eso?

Él sonrió con ironía.

—Estoy seguro. Mi madre tuvo visiones similares de su propia muerte, ytambién mi padre. Y sus muertes ocurrieron exactamente como lo habían imaginado. Ella no pudo cambiar lo que iba a pasar, ni retrasarlo. Por eso yo he estado tratando de correr más que mi propio destino. Siempre he estado huyendo de él. Me he mantenido aislado de cosas que pudieran hacerme reducir la velocidad y vivir. Nunca me he permitido sentir realmente.

—Sentir es peligroso —murmuró Tess. Aunque aún no era capaz de imaginar qué tipo de dolor arrastraba consigo Dante, sentía que una especie de vínculo crecía entre ellos. Ambos estaban solos, ambos a la deriva en sus propios mundos—. Yo no quiero sentir nada por ti, Dante.

—Bien, Tess. Yo tampoco quiero sentir nada por ti.

Él le sostuvo la mirada mientras sus labios descendían lentamente hacia los de ella. Su beso fue dulce y tierno, de algún modo reverente. Y derrumbó todos sus muros, los ladrillos de su pasado y su dolor se vinieron abajo, dejándola desnuda junto a él e incapaz de ocultarse. Tess le devolvió el beso con urgencia, necesitando más. Sentía que el frío le llegaba hasta los huesos, y necesitaba todo el calor que él le pudiera dar.

—Llévame a la cama —susurró junto a su boca—. Por favor, Dante...

Capítulo veintitrés

Chase entró a su residencia del Refugio Oscuro por la parte trasera, pensando que sería mejor no alarmar a toda la casa entrando por delante, furioso como un animal y cubierto de sangre. Elise estaba levantada; pudo oír su voz suave en el salón del primer piso, donde se había reunido junto con otras mujeres compañeras de sangre de la comunidad.

Y también podía olerla. Sus sentidos estaban acentuados a causa de la cólera que todavía hervía en su interior —la violencia que había cometido— y el aroma femenino de la mujer que deseaba más que ninguna otra era como una droga que llegaba directamente hasta sus venas.

Con un feroz gruñido, Chase se volvió en la dirección opuesta a su cuñada y se encaminó hacia sus cuartos privados. Cerró la puerta después de entrar y con dedos furiosos se bajó la cremallera de la chaqueta, que se había arruinado por las salpicaduras de sangre humana. Se la quitó y la arrojó al suelo, y luego hizo lo mismo con la camisa.

Estaba hecho un desastre, empezando por los rasguños que sangraban y las contusiones que tenía en las manos después de darle a Ben Sullivan una tremenda paliza, y siguiendo por una sed salvaje y enfebrecida que le hacía desear destrozar algo, incluso ahora, tiempo después de haber abandonado la escena de su furia incontrolable. Había sido estúpido atacar al traficante de carmesí tal como había hecho, pero la necesidad de aplicar alguna medida de venganza había sido abrumadora.

Chase se había entregado a un impulso salvaje, algo que raramente hacía. Diablos, ¿acaso lo había hecho alguna vez? Siempre se había enorgullecido de sus rígidos y rectos ideales. Su rechazo a permitir que la emoción predominara sobre la lógica.

Ahora, en un momento de descuido, lo había jodido todo.

Aunque no había matado al traficante de carmesí, se había abalanzado sobre él con toda la intención de asesinarlo. Había clavado sus colmillos en la garganta del humano, sin importarle que eso lo dejara expuesto ante él como un vampiro. Lo había atacado salvajemente, pero al final había contenido su furia, permitiendo que el humano se marchara. Tal vez debería haber borrado su memoria para no dejar expuestos a los de la estirpe, pero Chase quería que Ben Sullivan recordara exactamente lo que le esperaba si faltaba a su palabra.

Toda la situación era una completa traición de lo que había acordado con Dante y el resto de los guerreros, pero Chase no podía creer que tuviera otra elección. Necesitaba que Ben Sullivan anduviera por las calles, y no que estuviera oculto bajo la custodia protectora de la Orden. Aunque la idea le resultara repugnante, necesitaba que el traficante cooperara ayudándolo a encontrar a Camden. Ése había sido el trato que le había hecho jurar a la escoria humana sobre su propia sangre derramada. Sullivan no era un idiota, y después de haber comprobado lo que era la furia de un vampiro, le había implorado a Chase que lo dejase ayudarlo en lo que pudiera.

Ahora Chase entendía que se hallaba solo en su misión. Recibiría una reprimenda feroz por parte de Dante y los demás, pero le daba igual. Había llegado demasiado lejos en su cruzada personal como para preocuparse de las consecuencias. Había renunciado ya a su posición en la agencia, a la carrera que había luchado tanto por construir. Esa noche había renunciado a una parte de su honor. Lo había abandonado todo en nombre de su misión.

A la luz de su cuarto de baño, Chase captó repentinamente un duro destello de su propio reflejo. Estaba sudado y salpicado de sangre, sus ojos brillaban como dos piedras encendidas de ámbar, con la pupilas convertidas aún en pequeñas hendiduras por lo que aún quedaba de su ira y su cuerpo sediento de alimento. Los *dermoglifos* de su pecho desnudo y sus hombros latían con tonos entre el escarlata pálido y el dorado apagado, indicando su necesidad de sangre. La pequeña cantidad que había consumido al morder la garganta de Ben Sullivan no había ayudado; el amargo sabor a cobre que le había quedado en la boca no hacía más que aumentar su necesidad de tomar algo más dulce para borrar ese gusto.

Algo delicado, como brezo y rosas... ése era el aroma de la sangre que sentía venir de cerca mientras estaba allí de pie, contemplando la imagen de la fiera criatura que le devolvía el espejo.

El golpe vacilante en la puerta estremeció su cuerpo como el disparo de un cañón.

—¿Sterling? ¿Ya has vuelto?

Él no respondió. No pudo, de hecho. Tenía la lengua pegada al paladar, y la mandíbula le pesaba detrás de la expresión de desprecio de sus labios pálidos y curvos. Tuvo que controlarse mucho para no echar la puerta abajo con la fuerza de su voluntad.

Si la dejaba entrar, trastornado como estaba, nada le impediría tomarla en sus brazos y saciar las dos hambres que crecían furiosas en su interior. Le atravesaría la vena en un segundo; en menos tiempo aún, y la penetraría, enviándose a sí mismo definitivamente al infierno. Con todo ello, lo único que lograría sería dejar constancia de hasta dónde podría llegar al ser capaz de arruinar todo en el transcurso de una sola noche.

En lugar de eso, ordenó toda su fuerza mental y la usó para apagar las luces del baño, sumiendo el espacio en una oscuridad más confortable mientras esperaba en silencio lo que le pareció una eternidad. Sus ojos ardían como ascuas. Sus colmillos le desgarraban las encías, haciendo eco a la dolorosa hinchazón de su miembro.

—Sterling... ¿estás en casa? —gritó ella otra vez. Sus oídos estaban tan sensibilizados a su presencia que pudo detectar su débil suspiro atravesando todo el tramo de sus habitaciones y la sólida madera de la puerta. La conocía tan bien que podía imaginar la diminuta arruga que se estaría formando en su frente mientras esperaba su respuesta y hasta que finalmente concluiría que él no estaba allí.

Chase permaneció de pie completamente inmóvil, esperando oír los pasos de ella alejándose por el pasillo. Sólo cuando se hubo marchado y su aroma se extinguió tras ella, él liberó su respiración reprimida. La dejó salir de sus pulmones con un profundo y deprimido aullido, que hizo vibrar el espejo oscuro que tenía ante él.

Chase se soltó, concentrando su frustración, su maldito tormento, sobre esa lámina de cristal pulido que golpeó con fuerza hasta hacerla estallar en mil astillas afiladas como navajas

Dante acarició con sus dedos la suave piel del hombro desnudo de Tess mientras dormía. Yacía en la cama junto a ella, acunando la espalda de su cuerpo desnudo contra el suyo y simplemente escuchándola respirar. Alrededor de ellos, la habitación estaba silenciosa y oscura, con la calma que sobreviene después de la tormenta.

La persistente tranquilidad le resultaba algo extraña, una sensación de comodidad y satisfacción completamente desconocida para él.

Desconocida pero agradable.

Dante movió su cuerpo exitado mientras sostenía a Tess en los brazos, pero no tenía la intención de perturbar su sueño. Habían hecho el amor tiernamente cuando él la llevó a la cama, con un ritmo que él le dejó decidir y controlar a ella, permitiéndole que tomara de él lo que necesitara. Pero ahora, a pesar de que su cuerpo estaba excitado, lo único que quería era consolarla. Simplemente deseaba estar a su lado tanto como durara la noche.

Era una revelación sorprendente para un hombre que no estaba acostumbrado a negarse ningún placer ni deseo.

Pero en realidad, tal como estaban transcurriendo las cosas esa noche, las revelaciones chocantes eran más bien la norma.

No era inusual que una compañera de sangre tuviera alguna habilidad extrasensorial, un don que además normalmente transmitía a su propia descendencia de la estirpe. Cualquiera que fuese la anomalía genética que permitía que un útero humano pudiera albergar la simiente de un vampiro y que el proceso de envejecimiento se detuviera con la ingestión regular de la sangre de este mismo vampiro, dicha anomalía convertía a una mujer en algo diferente de sus hermanas *Homo sapiens*.

En el caso de la madre de Dante, su talento fue el de las terribles premoniciones. Para la compañera de Gideon, Savannah, era la psicometría, el talento de leer la historia de un objeto; más específicamente lo que podía leer era la historia del dueño del objeto. Gabrielle, la compañera de sangre que recientemente había entrado en el redil de la Orden como la mujer de Lucan, tenía una visión intuitiva que la atrajo a las guaridas de los vampiros y una mente tan fuerte que nadie podía controlar su pensamiento, ni siquiera los más poderosos de la estirpe.

Para Tess era la sorprendente habilidad de sanar con sus manos a cualquier criatura viva. Y el hecho de que hubiera sido capaz de curar la herida de la pierna de Dante significaba que sus talentos curativos servían también para la estirpe. Ella podría aportar a la raza un gran beneficio. Dios, cuando pensaba en todo el bien que podía procurar...

Dante rechazó la idea antes de que ésta pudiera tomar forma en su cabeza. Lo que había ocurrido no cambiaba el hecho de que él estuviera viviendo de prestado y de que su deber fuera en primer lugar para con la estirpe. Quería proteger a Tess del dolor de su pasado, pero le parecía injusto pedirle que abandonara la vida que ella se estaba construyendo. Incluso más injusto que haber bebido su sangre aquella primera noche, creando entre los dos lazos irrompibles.

Sin embargo, mientras yacía allí junto a ella, acariciando su piel, respirando su aroma a canela, no había nada que deseara más que levantarla y llevársela con él al recinto, donde sabía que estaría a salvo de todo el mal que pudiera contaminarla.

De una maldad como la de su padrastro, que le había provocado tanta angustia. A Tess le preocupaba que matar a ese bastardo la hubiera vuelto tan mala como él, pero Dante únicamente sentía respeto por lo que había hecho. Había acabado con un monstruo, salvándose a sí misma y a quién sabe cuántos chicos más de sus abusos.

Para Dante, Tess había demostrado ser una guerrera a esa

tierna edad, y la parte de él más antigua, que todavía valoraba cosas como el honor y la justicia, quería despertar a la ciudad entera gritando que aquella era su verdadera mujer.

«Es mía», pensó con ferocidad y egoísmo.

Se inclinó para besar su delicado hombro cuando el teléfono de la cocina empezó a sonar. Silenció el aparato con una orden mental, antes de que despertara completamente a Tess. Ella se arrimó a él, gimiendo un poco mientras murmuraba su nombre.

—Estoy aquí —dijo él con serenidad—. Duerme, ángel. Todavía estoy aquí.

Mientras ella se hundía de nuevo en el sueño, apretándose más fuerte contra él, Dante se preguntaba cuánto tiempo quedaría antes de que el amanecer lo obligara a marcharse. No lo bastante, pensó, sorprendiéndose de sentirse así y sabiendo que no podía acusar a sus sentimientos de ser producto del vínculo de sangre que sin querer él había forjado entre ellos.

No, lo que comenzaba a sentir por Tess iba mucho más allá de eso. Recorría todo el camino hasta su corazón.

—Maldita sea, Tess. ¡Levántate!

La voz de Ben Sullivan era aguda, temblorosa, y todo su cuerpo temblaba de manera incontrolable como si acabara de pasar por un intenso trauma.

—¡Mierda! Vamos, contesta.

Se hallaba en un asqueroso teléfono público en una de las peores zonas de la ciudad, agarrando con sus dedos ensangrentados el auricular y masticado su propia sangre con costras de suciedad. Con la mano que le quedaba libre se sujetaba un lado del cuello, pegajoso por el espantoso mordisco que había recibido. Tenía la cara hinchada por los salvajes golpes que le habían dado y le dolía horriblemente la parte posterior de la cabeza, donde tenía un chichón del tamaño de un huevo de ganso por el golpe contra la ventanilla del todoterreno.

No podía creer que no hubiera muerto. Estaba seguro de que aquel tipo iba a matarlo, basándose en la furia con que lo había atacado. Se sintió aturdido cuando el tipo —Dios, ¿acaso era humano?—, le ordenó que saliera del vehículo. Le puso la fotografía del chico que andaba buscando en la mano, y le hizo saber que si ese Cameron, o Camden o cómo sea que se llamase aparecía muerto, Ben sería el único responsable.

Ahora Ben debía encargarse de ayudarle a encontrarlo, debía asegurarse de que el chico regresara a su casa sano y salvo. Su propia vida dependía de eso, y por mucho que deseara salir disparado de la ciudad y olvidarse de que alguna vez había oído hablar del carmesí, sabía muy bien que aquel lunático que lo había atacado lo encontraría. El tipo había jurado que lo haría, y Ben no tenía ganas de poner a prueba su ira en un segundo asalto.

—Maldita sea —gruñó en el momento en que saltó el contestador de Tess.

Tan mal como estaba ahora —tan hundido en la mierda como había quedado esta noche— sentía la obligación moral de alertar a Tess sobre el tipo con quien se estaba viendo. Si su amigo era un monstruo lunático, Ben apostaba a que el otro tenía que ser igual de peligroso.

«Dios, Tess.»

Tras el zumbido que venía después del saludo del buzón de voz, Ben explicó precipitadamente los sucesos de la noche, desde la emboscada sorpresa de los dos matones en su casa hasta el ataque del que acababa de ser víctima. Sin pensarlo, soltó que la había visto con uno de los tipos la otra noche y que le preocupaba que estuviera arriesgando su vida si continuaba viéndolo.

Podía oír las palabras derramándose de él en un monólogo jadeante, su voz con un tono más alto de lo normal, el miedo bordeando la histeria. En el momento en que acabó de decirlo todo y colgó de un golpe el auricular en el mellado aparato, apenas podía respirar. Se apoyó contra el panel de la cabina de teléfono, cubierto de grafiti y dobló su cuerpo hacia delante, cerrando los ojos mientras trataba de calmar su agitado sistema.

Una lluvia de sensaciones acudió a él como una ola gigante: pánico, culpa, impotencia, un terror que le helaba los huesos. Deseaba que el tiempo volviera atrás: los pasados meses, todo lo que había ocurrido, todo lo que había hecho. Si pudiera regresar al pasado y borrar las cosas, hacerlas bien. ¿Acaso entonces Tess estaría con él? No lo sabía. Y no importaba nada, porque sencillamente no había modo de volver atrás.

Lo único que podía hacer ahora era intentar sobrevivir.

Ben respiró profundamente y se esforzó por enderezarse. Salió de la cabina de teléfono y comenzó a caminar por la oscura calle, con un aspecto espantoso. Un vagabundo se apartó de él cuando cruzó la calzada y se dirigió cojeando hacia la avenida principal. Mientras caminaba sacó del bolsillo la fotografía del chico que supuestamente tenía que buscar.

Mirando la imagen, tratando de concentrarse en el papel manchado de sangre, Ben no oyó el coche que se acercaba hasta que casi lo atropella. Los frenos chirriaron y el vehículo se detuvo bruscamente. Las puertas se abrieron a la vez y un trío de tipos desconocidos con aspecto de gorilas salieron del coche.

—¿Va a alguna parte, señor Sullivan?

Ben se preparó para emprender la huida, pero no pudo ni dar dos pasos sobre el pavimento cuando lo agarraron de las piernas y de los brazos. Vio cómo caía la fotografía aterrizando en el asfalto mojado, una enorme bota la pisoteó mientras los otros hombres lo llevaban hasta el coche.

—Me alegra haberle localizado por fin —dijo una voz que sonaba humana pero que tenía un toque que no lo era—. Cuando vimos que no acudías a tu cita de esta noche, el amo se mostró muy preocupado. Estará encantado de saber que ahora vas de camino a su encuentro.

Ben luchó contra sus secuestradores, pero era inútil. Lo metieron en el maletero y cerraron la capota, dejándolo sumido en la oscuridad.

Capítulo veinticuatro

Los tempranos colores del amanecer le parecieron más brillantes a Tess, el aire fresco de noviembre resultaba tonificante mientras terminaba su pequeño paseo con *Harvard*. Cuando subió, junto al terrier, las escaleras del edificio se sentía más fuerte, más ligera, sin el peso del horrible secreto que había estado escondiendo durante todos esos años.

Tenía que darle las gracias a Dante por eso. Tenía tanto que agradecerle, pensó, mientras su corazón latía con fuerza y todavía notaba en su cuerpo el dulce dolor de haber hecho el amor. Se había sentido sumamente decepcionada al despertar y descubrir que él se había ido, pero la nota que él dejó doblada en la mesita de noche disipó la mayor parte de su consternación. Tess sacó el papel del bolsillo de sus pantalones de lana mientras abría la puerta de su apartamento y le quitaba la correa a *Harvard*.

Entró en la cocina en busca de café leyendo la nota escrita a mano por décima vez, con esa sonrisa ancha que parecía haberse quedado grabada de forma permanente en su rostro: «No quería despertarte, pero tuve que marcharme. ¿Quieres cenar conmigo esta noche? Me gustaría mostrarte dónde vivo. Te llamaré. Duerme bien, ángel. Tuyo, Dante.»

«Tuyo», había firmado.

De ella.

Una oleada de feroz posesión la inundó ante aquel pensamiento. Tess se dijo a sí misma que eso no significaba nada, que era una tonta queriendo leer algo más en las palabras de Dante o imaginando que la poderosa conexión que ella sentía hacia él tenía que ser mutua, pero lo cierto es que había sentido una especie de mareo al descubrir la nota.

Observó al pequeño perro que bailaba a sus pies, en espera del desayuno.

—Bueno, *Harvard*, ¿tú qué crees? ¿Me estoy implicando demasiado en esto? No es que esté loca por él... ¿lo estoy?

Dios, acaso estaba... ¿enamorada?

Hacía una semana no sabía ni que existía, ¿cómo podía simplemente plantearse que sus sentimientos fueran tan rápidos? Pero algo estaba ocurriendo. Se estaba enamorando de Dante, o quizás ya estaba enamorada, a juzgar por la fuerza con que le latía el corazón simplemente al pensar en él.

El ladrido impaciente de *Harvard* la sacó de sus pensamientos.

—Está bien —dijo, mirando su cara peluda—. Pienso para perros y café, pero no necesariamente en ese orden. Ya voy.

Llenó la cafetera con café molido del Starbucks y agua caliente del grifo, le dio al botón para ponerla en marcha y luego cogió un cuenco y el pienso seco para perros de la despensa. Al pasar junto al teléfono de la cocina, vio el indicador de mensajes parpadeando.

—Aquí tienes, cariño —le dijo a *Harvard*, sirviéndole los Iams en su plato y colocando éste en el suelo—. *Bon appétit.*

Con bastantes esperanzas de que el mensaje fuera de Dante, ya que podía haber llamado mientras ella estaba fuera paseando al perro, Tess le dio al botón para oír la voz grabada. Esperó ansiosamente, mientras marcaba su código de acceso y escuchaba el saludo automático que le anunciaba que tenía un mensaje nuevo, grabado a una hora tardía de la noche, y comenzaba a reproducirlo para ella.

«¡Tess! Dios, ¿por qué no coges el maldito teléfono?»

Era Ben, advirtió. La decepción que asomó a su rostro se transformó rápidamente en alarma al notar el extraño tono de su voz. Nunca lo había oído tan asustado, tan destrozado. Respiraba con dificultad, jadeando, sus palabras salían desparramadas sin control de él. No estaba simplemente asustado. Estaba aterrorizado. Sintió que la atenazaba la preocupación, agarrándola con garras heladas, mientras escuchaba el resto del mensaje.

«...necesito advertirte. El tipo con el que te estás viendo, no es lo que tú crees. Entraron en mi apartamento esta noche... él y otro tío. ¡Creí que iban a matarme, Tess! Pero es por ti por quien ahora temo. Tienes que alejarte de él. Está metido en no sé qué mierda de asunto... Sé que te parecerá una locura, pero el tipo con el que vino esta noche... yo creo que... oh, dios, tengo que decírtelo... Creo que no es humano. Tal vez ninguno de los dos lo sea. El otro tipo me llevó en un todoterreno, tenía que haber intentado recordar el número de la matrícula o algo, pero todo pasó tan jodidamente rápido. Me llevó hasta el río y me atacó, Tess. El hijo de puta tenía unos dientes enormes... eran colmillos, te lo juro por dios, y sus ojos estaban iluminados como si fueran de fuego. ¡No era humano, Tess! ¡No son humanos!»

Se alejó de la barra mientras continuaba oyendo el mensaje. La voz de Ben le daba tantos escalofríos como las cosas que estaba diciendo.

«Ese hijo de puta me hizo pedazos... me aplastó la cabeza contra la ventanilla del coche, me golpeó hasta dejarme casi inconsciente, y luego... ¡me mordió! Ah, Dios, el cuello todavía me sangra. Tengo que ir a un hospital o algo...»

Tess se retiró hacia el salón, como si estar lejos de la voz de Ben de alguna manera la aislara de lo que estaba oyendo. No sabía cómo extraer algún sentido de todo aquello.

¿Cómo podía estar Dante involucrado —ni siquiera remotamente— en un ataque como el que describía Ben? Era verdad que cuando llegó a su casa anoche cargado con esas armas y sangrando, evidentemente por causa de alguna pelea, él había dicho que perseguía a un traficante de drogas. Ciertamente podía haber estado refiriéndose a Ben, Tess tenía que reconocer, aunque con tristeza, que no le costaba mucho imaginar a Ben recayendo en sus viejos vicios.

Pero lo que estaba diciendo ahora no tenía ningún sentido. ¿Acaso los hombres podían convertirse en monstruos con colmillos? ¿Comportarse con una ferocidad que recordaba a la de las películas de terror? Esas cosas no pasaban en la vida real, ni siquiera en la más cruda de las realidades. Sencillamente era imposible

¿Lo era?

Tess se sorprendió a sí misma de pie frente a la escultura cubierta en la que había estado trabajando la noche anterior, esa que se parecía a Dante. Esa que había estropeado y que probablemente tendría que tirar. Había cometido un error con su boca, ¿no era eso? Le había dado una especie de expresión de desprecio que no iba a para nada con él.

Ahora sus dedos temblaban mientras retiraba el trozo de tela que cubría la pieza. Una sensación de confusión y un extraño y persistente temor se acumularon en su estómago como formando una piedra mientras retiraba la tela del busto. Se quedó sin respiración cuando vio lo que había hecho: con su error había dado a Dante un aspecto salvaje y casi animal... directamente provocado por los afilados caninos que convertían su sonrisa en una fiera expresión de desprecio.

Inexplicablemente, ella le había puesto colmillos.

«Estoy realmente asustado, Tess. Por los dos», se oyó decir a la voz de Ben a través del altavoz del contestador. «Sea como sea, mantente alejada de esos tipos.»

Dante tomó sus cuchillas *Malebranche*, una en cada mano, con el acero todavía centelleando bajo las luces fluorescentes de las instalaciones de entrenamiento del recinto. La hizo girar a una velocidad cegadora y las clavó con fuerza en el maniquí de polímero que empleaba como diana, provocando dos nítidos cortes de cuchillo que atravesaron varios centímetros la gruesa protección de plástico. Con un rugido, dio un giro y se dirigió hacia allí para emprender un ataque mayor.

Necesitaba sentir al menos la apariencia del combate, porque si permanecía sentado durante más de un segundo, iba a matar a alguien. El primero de la lista en aquel momento era el agente Darkhaven Sterling Chase. Ben Sullivan lo seguía de cerca. Diablos, si pudiera cargárselos a los dos a la vez, mucho mejor.

Estaba furioso desde que había vuelto al recinto y se había enterado de que ni el agente ni el traficante de carmesí habían hecho su aparición. Lucan y los demás por el momento le concedían a Chase el beneficio de la duda, pero Dante tenía en las tripas la sensación de que Chase, por las razones que fueran, se había negado de manera completamente voluntaria a cumplir su orden de poner a Ben Sullivan bajo custodia en el recinto.

Dante quería averiguar lo que había pasado, pero todas las llamadas telefónicas, mensajes y llamadas al busca que se habían hecho al agente Darkhaven habían quedado sin respuesta. Lamentablemente, el interrogatorio en persona tendría que esperar hasta el anochecer.

«Y para eso faltan aproximadamente diez malditas horas», pensó Dante, propinando otro brutal ataque al maniquí.

La espera se hacía aún más insoportable por el hecho de que tampoco podía encontrar a Tess. Había llamado a su apartamento a primera hora de la mañana, pero por lo visto habría salido a trabajar. Esperaba que se hallase a salvo. Suponiendo que Chase no hubiera matado a Ben Sullivan, el humano podía estar suelto en las calles, y eso significaba que podía encontrarse con Tess. Dante no creía que su ex novio fuera a hacerle daño, pero no tenía ningunas ganas de asumir ese riesgo.

Necesitaba traerla allí, explicarle todo lo que había pasado, incluyendo quién era él realmente y reconociendo que la había involucrado en medio de esa guerra entre la estirpe y sus enemigos.

Lo haría esa misma noche. Ya había preparado el escenario con la nota que había dejado junto a su cama, pero ahora su sensación de urgencia no hacía más que aumentar. Deseaba que ya estuviera hecho, odiaba hallarse tan lejos apartado de ella y tener que esperar a que llegara la noche.

Con un rugido, atacó a su blanco otra vez, moviendo las manos tan rápido que ni él mismo pudo seguirles el rastro. A cierta distancia tras él, oyó que se abrían las puertas de cristal de las instalaciones de entrenamiento, pero estaba tan enfrascado en su propia rabia y frustración que le daba igual si tenía público. Continuó rebanando y atizando y enzarzándose con su blanco hasta que acabó jadeando por el esfuerzo, con un brillo de sudor que perlaba su pecho desnudo y su frente. Finalmente se detuvo, asombrado por la intensidad de su furia. El maniquí de polímero había quedado destrozado, con la mayor parte de los pedazos hechos trizas a sus pies.

—Bonito trabajo —dijo Lucan alargando las sílabas desde el otro extremo de las instalaciones—. ¿Tienes algo personal en contra del plástico o es sólo un calentamiento para esta noche?

Exhalando una maldición, Dante volteó las cuchillas entre los dedos, dejando que las curvas de metal danzaran antes de meter las dos armas en las fundas que llevaba sujetas a las caderas. Se dio la vuelta para mirar de frente al líder de la Orden, que estaba apoyado contra una vitrina llena de armas y lo miraba con un aire serio en sus duras facciones.

—Tenemos algunas noticias —dijo Lucan, obviamente esperando que no se las iba a tomar muy bien—. Gideon ha conseguido entrar en la base de datos del personal de la agencia de la Orden de los Darkhaven. Resulta que el agente Sterling Chase ya no trabaja para ellos. Lo suspendieron del servicio el mes pasado, después de casi veinticinco impecables años de carrera.

—¿Lo despidieron?

Lucan asintió.

—Por insubordinación y rechazo flagrante a seguir las directivas de la agencia, según dice el informe.

Dante soltó una sonrisa diabólica mientras se secaba con una toalla.

—Así que el agente Sterling después de todo no ha resultado ser de confianza. Maldita sea, sabía que había algo raro en ese tipo. Ha estado jugando con nosotros todo el tiempo. ¿Por qué? ¿Qué anda buscando?

Lucan se encogió de hombros despreocupadamente.

—Tal vez nos necesitaba para acercarse al traficante de carmesí. ¿Quién nos dice que no se cargó a ese tipo anoche? Tal vez perseguía algún tipo de venganza personal.

—Tal vez. No lo sé, pero tengo que averiguarlo. —Dante se aclaró la garganta, sintiéndose de repente incómodo en presencia de un vampiro mayor que había sido tanto tiempo un camarada de armas... un amigo, de hecho—. Escucha, Lucan. No he estado exactamente jugando limpio últimamente. Ocurrió algo... la noche que esos renegados casi acabaron conmigo en el río. Yo... fui a parar a la habitación trasera de una clínica de animales. Había una mujer, trabajando hasta tarde. Necesitaba desesperadamente sangre, y ella era la única persona que había alrededor.

Lucan frunció el ceño.

—¿La mataste?

—No. Estaba fuera de mí, pero no llegué tan lejos. Aunque sí lo bastante lejos. No me di cuenta de lo que había hecho hasta que ya era demasiado tarde. Cuando vi la marca en su mano...

—Oh, dios, Dante. —El enorme varón lo miraba fijamente, con sus ojos grises clavados en él—. ¿Bebiste de una compañera de sangre?

—Sí. Se llama Tess.

—¿Ella lo sabe? ¿Se lo has dicho?

Dante negó con la cabeza.

—No sabe nada todavía. Borré su memoria esa noche, pero he estado... pasando tiempo con ella. Mucho tiempo. Tengo que explicarle lo que le he hecho, Lucan. Ella merece saber la verdad. Incluso si acaba odiándome, cosa que no me sorprendería.

Lucan afiló su mirada astuta.

—Ella te importa.

—Dios, sí, mucho. —Dante dejó escapar una feliz sonrisa—. Te aseguro que no me esperaba esto, puedes creerme. Y para serte honesto, no sé qué voy a hacer. No soy exactamente la pareja ideal.

—¿Y crees que yo lo soy? —preguntó Lucan con ironía.

Hacía tan sólo unos pocos meses Lucan había pasado por una batalla similar, al enamorarse de una mujer que llevaba la marca de una compañera de sangre. Dante no sabía exactamente lo que había hecho Lucan para conquistar a Gabrielle, pero una parte de él envidiaba el largo futuro que la pareja compartiría. Lo único que Dante podía esperar era una muerte que llevaba un par de siglos esquivando.

—No sé lo que va a pasar, pero necesito contárselo todo. Me gustaría traerla aquí esta noche, tal vez eso ayude a que todo cobre sentido. —Se pasó una mano por el cabello húmedo—. Diablos, tal vez soy tan poca cosa que necesito saber que tengo a —estuvo a punto de decir a «mi familia»— la Orden apoyándome.

Lucan sonrió, asintiendo lentamente.

—Siempre la tendrás —dijo, acercándose para darle a Dante una palmada en el hombro—. Tengo que decirte que estoy ansioso por conocer a la mujer capaz de asustar a uno de los más fieros guerreros que conozco.

Dante se rio.

—Ella es magnífica, Lucan. Maldita sea, es tan increíblemente magnífica.

—Cuando se ponga el sol, llévate a Tegan contigo para ir a interrogar a Chase. Tráelo de vuelta aquí en una pieza, ¿está claro? Luego irás a arreglar las cosas con tu compañera de sangre.

—Puedo arreglármelas con Chase —dijo Dante—. Es de la otra parte de lo que no estoy tan seguro. ¿No tienes ningún consejo para darme, Lucan?

—Claro que sí. —El vampiro gruñó, y mostró una sonrisa pícara y algo oscura—. Límpiate el polvo de las rodillas, hermano, porque tal vez acabes arrastrándote sobre ellas antes de que la noche haya terminado.

Capítulo veinticinco

Tess tuvo un día lleno de citas y visitas de pacientes en la clínica, lo cual agradeció, ya que la ayudaba a tener otra cosa en la mente aparte del perturbador mensaje telefónico de Ben. Sin embargo, era imposible olvidar completamente su llamada. Era evidente que se había metido en serios problemas, estaba herido y sangrando.

Además, al parecer había desaparecido.

Lo había llamado a su apartamento varias veces, y también a su teléfono móvil y a los hospitales de la zona, pero no había indicios suyos en ninguna parte. Si hubiera sabido cómo o dónde contactar con sus padres, también lo habría intentado, aunque la probabilidad de que Ben apareciera por ahí era casi nula.

Tal como estaban las cosas, la única idea que se le ocurría era pasar por su casa después del trabajo y ver si allí encontraba algún rastro de él. No tenía muchas esperanzas al respecto, pero ¿qué alternativa le quedaba?

—Nora, el paciente de la sala dos necesita unas analíticas completas y también hay que recoger unas muestra de orina —dijo Tess al salir de la sala de reconocimiento médico—. ¿Podrás encargarte de eso mientras yo examino las radiografías de nuestro pastor escocés con las articulaciones inflamadas?

—De acuerdo.

—Gracias.

Mientras analizaba las radiografías de siguiente perro, sonó su móvil en el bolsillo de la bata del laboratorio. Vibró contra su muslo como las alas de un pájaro. Lo sacó y comprobó la identificación para ver si era ser Ben. Se trataba de una identidad oculta.

«Ay, Dios.»

Sabía quién era, tenía que ser él. Había estado sumergida en un estado de ánimo atroz, una mezcla de anticipación y temor, durante toda la mañana, sabiendo que Dante iba a llamar. Lo había hecho por la mañana temprano cuando estaba a punto de salir de su apartamento, pero ella dejó que la llamada entrara directamente al buzón de voz. No estaba preparada para hablar con él en aquel momento; y tampoco estaba muy segura de estarlo ahora.

Tess recorrió el vestíbulo hasta llegar a su despacho y cerró la puerta, sintiendo el peso de la columna vertebral contra el frío del metal. El teléfono temblaba en su mano mientras sonaba por quinta y probablemente última vez. Cerró los ojos y pulsó el botón para responder.

—¿Hola?

—Hola, mi ángel.

El sonido de la voz grave y deliciosa de Dante la traspasó, fluyendo lentamente. Ella no quería sentir ese calor que se derramaba por sus brazos y sus piernas y se encharcaba en el centro de su ser, pero allí estaba, derritiendo los bordes de su resolución.

—¿Todo bien? —preguntó él con actitud preocupada y protectora, al advertir que ella se quedaba callada—. ¿Sigues estando conmigo o te he perdido?

Tess suspiró, sin saber qué contestar.

—¿Tess? ¿Qué te pasa?

Durante breves pero eternos segundos, lo único que consiguió fue tomar aire y soltarlo con fuerza. No sabía muy bien por dónde empezar y le aterraba pensar cómo terminaría todo. Mil preguntas atormentaban su mente, mil dudas surgidas a partir del momento en que escuchó el extraño mensaje de Ben.

Una parte de ella desconfiaba de las cosas tan descabelladas que había contado Ben; su parte racional, ésa que sabía que era imposible que hubiese monstruos sueltos por las calles de Boston.

No obstante, había otra parte de ella que no estaba tan dispuesta a descartar lo inexplicable, esas cosas que existían con o sin la pulcra lógica o la ciencia convencional.

—Tess —dijo Dante, interrumpiendo el silencio—. Sabes que puedes hablar conmigo.

—¿Lo sé? —dijo, logrando por fin articular unas palabras—. No estoy muy segura de lo que sé en estos momentos, Dante. No sé qué pensar... sobre nada.

Dante soltó un taco, una maldición escupida en italiano.

—¿Qué ha pasado? ¿Estás... herida? Dios mío, si te ha tocado...

Tess soltó una risita burlona.

—Supongo que ese comentario ya responde a una de mis preguntas. Estamos hablando de Ben, ¿no es cierto? ¿Era él el traficante de drogas que buscabas anoche?

Hubo un breve momento de vacilación.

—¿Lo has visto hoy, Tess? ¿Lo has visto en algún momento desde que tú y yo estuvimos juntos anoche?

—No —dijo ella—. No lo he visto, Dante.

—Pero hablaste con él. ¿Cuándo?

—Me llamó anoche y me dejó un mensaje en el contestador, evidentemente mientras estábamos... —Movió la cabeza, sin querer recordar lo bien que se había sentido estando en la cama entre los brazos de Dante, la sensación de paz y protección que la había colmado. Ahora lo único que sentía era el frío que la impregnaba—. ¿Es por eso que has estado follando conmigo, porque me necesitabas para poder estar cerca de él?

—No, por dios. Es mucho más complicado que eso...

—¿Más complicado? ¿Has estado jugando conmigo durante todo este tiempo? ¿O el juego de verdad comenzó la noche en que apareciste aquí con tu perro y nosotros...? Dios mío, ahora incluso eso se entiende... En realidad, *Harvard* no es tu perro, ¿no es así? ¿Qué hiciste? ¿Encontraste algún perro callejero y lo usaste como cebo para involucrarme en tu juego enfermizo?

—Tess, por favor. Quiero explicártelo.

—Adelante. Soy toda oídos.

—Así no —gruñó Dante—. No pienso hacerlo por teléfono. —Ella sintió una intensa tensión que crecía dentro de él mientras hablaba. Casi lo veía, dando pasos al otro lado de la línea, crispado de energía e inquietud, sus negras cejas fruncidas sobre los ojos, su fuerte mano aferrada al cráneo—. Escúchame. Tienes que mantenerte alejada de Ben Sullivan. Está metido en algo muy peligroso. No quiero que te acerques a él por ningún motivo. ¿Me entiendes?

—Qué curioso. Es exactamente lo que él me dijo de ti. Dijo muchas cosas, en realidad. Cosas bastante locas, como que tu compañero lo asaltó brutalmente ayer por la noche.

—¿Cómo?

—Dijo que lo habían mordido, Dante. ¿Puedes explicarme eso? Me dijo que el hombre con el que andabas cuando entraste en el apartamento de Ben se lo llevó en un coche y después lo atacó con gran violencia. Según Ben, le mordió en el cuello.

—Maldito cabrón irreverente.

—¿Puede ser cierto? —preguntó, horrorizada al ver que no había hecho ni el intento de negarlo—. ¿Sabes dónde está Ben? No sé nada de él desde esa llamada. ¿Le habéis hecho algo tú o tus amigos? Tengo que verlo.

—¡No! No sé dónde está, Tess, pero tienes que prometerme que te mantendrás alejada de él.

Tess se sentía fatal, asustada y confundida.

—¿Qué está pasando, Dante? ¿En qué estás metido en realidad?

—Mira, Tess. Necesito que te vayas a algún lugar seguro. Ahora mismo. Vete a un hotel, o a un edificio público, a cualquier sitio... Simplemente vete, ahora mismo, y quédate allí hasta que pueda ir y recogerte esta misma noche.

Tess soltó una risa, pero era un sonido sin humor que chirriaba en sus propios oídos.

—Estoy trabajando, Dante. Y aunque no lo estuviese haciendo, no creo que fuera a ningún sitio para esperarte. No hasta que comprenda qué está pasando aquí.

—Te lo diré, Tess, te lo prometo. Tenía la intención de decírtelo, aunque nada de esto hubiera ocurrido.

—Perfecto. Justamente hoy, tengo el día apretadísimo, pero puedo escaparme durante un par de horas para la comida. Si quieres hablar conmigo, tendrás que venir entonces.

—Yo... Maldita sea. Es que no puedo ir ahora, Tess. Simplemente... no puedo. Tiene que ser esta noche. Tienes que confiar en mí.

—Confiar en ti —susurró, cerrando los ojos y dejando caer la cabeza contra la puerta de su despacho—. Me parece que eso es algo que no puedo hacer en este momento, Dante. Tengo que irme. Adiós.

Cortó la comunicación y apagó el móvil. No quería hablar más. Con nadie.

Mientras Tess cruzaba el despacho para dejar el móvil sobre el escritorio, su mirada se fijó en otra cosa que había estado inquietándola desde que la encontrara esa misma mañana. Se trataba de una memoria USB, un *pendrive* portátil para guardar datos. Lo había descubierto bajo el sobre de la mesa de atención médica en una de las salas de la clínica; la misma sala donde había estado Ben el día anterior, cuando ella lo había sorprendido de manera imprevista y él había inventado la excusa de que venía a reparar la mesa con elevador hidráulico.

Ya entonces Tess había sospechado que no decía la verdad... sobre muchas cosas. Ahora estaba totalmente segura de eso. Pero la pregunta que se hacía era: ¿por qué?

En un furioso arrebato mental, Dante miró con rabia su teléfono móvil y lo lanzó violentamente contra la pared de su casa. Se rompió con el impacto, estallando en una lluvia de chispas y humo al desintegrarse en un centenar de pequeños pedazos. La destrucción le resultó satisfactoria, aunque de una satisfacción efímera. Pero no hizo nada para calmar su ira, toda ella dirigida contra sí mismo.

Dante volvió a caminar arriba y abajo por la habitación, como había estado haciendo mientras hablaba por teléfono con Tess. Necesitaba seguir moviéndose. Sólo tenía que mantener activos los miembros, la mente alerta.

En las últimas horas lo había estropeado todo espantosamente. Aunque nunca había sentido ni un asomo de remordimiento por pertenecer a la estirpe, su sangre de vampiro hervía ahora con frustración por el hecho de verse atrapado ahí dentro. Era incapaz de arreglar las cosas con Tess hasta que el sol por fin desapareciera bajo el horizonte permitiéndole moverse con libertad por el mundo.

Pensó que la espera lo iba a desquiciar.

Casi lo hizo.

A la hora en que fue a buscar a Tegan a las instalaciones de entrenamiento, pocos minutos antes de la puesta de sol, sentía ya el calor y el cosquilleo en la piel, tensada por todo el cuerpo. Sentía un hormigueo de deseo de entrar en combate. Había una reverberación en sus oídos, un zumbido incesante como un enjambre de abejas en su sangre.

—¿Estás listo para un poco de acción, Tegan?

El guerrero de cabello leonado levantó la mirada de la Beretta que estaba cargando y le dirigió una gélida sonrisa mientras arreglaba el cargador.

—Vamos.

Juntos avanzaron por el sinuoso pasillo del recinto hacia el ascensor que los llevaría al garaje de la Orden, al nivel de la calle.

Mientras se cerraban las puertas, los orificios de la nariz de Dante sintieron el cosquilleo producido por el olor acre del humo. Miró a Tegan, pero el otro macho parecía no darse cuenta, miraba adelante con sus ojos verdes, siempre serenos, sin pestañear y sin mostrar ninguna emoción.

La cabina del ascensor empezó a subir lentamente. Dante sintió el intenso calor de una llama fantasmal, que parecía lamerlo, sólo esperando a que dejara de correr para atraparlo definitivamente.

Él sabía lo que era, por supuesto. La visión de la muerte lo había estado persiguiendo a lo largo del día, pero había logrado rechazarla, negándose a rendirse a esa tortura sensorial, ya que necesitaba su cabeza plenamente concentrada esa noche.

Pero ahora, mientras el ascensor se acercaba a su destino, la premonición estalló sobre la cabeza de Dante como un martillo. Cayó sobre una rodilla, hundido por el golpe.

—Dios —dijo Tegan detrás de él, y Dante sintió cómo lo sujetaba del brazo para evitar que se desplomara sobre el suelo del ascensor.

—¿Qué diablos pasa? ¿Estás bien?

Dante no era capaz de responder. Su mirada se llenó con negras nubes de humo laceradas por radiantes llamas. Sobre las crepitaciones y el rugido del fuego que se acercaba, oía que alguien le hablaba —se burlaba de él, al parecer—, una voz inarticulada, casi inaudible. Esto era algo nuevo, un detalle más en la escurridiza pesadilla que había llegado a conocer tan bien.

Pestañeó para intentar salir de la niebla, luchando por aferrarse al presente, por mantenerse consciente. Percibió la cara de Tegan delante de él. Mierda, debía de tener mal aspecto, porque el guerrero, célebre por su despiadada ausencia de emoción, de repente se echó hacia atrás, apartando su mano del brazo de Dante con un siseo de horror. Detrás de su dolorida mueca, las blancas puntas de los colmillos de Tegan brillaban. Las rubias cejas descendían sobre sus ojos esmeralda cada vez más estrechos.

—No puedo... respirar... —gimió Dante, con voz jadeante. Cada vez que inhalaba, arrastraba más humo fantasmal hacia los pulmones. Se estaba asfixiando.

—Dios mío... me muero...

Los ojos de Tegan lo penetraron, afilados como el pedernal. Su mirada no delataba simpatía. Tenía una fuerza que lo mantendría firme, Dante lo sabía.

—Aguanta —exigió Tegan—. Es una visión, no es la realidad. Todavía no, al menos. Por ahora, quédate allí dentro, aguántalo hasta el fin. Vuelve atrás todo lo que puedas, y absorbe todos los detalles.

Dante permitió que las imágenes volvieran a inundarlo, sabiendo que Tegan tenía razón. Tenía que abrir su mente al dolor y al miedo para poder ver más allá y llegar a la verdad.

Jadeante, con la piel ardiendo del calor del infierno que lo rodeaba, Dante se empeñó en concentrarse en su entorno. En hundirse del todo en el instante. Llevó su mente hacia atrás, desde lo peor de la visión, deteniendo así el movimiento y luego invirtiéndolo.

Las llamas empezaron a alejarse. Las enormes y sucias nubes de ceniza negra se redujeron a finas espirales de humo gris que se ceñían al techo. Dante volvía a respirar, pero el miedo seguía bloqueándole la garganta. Se daba cuenta de que esos iban a ser los últimos minutos de su vida.

Alguien estaba con él en la habitación. Un macho, a juzgar por el olor. Dante estaba tumbado sobre algo resbaladizo y gélido mientras su captor le torcía las manos detrás de la espalda y le ataba las muñecas con un trozo de alambre. Debía de haber podido romperlo como si se tratara de bramante, pero no podía moverse.

Su fuerza no le servía para nada. A continuación, el captor ató los pies de Dante, y luego ató también sus manos y lo dejó boca bajo sobre un bloque de metal, como si se tratara de un cerdo.

Sonó un estruendo desde algún lugar fuera de la habitación. Oía aullidos como de brujas y olía muy cerca la peste ácida de la muerte.

Y luego el susurro de una burla sonó junto a su oído.

—¿Sabes una cosa? Pensaba que matarte iba a ser difícil. Pero me lo has puesto muy fácil.

La voz se disolvió en una risa complaciente mientras el captor de Dante se acercaba a donde su cabeza sobresalía del borde de la plataforma metálica donde lo había colocado. Unas piernas cubiertas de tela de vaqueros, dobladas al nivel de la rodilla, y lentamente el torso del que quería matarlo, entraron en su campo de visión. Unos dedos ásperos le agarraron el pelo y le levantaron la cara para mirarlo de frente en el instante antes de que la visión empezara a disolverse del todo, tan rápido como había llegado...

«Maldita sea.»

—Ben Sullivan. —Dante escupió el nombre, como si fuese ceniza sobre su lengua. Liberado de las garras de la premonición, logró sentarse sobre el suelo.

Se limpió la pátina de sudor de la frente mientras Tegan lo miraba atentamente, severo en su aceptación.

—Hijo de puta. Es el traficante de carmesí, Ben Sullivan. No me lo creo. Mierda. Ese humano es él quien me va a matar.

Tegan movió la cabeza con aire grave.

—A no ser que lo matemos nosotros primero.

Dante se esforzó por levantarse, apoyando una palma contra la pared de hormigón al lado del ascensor mientras luchaba por recuperar el aliento. Por debajo de la fatiga, hervía de rabia, hacia Ben Sullivan y hacia el ex agente Sterling Chase, que evidentemente había puesto en libertad al cabrón.

—Salgamos de aquí de una puñetera vez —rugió, mientras ya cruzaba el enorme garaje, acariciando con los dedos una de sus cuchillas *Malebranche*.

Capítulo veintiséis

Los secuestradores de Ben lo dejaron sentado toda una eternidad en una habitación sin iluminación y sin ventanas, cerrada con llave. Él continuaba esperando que apareciera aquel al que llamaban amo; ese individuo sin nombre y sin rostro que había estado financiando la producción y distribución del carmesí. Habían transcurrido casi veinticuatro horas desde que lo habían recogido y traído hasta allí. Nadie había acudido todavía, pero lo harían. Y en un oscuro rincón de su mente, Ben sabía que cuando lo hicieran él no saldría con vida de aquella confrontación.

Se levantó del suelo y caminó por el hormigón desnudo hasta la puerta de acero cerrada que había al otro extremo de la habitación. Le dolía la cabeza por los golpes que había recibido antes de ser conducido a aquel lugar. Las heridas de su cuello y de su nariz rota habían formado una costra de sangre seca y le dolían horriblemente. Ben apoyó el oído en la puerta de frío metal y escuchó al otro lado un movimiento de alguien que se acercaba. Un ruido de pasos pesados se oía cada vez más y más cerca. Eran pisadas resueltas que pertenecían a más de un hombre, acentuadas con el tintineo metálico de cadenas y de armas.

Ben retrocedió tanto como pudo en la oscuridad de la celda donde se hallaba cautivo. Se oyó el ruido de una llave en la cerradura, luego la puerta se abrió de golpe y los dos enormes guardias que lo habían traído hasta allí entraron en la habitación.

—Ya está preparado para recibirte —gruñó uno de los dos matones. Los dos hombres tiraron con fuerza de él y lo empujaron hacia delante, haciéndolo salir por la puerta y avanzar por un pasillo sombrío. Ben sospechaba que lo habían traído a algún tipo de almacén, basándose en la tosca habitación donde lo habían tenido encerrado hasta ahora. Pero sus secuestradores le hicieron subir un tramo de escaleras que lo condujeron a lo que parecía ser una opulenta mansión del siglo XIX. La madera pulida brillaba bajo una luz tenue y elegante. Bajo sus zapatos embarrados, se extendía una alfombra persa con un adornado diseño en color dorado, púrpura y rojo intenso. Por encima de su cabeza, en el vestíbulo donde lo habían llevado sus secuestradores, centelleaba una gran araña de cristal.

Por un instante, el estado de alarma de Ben disminuyó. Tal vez, finalmente, todo saldría bien. Últimamente estaba hundido hasta el cuello, pero ésa no parecía ser la pesadilla que estaba esperando. No se trataba de una cámara de tortura y horrores, como él había temido.

Ante él, un conjunto de puertas dobles abiertas enmarcaban otra habitación impresionante. Ben fue conducido hasta allí por sus guardias, quienes lo sujetaron con firmeza en ese salón espacioso y formal. El mobiliario, las alfombras, las pinturas originales de las paredes... todo era señal de una gran riqueza. Una riqueza antigua, ese tipo de lujo que se obtiene sólo a través de los siglos.

Rodeado de toda esa opulencia, sentado como un oscuro rey detrás de un enorme escritorio de caoba tallada, había un hombre con un lujoso traje negro y oscuras gafas de sol.

A Ben le comenzaron a sudar las palmas de las manos en el instante en que puso los ojos sobre ese tipo. Era enorme, con anchos hombros y tensos debajo de la impecable caída de su chaqueta. Llevaba una camisa blanca muy bien planchada con el cuello desabrochado, pero a Ben le pareció que más que una señal de descuido era un signo de impaciencia. Una especie de amenaza impregnaba el aire como una espesa nube, y una parte de las esperanzas de Ben se extinguieron.

Se aclaró la garganta.

—Yo... hum... me alegro de tener por fin la oportunidad de conocerle —dijo, odiando el temblor que se notaba en su voz—. Tenemos que hablar... sobre el carmesí...

—Efectivamente, así es. —La respuesta profunda y sofocante interrumpió a Ben con una aparente calma. Pero a pesar de las oscuras gafas que llevaba ese hombre, podía advertirse su furia—. Por lo visto yo no soy el único al que ha estado haciendo enfadar últimamente, señor Sullivan. Tiene una herida muy desagradable en el cuello.

—Me atacaron. Un maldito hijo de puta intentó rajarme la garganta.

El tenebroso jefe de Ben gruñó con un desinterés más que evidente.

—¿Quién haría una cosa así?

—Un vampiro —dijo Ben, consciente de lo loco que debía de sonar. Pero lo que le había ocurrido a él junto al río era sólo la punta de un iceberg muy preocupante—. Es de eso de lo que necesito hablarle. Como le dije cuando le llamé la otra noche, hay un problema muy grande con el carmesí. Está... provocando cosas en la gente. Cosas malas. Los convierte en lunáticos sedientos de sangre.

—Por supuesto que eso ocurre, señor Sullivan. De eso es precisamente de lo que se trata.

—¿Cómo? —La incredulidad le formó un nudo de angustia en el estómago—. ¿De qué está usted hablando? Yo fabriqué el carmesí. Sé lo que se supone que debe provocar. Es sólo un estimulante moderado.

—Para los humanos, sí. —El hombre de pelo oscuro se puso de pie lentamente y luego se movió hacia un lado del gigantesco escritorio—. Para otros, tal como usted ha descubierto, es mucho más.

Mientras hablaba, miró hacia las puertas abiertas de la habitación. Otra pareja de guardias, armados hasta los dientes, permanecía de pie junto al umbral, con el cabello desgreñado y despeinado y unos ojos feroces que parecían brasas ardientes bajo las espesas cejas. A la débil luz de las velas de la habitación, Ben creyó ver el destello de unos colmillos por detrás de los labios de los guardias. Volvió a dirigir la mirada con nerviosismo a su jefe.

—Lamentablemente, he descubierto algo que me preocupa, señor Sullivan. Después de su llamada la otra noche, algunos de mis socios visitaron su laboratorio en Boston. Buscaron en su ordenador y sus grabaciones, pero imagine mi decepción al oír que no pudieron encontrar la fórmula del carmesí. ¿Cómo lo explica usted?

Ben sostuvo al hombre esa mirada que se clavaba en él a través de las gafas de sol, a tan sólo unos metro de distancia.

—Nunca he guardado la auténtica fórmula en el laboratorio. Pensé que estaría más segura en la oficina, conmigo.

—Tiene que dármela. —Había una pequeña inflexión en sus palabras y ningún movimiento en el poderoso cuerpo, que permanecía de pie ante él como una pared infranqueable—. Ahora, señor Sullivan.

—No la tengo. Es la pura verdad.

—¿Dónde está?

A Ben se le helaba la lengua. Necesitaba negociar un poco, y la fórmula era todo lo que tenía. Además, no iba a lanzar a esos matones encima de Tess diciéndoles que había ocultado la fórmula del carmesí en su clínica. No pretendía dejarla ahí durante mucho tiempo, sino solamente hasta organizar su situación en todo aquel lío. Desgraciadamente, ahora era demasiado tarde para reparar ese error. A pesar de que salvar su propio pellejo era su principal preocupación en aquel momento, la opción de colocar a Tess en medio de todo aquello estaba fuera de consideración.

—Puedo conseguírsela —dijo Ben—, pero tendrá que dejar que me marche. Solucionemos esto como caballeros. Cortemos todos nuestros lazos aquí y ahora y separemos nuestros caminos. Olvidemos que nos hemos conocido.

Una tirante sonrisa asomó a los labios de su jefe.

—No trate de negociar conmigo. Está usted por debajo de mí... humano.

Ben tragó saliva con dificultad. Quería creer que ese tipo era tan sólo una especie de demente que fantaseaba con ser un vampiro. Un tío chiflado que tenía mucha pasta pero poca cordura. Excepto que él había visto lo que el carmesí le había provocado a ese chico la otra noche. Esa espeluznante transformación había sido real, por muy duro que fuera aceptarlo. Y el espantoso y abrasador tajo de su cuello era real también.

El pánico comenzó a martillear con fuerza en su pecho.

—Mire, no sé qué está pasando aquí. Y francamente, no quiero saberlo. Sólo quiero salir de aquí de una pieza.

—Excelente. Entonces no pondrás pegas para cooperar. Dame la fórmula.

—Ya se lo he dicho. No la tengo.

—Entonces tendrá que rehacerla, señor Sullivan. —Hizo un gesto con la cabeza para que entraran los dos guardias armados—. Me he tomado el atrevimiento de traer aquí tu equipo de laboratorio. Todo lo que necesitas está aquí, incluyendo un sujeto que servirá para probar el producto acabado. Mis socios te mostrarán el camino.

—Espere. —Ben le lanzó una mirada por encima del hombro mientras los guardias comenzaban a llevárselo de la habitación—. Usted no lo entiende. La fórmula es... compleja. No la tengo memorizada. Rehacerla podría llevarme varios días...

—No tiene más que dos horas, señor Sullivan.

Una violentas manos agarraron a Ben con firmeza y lo arrastraron hacia una escalera descendiente que se abría ante ellos, tan negra e interminable como la noche.

Chase se sujetó con una correa las últimas armas y luego comprobó las reservas de munición que le quedaban. Tenía una pistola cargada con balas convencionales y otra que contenía las especiales de titanio que le habían dado los guerreros para el propósito expreso de matar renegados. La verdad es que esperaba no tener necesidad de usar éstas, pero si tenía que abrir fuego contra una docena de feroces vampiros para encontrar a su sobrino desde luego que lo haría.

Cogió su chaqueta de lana verde oscura que colgaba de una percha junto a la puerta y se dirigió por el pasillo hacia sus habitaciones privadas. Elise estaba allí; casi se dispuso a correr hacia ella por el deseo de estar a su lado.

—Sterling... hola. ¿Me has estado evitando? Quería hablar contigo. —Sus ojos color lavanda le echaron un rápido vistazo. Frunció el ceño al ver la serie de armas, municiones y cuchillos que rodeaban sus caderas y entrecruzaban su pecho. Él advirtió su aprensión, pudo oler el repentino matiz amargo de temor que se mezclaba con el delicado aroma que la caracterizaba—. Cuántas armas terribles. ¿Tanto peligro hay fuera?

—No te preocupes por eso —le dijo él—. Sólo sigue rezando para que Camden regrese pronto a casa. Yo me ocuparé del resto.

Ella recogió la cola escarlata de su fajín de viuda y acarició distraídamente la seda con los dedos.

—Es de eso precisamente de lo que quería hablarte, Sterling. Algunas de las otras mujeres y yo hemos estado hablando acerca de lo que podemos hacer por nuestros hijos desaparecidos. La unión hace la fuerza, por eso hemos pensado que tal vez si nos juntamos... Nos gustaría participar en búsquedas diurnas por el puerto y por los túneles subterráneos. Podríamos mirar en lugares donde tal vez nuestros hijos pueden haberse cobijado para protegerse del sol...

—Rotundamente no.

Chase no quería interrumpirla tan bruscamente, pero la idea de que Elise dejara el Refugio Oscuro durante el día para aventurarse en las peores zonas de la ciudad le helaba la sangre en las venas. De hacerlo, no contaría con su protección ni la de los otros miembros de la estirpe hasta que el sol se pusiera, y aunque los renegados, por la misma razón, no representarían un peligro, siempre existiría el riesgo de toparse con sus secuaces.

—Lo siento, pero esa idea queda descartada.

Ella, por un momento, abrió los ojos con sorpresa. Luego, rápidamente, bajó la mirada, asintiendo con educación, aunque él podía ver su resentimiento por debajo del barniz de respeto. Como su familiar más cercano, aunque fuera familiar político, la ley de la estirpe otorgaba a Chase el derecho de imponer el toque de queda a la luz del día. Se trataba de una antigua medida que existía desde el origen de los Refugios Ocultos, hacía casi mil años. Chase nunca la había impuesto, y aunque se sentía como un estúpido haciéndolo ahora, no podía permitir que ella arriesgara su vida mientras él pudiera ayudarla y vigilarla.

—¿Crees que mi hermano aprobaría lo que deseas hacer? —preguntó Chase, consciente de que Quentin nunca se mostraría de acuerdo con esa idea, ni siquiera por el esfuerzo de salvar a su propio hijo—. La mejor manera de ayudar a Camden es quedándote aquí, donde yo sé que estarás a salvo.

Elise levantó la cabeza, y esos ojos de un pálido morado brillaron con una chispa de determinación que él jamás había visto antes en ellos.

—Camden no es el único joven desaparecido. ¿Podrás salvarlos a todos, Sterling? ¿La orden de los guerreros puede salvarlos? —Dejó escapar un débil suspiro—. Nadie salvó a Jonas Redmond. Está muerto, ¿sabías eso? Su madre percibe que ha muerto. Cada vez más hijos nuestros están desapareciendo, muriendo noche tras noche, y se supone que no podemos hacer nada más que quedarnos aquí sentadas esperando malas noticias.

Chase sintió que su mandíbula se ponía rígida.

—Ahora tengo que irme, Elise. Ya tienes mi respuesta sobre este asunto. Lo siento.

Pasó junto a ella rozándola, encogiéndose dentro de su chaqueta mientras se alejaba. Sabía que ella lo estaba siguiendo; su falda blanca crujía suavemente con cada paso rápido que daba. Pero Chase no se detuvo. Sacó las llaves del bolsillo y abrió la puerta principal del Refugio Oscuro, accionando el control remoto de su todoterreno plateado Lexus en la entrada. El vehículo chirrió, las luces se encendieron en respuesta pero Chase no pudo ir a ninguna parte.

Había un Range Rover negro bloqueando la avenida, con su motor parado en la oscuridad. Las ventanas estaban ahumadas más allá de lo legalmente permitido, pero Chase no necesitaba ver a través de ellas para saber quién había dentro. Podía sentir la rabia de Dante saliendo torrencialmente a través del acero y del cristal y llegando hasta él como una fisura en el suelo causada por el frío.

El guerrero no estaba solo. Él y su compañero, ese que era frío como una piedra y se llamaba Tegan, salieron del vehículo y caminaron sobre el césped. Sus rostros reflejaban una serenidad mortal, pero la amenaza que irradiaban los dos enormes varones era inconfundible.

Chase oyó que Elise ahogaba un grito detrás de él.

—Sterling...

—Vuelve dentro —le dijo él, manteniendo los ojos fijos en los guerreros—. Ahora, Elise. Todo está bien.

—¿Qué ocurre, Sterling? ¿Por qué están aquí?

—¡Haz lo que te digo, maldita sea! Entra en la casa. Todo irá bien.

—Oh, eso no lo sé, Harvard. —Dante merodeaba en torno a él, y esas terribles y arqueadas cuchillas en sus caderas brillaban a la luz de la luna con cada larga zancada de las piernas del guerrero—. Yo diría que las cosas han ido bien hasta ahora pero van a empezar a joderse. Gracias a ti. ¿Perdiste la cabeza la otra noche o qué? Tal vez no entendiste lo que te dije que hicieras con ese traficante de drogas, ¿es eso? ¿Te dije que lo llevaras a patadas hasta el recinto, pero tú creíste que te dije que lo dejaras salir caminando?

—No. No hubo ningún malentendido.

—¿Qué es lo que me estoy perdiendo, Harvard? —Dante sacó de su funda una de las cuchillas y el acero salió volando con la misma suavidad que un suspiro. Chase vio asomar la punta de sus colmillos mientras hablaba. Una brillante mirada ambarina se clavó en él como dos rayos láser gemelos—. Comienza a hablar rápido, porque no tengo ningún problema en arrancarte la verdad aquí mismo delante de una mujer.

—¡Sterling! —gritó Elise—. ¡Déjalo en paz!

Chase volvió la cabeza justo a tiempo para verla bajar corriendo las escaleras de ladrillo de la entrada hasta el pavimento. No llegó muy lejos. Tegan se movió como un fantasma, la velocidad de un vampiro era muy superior a la de los miembros humanos de Elise. El guerrero la capturó por la muñeca haciéndola retroceder mientras ella luchaba por liberarse de él.

La furia prendió en Chase como si una cerilla encendida hubiera caído sobre una yesca seca. Sus colmillos salieron de las encías, su visión se hizo más aguda y sus pupilas se estrecharon con su transformación. Rugió, preparado para atacar a los dos guerreros simplemente por la ofensa que le habían hecho al tocar a Elise.

—¡Suéltala! —gruñó—. ¡Maldita sea, ella no tiene que ver con esto!

Empujó a Dante, pero el vampiro no se movió.

—Al menos ahora nos prestarás toda tu atención, Harvard. —Dante le devolvió el empujón, con la fuerza de un tren de mercancías a todo vapor. Los pies de Chase dejaron el suelo y su cuerpo fue impulsado hacia atrás por la fuerza de la rabia de Dante. La fachada de ladrillos de la residencia detuvo su trayectoria, golpeándole con fuerza la columna.

Los enormes colmillos de Dante fueron a posarse junto al rostro de Chase, y sus ojos ardían junto a su cráneo.

—¿Dónde está Ben Sullivan? ¿Y qué narices pasa realmente contigo?

Chase lanzó una mirada a Elise, odiando que tuviera que presenciar ese lado tan brutal de su mundo. Lo quería lejos de ella. Vio las lágrimas resbalando por sus mejillas, el miedo en sus ojos mientras Tegan la sostenía con tanta frialdad contra el acero mortal y el cuero que ceñía su inmenso cuerpo.

Chase juró de manera rotunda.

—Me vi obligado a dejar que el humano se marchara. No tuve otra elección.

—Respuesta equivocada —gruñó Dante, colocando la infernal cuchilla bajo su barbilla.

—El traficante de carmesí no me servía para nada si se quedaba encerrado en el recinto. Lo necesitaba en las calles, ayudándome a encontrar a alguien... a mi sobrino. Lo dejé ir para que me ayudara a encontrar a Camden, el hijo de mi hermano.

Dante frunció el ceño, pero bajó un poco la espada.

—¿Y qué pasa con los otros desaparecidos? ¿Con todos esos chicos a los que Ben Sullivan ha estado suministrando droga?

—Recuperar a Camden es lo que a mí me importa. Él ha sido mi verdadera misión desde el primer día.

—Maldito desgraciado, nos mentiste —silbó el guerrero.

Chase enfrentó la mirada ambarina y acusadora.

—¿Crees que la Orden se hubiera molestado en ayudarme si me hubiera presentado pidiendo ayuda para encontrar a un joven Darkhaven desaparecido?

Dante maldijo, en voz baja y furioso.

—Nunca lo sabrás, ¿verdad?

Él ahora, habiendo entendido algo acerca del código de los guerreros, tenía la duda. Había visto de primera mano que, a pesar de sus métodos despiadados y de la eficacia que los convertía en una fuerza letal y misteriosa tanto entre la estirpe como entre los humanos, no carecían de honor. Se comportaban como asesinos implacables si era necesario, pero Chase sospechaba que todos, en su corazón, eran hombres mucho mejores que él.

Dante lo soltó de repente, luego se dio la vuelta para dirigirse con paso airado hacia el coche, que estaba esperando. Al otro lado del césped, Tegan soltó a Elise. La firme mirada del guerrero permaneció fija en ella mientras se alejaba tropezando, ansiosa, y se frotaba las zonas de donde la habían agarrado.

—Sube al coche, Harvard —dijo Dante, señalando la puerta abierta con una mirada que prometía pagar con el infierno si Chase no cooperaba—. Volverás al recinto. Tal vez consigas persuadir a Lucan de que deberíamos permitirte continuar respirando.

Capítulo veintisiete

Un sudor frío se escurría por la nuca de Ben Sullivan al terminar la primera muestra de su nueva remesa de carmesí. No había mentido al decir que no tenía la fórmula memorizada. Hizo todo lo que pudo por recrear la droga en el plazo absurdamente corto que le habían dado. Cuando le quedaba apenas media hora para que expirara el tiempo, recogió una dosis de la sustancia rojiza y se la llevó al sujeto con quien debía probarla. El joven, vestido con unos mugrientos tejanos azules y una sudadera de Harvard, estaba prisionero encadenado a una silla de oficina con ruedas, con aspecto hundido, la cabeza baja y la barbilla descansando sobre su pecho.

Mientras Ben se acercaba a él, la puerta del sótano que servía de laboratorio improvisado se abrió y entró su tenebroso jefe, acompañado por los dos guardias armados que habían estado supervisando todo el tiempo el progreso de Ben.

—No he tenido tiempo de filtrar la mezcla —dijo Ben, excusándose por la taza de sustancia viscosa que había producido y deseando con todas sus fuerzas no haberse equivocado con la fórmula—. El chico no tiene muy buen aspecto. ¿Y si no puede tragársela?

No hubo respuesta, sino sólo un silencio mortal y escrutador.

Ben soltó el aire con nerviosismo y se acercó al chico. Se arrodilló junto a la silla. Bajo una mata de cabello despeinado, unos ojos lánguidos se abrieron con dificultad, luego volvieron a cerrarse. Ben examinó el rostro demacrado y amarillento del chico, que probablemente había sido guapo en otro tiempo...

Ah, mierda.

Conocía a aquel chico. Lo conocía de las discotecas... era un cliente habitual... y era también el rostro sonriente que había visto en la fotografía la pasada noche. ¿Cuál era su nombre? ¿Cameron o Camden? Camden, pensó, el chico que se suponía que Ben debía localizar para el psicópata de colmillos que había prometido matarlo si no le complacía. No es que esa amenaza fuera más seria que aquella a la que Ben se enfrentaba ahora.

—Pasemos a la acción, señor Sullivan.

Ben cogió de la taza una cucharada de carmesí sin refinar y se la puso en la boca al muchacho. En el instante en que la sustancia tocó sus labios, Camden sacó la lengua para relamerse ansiosamente. Cerró la boca en torno a la cuchara y la chupó, pareciendo revivir por un instante. Ben se dio cuenta de que se había convertido en un pobre drogadicto arrimando el hocico a la que esperaba que fuese su próxima dosis, y una punzada de remordimiento lo atravesó.

Ben esperó que el carmesí surtiera efecto.

No ocurrió nada.

Le dio a Camden un poco más, y luego más todavía. Continuaba sin pasar nada. Maldita sea. La fórmula no era correcta.

—Necesito más tiempo —murmuró Ben mientras la cabeza del chico caía hacia atrás con un gemido—. Casi la tengo, pero necesito hacer otra prueba.

Se levantó, se dio la vuelta y se sobresaltó al toparse con su peligroso jefe de pie junto a él mirándolo fijamente. Ben no lo había oído moverse, sin embargo, allí estaba, amenazante. Ben vio su propio reflejo demacrado en los cristales de las gafas de sol del hombre. Parecía desesperado y aterrorizado, un animal arrinconado temblando ante un fiero depredador.

—No estamos yendo a ninguna parte, señor Sullivan. Y yo empiezo a perder la paciencia.

—Dijo usted dos horas —señaló Ben—. Todavía me quedan unos minutos...

—No hay negociación. —La cruel boca se estiró con una mueca de desprecio, revelando las brillantes puntas de unos afilados colmillos—. El tiempo ha vencido.

—¡Oh, dios! —Ben reculó, golpeando la silla que había tras él y enviando tanto a ésta como al chico prisionero hacia atrás haciendo un gran estruendo con las ruedas giratorias. Tropezó y se cayó con torpeza, sólo para sentir cómo unos fuertes dedos lo agarraban por los hombros, levantándolo del suelo como si no pesara nada. Ben sintió que lo hacían girar bruscamente y de pronto fue arrojado contra la pared más lejana. Notó un dolor agudo en la parte posterior de su cráneo mientras se desplomaba. Aturdido, se puso la mano detrás de la cabeza y vio que sus dedos estaban llenos de sangre.

Cuando concentró su mirada llorosa en las otras personas que había en la habitación el corazón se le encogió de pavor. Los dos guardias lo estaban observando, y sus pupilas se habían estrechado convirtiéndose en dos delgadas hendiduras, mientras que los iris eran de un color ámbar brillante y parecían focos clavados en él. Uno de ellos abrió la boca dejando escapar un áspero silbido y mostrando unos enormes colmillos.

Incluso Camden, sentado a varios metros, había despertado. Los ojos del muchacho ardían a través de su mata de pelo y sus labios se habían separado dejando al descubierto unos largos y brillantes colmillos.

Pero por muy terribles que pudieran ser las caras de esos monstruos, en realidad no eran nada comparadas con la frialdad de hielo con que se aproximaba aquel que claramente llevaba la voz cantante. Caminó hacia Ben con paso tranquilo, los lustrosos zapatos negros avanzando silenciosamente sobre el suelo de hormigón. Alzó la mano y Ben se levantó también, obligándose a ponerse en pie como si fuera arrastrado por unas cuerdas invisibles.

—Por favor —dijo Ben con voz entrecortada—. Sea lo que sea lo que esté pensando, no... no lo haga, por favor. Puedo recuperar la fórmula del carmesí. Se lo juro. ¡Haré todo lo que usted quiera!

—Sí, señor Sullivan, así es.

Se movió tan rápido que Ben no supo qué le estaba pasando hasta que sintió el fuerte mordisco de unos colmillos aferrándose a su cuello. Ben forcejeó, oliendo su propia sangre derramándose de la herida, oyendo los sonidos que hacía la criatura clavada en su garganta mientras sorbía profundamente la sangre de su vena. Ben iba perdiendo fuerzas con cada sorbo. Permanecía allí colgado, suspendido, sintiendo cómo la vida lo abandonaba, cómo su conciencia se apagaba al mismo tiempo que su voluntad. Estaba agonizando, todo lo que era se alejaba de él en un abismo de oscuridad.

—Vamos, *Harvard*, o como sea que te llames en realidad —dijo Tess, guiando al pequeño terrier a través de la calle al cambiar la luz del semáforo.

Después de cerrar la clínica a las seis en punto, había decidido dar un paseo y pasar junto al apartamento de Ben, en el South Side. Sería un último intento de encontrarlo por su cuenta antes de informar de su desaparición a la policía. Si había vuelto a traficar con narcóticos, probablemente merecería ser arrestado, pero en el fondo sentía verdadero cariño por él y quería ver si podía hablar con él y ofrecerle ayuda antes de que las cosas llegaran más lejos.

El vecindario de Ben no era precisamente agradable, especialmente en la oscuridad de la noche, pero Tess no tenía miedo. La mayoría de sus clientes eran de esa zona: trabajadores, buena gente. Irónicamente, si había alguien de quien hubiera que desconfiar en aquel tramo de apartamentos apiñados y bloques de tres pisos probablemente era del traficante de droga que vivía en el apartamento 3-B del edificio donde se había detenido Tess.

Se oía el sonido de una televisión a todo volumen desde el primer piso, lanzando una sobrecogedora estela azul sobre la acera. Tess alzó la cabeza, mirando las ventanas del piso de Ben en busca de alguna señal de que pudiera hallarse allí. Las andrajosas persianas blancas de la ventana del balcón estaban cerradas y lo mismo las de la habitación del dormitorio. El apartamento estaba a oscuras, no había luz en ninguna parte, y tampoco movimiento.

¿O... sí lo había?

A pesar de que era difícil asegurarlo, hubiera jurado ver que uno de los juegos de persianas se movían contra la ventana... como si alguien dentro de la casa los hubiera rozado al caminar chocando con ellos sin darse cuenta.

¿Sería Ben? Si estaba en casa, era evidente que no quería que nadie lo supiera, incluida ella. No le había devuelto ninguna de sus llamadas telefónicas ni sus tampoco los mensajes, así que no había razón para que ella pretendiese que él le permitiera subir a su casa ahora.

¿Y si no estaba en casa? ¿Y si alguien había entrado a la fuerza? ¿Y si alguno de sus contactos con la droga estaba esperando su regreso? ¿Y si alguien estaba allí justo ahora, poniendo la casa patas arriba en busca del *pendrive* que ella llevaba en el bolsillo de su chaqueta?

Tess se alejó del edificio, sintiendo cómo la ansiedad recorría su espina dorsal. Sujetaba con fuerza la correa de *Harvard*, apartándolo en silencio de los arbustos secos que se alineaban en la acera.

Entonces lo vio otra vez, un claro movimiento en las persianas del piso de Ben. Una de ellas comenzó a abrirse en el oscuro balcón del tercer piso. Alguien salió. Un tipo enorme que definitivamente no era Ben.

—Oh, mierda —susurró ella, inclinándose para coger al perro en brazos por si fuera necesario salir de allí corriendo.

Se alejó a paso rápido calle abajo, lanzando tan sólo alguna mirada rápida por encima del hombro. El tipo estaba junto a la barandilla del desvencijado balcón, escudriñando la noche desde la ventana. Ella sintió el calor salvaje de su mirada como una lanza arrojada a través de la oscuridad. Sus ojos tenían un brillo sobrenatural...

—Oh, dios mío.

Tess se marchó corriendo por la calle. Cuando se volvió para mirar de nuevo al edificio de Ben, el hombre del balcón estaba bajando por la barandilla, y dos más iban tras él. El que llevaba la delantera, pasó las piernas por encima del borde y saltó sobre el césped, con la agilidad de un gato. Comenzó a correr tras ella, a toda prisa. Como si la velocidad de él hubiera refrenado los movimientos de Tess, ésta arrastró los pies como si se le hubieran quedado pegados en arenas movedizas.

Tess apretó a *Harvard* contra su pecho y echó a correr por otra acera, pasando entre los coches aparcados junto a al bordillo. Volvió a mirar detrás de ella, sólo para descubrir que su perseguidor ya no estaba. Su alivio duró únicamente una fracción de segundo. Porque cuando miró de nuevo hacia adelante, comprobó que el tipo estaba allí, a menos de cinco metros de distancia, bloqueándole el paso. ¿Cómo podía haber llegado tan rápido? Ella ni siquiera lo había visto moverse, ni había oído sus pasos sobre el pavimento.

Él ladeó la cabeza hacia ella y husmeó el aire como un animal. Él —o más bien «ese extraño ser», porque fuera lo que fuese estaba muy lejos de ser humano— comenzó a reírse por lo bajo.

Tess retrocedió, moviéndose con rigidez e incredulidad. Aquello no estaba ocurriendo. No era posible. Tenía que tratarse de algún tipo de broma enfermiza. Era sencillamente imposible.

—No. —Ella retrocedió, negando con la cabeza.

El enorme hombre empezó entonces a moverse, avanzando hacia ella. El corazón de Tess latía aterrorizado, todos sus instintos se agitaban en señal de alerta. Giró sobre sus talones y echó a correr...

Sólo que otro hombre con aspecto bestial apareció entre los coches y la arrinconó.

—Hola, preciosa —dijo con una voz que era pura maldad.

Bajo la tenue luz de una farola, la mirada de Tess se clavó en la boca abierta del tipo. Tenía el labio superior levantado y separado de los dientes, dejando al descubierto un enorme par de colmillos.

Tess dejó caer al perro de sus brazos y lanzó un grito aterrorizado que se elevó hacia el cielo nocturno.

—Gira a la izquierda —le dijo Dante a Tegan desde el asiento del copiloto del Range Rover. Chase, sentado en la parte trasera, se sentía como si fuera a ser ejecutado, y Dante quería prolongar un poco más esa sensación—. Demos una vuelta por el sur antes de dirigirnos al recinto.

Tegan asintió con la cabeza e hizo girar el vehículo.

—¿Crees que el el narcotraficante puede estar en casa?

—No lo sé, pero vayamos a dar un vistazo.

Dante se frotó la zona del esternón. Tenía una sensación de frío, una especie de vacío que le oprimía los pulmones y le dificultaba la respiración. La sensación era más visceral que física, una especie de pellizco fuerte que despertaba sus instintos y ponía todos sus sentidos en alerta. Le dio al botón de la ventanilla, dejando que el oscuro cristal ahumado se abriera para poder respirar el aire fresco de la noche.

—¿Todo bajo control? —preguntó Tegan, con su voz profunda desde el asiento del conductor—. ¿Vas allí pensando en repetir lo mismo de antes?

—No. —Dante negó débilmente con la cabeza, mirando fijamente a través de la ventanilla abierta, contemplando las luces borrosas y el tráfico mientras dejaban atrás los edificios del centro de la ciudad y comenzaban a aparecer los viejos barrios del sur de Boston—. No, esto es... algo diferente.

El maldito nudo de frío que sentía en el pecho era cada vez más profundo, se volvía helado, mientras que las palmas de las manos le comenzaban a sudar. Se le retorcía el estómago. De forma súbita, sintió como una sacudida de adrenalina en las venas.

«¿Qué diablos le estaba pasando?»

Se dio cuenta de que el miedo lo invadía. Un terror espeluznante. No propiamente suyo, sino de otra persona.

«Oh, dios.»

—Para el coche.

Lo que estaba sintiendo era el miedo de Tess. Su terror llegaba hasta él a través de la unión de sangre que compartían. Ella estaba en peligro. En peligro mortal.

—¡Tegan, para el maldito coche!

El guerrero pisó los frenos y torció el volante con fuerza hacia la derecha haciendo patinar el Rover hacia el arcén. No estaba lejos del apartamento de Sullivan; el edificio no podía estar a más de media docena de manzanas de distancia... sería el doble si tenían que conducir por el laberinto de calles de una sola dirección y pararse ante un montón de semáforos.

Dante abrió de golpe la puerta del coche y saltó a la acera. Inspiró profundamente, rogando poder identificar el aroma de Tess.

Y ahí estaba.

Captó la dulce fragancia a canela trenzada entre otros miles de olores que se mezclaban y eran traídos por la brisa helada de la noche. El aroma de la sangre de Tess era un rastro, pero se hacía cada vez más fuerte... demasiado.

A Dante se le helaron las venas.

En algún lugar, no muy lejano, Tess estaba sangrando.

Tegan se inclinó a través del asiento, con su grueso antebrazo apoyado sobre el volante y su mirada sagaz.

—Dante, tío... ¿qué es lo que pasa?

—No hay tiempo —dijo Dante. Se volvió hacia el coche y cerró la puerta de un golpe—. Yo iré a pie. Necesito que vayas hasta la casa de Ben Sullivan. Está...

—Yo recuerdo el camino —intervino Chase desde el asiento trasero, mirando a Dante a los ojos a través de la ventana abierta del Rover—. Ve. Iremos detrás de ti.

Dante hizo una señal de asentimiento a los rostros que lo miraban con gravedad, luego se volvió y echó a correr a toda velocidad.

Atravesó patios, saltó por encima de vallas, corrió a toda prisa por estrechos callejones, exprimiendo al máximo toda la agilidad y velocidad propia de su raza. Para los humanos que adelantaba no era más que un soplo de aire frío, una ráfaga del viento helado de noviembre en la nuca cuando pasaba junto a ellos con toda su concentración fija en un solo objetivo: Tess.

En el medio de una calle lateral que lo conducía hacia la manzana de Ben Sullivan, Dante vio al pequeño terrier que Tess había rescatado del umbral de la muerte con su toque sanador. El perro andaba suelto en la oscuridad de la acera, y su cadena colgaba tras él.

Era una mala señal, pero al menos Dante sabía que ya estaba cerca.

Que Dios se apiadara de él, tenía que estarlo.

—¡Tess! —gritó, rogando que ella pudiera oírle.

Rogando que no fuera demasiado tarde.

Dobló la esquina de uno de los bloques de tres pisos, saltando por encima de los juguetes y bicicletas que había esparcidos en el patio de la fachada. El aroma de su sangre ahora era todavía más fuerte, una inyección de miedo que le martilleaba en las sienes.

—¡Tess!

Él le siguió la pista como si mirara a través de rayos láser, corriendo en medio del pánico mientras captaba los ruidos y gruñidos de renegados luchando por su premio.

«Dios santo. No.»

Al otro lado de la calle del edificio donde vivía Ben Sullivan, el bolso de mano de Tess yacía tirado en la cuneta, con todos los contenidos esparcidos en el suelo. Dante giró hacia la derecha, corriendo por un sendero desgastado que pasaba entre dos casas. Había un cobertizo al final del sendero, y la puerta oscilaba con las bisagras flojas.

Tess estaba dentro. Dante lo supo con un terror tan intenso que le hizo fallar los pies y casi caerse.

Tras él, justo una fracción de segundos antes de que pudiera llegar hasta el cobertizo y echar la puerta abajo con sus propias manos, un renegado salió de entre las sombras y se abalanzó sobre él. Dante dio un giro mientras éste caía al suelo, sacó una de sus cuchillas y le rebanó la cara al vampiro chupador de sangre. El renegado soltó un chillido que no era de este mundo, huyendo de él con un dolor agudo mientras la sangre corrupta de su sistema recibía el impacto letal del titanio. Dante rodó en cuclillas y se tiró a sus pies mientras el renegado se agitaba en medio de la muerte mientras sufría una veloz descomposición.

En la calle se oyó el rugido del Range Rover negro, que se detuvo bruscamente. Tegan y Chase se bajaron de un salto con las armas en la mano. Otro renegado salió de la oscuridad, pero al ver la mirada glacial de Tegan decidió echar a correr en dirección opuesta. El guerrero saltó como un imponente felino en busca de su presa.

Chase debió de ver algún otro problema en el apartamento de Ben Sullivan, porque preparó su pistola y comenzó a cruzar la calle veloz y sigilosamente.

En cuanto a Dante, apenas era consciente de las acciones a su alrededor. Sus botas barrían la tierra mientras se dirigía al cobertizo y los terribles ruidos que salían de allí. Los ruidos que hacían los vampiros al alimentarse no eran nada nuevo para él, pero la idea de que pudieran estar haciendo daño a Tess conducía su rabia a una zona nuclear. Atravesó con paso decidido la puerta del cobertizo que se agitaba y la abrió de un golpe con una mano. Esta salió despedida por encima del patio vacío y se quedó allí, inmediatamente olvidada.

Dos renegados sujetaban a Tess sobre el suelo. Uno chupaba de su muñeca, y el otro estaba pegado a su garganta. Ella yacía inmóvil debajo de ellos, tan quieta que el corazón de Dante se heló de terror al ver la escena. Pero él podía sentir que estaba viva. Podía oír su débil pulso latiendo todavía en sus propias venas. Unos pocos segundos más y la vaciarían por completo.

Dante soltó un bramido que hizo temblar el lugar y su furia hirvió y salió de él como un temporal. El renegado que se alimentaba de la muñeca de Tess dio un salto hacia atrás, con la sangre de ella en la comisura de los labios y los largos colmillos manchados de un intenso color escarlata. El vampiro chupador de sangre dio un giro en el aire, volando hacia una esquina del techo del cobertizo y escalando como una araña.

Dante siguió sus movimientos, mientras sacaba una de sus cuchillas *Malebranche* y acto seguido la lanzaba por el aire. La rueda de titanio giró e hizo contacto letal con el cuello del renegado. Este cayó al suelo con un chillido, y Dante dirigió su odio hacia el más grande, que se había movido para desafiarlo usando su presa.

El renegado permanecía en cuclillas frente al cuerpo sin fuerzas de Tess, enfrentándose a Dante con los colmillos desnudos y los fieros ojos resplandecientes y de un intenso color ambarino. El vampiro chupador de sangre parecía un joven al que la lujuria de la sangre había transformado en una bestia, y probablemente se trataría de uno de los ciudadanos Darkhaven desaparecidos. No importaba; el único renegado bueno era el renegado muerto... y especialmente tratándose de este, que había puesto las manos y la boca encima de Tess, chupando su preciosa vida.

Si Dante no hubiera aparecido ya la habría matado.

Con la sangre agitada y tensando todos sus sus músculos, por el dolor de Tess y por su propia preparación para el combate, Dante sacó sus colmillos y le lanzó un rugido al renegado. Quería una venganza brutal e infernal, hacer pedazos al bastardo antes de destriparlo con una de sus cuchillas. Pero había algo más urgente. Salvar a Tess era lo que realmente importaba.

Dante agarró la mandíbula del renegado, hizo palanca con el brazo y lo empujó con fuerza hacia abajo, rompiéndole huesos y varios tendones. Mientras el vampiro chupador de sangre gritaba, Dante sacó una cuchilla con la mano libre y hundió el acero con el borde de titanio en el pecho del vampiro. Apartó el cadáver y acudió junto a Tess.

—Oh, dios. —Arrodillado junto a ella, oyó su suave y entrecortada respiración. Era muy superficial. La herida de su muñeca era grave, pero la del cuello totalmente salvaje. Estaba pálida como la nieve, y la notó helada cuando se llevó su mano a los labios y le besó los lánguido dedos—. Tess... aguanta, pequeña. Ya te tengo. Te sacaré de aquí.

Dante la cogió en sus brazos y se la llevó hacia fuera.

Capítulo veintiocho

Chase pasó por encima del cadáver de un humano que yacía junto a la puerta del apartamento del primer piso. La televisión sonaba a todo volumen en el salón del interior. El viejo había sido atacado y malherido por renegados, y al menos uno de ellos permanecía todavía en el edificio. Chase subió las escaleras del apartamento de Ben Sullivan en completo silencio, con todos sus sentidos atentos al entorno. Sostenía la Beretta con ambas manos levantadas cerca del hombro derecho, sin el seguro puesto y el cañón apuntando hacia el techo. Podía conseguir que el arma estuviera a punto y disparando balas de titanio en una fracción de segundo. Para el renegado que se estaba moviendo de forma imprudente en el apartamento de arriba, la muerte era inminente.

Al alcanzar el último peldaño, Chase se detuvo junto a la entrada contigua a la puerta entreabierta. A través de la rendija, vio que el lugar había sido saqueado. Los renegados que habían entrado allí estaban buscando algo... y decididamente no se trataba del propio Ben Sullivan, a menos que esperasen que se escondiera en uno de laos muchos cajones o archivadores que habían sido registrados en el apartamento. Vio el destello de un movimiento en el interior y retrocedió justo cuando un renegado salía de la cocina con un cuchillo de carnicero con el que comenzó a desgarrar los cojines del sillón reclinable, destrozándolos.

Con la punta de una bota, Chase abrió la puerta lo bastante como para poder deslizarse en el interior, luego avanzó cautelosamente, apuntando al renegado por la espalda con su arma de nueve milímetros. La búsqueda frenética del vampiro le impidió darse cuenta de la amenaza que le acechaba hasta que Chase se detuvo a no más de dos pies de distancia, con el cañón del revólver a la altura de la cabeza del renegado.

Chase podría haber disparado en aquel instante, y probablemente debería haberlo hecho. Todo su entrenamiento y su lógica lo empujaban a apretar el gatillo y liberar una de esas balas de titanio en el cráneo del renegado, pero el instinto lo hizo vacilar.

En una fracción de segundo, su mente hizo un inventario visual del vampiro que tenía ante él. Advirtió su altura y su figura atlética, las ropas de civil... la sombra de inocente juventud escondida bajo su sudadera y sus tejanos mugrientos y su pelo grasiento, sucio y despeinado. Tenía el aspecto de un yonqui, de eso no cabía duda. El renegado olía a sangre agria y a sudor... los sellos de un vampiro enfermo de lujuria de sangre.

Pero aquel adicto no era un desconocido.

—Dios —susurró Chase por lo bajo—. ¿Camden?

El renegado se quedó completamente inmóvil ante el sonido de la voz de Chase. Levantó los hombros, su cabeza desgreñada se volvió hacia un lado, ladeada en un ángulo exagerado. Gruñó, enseñando los dientes y los colmillos, oliendo el aire. Su mirada no estaba totalmente visible, pero Chase pudo ver en los ojos de su sobrino un inquietante brillo de color ámbar, resplandeciendo en su cara amarillenta.

—Cam, soy yo. Tu tío. Baja el cuchillo, hijo.

Si entendió algo, Camden no dio ninguna señal. Y tampoco soltó el cuchillo de carnicero que sostenía en su mano. Comenzó a volverse, lentamente, como un animal que de repente es consciente de que está acorralado.

—Todo ha terminado —le dijo Chase—. Ahora estás a salvo. Estoy aquí para ayudarte.

Incluso mientras decía las palabras, Chase se preguntó si eran realmente las que quería decir. Bajó la pistola pero no puso el cierre de seguridad, cada músculo de su brazo estaba tenso y su dedo seguía cerca del gatillo. Una ola de temor subía por su columna, tan fría como la brisa nocturna que entraba a través de la puerta abierta y flotaba en el apartamento. Chase también se sentía arrinconado, inseguro de su sobrino y de sí mismo.

—Camden, tu madre está muy preocupada por ti. Quiere que vuelvas a casa. ¿Puedes hacer eso por ella, hijo?

Hubo un largo momento de tenso y cauteloso silencio durante el cual Chase observó cómo el único hijo de su hermano se daba la vuelta para mirarlo de cara. Aun así, Chase no estaba preparado para lo que vio. Trató de aferrarse a la imagen de su sobrino cuando era estudiante, pero la bilis rosada en su garganta, las manchas de sangre y su aspecto andrajoso revelaban que ya no quedaba nada del chico que no hacía ni tan sólo un par de semanas estaba riendo y bromeando con sus amigos, un chico brillante con un futuro realmente prometedor.

Chase no pudo hallar ninguna señal de esa esperanza en el fiero macho que tenía ante él, con su ropa manchada por la carnicería del piso de abajo, en la que seguramente había tomado parte, y el cuchillo de cocina apretado y preparado para actuar en su mano. Sus pupilas estaban fijas y estrechas, apenas unas líneas negras en el centro de su mirada vacía de color ámbar.

—Cam, por favor... déjame ver que estás en alguna parte.

Las palmas de Chase comenzaron a sudar. Su brazo derecho comenzó a levantarse como si tuviera voluntad propia, alzando lentamente el arma. El renegado gruñó, moviendo las piernas para agazaparse. La mirada feroz iba de un lado a otro, calculando, decidiendo. Chase no sabía si el impulso que había en Camden en aquel momento era el de luchar o el de salir huyendo. Levantó más alta el arma de nueve milímetros, y luego la elevó todavía, con el dedo temblando sobre el gatillo.

—Ah, joder... esto no está bien. Nada bien.

Con un suspiro desolado arqueó el cañón de la pistola directamente hacia arriba y disparó una bala al techo. El estallido del disparo hizo un fuerte eco, y Camden se sobresaltó y entró en acción, saltando a través de la habitación para escapar. Pasó corriendo junto a Chase hacia las puertas correderas. Sin mirar atrás más que una vez saltó por encima del balcón y se perdió de vista.

Chase se dobló sobre sus pies, con una opresiva mezcla de alivio y de arrepentimiento. Había encontrado a su sobrino, pero también había permitido que un renegado volviese a las calles.

Cuando por fin levantó la cabeza y miró la puerta abierta del apartamento vio que Tegan estaba allí, observándolo con una mirada penetrante y cómplice. Puede que el guerrero no lo hubiera visto dejar libre al renegado, pero sabía lo que había ocurrido. Esa mirada apagada e inexpresiva parecía saberlo todo.

—No pude hacerlo —murmuró Chase, sacudiendo la cabeza mientras miraba el arma descargada—. Él es de mi familia y... simplemente no pude.

Durante un largo rato Tegan no dijo nada, midiéndolo en el silencio.

—Ahora tenemos que irnos —dijo finalmente—. La mujer está mal. Dante está con ella y nos aguardan en el coche.

Chase asintió, y luego siguió al guerrero hacia el exterior del edificio.

Con el pulso todavía latiendo de miedo y de rabia, Dante acomodó a Tess en el asiento trasero del Rover, meciendo entre los brazos su cabeza y sus hombros y tapándola con su chaqueta para darle calor. Se había quitado la camisa y la había roto en tiras para vendar de manera improvisada la herida de su muñeca y el corte más grave de su cuello.

Ella permanecía acostada muy quieta contra él, con un peso muy ligero. Él contempló su rostro, agradeciendo que el ataque de los renegados no hubiera llegado tan lejos como para golpearla y torturarla, pues la enfermedad que tenían los llevaba a hacer eso con sus presas. No la habían violado, y eso también era una enorme bendición, dada su naturaleza salvaje y animal. Pero los renegados le habían sacado su sangre... una gran cantidad de ella. Si Dante no la hubiera encontrado en el preciso momento en que lo hizo, la hubieran vaciado por completo.

Se estremeció, helado hasta los huesos ante aquel pensamiento. Al verla tendida allí, con los ojos cerrados e inconsciente, la piel pálida y fría, Dante supo cuál era la manera segura de ayudarla. Necesitaba sangre para reemplazar la que había perdido. No se trataba de las transfusiones médicas que sus hermanas humanas necesitarían, sino de la sangre de un vampiro de la estirpe.

Él ya había forjado la mitad del lazo de sangre con ella la noche que bebió de su sangre para salvarse. ¿Pero cómo iba a tener la crueldad de encadenarla con ese lazo esta vez de manera completa sin pedirle su consentimiento? La única otra alternativa que tenía era quedarse allí viéndola morir en sus brazos.

Eso era completamente inaceptable, incluso aunque ella pudiera llegar a odiarle por darle una vida que la haría estar sujeta a él con cadenas irrompibles. Ella se merecía mucho más de lo que él tenía para darle.

—Maldita sea, Tess. Lo siento. Es la única manera.

Se llevó su propia muñeca a la boca y se hizo una pequeña incisión vertical con la afilada punta de sus largos colmillos. La sangre salió a la superficie, corriendo como un arrollo por su brazo desnudo. Él era vagamente consciente del ruido de unos pasos apresurados acercándose al todoterreno mientras levantaba la cabeza de Tess preparándola para darle alimento.

Las puertas de delante se abrieron y entraron Tegan y Chase. Tegan miró hacia atrás, señalando con los ojos el brazo de Tess, con su mano derecha floja, que se había deslizado por debajo de la chaqueta de Dante. La mano en la que lucía la marca de nacimiento que mostraba una lágrima y una luna creciente. El guerrero entrecerró los ojos, y luego se dirigió hacia Dante con un tono de advertencia.

—Es una compañera de sangre.

—Lo sé —dijo Dante a su compañero. No intentó ni siquiera enmascarar el tono de grave preocupación que había en su voz—. Conduce, Tegan. Llévanos al recinto lo más rápido que puedas.

Mientras el guerrero ponía en marcha el Rover, Dante colocó su muñeca contra los labios flácidos de Tess dejando que su sangre se derramara dentro de su boca.

Capítulo veintinueve

Tess pensaba que se estaba muriendo. Se sentía muy ligera y a la vez muy pesada, flotando en tierra de nadie entre el dolor de un mundo y la profundidad desconocida del siguiente. La oscura resaca de un lugar lejano y extraño tiraba de ella, pero no tenía miedo. Un relajante calor la envolvió, como si las alas de un fuerte ángel se doblaran en torno a ella, sosteniéndola en lo alto, por encima de la creciente marea que lamía suavemente sus miembros.

Se hundió en ese cálido abrazo. Necesitaba esa fuerza firme y perdurable.

Oía voces a su alrededor, su tono era bajo y urgente, pero no podía distinguir las palabras. Su cuerpo vibraba con el constante zumbido de un movimiento bajo ella, sus sentidos se volvían más lentos con el ocasional movimiento de sus miembros. ¿Estaba siendo transportada a alguna parte? Estaba demasiado agotada para preguntárselo, demasiado reconfortada también como para simplemente dejarse llevar entregándose a ese calor protector que la envolvía.

Quería dormir. Simplemente desvanecerse y dormir, para siempre...

Una pequeña gota de una sustancia caliente le salpicó los labios. Como seda, corrió por la costura de su boca en una lenta estela, su tentadora fragancia se amontonó en su nariz. Otra gota cayó sobre sus labios, cálida y húmeda e intensa como el vino, y ella sacó la lengua para probarla.

Tan pronto como su boca se abrió, se llenó de un calor líquido. Gimió, sin saber lo que estaba probando pero con la certeza de que necesitaba más. El primer trago rugió a través de ella como una gigantesca ola. Había más para tomar, un flujo constante que se derramaba en sus labios y en su lengua, mientras ella bebía de esa fuente como si se estuviera muriendo de sed. Tal vez así era. Todo lo que sabía era que quería aquel líquido, lo necesitaba, y no podía obtener suficiente.

Alguien murmuró su nombre, suavemente, profundamente, mientras ella bebía el extraño elixir. Conocía la voz. Conocía la fragancia que parecía florecer a su alrededor y derramarse dentro de su boca.

Sabía que él la estaba salvando, el oscuro ángel cuyos brazos la protegían ahora.

«Dante.»

Era Dante quien estaba con ella en aquel singular vacío; ella lo sabía con cada partícula de su ser.

Tess continuaba flotando, sostenida en lo alto por encima del revuelto mar de lo desconocido. Lentamente, el agua oscura se alzó para que ella se sumergiera, espesa como una crema, caliente como un baño. Dante la ayudaba, sus brazos la sostenían constantemente, tan fuertes y tan delicados. Ella se disolvió en la agitada marea, bebiéndola, sintiéndola penetrar en sus músculos, sus huesos, sus pequeñas células.

En la paz que circulaba por encima de ella, la conciencia de Tess se deslizó en el interior de otro mundo, uno que venía hacia ella en matices de un intenso tono escarlata, carmesí y de color vino.

El camino hacia el recinto duró una eternidad, a pesar de que Tegan había circulado todo el tiempo a una velocidad récord a través de las concurridas y ventosas calles de Boston hasta el camino privado que conducía hacia los cuarteles de la Orden. Tan pronto como el Rover se detuvo en el garaje, Dante abrió la puerta trasera del vehículo y con cuidado cogió a Tess en sus brazos.

Ella estaba todavía medio inconsciente, todavía débil por la pérdida de sangre y el trauma, pero él tenía más esperanzas de que sobreviviera. Había tomado tan sólo una pequeña cantidad de su sangre; ahora que ya estaba a salvo en el recinto, él se aseguraría de que tomara toda cuanta necesitara.

Diablos, estaría dispuesto a desangrarse por completo si es que tenía que hacerlo para salvarla.

Dios, no era tan sólo una estúpida idea noble; lo pensaba de verdad. Estaba desesperado porque Tess sobreviviera, tanto que estaría dispuesto a morir por ella. Los lazos físicos de su unión de sangre, ahora ya completamente consumada, aseguraban que él se sintiera responsable de protegerla, pero en realidad se trataba de algo más fuerte. Más profundo de lo que nunca hubiera imaginado.

La amaba.

La ferocidad de su emoción sorprendió a Dante mientras entraba a Tess en el ascensor del garaje, seguido por Tegan y Chase. Alguien le dio al botón para bajar y comenzaron el suave y silencioso descenso a través de los noventa metros de tierra y acero que protegían el recinto de la estirpe del resto del mundo.

Cuando se abrieron las puertas, Lucan estaba de pie en el pasillo junto al ascensor. Gideon se hallaba a su lado, y los dos guerreros armados tenían expresiones graves. Sin duda Lucan había sido alertado de la urgente llegada cuando el Rover apareció en la cámara de seguridad de las verjas del recinto. Lanzó una mirada a Dante y a la mujer atacada salvajemente que llevaba en sus brazos y soltó una maldición.

—¿Qué ha pasado?

—Déjame pasar —dijo Dante, mientras avanzaba entre sus hermanos, con cuidado de no empujar a Tess—. Necesita algún lugar caliente donde descansar. Ha perdido mucha sangre...

—Ya lo veo. ¿Qué diablos ha pasado ahí fuera?

—Renegados —intervino Chase, encargándose de dar las explicaciones a Lucan mientras Dante caminaba por el pasillo, con toda su atención concentrada en Tess—. Un grupo saqueó el apartamento del traficante de carmesí. No sé lo que estaban buscando, pero la mujer debe de haberse topado con ellos en alguna parte. Tal vez se los encontró por sorpresa. Tiene heridas de mordiscos en el brazo y en la garganta, de más de un atacante.

Dante asintió al oír los hechos, agradecido por la ayuda verbal del vampiro Darkhaven, ya que su propia voz parecía habérsele atragantado en la garganta.

—Dios —dijo Lucan, dirigiendo una mirada sombría a Dante—. ¿Es ella la compañera de sangre de la que hablabas? ¿Es Tess?

—Sí. —Él la miró, tan inmóvil y pálida en sus brazos, y sintió un penetrante escalofrío en el pecho—. Unos segundos más y hubiera sido demasiado tarde...

—Malditos vampiros chupadores de sangre —soltó Gideon pasándose una mano por el pelo—. Voy a preparar una habitación para ella en la enfermería.

—No. —La respuesta de Dante fue más arisca de lo que pretendía, e inflexible. Extendió la muñeca donde se había hecho el corte, con la piel todavía roja y húmeda en la zona donde ella se había alimentado—. Es mía. Se queda conmigo.

Los ojos de Gideon se abrieron asombrados, pero no dijo nada. Nadie lo hizo, mientras Dante se separaba del grupo de los guerreros y se dirigía con Tess hacia el laberinto de pasillos que conducía a sus habitaciones privadas. Una vez allí, la llevó a su dormitorio y la colocó suavemente en la inmensa cama que llenaba el espacio. Dejó las luces tenues y le habló suave y en voz baja, mientras trataba de acomodarla.

Con una orden mental, puso a funcionar el grifo del lavabo, dejando salir agua caliente mientras retiraba con cuidado los vendajes que cubrían la muñeca y el cuello de Tess. Gracias a Dios había dejado de sangrar. Sus heridas eran salvajes y profundas, pero lo peor ya había pasado.

Al ver las horribles marcas que los renegados que la atacaron le habían dejado, Dante deseó tener el don sanador de Tess. Quería borrar las heridas antes de que ella tuviera la oportunidad de verlas, pero no podía hacer ese tipo de milagros. Su sangre podía curarla por dentro, rellenando su cuerpo y dándole una vitalidad sobrenatural desconocida para ella. Con el tiempo, si ella se alimentaba con frecuencia de él como su compañera, su salud la haría ser eternamente joven. Y con el tiempo las cicatrices también se curarían. No lo bastante pronto para él. Él quería destrozar a sus atacantes de nuevo, torturarlos lentamente en lugar de darles la muerte rápida que esos renegados habían recibido.

La necesidad de violencia, de venganza contra todo renegado que pudiera llegar alguna vez a hacerle daño se apoderó de él como un ácido. Dante acalló la urgencia de venganza, concentrando toda su energía en cuidar de Tess con manos suaves y reverentes. Le retiró la chaqueta manchada de sangre, empezando por las mangas y levantando luego su flácido cuerpo para quitársela del todo. El jersey que llevaba debajo también estaba arruinado, con el color beis de la lana impregnado de un rojo chillón alrededor del cuello y a lo largo de la manga.

Tendría que cortarle el jersey para quitárselo; no pensaba intentar quitárselo por encima de la cabeza afectando la espantosa herida de mordisco de su garganta. Desenfundó uno de los puñales de sus caderas, y deslizó la cuchilla por debajo del dobladillo, desgarrando la prenda con una limpia línea en el centro. La suave lana cayó a un lado, dejando expuesto el torso color crema de Tess y el encaje color melocotón de su sujetador.

Un despertar sexual fue provocado en su interior, tan automático como su respiración, al contemplar la perfección de su piel, las femeninas curvas de su cuerpo. Verla siempre le hacía desearla, pero verla marcada por las brutales manos de los renegados lo condujo a una firme calma que triunfó sobre la fuerza del deseo de poseerla.

Ahora estaba a salvo, y eso era todo lo que él necesitaba.

Dante depositó la cuchilla sobre la mesita de noche, luego le quitó a Tess el jersey destrozado y lo tiró junto a la chaqueta, al lado de la cama. La habitación estaba cálida, pero su piel todavía permanecía fría al tacto. Tiró del borde del edredón de seda negra de la enorme cama y la cubrió con él, luego se dirigió al cuarto de baño para buscar un paño cubierto de jabón y una toalla fresca para limpiarla. Mientras volvía a la habitación, oyó un golpe suave en la puerta abierta de sus habitaciones, demasiado suave como para venir de alguno de los guerreros.

—¿Dante? —La voz aterciopelada de Savannah era aún más suave que su golpe. Entró trayendo consigo una serie de pomadas y medicinas, con sus ojos oscuros y amables llenos de compasión. La compañera de Lucan, Gabrielle, también estaba con ella, la compañera de sangre de cabellos color castaño llevaba una bata afelpada sobre su brazo—. Hemos oído lo que ha ocurrido y hemos pensado traer algunas pocas cosas que la ayuden a sentirse más cómoda.

—Gracias.

Desde el otro lado de la cama, él miró distraído a las dos mujeres que se acercaban con sus cosas. Toda su atención estaba concentrada en Tess. Le levantó la mano y pasó con cuidado el borde del paño mojado sobre la capa de sangre de su muñeca, mientras la acariciaba tan suavemente como podía con sus torpes manos, más adecuadas para sostener armas de fuego o acero.

—¿Está bien? —preguntó Gabrielle detrás de él—. Lucan ha dicho que le diste de tu sangre para salvarla.

Dante asintió, pero no se sentía nada orgulloso de lo que había hecho.

—Me odiará por ello cuando entienda lo que significa. No sabe que es una compañera de sangre. No sabe... quién soy yo.

Se sorprendió al notar una pequeña mano que se apoyaba con actitud de consuelo sobre su hombro.

—Entonces deberías decírselo, Dante. No lo pospongas. Confía en que ella comprenderá la verdad, incluso si al principio se resiste a aceptarla.

—Sí —dijo él—. Sé que se merece saber la verdad.

Se sentía agradecido por el gesto comprensivo de Gabrielle y por su consejo prudente. Al fin y al cabo, ella hablaba por experiencia propia. Esa mujer había recibido de Lucan la asombrosa verdad tan sólo hacía unos meses. A pesar de que ahora eran inseparables y se amaban con auténtico amor, la travesía de Lucan y Gabrielle había sido de todo menos fácil. Ninguno de los guerreros conocía todos los detalles, pero Dante podía adivinar que Lucan, con su naturaleza distante y glacial no había contribuido a que las cosas fueran sencillas para ninguno de los dos.

Savannah se acercó unos pasos a él deteniéndose junto a la cama.

—Después de limpiarle las heridas, ponle un poco de esta pomada. Junto con tu sangre en su sistema, la medicina ayudará a acelerar la curación y mejorar las cicatrices.

—De acuerdo. —Dante cogió el tarro con el remedio casero y lo dejó sobre la mesita de noche—. Gracias a las dos.

Las mujeres le dedicaron comprensivas sonrisas, y luego Savannah se inclinó para recoger la chaqueta y el suéter manchados.

—No creo que esto le pueda servir ya para nada.

En el instante en que sus manos tocaron la ropa, sus suaves rasgos se alteraron. Cerró los ojos, con una mueca de dolor. Contuvo la respiración, y luego la dejó salir con un tembloroso suspiro.

—Dios bendito, pobrecita. El ataque ha sido tan... salvaje. ¿Sabías que casi se desangra?

Dante inclinó la cabeza.

—Lo sé.

—Estaba casi muerta cuando tú... bueno, tú la salvaste y eso es lo que importa —dijo Savannah, adoptando un tono sereno que no podía ocultar el malestar que sentía después de conocer los terribles detalles del ataque de Tess—. Si necesitas cualquier cosa, Dante, sólo tienes que pedirla. Gabrielle y yo haremos todo lo que esté en nuestras manos para ayudarte.

Él asintió, volviendo a limpiar las heridas de Tess con el paño húmedo. Oyó salir a las mujeres, y el espacio a su alrededor quedó en silencio con el peso de sus pensamientos. No sabía cuánto tiempo llevaba junto a Tess... seguramente horas. La limpió y la secó cuidadosamente con la toalla, luego se puso a su lado en la cama y la apretó contra él, contemplándola dormir y rezando para que pronto abriera sus bellos ojos para él.

Cientos de pensamientos atravesaron su mente mientras yacía junto a ella, cientos de promesas que deseaba hacerle. Deseaba que estuviera siempre a salvo, siempre feliz. Deseaba que viviera para siempre. Con él, si ella quería; sin él, si esa era la única manera. Cuidaría de ella tanto como pudiera, y si... o mejor dicho... aunque la muerte que lo acechaba lograra finalmente alcanzarlo, habría siempre un lugar para Tess entre la estirpe.

Dios, ¿estaba pensando en el futuro?

¿Haciendo planes?

Le parecía tan extraño, después de haber pasado toda su vida viviendo como si no hubiera un mañana, convencido de que en cualquier segundo podía no haber un mañana, sólo había hecho falta una mujer para que arrojara por un precipicio todos esos pensamientos fatales. Seguía creyendo que la muerte lo esperaba a la vuelta de una esquina —lo sabía con la misma claridad con que su madre conocía su propia muerte y la de su compañero— pero una mujer extraordinaria le había dado unas esperanzas infernales de estar equivocado.

Tess le hacía desear tener todo el tiempo del mundo, para poder pasar cada segundo con ella.

Era necesario que despertase. Debía recuperarse, porque él tenía muchas cosas que hacer con ella. Ella tenía que saber lo que él sentía, lo que ella significaba para él... pero también lo que había hecho, uniendo a los dos por un lazo de sangre.

¿Cuánto tiempo tardaría la sangre en ser absorbida por su cuerpo para dar comienzo a su proceso de rejuvenecimiento? ¿Cuánta necesitaría? Había tomado tan sólo una cantidad mínima durante el camino hacia el recinto, las escasas gotas que él había conseguido ponerle en la boca para que su débil garganta las tragara. Tal vez necesitara más.

Empleando el puñal que había en la mesita de noche, Dante hizo un pequeño corte en su muñeca. Apretó la herida abierta contra los labios de Tess, esperando sentir su respuesta, dirigiendo maldiciones al techo al ver que su boca permanecía inmóvil y su sangre caía inútilmente sobre su barbilla.

—Vamos, ángel, bebe. Hazlo por mí. —Acarició su mejilla fría apartando de su frente un mechón de pelo enredado—. Por favor, vive Tess... bebe y vive.

Desde el umbral de la puerta, alguien se aclaró la garganta para hacer notar su presencia.

—Lo siento... la puerta estaba abierta.

Chase. Qué inoportuno. A Dante no se le ocurría nadie que pudiese desear ver menos en ese momento. Se hallaba demasiado concentrado en lo que estaba haciendo, y en lo que estaba sintiendo, como para lidiar con otra interrupción, y peor aún si procedía del agente Darkhaven. Esperaba que el bastardo se hubiera largado hacía ya rato del recinto, regresando al lugar al cual pertenecía, y preferiblemente con una patada de Lucan en el culo. Una vez más, sería Lucan quien tendría el privilegio de dársela en su lugar.

—Sal de aquí —gruñó.

—¿Ha bebido algo?

Dante se burló por lo bajo.

—¿Qué parte del «sal de aquí» no has entendido, Harvard? No necesito público precisamente ahora, y te puedo asegurar que lo que menos necesito en el mundo son tus sandeces.

Apretó de nuevo su muñeca contra los labios de Tess, usando su mano libre para separarlos con la ayuda de los dedos con la esperanza de que tomara algo de su sangre aunque fuera forzándola. No ocurrió así. A Dante le escocían los ojos mientras la contemplaba. Sintió las lágrimas corriendo por sus mejillas. Probó su sabor salado cuando éstas se reunieron en la comisura de sus labios.

—Mierda —murmuró, limpiándose la cara contra el hombro en una extraña mezcla de confusión y desespero.

Oyó pisadas que se acercaban a la cama. Sintió que el aire a su lado se movía y que Chase alargaba la mano.

—Tal vez sería mejor que le inclinaras la cabeza...

—No la toques. —Las palabras le salieron con una voz que ni siquiera Dante reconoció como propia, tan llena de veneno y de amenaza mortal. Volvió la cabeza y miró al agente a los ojos, con su visión incendiada y aguda y sus colmillos alargándose en un instante.

El instinto protector que hervía a través de él era feroz y totalmente letal, y Chase evidentemente lo supo de golpe. Retrocedió, levantando las manos delante de él.

—Lo siento. No quería hacerle daño. Sólo deseaba ayudar, Dante. Y pedirte disculpas.

—No vuelvas a molestarme. —Se volvió hacia Tess, sintiéndose abatido por la preocupación y anhelando estar a solas—. No necesito nada de ti, Harvard. Excepto que te largues.

Un largo silencio fue la única respuesta, y por un momento Dante se preguntó si el agente se había marchado, tal como él deseaba. No hubo esa suerte.

—Sé cómo te sientes, Dante.

—Ah, sí, claro

—Yo creo que sí. Creo que ahora entiendo muchas cosas que antes no entendía.

—Bueno, mejor para ti. Profundamente brillante por tu parte, antiguo agente Chase. Escríbelo en alguno de tus inútiles informes y tal vez tus amigotes de los Refugios Oscuros te condecoren con alguna maldita medalla. Harvard por fin encuentra alguna pista.

El vampiro soltó una risita irónica, sin rencor.

—La he cagado, lo sé. Te mentí a ti y a los otros, y he puesto en peligro la misión por motivos personales y egoístas. Lo que he hecho ha sido un error. Y quiero que sepáis, especialmente que lo sepas tú, Dante, que lo siento.

El pulso de Dante latía con furia y también con miedo por el estado de Tess, pero no arremetió contra Chase como su impulso le hacía desear. Oyó la aflicción en su voz. Y oyó humildad, algo que en general escaseaba, incluso en Dante mismo. Hasta ahora. Hasta que había conocido a Tess.

—¿Por qué me dices esto?

—¿Honestamente? Porque veo lo mucho que te preocupas por esta mujer. Te importa, y estás terriblemente asustado. Tienes miedo de perderla, y hasta ahora has hecho todo lo que has podido por ella.

—Mataría por ella —se apresuró a decir Dante—. Moriría por ella.

—Sí, sé que lo harías. Tal vez puedas ver lo fácil que sería mentir, engañar o incluso dar tu vida con el propósito de ayudarla... hacer cualquier cosa, arriesgarlo todo, si eso significara protegerla de más heridas.

Frunciendo el ceño ante una nueva comprensión y sintiéndose de repente incapaz de seguir despreciando al agente, Dante se volvió para mirar a Chase.

—Dijiste que no había una mujer en tu vida, ni familia ni obligaciones más allá de la viuda de tu hermano...

Chase sonrió vagamente. Lleno de tristeza y de anhelo, el rostro del vampiro lo decía todo.

—Se llama Elise. Estaba esta noche, cuando tú y Tegan vinisteis a buscarme a mi casa.

Debaría haberlo sabido. Aunque se hizo evidente que de alguna forma ya lo sabía, Dante se acaba de dar cuenta en ese preciso momento. La reacción de Chase cuando la mujer salió fuera había sido virulenta y trastornada. Fue al verla potencialmente en peligro que perdió su habitual calma. Parecía tener ganas de arrancarle la cabeza a Tegan por haber tocado a esa mujer, un sentimiento posesivo que iba más allá de la necesidad de defender el propio pellejo.

Y por la expresión del rostro de Chase, se veía que no era correspondido en ese afecto.

—En cualquier caso —dijo el agente bruscamente—. Sólo quería... que supieras que siento mucho todo lo ocurrido. Quiero ayudarte a ti y al resto de la Orden de la manera que pueda, así que si necesitas algo ya sabes dónde estoy.

—Chase —dijo Dante mientras el hombre se volvía para abandonar la habitación—. Acepto tus disculpas. Y por mi parte, también lo siento. Yo tampoco he sido justo contigo. A pesar de nuestras diferencias, has de saber que te respeto. La agencia perdió a alguien muy valioso el día que te echaron.

Chase le sonrió ladeando la cabeza y agradeció el elogio con un pequeño asentimiento.

Dante se aclaró la garganta.

—Y en cuanto a esa oferta de ayuda...

—Dime.

—Tess estaba paseando un perro cuando los renegados la atacaron. Un chucho pequeño y feo, que no sirve más que para calentarse los pies, pero es especial para ella. De hecho, fue un regalo mío, más o menos. El caso es que el perro se soltó de la cadena, ya que la encontré a una manzana de la casa de Ben Sullivan.

—¿Quieres que recupere a un perro feo y rebelde, de eso se trata?

—Bueno... tú dijiste que podía pedirte cualquier cosa.

—Sí, eso dije. —Chase se rio—. Está bien. Lo haré.

Dante se sacó del bolsillo las llaves del Porche y se las entregó al otro vampiro. Cuando Chase se volvió para marcharse, Dante añadió:

—Por cierto, la pequeña bestia responde al nombre de *Harvard*.

—Harvard —dijo Chase alargando las sílabas y sacudiendo la cabeza al tiempo que dirigía a Dante una sonrisa satisfecha—. Supongo que no se trata de una coincidencia.

Dante se encogió de hombros.

—Es bueno comprobar que el pedigrí de tu prestigiosa liga académica sirve para algo.

—Dios santo, guerrero, llevas dándome patadas en el culo desde el primer minuto en que me uní al equipo, ¿no es cierto?

—En comparación con los demás, yo he sido amable. Hazte un favor a ti mismo y no mires demasiado cerca de los blancos a los que dispara Niko, a menos que estés muy seguro de tu hombría.

—Mamones —murmuró Chase, pero su tono estaba cargado de humor—. Quédate ahí y estaré de vuelta dentro de un rato con tu chucho. ¿Vas a pedirme algo más ahora que he proclamado a todos los vientos mi deseo de ajustar las cuentas contigo?

—De hecho sí hay algo más —respondió Dante, poniéndose serio al pensar en Tess y en el futuro que ella merecía—. Pero podremos hablar de eso cuando vuelvas, ¿no?

Chase asintió, captando su cambio de humor.

—Sí, por supuesto que podremos.

Capítulo treinta

Cuando Chase salió de la casa de Dante y entró en el vestíbulo, Gideon lo estaba esperando allí.

—¿Cómo van las cosas ahí adentro? —preguntó el guerrero.

—Ella sigue inconsciente, pero creo que está en buenas manos. Dante está empeñado en que se ponga bien, y cuando se mete una idea en la cabeza de un guerrero como él, no hay nada capaz de impedir su voluntad.

—Eso es cierto —se rio Gideon. Llevaba en la mano una pequeña cámara de vídeo, que encendió en ese momento—. Mira. Esta tarde logré captar en las escuchas de satélite lo que estaban haciendo algunos renegados. Más de uno parecería formar parte de la población civil de los Refugios Oscuros. ¿Tienes un momento para echar un vistazo y quizá identificar a algunos de ellos?

—Por supuesto.

Chase miró la pequeña pantalla del aparato portátil mientras Gideon buscaba las imágenes hasta llegar a una en particular. El material, filmado cuando ya era de noche, enfocaba el primer plano de un edificio en ruinas de una de las barriadas industriales de la ciudad. Mostraba cuatro individuos saliendo de una puerta trasera. Por su manera de caminar y su tamaño, Chase reconoció enseguida que eran vampiros. Lo que no sabía era a qué humano estarían acechando.

El metraje filmado seguía, y Chase observó, con repugnancia, cómo los cuatro jóvenes Darkhaven se acercaban a su presa. Atacaron de prisa y con gran violencia, fieles a su carácter de depredadores ávidos de sangre. Los ataques de pandillas a seres humanos eran algo desconocido entre la estirpe;

sólo los vampiros convertidos en renegados cazaban y mataban de esa manera.

—¿Puedes conseguir que esta imagen sea más nítida?—preguntó a Gideon, en realidad sin querer seguir viendo la carnicería pero a la vez incapaz de desviar la mirada.

—¿Crees que reconoces a alguno de ellos?

—Sí —dijo Chase, y sus entrañas se convulsionaron mientras la imagen cada vez más nítida mostraba el rostro despeinado y salvaje de Camden. Era la segunda vez que veía al joven en las últimas horas y la prueba irrefutable de que era imposible cualquier tipo de recuperación—. Todos son de los Refugios Oscuros de Boston. Te puedo dar los nombres, si quieres. Aquél se llama Camden. Es el hijo de mi hermano.

—Joder —murmuró Gideon—. ¿Uno de esos renegados es tu sobrino?

—Empezó a tomar carmesí y desapareció hace casi dos semanas. Él es la verdadera razón por la que acudí a la Orden en busca de ayuda. Quería localizarlo y traerlo de vuelta antes de que esto sucediera.

El rostro del otro guerrero expresaba gravedad.

—Sabes que todos los individuos en este metraje de satélite son renegados. Ya son adictos, Chase. Casos perdidos...

—Lo sé. Vi a Camden esta noche, cuando Dante, Tegan y yo estuvimos en la casa de Ben Sullivan. En cuanto lo miré a los ojos, comprendí en qué se había convertido. Esto no hace más que confirmarlo.

Gideon se mantuvo callado durante un largo rato mientras apagaba el aparato.

—Nuestra política con los renegados es bastante simple. Es necesario que lo sea. Lo siento, Chase, pero si nos topamos con cualquiera de estos individuos en nuestras patrullas, no hay ninguna alternativa posible.

Chase asintió. Sabía que la postura de la Orden cuando se trataba de los renegados era inquebrantable, y después de acompañar a Dante durante las últimas noches, sabía que tenía que ser así. Camden estaba perdido, y ahora era sólo una cuestión de tiempo que la cáscara ávida de sangre en la que se había convertido su sobrino fuera destruida, en combate con los guerreros o a raíz de sus propias y temerarias acciones.

—Tengo que volver arriba y hacer algo por Dante —dijo Chase—. Pero regresaré dentro de una hora, y podré darte cualquier información que necesitéis para ayudar a despejar las calles de esos renegados.

—Gracias. —Gideon le dio una palmada en el hombro—. Chase, lo siento mucho. Ojalá las cosas fueran distintas. Todos hemos perdido a seres queridos en esta maldita guerra. Nunca es fácil.

—Está bien. Te veo más tarde —dijo Chase, y se alejó a grandes pasos hacia el ascensor que lo llevaría al garaje de los vehículos de la Orden al nivel de la calle.

Mientras subía, pensaba en Elise. Había dicho toda la verdad sobre Camden a Dante y a los otros, pero seguía sin decírsela a Elise. Ella tenía que saberlo. Tenía que estar preparada para aceptar lo que le había pasado a su hijo y comprender qué significaba. Chase ya no iba a poder traer a Cam de vuelta a casa. Nadie podría hacerlo. La verdad iba a matar a Elise, pero tenía que saberlo.

Chase salió del ascensor y sacó el teléfono móvil del bolsillo de su abrigo. Mientras caminaba hacia el coche de Dante, tocó el botón para llamar a su casa. Elise respondió tras el segundo timbre, su voz sonaba ansiosa, esperanzada.

—¿Hola? Sterling, ¿estás bien? ¿Lo has encontrado?

Chase dejó de caminar, maldiciendo en silencio. Durante un largo segundo fue incapaz de hablar. No sabía cómo expresar lo que tenía que decir.

—Yo, hum... Sí, Elise, hemos visto a Camden esta misma noche.

—Oh, dios mío. —Emitió un sollozo, luego dudó—. Sterling, está... Por favor, dime que está vivo.

Mierda. No había pretendido hacer esto por teléfono. Pensaba llamarla sólo para decirle que llegaría más tarde y se lo explicaría todo, pero la inquietud maternal de Elise era incapaz de un atisbo de paciencia. Quería respuestas desesperadamente, y Chase no podía seguir ocultándoselas.

—Ah, diablos, Elise. Las noticias no son buenas. —Ante el pesado y total silencio que le llegaba desde el otro lado de la línea, Chase se lanzó a contar los hechos—. Han visto a Cam esta noche, corriendo con una pandilla de renegados. Yo mismo lo vi, en el apartamento del humano que había estado suministrándole carmesí. Está muy mal, Elise. Está... Dios mío, qué difícil es decírtelo. Ha cambiado, Elise. Es demasiado tarde. Camden se ha convertido en un renegado.

—No —dijo ella por fin—. No te creo. Estás equivocado.

—No lo estoy. Dios, cuánto me gustaría estarlo, pero lo vi con mis propios ojos, y también he visto unas cintas de vídeo de los sistemas de vigilancia que tienen los guerreros. Él y un grupo de otros jóvenes del Refugio Oscuro —todos ellos renegados ahora— fueron captados por satélite, atacando a un humano en público.

—Necesito verlo.

—No, créeme, no...

—Sterling, escúchame. Camden es mi hijo. Es lo único que me queda en el mundo. Si ha hecho estas cosas, como dices... si se ha convertido en un animal y tú tienes pruebas de ello... tengo el derecho de verlo con mis propios ojos.

Chase dio golpecitos con los dedos sobre el techo del Porsche negro, sabiendo que a ninguno de los guerreros le iba a gustar tener a una civil en el recinto.

—Sterling, ¿estás ahí?

—Sí, sigo aquí.

—Si yo o la memoria de tu hermano te importamos, aunque sólo sea un poco, entonces te pido, por favor, que me dejes ver a mi hijo.

—Está bien —dijo, cediendo por fin y consolándose con la idea de que si le concedía esa dudosa petición, al menos estaría presente para sujetar a Elise cuando cayera—. Tengo algo que hacer arriba, pero pasaré por el Refugio Oscuro aproximadamente dentro de una hora para recogerte.

—Te estaré esperando.

Ese increíble calor había vuelto, meditaba Tess desde dentro del oscuro oleaje que la sujetaba. Tendía sus sentidos hacia la marea de calor, hacia el maravilloso olor y sabor del fuego líquido que la estaba nutriendo. Los pensamientos conscientes parecían bailotear al límite de su alcance, pero las terminaciones nerviosas se encendían como ristras de diminutas luces, como si su cuerpo se descongelara lentamente, volviendo a la vida centímetro a centímetro, célula a célula, después de un largo y gélido sueño.

—Bebe —le señaló una voz grave, y ella obedeció.

Ingirió más calor por su boca, tragándolo con avidez. Un extraño despertar se inició en sus adentros mientras bebía la fuente de ese poderoso calor. Comenzó en los dedos de sus manos y sus pies, luego se extendió por sus miembros, una fuerza eléctrica que zumbaba dentro de ella como un oleaje.

—Así se hace, Tess. Toma más. Simplemente sigue bebiendo, mi ángel.

No habría podido parar aunque lo deseara. Era como si cada sorbo aumentara la sed por otro más, o como si cada trago no hiciera más que añadir combustible al fuego que ardía en sus entrañas. Se sentía como una niña de pecho, vulnerable e inexperta, totalmente confiada, necesitada de su madre en el sentido más elemental.

Estaba recibiendo la vida; lo sabía en la parte más primitiva de su mente. Había estado al borde de la muerte, lo suficientemente cerca como para tocarla, quizá, pero este calor, este oscuro elixir, la había retenido.

—Más —carraspeó. Tenía, al menos, la sensación de haber hablado. La voz que oyó sonaba débil y distante. Tan desesperada—. Más.

Tess se estremeció cuando una súbita ausencia de calor respondió a su exigencia. No, pensó, mientras un pánico sombrío surgía de la pérdida. La estaba dejando ahora. Su ángel de la guarda se había ido, llevándose la fuente de la vida que le había estado dando. Gimió débilmente, obligando a sus manos inertes a tenderse en busca de él.

—Dante...

—Estoy aquí a tu lado. No me voy a ninguna parte.

El frío se desvaneció y un gran peso se tendió a su lado. Sintió el calor a lo largo de su cuerpo, mientras él la apretaba contra sí. Sintió unos dedos fuertes contra su nuca, que acercaban su cabeza a esa voz, empujando su boca a la firme columna del cuello masculino. La piel húmeda y cálida entró en contacto con sus labios.

—Ven aquí, Tess, y bebe de mí. Toma todo lo que necesites.

¿Beber de él? Alguna parte cada vez más borrosa de su conciencia rechazaba la idea como absurda, impensable, pero otra parte de ella —la parte que seguía dando vueltas locas en la marea, luchando por llegar a tierra firme— hizo que su boca buscara lo que se le estaba ofreciendo de manera tan abierta.

Tess abrió los labios y sorbió intensamente, sedienta, llenándose la boca con la rugiente fuerza del don de Dante.

Santo cielo.

Mientras Tess cerraba la boca sobre la vena que él había abierto para ella en su cuello, todo el cuerpo de Dante se tensó como la cuerda de un arco. La succión hambrienta de sus labios, la sedosa caricia de su lengua mientras su boca ingería y tragaba la sangre de Dante, hacía que su miembro se le endureciera, con una erección tan feroz y pétrea como nunca antes había experimentado.

No sabía cuán intenso sería dejar que ella bebiera de él de manera tan íntima. Era la primera vez en toda su existencia que le daba su sangre a otro. Siempre había sido el receptor, nutriéndose por necesidad y a menudo por placer, pero nunca con una compañera de sangre.

Nunca con una mujer que lo conmoviera tanto como Tess.

Y el hecho de que ahora ella se nutriera de él por puro instinto de supervivencia, porque su sangre era el único elemento —la única sustancia— que el cuerpo de ella necesitaba en ese momento, sólo hacía que el acto le resultase aún más erótico. Su sexo vibraba, hambriento y exigente, una presión pesada que quería ignorar pero no podía.

Dios santo, era como si le estuviera chupando esa misma parte viril, cada movimiento de su boca excitándolo aún más, casi haciéndole perder el control por completo. Con un gemido, Dante hundió las manos en las sábanas de seda de su cama, intentando aguantar mientras Tess se nutría de él por una cuestión de necesidad primordial.

Sus dedos empezaban a moverse nerviosamente en la zona del hombro de Dante donde se agarraban, amasándole los músculos en un ritmo instintivo mientras continuaba succionándole la sangre. Él sintió cómo Tess iba recuperando sus fuerzas con cada minuto que pasaba. Su aliento se hacía más profundo, dejaba de ser esa rápida pero superficial compresión de los pulmones para convertirse en una cadencia de largas y sanas aspiraciones.

Sentir la recuperación de su vitalidad fue el afrodisíaco más intenso que jamás había experimentado. Hacía falta el esfuerzo de Hércules para resistir la tentación de cogerla en sus brazos y apretarla bajo su cuerpo para saciar su ardiente deseo.

—Sigue bebiendo —le dijo, su boca llena de la presencia de sus propias fauces extendidas y una lengua espesa de tanta sed—. No pares, Tess. Todo es para ti. Sólo para ti.

Ella se acercó a él ahora, aplastando los senos contra su pecho, y las caderas... Dios mío, las caderas de Tess se estaban restregando contra su pelvis, meciéndose en un movimiento sutil e instintivo mientras la boca seguía ejerciéndose febrilmente contra su cuello. Dante se tumbó de espaldas y permaneció tan quieto como podía para ella, cerrando los ojos en un tormento exquisito, mientras su pulso daba brincos.

No estaba acostumbrado a controlarse, pero para Tess era capaz de soportar ese dolor toda la noche si hacía falta. Gozaba haciéndolo, en realidad, por mucho que el deseo que sentía lo estuviera haciendo trizas. Se tendió sobre el colchón y absorbió cada matiz de los movimientos corporales de Tess, cada suave maullido y gemido que hacía contra su garganta.

Habría sido capaz de aguantar aún más si Tess no se hubiese puesto encima de él, sin apartar la boca de su vena, con el cabello cayéndose suelto sobre su pecho. La columna vertebral de Dante se enarcó debajo de ella, levantándose de la cama mientras ella seguía succionando, ahora con mayor profundidad, y su esbelto cuerpo ardía al tacto, moviéndose sobre él en lentas ondas eróticas.

Empezó a cabalgarlo, sus muslos abiertos sobre las caderas de él, su sexo moliendo el suyo como si estuvieran los dos desnudos y haciéndose el amor. Incluso a través de la ropa deportiva de nailon, podía sentir el intenso calor de Tess. Sus bragas estaban húmedas del deseo, el dulce olor de su excitación se le metía en la cabeza como un martilleo.

—Dios mío —gimió, levantando las manos para agarrarse a la cabecera de la cama mientras el ritmo con el que ella se alimentaba se sumió en un frenético *in crescendo*.

Ella se agitaba sobre él, cada vez más de forma más rápida, más enérgica, al mismo tiempo que sus dientes humanos, tan desafilados, se ceñían al cuello de Dante y le succionaban la vena, cada vez con más fuerza. Él sintió como el clímax se elevaba en ella, desatándose. El suyo propio se le venía encima también con la misma rapidez, su miembro levantándose, saltando, a punto de estallar. En el mismo segundo en que Tess se corrió, Dante se entregó a su propia liberación. El orgasmo le llegó de golpe, arrasándolo, exprimiéndolo. Estaba perdido ante su potencia, incapaz de detener las feroces pulsaciones que parecían seguir eternamente mientras Tess se acomodaba sobre él en un pesado y saciado sueño.

Después de un rato, Dante separó las manos de la cabecera de la cama y las puso suavemente sobre el descansado cuerpo de Tess. Quería estar dentro de ella, lo necesitaba como necesitaba el aire para respirar, pero ella estaba vulnerable en ese momento y no estaba dispuesto a usarla. Ahora que había salido del peligro, habría otros momentos para que estuvieran juntos así. Vendrían tiempos mejores.

Por dios, tendrían que venir.

Capítulo treinta y uno

Tess se despertó con calma, su rostro atravesando la superficie de una cálida y oscura ola que empujaba su cuerpo hacia una orilla acogedora. Respiró profundamente y sintió el aire frío y purificador entrar de golpe en sus pulmones. Pestañeó una, dos veces. Los párpados le pesaban como si hubiera estado dormida durante días.

—Hola, ángel —dijo una voz grave y familiar desde muy cerca de su cara.

Tess levantó sus ojos hasta verlo: Dante, mirándola, con la mirada seria pero sonriente. Le acarició la frente, alisándole el pelo húmedo y apartándoselo de la cara.

—¿Cómo te encuentras?

—Bien. —Se sentía mucho más que bien, con su cuerpo tumbado sobre un confortable colchón, envuelto en negras sábanas de seda y protegido por los fuertes brazos de Dante—. ¿Dónde estamos?

—En un lugar seguro. Es aquí donde vivo, Tess. Nada te podrá hacer daño aquí.

Ella registró su aplomo con una punzada de confusión, algo sombrío y gélido que se cernía en los bordes de su conciencia. Miedo. No lo sentía ahora, no hacia él, pero la sensación permanecía como una neblina pegada a su piel, helándola. Había sentido miedo hacía poco tiempo: un miedo mortífero.

Tess se tocó el cuello con una mano. Los dedos entraron en contacto con una zona de piel que estaba tierna e inflamada. Como un rayo repentino, un recuerdo estalló en su mente: una cara horrorosa, con ojos que brillaban como carbones ardientes, con la boca abierta de par en par que siseaba de un modo aterrador, mostrando sus enormes y agudos dientes.

—Me atacaron —murmuró, y las palabras se formaban aun antes de que los recuerdos arraigaran—. Vinieron hacia mí en la calle y... me atacaron. Dos de ellos me arrastraron fuera de la calle y me...

—Ya lo sé —dijo Dante, apartándole cuidadosamente la mano del cuello—. Pero ahora estás bien, Tess. Todo ha terminado y no tienes nada que temer.

En imágenes borrosas, los eventos de la noche pasaron a través de su mente. Ella volvió a vivirlo todo, desde su paseo por delante del apartamento de Ben y el descubrimiento de que alguien que no era Ben estaba allí dentro, hasta la espantosa visión de los dos hombres grandes —si es que se trataba de hombres en realidad— saltando desde el balcón hasta la calle y persiguiéndola.

Veía sus terribles caras, sentía la fuerza dolorosa de las manos que la agarraron y la arrastraron hacia las sombras, donde empezó la verdadera brutalidad.

Todavía sentía el terror de ese instante, cuando uno de ellos sujetó sus brazos y el otro la aplastó contra el suelo con el peso de su inmenso y musculoso cuerpo.

Pensaba que la iban a violar, y quizá a golpearla también, pero el propósito de los atacantes era sólo ligeramente menos atroz.

La habían mordido.

Los dos monstruos salvajes la sujetaron como una presa vencida sobre el suelo de las ruinas sombrías de un cobertizo. Luego le mordieron el cuello y la muñeca y empezaron a beber de su sangre.

Había estado segura de que iba a morir allí, pero luego sucedió algo milagroso. Apareció Dante. Los había matado a los dos, algo que Tess más que ver había sentido. Tendida sobre el incómodo suelo de contrachapado, mientras el olor de su propia sangre aturdía sus sentidos, sintió la presencia de Dante. Sintió cómo su furia llenaba el pequeño espacio como una tempestad de negro ardor.

—Tú... tú también estuviste allí, Dante. —Tess se levantó en la cama. Su cuerpo parecía milagrosamente fuerte, sin dolores o agujetas después de lo que había pasado. Ahora que se le iba despejando la mente, se sentía refrescada y llena de energía, como si se hubiera despertado de un sueño profundo y rejuvenecedor—. Tú me encontraste allí. Tú me salvaste, Dante.

La sonrisa de él parecía tensa, como si no estuviera totalmente de acuerdo con lo que decía y como si no se sintiera cómodo con su gratitud. Pero la envolvió con sus brazos y le besó tiernamente los labios.

—Estás viva, y eso es lo único que importa.

Tess lo abrazó, sintiéndose casi parte de él de una manera extraña. Los latidos del corazón de Dante reverberaban en la cadencia del suyo propio, y el calor de su cuerpo parecía traspasar su piel y sus huesos, llenándola de calor por dentro. Se sentía conectada a él ahora de un modo muy visceral. Era una sensación extraordinaria, tan potente que la desconcertaba.

—Ahora que estás despierta —murmuró Dante a su oído— hay alguien esperándote en la otra habitación que tiene ganas de verte.

Antes de que pudiera contestar, Dante bajó de la cama grande y se acercó a la sala de al lado. Desde detrás, Tess no podía dejar de admirar el movimiento viril de su cuerpo, y la forma en que la atractiva red de tatuajes multicolores en su espalda y sus hombros se balanceaban con tanta gracia con cada uno de sus oscilantes pasos. Desapareció en la otra habitación y Tess oyó una pequeña queja animal que reconoció de inmediato.

—¡*Harvard*! —exclamó en el instante en que Dante volvió al dormitorio, llevando en sus brazos al pequeño y adorable terrier que se agitaba frenéticamente—. ¿A él también lo salvaste?

—No —dijo Dante—. Lo vi suelto y corriendo por la calle antes de encontrarte y de traerte aquí. En cuanto estuviste a salvo, mandé a alguien para que lo buscara.

Puso el perro sobre la cama y Tess fue asaltada de inmediato por la excitada masa de piel. *Harvard* le lamió las manos y la cara mientras ella lo levantaba para abrazarlo, rebosante de alegría por verlo después de creerlo perdido en la calle cerca del apartamento de Ben.

—Gracias —dijo, sonriendo a través de una repentina niebla de lágrimas, mientras el feliz reencuentro proseguía—.

Debo confesarlo. Creo que estoy totalmente enamorada de este pequeño animal.

—Qué suerte tiene el perro —comentó Dante. Se sentó sobre el borde de la cama, observando como *Harvard* lavaba la mejilla de Tess con meticuloso entusiasmo. Pero su expresión era demasiado controlada, demasiado seria, cuando sus miradas volvieron a cruzarse.

—Hay... cosas que tenemos que hablar, Tess. Tenía la esperanza de que tú nunca tendrías que formar parte de todo esto, pero te estoy involucrando cada vez más. Después de esta noche, necesitas comprender qué ha pasado, y por qué.

Asintiendo en silencio, ella soltó a *Harvard* y se enfrentó a la sombría mirada de Dante.

Una parte de ella ya intuía por dónde iría la conversación: territorios aún desconocidos, sin duda, pero después de lo que había visto esa noche, Tess sabía que muchas cosas que siempre había considerado reales y normales nunca volverían a ser como antes.

—¿De qué se trata, Dante? Esos hombres que me atacaron, no eran hombres normales. ¿No es cierto?

Dante movió la cabeza vagamente.

—No, no eran hombres. Eran criaturas peligrosas, adictas a la sangre. Los llamamos renegados.

—Adictos a la sangre —dijo ella, sintiendo un nudo en las entrañas ante la idea. Se miró la muñeca, donde brillaban las rojas huellas de un mordisco, aunque en vías de recuperación—. Dios mío. ¿Eso es lo que estaban haciendo, beber de mi sangre? No me lo creo. Sólo hay un nombre para ese tipo de comportamiento psicótico: vampiro.

La mirada fija, firme e incisiva de Dante no hizo ningún intento de refutación.

—Los vampiros no existen —dijo ella, con voz tajante—. Al fin y al cabo, estamos hablando de lo real. No pueden existir de verdad.

—Sí que existen, Tess. No de la manera que te han enseñado a creer. No como muertos vivientes o demonios sin alma, sino como una especie diferente e híbrida. Los que te atacaron esta noche son el peor tipo. No tienen ni conciencia ni capacidad de lógica o control. Matan indiscriminadamente y seguirán haciéndolo si nadie logra dominarlos pronto. Es por eso que yo y los demás estamos en este recinto... para asegurarnos de que los renegados sean aniquilados antes de que se conviertan en una pestilencia sin parangón en todo lo que ha visto la humanidad en la época moderna.

—¡Venga! —se burló Tess, con ganas de no creer pero sin encontrar la manera de rechazar la estrafalaria idea de Dante, ya que nunca lo había visto o lo había oído más sincero. Más implacablemente racional—. ¿Me estás diciendo que eres algún tipo de cazador de vampiros?

—Soy un guerrero. Estamos en una guerra, Tess. Las cosas no han hecho más que empeorar ahora que los renegados se han apropiado del carmesí.

—¿Carmesí? ¿Qué es eso?

—La droga con la que Ben Sullivan ha estado traficando por la ciudad durante los últimos meses. Aumenta el deseo de sangre y reduce las inhibiciones. Está creando a muchos más de estos asesinos.

—¿Y qué pasa con Ben? ¿Él lo sabe? ¿Es por eso que estuviste en su apartamento la otra noche?

Dante asintió.

—Él dice que una corporación anónima lo contrató el verano pasado para crear la droga. Sospechamos que esa corporación puede haber sido una tapadera para los renegados.

—¿Dónde está Ben ahora mismo?

—No lo sé, pero voy a enterarme.

El tono de Dante al decir eso sonó muy frío, y Tess no pudo menos que sentirse preocupada por Ben.

—Los hombres... es decir, los renegados que me atacaron habían estado registrando su apartamento.

—Sí. Es posible que lo estuvieran buscando, pero no estamos seguros.

—Creo que yo podría saber algo de lo que querían.

Dante frunció el ceño.

—¿En qué sentido?

—¿Dónde está mi chaqueta? —Tess echó un vistazo por toda la habitación pero no veía su ropa. No llevaba puesto más que un sujetador y unas bragas por debajo de las sábanas que la cubrían—. El otro día encontré algo en la clínica. Un

USB. Ben lo escondió en una de mis salas de reconocimiento médico.

—¿Qué había en el USB?

—No lo sé. No he intentado abrirlo. Está en el bolsillo de mi chaqueta...

—Mierda —Dante se levantó de un salto—. Volveré en unos minutos. ¿Estarás bien aquí sola?

Tess asintió. Seguía intentando asimilar todo lo que estaba ocurriendo, todas las cosas increíbles y perturbadoras que estaba aprendiendo sobre el mundo que siempre había creído que conocía.

—¿Dante?

—¿Sí?

—Gracias... por salvarme la vida.

Algo oscuro destelló en los ojos color whisky de Dante, algo que suavizaba sus duras pero bellas facciones. Se acercó a ella sobre la cama y pasó los dedos entre el cabello de su nuca, levantando su cara. El beso fue dulce, casi reverente.

—Quédate aquí, ángel. Volveré enseguida.

Elise apoyó la mano contra la lisa pared del pasillo e intentó recuperar el aliento. Apretaba la otra mano contra su vientre, y sus dedos estaban abiertos sobre la ancha faja roja de su luto de viuda.

Una ola de náusea hizo temblar sus piernas y por un instante pensó que vomitaría allí donde estaba. Dondequiera que estuviese.

Huyó del laboratorio tecnológico del recinto en un estado de revulsión total, asqueada por lo que le habían mostrado. Ahora, después de correr ciegamente a través de un vestíbulo, y luego de otro, no tenía en realidad ninguna idea de dónde había llegado. Sólo sabía que necesitaba salir de allí.

Sería imposible alejarse lo suficiente de toda esa brutalidad que acababa de ver.

Sterling le había advertido que las imágenes de Camden que había conseguido la vigilancia de satélite del Orden eran nítidas y terribles. Elise creía que estaba preparada, pero ver a su hijo y a varios otros renegados participando en la masacre total de un ser humano había sido mucho peor de lo imaginable. Sabía que aquella pesadilla la acompañaría durante el resto de sus días sobre la tierra.

Apoyando la espalda contra la pared del pasillo, Elise se dejó caer lentamente hacia el suelo. No podía contener las lágrimas ni las sacudidas de sollozos que quemaban su garganta. En el fondo de la angustia se sentía culpable, se recriminaba no haber tenido más cuidado con Camden. Por haber pensado siempre que él tenía tan buen corazón, que era tan fuerte, que era imposible que le pasara algo tan terrible.

Su hijo no podía ser ese monstruo ávido de sangre que había visto en la pantalla del ordenador. Él tenía que estar allí dentro, en algún lugar, aún recuperable. Aún salvable. Todavía Camden, su adorado y querido hijo.

—¿Estás bien?

Sorprendida por la grave voz masculina, Elise dio un salto, levantando sus ojos llorosos. Le devolvieron la mirada unos ojos de un intenso verde esmeralda detrás de una cascada descontrolada de pelo rubio. Era uno de los dos guerreros que había llegado al Refugio Oscuro para buscar a Sterling esa noche... el más frío e imponente de los dos, que había cogido y retenido a Elise cuando intentaba correr para defender a Sterling.

—¿Estás lesionada? —preguntó, al ver que no podía hacer más que mirarlo desde donde se había desplomado, en postura humillante, sobre el suelo del pasillo.

Se acercó a ella, con la expresión impasible, indescifrable. Estaba medio desnudo y llevaba vaqueros anchos que se colgaban de manera indecente en torno a sus delgadas caderas y una camisa blanca, totalmente desabotonada, mostraba los músculos de su pecho y su torso.

Una asombrosa muestra de *dermoglifos* lo cubría del vientre a los hombros, y la densidad y el detallismo no dejaban ninguna duda de que ese guerrero pertenecía a la estirpe de la primera generación. Lo que quería decir que era uno de los más poderosos y agresivos de la raza de los vampiros. Los de la primera generación eran escasos; Elise, por muchas décadas que hubiera vivido en los Refugios Oscuros, nunca antes había llegado a ver a uno.

—Soy Tegan —le dijo, y le dio la mano para ayudar a levantarse.

El contacto le parecía demasiado directo, aunque no podía olvidar que esas enormes manos masculinas habían estado apretadas sobre sus hombros y su cintura sólo unas pocas horas antes. Había sentido el duradero calor del tacto durante mucho tiempo después de que la soltara, y las huellas de sus fuertes dedos parecían quemar su carne.

Logró levantarse sin necesidad de ayuda y se secó torpemente las mejillas húmedas.

—Soy Elise —le dijo, haciéndole una educada reverencia con la cabeza—. Soy la cuñada de Sterling.

—¿Ha enviudado recientemente? —preguntó, inclinando la cabeza mientras su mirada penetrante la recorría de los pies a la cabeza.

Elise jugaba con la faja escarlata que rodeaba su cintura.

—Perdí a mi pareja hace cinco años.

—Usted sigue de luto.

—Sigo amándole.

—Lo siento —dijo él, de manera inexpresiva, con el rostro plácido—. Y siento también lo que ha pasado con su hijo.

Elise bajó la mirada, sin querer oír condolencias por Camden cuando aún se aferraba a la esperanza de que podía recuperarlo.

—No es culpa suya —le dijo él—. Usted no lo empujó a esto, y no habría podido detenerlo.

—¿Cómo? —murmuró, asombrada de que Tegan supiera algo de su culpa, de su vergüenza secreta. Algunos de la primera generación tenían el don de leer las mentes, pero ella no había tenido conciencia de que él estaba examinando sus pensamientos, y sólo se podía penetrar a los humanos más débiles sin algún indicio de invasión psicótica—. ¿Cómo pudiste...?

La respuesta le llegó de inmediato, la explicación de ese extraño zumbido de los sentidos que sintió cuando él la había tocado antes esa noche, el ardor de sus dedos que le dejó impregnado en la piel.

Había adivinado sus emociones en ese instante. La había desnudado sin contar con su voluntad.

—Lo siento —dijo—. No es algo que pueda controlar.

Elise pestañeó para superar su incomodidad. Ella sabía bien lo que era ser condenado a una habilidad como esa. Su propia destreza psicótica la había convertido en una presa a los Refugios Oscuros, incapaz de soportar el bombardeo de pensamientos negativos de los humanos que la asaltaban cada vez que estaba entre ellos.

Pero el hecho de compartir una misma aflicción con este guerrero no hacía que se sintiese más cómoda en su presencia. Y su preocupación por Camden —el intenso dolor que sentía cuando pensaba en qué estaría haciendo allí fuera, atrapado dentro de la violencia de los renegados— la llenó de la necesidad de estar a solas.

—Debería irme —dijo, más a sí misma que a Tegan—. Necesito... tengo que salir de aquí. No puedo estar aquí en estos momentos.

—¿Quiere ir a su casa?

Se encogió de hombros, luego movió la cabeza, sin saber lo que necesitaba.

—A cualquier sitio —susurró—. Lo único que necesito es irme.

Más cerca ahora, desplazándose sin llegar ni a agitar el aire que lo rodeaba, Tegan dijo:

—Yo la llevaré.

—No, no quería decir...

Miró hacia atrás por el pasillo, en la dirección desde donde había venido, pensando que a lo mejor debería intentar encontrar a Sterling.

Otra parte de ella no estaba muy segura de que le conviniera estar en la compañía de ese guerrero en aquellos momentos, y mucho menos considerar la posibilidad de irse con él sin otra compañía.

—¿Tiene miedo de que la muerda, Elise? —preguntó él. Hubo un leve movimiento en las comisuras de su indolente y sensual boca, el primer indicio que había visto en él que transmitía algo de emoción.

—Es tarde —señaló ella, buscando una excusa educada para negar la invitación—. Debe de estar a punto de amanecer. No quisiera que se arriesgara a estar expuesto...

—Conduciré rápido, entonces. —Ahora él sonrió, una

sonrisa ancha que mostraba que sabía perfectamente que ella estaba intentando evitarlo y que no estaba dispuesto a aceptarlo—. Venga. Salgamos de aquí.

Que Dios la ayudara, pero cuando le tendió la mano, Elise dudó sólo un instante antes de tomarla.

Capítulo treinta y dos

Dante no volvió en pocos minutos y la espera angustiaba a Tess. Tenía tantas preguntas, tantas cosas que resolver en su mente. Y a pesar del vivo zumbido interno de su cuerpo, por fuera se sentía drogada, inquieta.

Una ducha caliente en el amplio cuarto de baño de Dante la ayudó a quitarse parte de esa sensación, y la ayudó también ponerse la ropa limpia que él le había dejado en el dormitorio. Mientras *Harvard* la observaba, hecho un ovillo en la cama, Tess se puso los pantalones de pana color canela y la camisa marrón, y luego se sentó para ponerse los zapatos.

Las raspaduras y la sangre salpicada eran vivos recordatorios del ataque que había sufrido. Un ataque, como Dante había intentando convencerla, perpetrado por criaturas inhumanas con una sed —una adicción— por la sangre.

«Vampiros.»

Tenía que haber una explicación más lógica, algo anclado en los hechos, no en el folclore. Tess sabía que era imposible, pero sabía también que era algo que ella misma había experimentado. Sabía lo que había visto, cuando el primer asaltante saltó del balcón del apartamento de Ben y se dejó caer sobre el suelo con la agilidad de un gato. Sabía lo que había sentido, cuando ese hombre y el otro que lo acompañaba la arrastraron fuera de la acera y la metieron en ese viejo cobertizo. La habían mordido como animales rabiosos. Habían perforado su piel con sus inmensas fauces y habían succionado su sangre, llenándose las bocas con ella, nutriéndose de ella como si hubieran salido directamente de una película de terror.

Como si fueran los vampiros que Dante decía que eran.

Por lo menos estaba a salvo ahora, dondequiera que fuera que Dante la hubiera traído. Examinó el gran dormitorio, amueblado de manera sencilla y nada pretenciosa. Eran muebles masculinos, con líneas rectas y un acabado oscuro. La única nota distinta era la cama. La enorme cama, con baldaquín, dominaba la habitación, y sus sábanas de seda negra y brillante eran tan suaves y radiantes como el ala de un cuervo.

Tess encontró una decoración con el mismo buen gusto en el salón de al lado. Las habitaciones de Dante eran cómodas y directas, como el hombre mismo. En todo el espacio había una atmósfera hogareña, pero no parecía una casa. No había ventanas en ninguna de las paredes, sólo cuadros de arte contemporáneo que debían de ser muy caros y fotografías enmarcadas. Le había comentado que este lugar era un recinto y Tess se preguntaba ahora dónde estaba exactamente.

Salió del salón y entró en un recibidor con baldosas. Llena de curiosidad, abrió la puerta y se asomó a un pasillo de radiante mármol blanco. Miró por el largo vestíbulo y luego en la otra dirección. Estaba todo vacío, no había nada más que un túnel en curva hecho de piedra pulida. Sobre el suelo, insertada entre el níveo mármol, había una serie de símbolos; arcos geométricos entrelazados con espirales de obsidiana. Eran extraños e intrigantes, y en algunas partes formaban diseños similares a los hermosos tatuajes multicolores que llevaba Dante sobre su torso y sus brazos.

Tess se agachó para mirar mejor. Absorta en el estudio de los símbolos no se dio cuenta de que *Harvard* estaba a su lado hasta que el terrier salió corriendo por el pasillo.

—¡*Harvard,* vuelve aquí! —gritó, pero el perro siguió corriendo y desapareció detrás de la curva del vestíbulo.

Maldita sea.

Tess se levantó, miró hacia los dos lados del pasillo vacío, y salió detrás del perro. La persecución la condujo por un largo trecho del pasillo, y luego por otro. Cada vez que estaba a punto de atrapar al terrier, éste se volvía a escapar, correteando por el interminable laberinto del vestíbulo como si estuvieran jugando.

—*Harvard,* pequeño idiota, ¡para! —susurró con rabia, pero no sirvió para nada.

Se estaba impacientando y no sabía si debería estar recorriendo ese lugar a solas. Aunque no las veía, estaba segura de que debían de haber cámaras de seguridad que estarían registrando cada uno de sus movimiento desde detrás de las opacas orbes de vidrio que estaban instaladas con intervalos de dos o tres metros en el techo del pasillo.

En ningún lugar había señales que le indicaran donde estaba o mostraran hacia dónde conducían los laberínticos pasillos. Dondequiera que fuese ese lugar que Dante llamaba su casa, tenía toda la pinta de ser una agencia gubernamental de la más alta tecnología. Lo cual sólo otorgaba más credibilidad a sus escandalosas descripciones de una guerra clandestina y de la existencia de peligrosas criaturas de la noche.

Tess siguió al perro por un último giro hacia la derecha que desembocaba en otra ala del recinto. Por fin, la fuga de *Harvard* llegó a su fin. Unas puertas giratorias obstruían su camino al final del vestíbulo, donde había unas pequeñas ventanas cuadradas, al nivel del ojo, nubladas con cristal esmerilado.

Tess se acercó con cautela, intentando no asustar al perro, pero al mismo tiempo insegura de qué podría haber al otro lado de las puertas. Reinaba una calma total. No había nada más que el interminable mármol blanco en todas las direcciones. Flotaba en el aire un olor vagamente antiséptico. De algún lugar cercano, se oía el débil pitido electrónico de un equipo de laboratorio y el ritmo de otro sonido metálico que no reconocía.

¿Estaba en algún tipo de ala de medicina? Parecía lo suficientemente esterilizada, pero no se veían señales exteriores de que hubiera pacientes. No había empleados corriendo por todas partes. Ni uno solo, al parecer.

—Ven aquí, lindo perrito —murmuró, agachándose para recoger a *Harvard*, que se había tumbado cerca de las puertas.

Sosteniéndolo con un brazo contra su pecho, Tess lentamente entreabrió una de las puertas y miró hacia fuera. Sólo vio brillar una luz tenue, una semioscuridad que la tranquilizó. A ambos lados del vestíbulo interior había una serie de puertas cerradas. Tess pasó por las puertas giratorias y avanzó algunos pasos.

Descubrió enseguida la fuente de los pitidos. Había un panel digital colgado de la pared a su izquierda. El conjunto de luces del monitor estaba oscuro, con la excepción de un puñado en la parte inferior del panel. Parecía ser algún tipo de monitor EKG, aunque era totalmente diferente a cualquiera que hubiera visto antes. Y desde la habitación más lejana del vestíbulo provenía el reiterado sonido de metal pesado.

—¿Hola? —gritó Tess, en el espacio vacío—. ¿Hay alguien?

En el mismo instante en que las palabras salieron de sus labios, todos los demás sonidos cesaron, incluyendo los pitidos del monitor. Miró hacia el panel a tiempo para ver apagarse las luces. Como si alguien las hubiera desconectado desde la habitación del final.

Un escalofrío le recorrió la columna vertebral. Entre sus brazos, *Harvard* empezó a retorcerse y lloriquear. Logró escapar, saltó al suelo y volvió corriendo por el pasillo. Tess no sabía poner nombre al miedo que la estaba atravesando, pero no estaba dispuesta a quedarse allí y ponderarlo.

Se volvió hacia las puertas giratorias. Empezó a caminar rápidamente hacia ellas, girando la cabeza para vigilar algún movimiento posible. Sintió un súbito descenso de la temperatura; una brisa gélida en la piel, que subió arrastrándose por detrás de su cuello.

—Mierda —susurró, hecha un manojo de nervios.

Extendió la mano para empujar la puerta y dio un salto hacia atrás cuando su palma entró en contacto con algo cálido e inerte. Tess se detuvo de golpe y giró la cabeza, aterrada. Su mirada se encontró con el rostro espantosamente cicatrizado y con el torso de un hombre inmenso y musculoso.

No, no era un hombre.

Un monstruo, con las mismas fauces enormes y los mismos ojos salvajes de color ámbar intenso que los que la habían atacado en la calle.

Un vampiro.

En un destello de recuerdo vívido y horrible, Tess fue asaltada por un bombardeo de imágenes del ataque anterior: los violentos dedos clavados en sus brazos, aplastándola contra el suelo; dientes afilados que laceraban su piel, tironeando sus venas con interminables, febriles movimientos; espantosos gruñidos y gemidos animales mientras esas bestias se alimentaban de su sangre. Volvía a ver la acera iluminada por la luna, la callejuela oscura, el cobertizo en ruinas donde había creído que iba a morir.

Y luego, de la misma manera repentina e incongruente, volvía a ver el pequeño almacén en la parte posterior de la clínica. Había un hombre grande de pelo oscuro acurrucado sobre el suelo, desangrándose. Estaba moribundo, acribillado por balas y con otras heridas terribles. Le tendió la mano...

No, eso no pertenecía a sus recuerdos. No había ocurrido en realidad... ¿O sí?

No tuvo la oportunidad de ir encajando las piezas. El vampiro que obstruía su fuga avanzó, acechándola, con la cabeza inclinada mientras la escudriñaba con furia incontrolable, sus enormes fauces de un blanco mortífero, lo suficientemente afiladas para destrozarla en pedazos.

Dante estaba de pie en el despacho de Gideon y Savannah, esperando el veredicto del USB que Tess había llevado consigo en el bolsillo de su chaqueta.

—¿Te ves capaz de descifrarlo, Gid?

—Por favor... —El vampiro rubio le miró con desdén—. Estás de broma —dijo, haciendo énfasis en los vestigios de su acento inglés. Ya había conectado el *pendrive* a su ordenador, y sus dedos volaban sobre el teclado—. He entrado en las páginas del FBI, de la CIA, de nuestra propia IID, y en casi todas las bases de datos a prueba de *hackers* que existen. Esto será pan comido.

—¿Ah, sí? Cuéntame lo que encuentres. Ahora tengo que irme. He dejado a Tess esperando...

—Tranquilo —dijo Gideon—. Casi lo tengo. Confía en mí. No tardaré mucho, quizá cinco minutos. Vamos a hacerlo interesante. Dame dos minutos y treinta segundos, máximo.

A su lado, apoyada contra el antiguo escritorio de caoba tallada, vestida con vaqueros oscuros y un suéter negro, Savannah sonrió y puso los ojos en blanco.

—Vive para impresionar, lo sabes...

—Sería más llevadero si el cabrón no tuviera siempre razón —añadió Dante.

Savannah se rio.

—Bienvenido a mi mundo.

—Qué pena que no sepas leer archivos de ordenador con tu don —le dijo—. Así no haría falta soportar a este tipo.

—Ay —suspiró ella, con dramatismo—. La psicometría no funciona así, no para mí al menos. Te puedo decir qué llevaba puesto Ben Sullivan cuando manejaba el USB, o describirte la habitación en la que estaba, o su estado de ánimo... pero soy incapaz de penetrar los circuitos electrónicos.

Dante se encogió de hombros.

—Vaya suerte la nuestra, ¿no?

Junto al ordenador, Gideon hizo unos últimos movimientos sobre el teclado, y se echó atrás en su silla, juntando las manos detrás de su cabeza.

—Ya estoy. He tardado un minuto y cuarenta y nueve segundos, para ser exactos.

Dante rodeó el escritorio para mirar la pantalla.

—¿Qué tenemos?

—Archivos de datos. Hojas de cálculo. Diagramas de flujo. Tablas farmacéuticas. —Gideon movió el ratón y abrió uno de los archivos—. Parece un experimento químico. ¿Alguien quiere una receta para confeccionar carmesí?

—Dios mío. ¿Es eso?

—Yo apostaría que sí. —Gideon hizo una mueca, mientras abría otros archivos en la pantalla—. Pero hay más de una fórmula archivada en el USB. No sabremos cuál es la válida hasta que obtengamos los ingredientes y probemos cada uno.

Dante se peinó el cabello y empezó a dar vueltas por el despacho. Tenía curiosidad por saber más de las fórmulas que Ben Sullivan había guardado en el *pendrive,* pero al mismo tiempo estaba deseando volver a su casa. Podía intuir también la inquietud de Tess, sintiendo la conexión que ahora compartían por el vínculo sanguíneo como una atadura invisible que los unía como si fueran una sola persona.

—¿Cómo está ella? —preguntó Savannah, que evidentemente percibía la distracción.

—Mejor —dijo él—. Ya está despierta y se está recuperando. Físicamente está perfecta. En cuanto al resto, he estado intentando explicárselo todo, pero sé que está confundida.

Savannah asintió.

—¿Quién no lo estaría? Yo pensé que Gideon era un demente cuando me contó todo esto por primera vez.

—Todavía crees que estoy loco casi todo el tiempo, mi amor. Es parte de mi encanto. —Se inclinó hacia ella y fingió morderle el muslo cubierto de tela vaquera, distrayendo por un momento los dedos sobre el teclado.

Alejándolo con humor, Savannah se levantó y se acercó al lugar donde Dante, de tantas idas y vueltas, estaba imprimiendo su marca en la alfombra.

—¿Crees que Tess estará hambrienta? Tengo el desayuno preparado en la cocina para Gabrielle y para mí. Puedo preparar una bandeja para Tess, si quieres llevársela.

—Sí. Gracias, Savannah. Sería estupendo.

Dios, ni se le había ocurrido que Tess tendría que comer. Qué buena pareja estelar estaba siendo desde el comienzo. Era apenas capaz de cuidarse bien a sí mismo y ahora tenía que preocuparse por una compañera de sangre, con deseos y necesidades humanas de las que no tenía ni la más remota idea. Extrañamente, mientras que la idea hubiera podido llenarlo de dudas en un pasado no demasiado lejano, ahora casi le resultaba... placentera. Quería mantener a Tess, en todos los sentidos. Quería protegerla y hacerla feliz, mimarla como a una princesa.

Por primera vez en su larga vida, sentía que había encontrado una meta de verdad. No el honor y el deber que lo llevaba a ser un guerrero, pero algo igualmente fascinante y digno. Algo que convocaba todo lo viril que había en él.

Sentía como si ese vínculo que había encontrado —ese amor que sentía por Tess— pudiera ser en realidad lo suficientemente fuerte como para hacerle olvidar la muerte y la angustia que lo habían estado acechando toda su vida. Alguna parte esperanzadora de su ser quería creer que con Tess a su lado, tal vez encontraría una forma de superarlas.

Dante ya estaba disfrutando de ese ligera esperanza cuando un chillido lo atravesó como la punta de un cuchillo. Lo sintió en su propio cuerpo, pero el asalto se dirigía a sus sentidos, algo que reconoció cuando ni Savannah ni Gideon reaccionaron al grito de terror que helaba el corazón de Dante. Le volvió a sacudir, dejándolo tembloroso después de su paso.

—Ay, dios mío. ¡Tess!

—¿Qué pasa? —Savannah se detuvo en su camino hacia la cocina—. ¿Dante?

—Es Tess —dijo, ya enfocando su mente sobre ella, ubicándola en algún lugar del recinto—. Está en algún lugar del recinto... creo que en la enfermería.

—Buscaré la imagen. —En el ordenador, Gideon encontró rápidamente las imágenes de uno de los monitores de vídeo del pasillo—. Ya la tengo, Dante. Mierda. Se ha topado con Río. La tiene arrinconada...

Dante se marchó corriendo antes de que las palabras salieran de la boca de Gideon. No necesitaba ver la pantalla para confirmar dónde estaba Tess o qué la estaba asustando tanto. Salió volando del apartamento de Savannah y Gideon, corriendo a todo gas hacia el corazón del recinto. Experto en el trazado del recinto, por fuera y por dentro, tomó la ruta más corta hacia el ala sanitaria, empleando toda la velocidad preternatural que era capaz de convocar.

Dante oyó la voz de Río aun antes de llegar a las puertas giratorias que conducían al ala de medicina.

—Te hice una pregunta, hembra. ¿Qué narices crees que estás haciendo por aquí?

—¡Aléjate de ella! —gritó Dante cuando entró en la enfermería, esperando con todo su ser no tener que luchar con uno de los suyos—. Aléjate, Río. Ahora mismo.

—¡Dante! —gritó Tess, jadeando de miedo. Su cara estaba de color ceniza y su cuerpo temblaba sin control detrás del inmenso muro del cuerpo de Río. El guerrero la tenía atrapada contra la pared del pasillo, e irradiaba animosidad en pulsaciones ardientes.

—Suéltala —ordenó Dante a su hermano.

—¡Ten cuidado, Dante! ¡Te matará!

—No lo hará, Tess. No pasa nada.

—Esta hembra no pertenece a este lugar —ladró Río.

—Te digo que sí pertenece. Ahora suéltala y aléjate.

Río se relajó un poco y giró la cabeza para mirar a Dante. Dios, cuánto costaba recordar al guerrero de antes de la emboscada que lo había dejado así de estragado, tanto física como emocionalmente. El rostro antes bello del español con la sonrisa fácil y el ingenio contagioso era ahora una maraña de cicatrices rojizas. Hacía mucho tiempo que su sentido del humor lo había abandonado, dejando en su lugar una furia que quizá nunca se aplacaría.

Dante se centró en la cara de Río, mirando más allá de las cicatrices de las mejillas y la frente del guerrero hasta llegar a los ojos casi dementes que parecían tan propios de un renegado que hasta Dante se desconcertó durante un instante.

—Te digo que la dejes —rugió—. Esta mujer está conmigo. Es mía. ¿Comprendes?

Un atisbo de razón se iluminó en las profundidades de ámbar radiante de los ojos de Río, un breve rayo de conciencia, de contrición y de remordimiento. Se volvió de nuevo con un gruñido, el áspero aliento aún resonando en su boca abierta.

—Tess, ahora estás bien. Apártate de él y ven hacia mí.

Emitió un débil gemido pero parecía incapaz de moverse. Dante le tendió la mano.

—Ven, mi ángel. Todo irá bien. Estás a salvo, te lo prometo.

Como si tuviera que ejercer todo el coraje de su cuerpo, Tess se separó de Río y puso su mano en la palma abierta de Dante. Él la estrechó contra su cuerpo y la besó, aliviado de estar otra vez junto a ella.

Mientras Río se acurrucaba sobre el suelo, apoyándose contra la pared del pasillo, el pulso de Dante volvió a algo semejante a la normalidad. Tess seguía afectada y temblorosa, y mientras estaba seguro de que Río ya no suponía ningún peligro para ella —sobre todo ahora que Dante había aclarado su situación— tenía que encargarse de limitar el daño causado.

—Quédate aquí. Voy a ayudar a Río a volver a su cama...

—¿Estás loco? Dante, tenemos que salir de aquí. ¡Nos degollará a los dos!

—No lo hará. —Fijó los ojos en la mirada ansiosa de Tess mientras se acercaba a Río, que estaba desplomado en el suelo—. A mí no me hará daño. A ti tampoco te lo habría hecho.

No sabía quién eras, y le sucedió algo muy terrible que le ha hecho desconfiar de las mujeres. Créeme, no es un monstruo.

Tess miró a Dante con la boca abierta, como si hubiera perdido la cabeza.

—Dante, las fauces... ¡Esos ojos! Es uno de esos que me atacaron...

—No —dijo Dante—. Sólo se les parece porque está enfadado y porque está sufriendo mucho. Su nombre es Río. Es un guerrero de la estirpe, como yo.

—Vampiro —dijo, con la voz quebrada—. Es un vampiro...

Dios, no quería que se enterara de la verdad de este modo. Que Dios lo amparara, pero había pensado que podría incorporarla en su mundo de una manera más fácil, incorporarla en un mundo que ahora les pertenecía a los dos, una vez que hubiera comprendido que la raza de los vampiros no era algo temible, y una vez que viera que ella también formaba parte de esa raza, como una compañera de sangre.

Como la única mujer que quería a su lado.

Pero todo estaba evolucionando tan rápido, un hilo de verdades a medias y secretos que daban vueltas en torno a sus pies mientras ella lo miraba, aterrada, pidiéndole con los ojos que hiciera comprensible esa situación tan insondable.

—Sí —confesó Dante, ya incapaz de mentirle más—. Río es un vampiro, Tess. Como yo.

Treinta y tres

A Tess le dio un vuelco el corazón.

—¿Qué es lo que has dicho?

Dante la miró, con esos ojos de color whisky dorado demasiado serios y una expresión demasiado serena.

—Pertenezco a la estirpe. Soy un vampiro.

—Oh, dios santo —gimió ella, sintiendo toda la piel tensa en señal de alarma y repulsión.

No quería creerlo... él no se parecía a las criaturas que la habían asaltado ni a ese otro que ahora yacía hecho un ovillo de angustia en el suelo de la enfermería. Pero el tono de Dante era tan nivelado, como si anunciara una cuestión de hechos. Ella sabía que estaba diciendo la verdad. Tal vez por primera vez desde que se conocían, por fin estaba siendo honesto con ella.

—Me mentiste vilmente. Todo este tiempo me has estado mintiendo.

—Quería decírtelo, Tess. He estado intentando hallar las palabras para decírtelo...

—¿El qué? ¿Que eres una especie de monstruo enfermo? ¿Que has estado usándome sólo para estar cerca de Ben con el objetivo de que tú y tus amigos chupadores de sangre pudierais matarlo?

—No hemos matado a ese humano, te lo juro. Pero eso no significa que no fuera capaz de hacerlo si se diera la ocasión. Y sí, al principio necesitaba saber si tú estabas involucrada en ese turbio asunto de tráfico de carmesí, y pensé que podías serme útil para obtener más información de esas actividades. Tenía una misión, Tess. Pero también necesitaba tu confianza para poder protegerte.

—Yo no necesito tu protección.

—Sí, la necesitas.

—No —dijo ella, paralizada por el terror—. Lo que necesito es alejarme de ti lo antes posible.

—Tess, el lugar más seguro para ti ahora mismo está aquí conmigo.

Cuando él fue hacia ella, estirando las manos en un gesto con el cual le suplicaba confianza, ella se echó para atrás.

—Apártate de mí. Te lo digo en serio, Dante. ¡Lárgate!

—No voy a hacerte daño. Te lo prometo.

Una imagen golpeó el fondo de su conciencia mientras él decía esas palabras. En su mente, fue súbitamente transportada al almacén de la clínica, donde vio a un hombre en cuclillas gravemente herido, como si hubiera tenido una brutal pelea en las calles durante la noche de Halloween. En aquel momento era un extraño para ella, pero ahora ya no.

El que vio fue el rostro de Dante, sucio y manchado de sangre, con su pelo chorreando sobre su frente. Sus labios se movieron, diciendo las mismas palabras que ahora le oía decir: «No voy a hacerte daño... te lo prometo...»

Tuvo un repentino pero muy nítido recuerdo de sus fuertes manos agarrándola por los brazos, inmovilizándola. De los labios de Dante dejando al descubierto sus dientes... mostrando enormes colmillos blancos que se dirigieron hacia su garganta.

—Yo no te conocía —estaba diciendo ahora Dante, como si pudiera leer sus pensamientos con la mente—. Estaba débil y gravemente herido. Sólo iba a tomar lo que necesitaba de ti y luego te dejaría. No te habría causado dolor, ni angustia. No tenía ni idea de lo que estaba haciendo hasta que vi tu marca...

—Me mordiste... tú... Oh, dios, ¿bebiste de mi sangre esa noche? ¿Cómo... por qué sólo lo recuerdo ahora?

Sus severas facciones se suavizaron, como si se arrepintiera.

—Borré tu memoria. Intenté explicarte las cosas, pero la situación se me fue de las manos. Luchamos y tú me inyectaste un sedante. Cuando recuperé la conciencia casi estaba amaneciendo y no había tiempo para hablar. Creí que sería mejor para ti no recordar. Entonces fue cuando vi tu marca en la mano, y supe que no había vuelta atrás después de lo que había hecho contigo.

Tess no necesitaba mirarse la marca de la mano derecha para saber a qué se refería. La pequeña marca de nacimiento siempre le había resultado curiosa, una lágrima situada sobre el cuenco de una luna creciente. Pero ahora no tenía más significado para ella que antes.

—No hay muchas mujeres que tengan esa marca, Tess. Sólo unas pocas. Eres una compañera de sangre. Si alguien de mi raza bebe sangre de tu cuerpo o te da a ti la suya, se forja un lazo. Un lazo irrompible.

—¿Y tú hiciste eso?

Otro recuerdo la asaltó un recuerdo más remoto de sangre y oscuridad. Recordó haber despertado de un sueño tenebroso, con la boca llena de una caliente fuerza de energía, de vida. Había estado muerta de hambre, y Dante la había alimentado. De su muñeca, y más tarde una vena que abrió para ella en su cuello.

—Oh, dios santo —susurró—. ¿Qué me has hecho?

—Te salvé la vida dándote mi sangre. Igual que tú salvaste mi vida con la tuya.

—No me diste otra elección —dijo con voz entrecortada—. ¿Qué es lo que soy ahora? ¿Me has convertido en la misma especie de monstruo que tú eres?

—No. No funciona así. Nunca te convertirás en vampiro. Pero si sigues alimentándote de mí como mi compañera, podrás vivir muchísimo tiempo. Tanto como yo. Quizás más.

—No me lo creo. ¡Me niego a creerlo!

Tess se volvió hacia las puertas giratorias de la enfermería y empujó los paneles. Éstos no se movieron. Empujó otra vez, con todas sus fuerzas. Nada. Parecían fundidos en sus bisagras, completamente inmóviles.

—Déjame salir de aquí —le pidió a Dante, sospechando que era su voluntad la que mantenía las puertas cerradas para ella—. Maldito seas, Dante. ¡Déjame marchar!

Tan pronto como la puerta se abrió lo mínimo, Tess la empujó y echó a correr con todas sus fuerzas. No tenía ni idea de dónde iba ni le importaba, siempre que pudiera poner una distancia entre ella y Dante, el hombre que había creído conocer. El hombre del que creía estar enamorada. El monstruo que la había traicionado más profundamente que ningún otro de su tormentoso pasado.

Enferma de miedo y enfadada por su propia estupidez, Tess reprimió las lágrimas que sentía arder en sus ojos. Corrió más rápido, sabiendo que Dante podría alcanzarla. Tenía que salir de aquel lugar. Corrió hacia un grupo de ascensores y apretó el botón rogando que las puertas se abrieran. Los segundos transcurrían... demasiados para arriesgarse a esperar.

—Tess. —La voz profunda de Dante la sobresaltó por su proximidad. Estaba justo detrás de ella, lo bastante cerca para tocarla, aunque ella no lo había oído acercarse.

Con un grito, ella se agachó para que no la alcanzara y emprendió otra huida enloquecida por uno de los tortuosos pasillos. Frente a ella había una entrada abierta y abovedada. Tal vez podría esconderse en esa cámara, pensó, deseando desesperadamente y por todos los medios escapar de esa pesadilla que la perseguía. Se deslizó en el interior iluminado con luz tenue... parecía una especie de catedral, con paredes de piedra talladas iluminadas tan sólo por una sola vela roja en una columna que brillaba cerca de un altar sin adornos.

No había ningún lugar del pequeño santuario donde pudiera esconderse, sólo dos filas gemelas de bancos y el pedestal de piedra al fondo de la sala. Al otro lado había otra puerta en forma de arco, que se habría a una oscuridad más profunda; era imposible para ella imaginar dónde conduciría. Pero tampoco importaba. Dante estaba de pie junto al umbral de la puerta abierta en el pasillo, y su musculoso cuerpo nunca había sido tan imponente como ahora que entraba en la pequeña catedral y comenzaba a avanzar lentamente hacia ella.

—Tess, no tenemos que hacer esto. Hablemos. —Sus poderosos pasos vacilaron durante un segundo y frunció el ceño, llevándose la mano a la cabeza como si sintiera dolor. Cuando habló de nuevo, su voz sonó una octava más baja, surgiendo de él como un profundo gruñido—. Dios santo, podemos... Seamos razonables, tratemos de arreglar esto.

Tess retrocedió, acercándose aún más a la pared de la cámara y al arco cavado en la piedra.

—Maldita sea, Tess. Escúchame. Yo te amo.

—No digas eso. ¿No crees que me has dicho ya suficientes mentiras?

—No es mentira. Desearía que lo fuera, pero...

Dante dio otro paso, y de pronto cayó de rodillas. Se quejó mientras se sostenía a uno de los bancos, clavando los dedos con tanta fuerza en la madera que Tess se preguntó si no la rompería.

Algo extraño les estaba ocurriendo a sus rasgos. Incluso aunque había dejado caer la cabeza, ella podía ver que su rostro se volvía más afilado, sus mejillas se hacían más delgadas, más angulares, y su piel dorada parecía más tirante en sus huesos. Escupió una maldición, algo que ella no pudo descifrar a través de la grave aspereza de su voz.

—Tess... tienes que confiar en mí.

Ella se acercó más al pasaje abovedado, guiándose con una mano que apoyaba en la pared. Cuando llegó al borde un agujero de oscuridad se abrió tras ella y sintió una helada y leve brisa en la espalda. Se dio la vuelta para mirar de frente la oscuridad.

—Tess.

Dante debió de advertir sus movimientos, porque cuando ella se volvió para mirarlo, él levantó la cabeza y se encontró con su mirada. El cálido color de sus ojos había cambiado convirtiéndose en un brillo fiero, sus pupilas se estrecharon hasta parecer apenas dos hendiduras mientras ella contemplaba su transformación horrorizada.

—No te vayas —dijo él con voz áspera, sus palabras enredándose en los impresionantes y afilados colmillos—. No te haré daño.

—Es demasiado tarde, Dante. Ya me lo has hecho —dijo ella en un susurro, apartándose rápidamente de él, retrocediendo en el umbral del arco. En la oscuridad, distinguió unos escalones de piedra que conducían hacia arriba, hacia la fuente de aire frío que le llegaba de alguna parte. Dondequiera que llevasen, tenía que ir. Puso el pie en el primer peldaño...

—¡Tess!

No volvió a mirarlo. Sabía que no podía, porque de hacerlo tal vez no encontraría el coraje para dejarlo. Subió los primeros escalones con cuidado y luego echó a correr, tan rápido como pudo.

Abajo, el angustioso alarido de Dante hizo eco en las paredes de piedra de la catedral y en la oscura escalera, llegándole hasta la médula de los huesos. Tess no se detuvo. Subió más y más rápido lo que le parecieron cientos de escalones, hasta llegar a una sólida puerta de acero. Con las palmas de las manos, la empujó.

La cegadora luz del día la alcanzó a raudales. La fría brisa de noviembre removía las hojas secas en espiral. Tess cerró la puerta tras ella con un fuerte golpe. Luego se envolvió con sus propios brazos y se marchó corriendo en la fresca y brillante mañana.

Dante se revolcaba en el suelo, atrapado en su persistente y extenuante pesadilla. La visión de muerte había aparecido súbitamente, intensificándose a medida que él y Tess discutían.

Al marchase ella no hizo más que empeorar. Dante oyó el ruido de la puerta al cerrarse y supo, por el breve rayo de sol que bajó por las largas escaleras, que aunque fuese capaz de liberarse de las invisibles cadenas que los inmovilizaban, los brutales rayos del sol le prohibirían ir tras ella.

Se hundió aún más profundamente en el abismo de su premonición, donde espesas tiras de humo negro se enredaban en torno a sus miembros y su garganta, obstruyendo el preciado aire. Los restos destrozados de una alarma de humo que colgaba del techo, sostenida por cables también destrozados, permanecían silenciosos, mientras el humo se acumulaba a su alrededor.

De alguna parte se oyó el ruido de objetos cayendo, como si los muebles e instalaciones se volcaran y cayeran al suelo por culpa de un ejército intruso. A su alrededor, Dante vio armarios con cajones y archivos, cuyos contenidos se esparcían por todas partes, como si hubieran sido registrados precipitadamente.

En la visión, él se estaba moviendo, caminando entre los restos hacia una puerta cerrada al otro extremo de la habitación. Oh, dios. Conocía ese lugar, ahora se daba cuenta.

Era la clínica de Tess.

¿Pero dónde estaba ella?

Dante registró que le dolía todo el cuerpo. Se sentía magullado y exhausto, y le costaba cada paso. Antes de llegar a la puerta y poder empujarla, ésta se abrió desde el otro lado. Un rostro familiar le lanzó una mirada a través del humo.

—Mira quién anda aquí —dijo Ben Sullivan, saliendo del interior con un cable de teléfono en las manos—. Morir quemado es algo espantoso. Claro que si respiras suficiente humo, las llamas serán sólo una propina.

Dante sabía que no debía asustarse, pero el terror lo atenazaba como si su futuro verdugo hubiera entrado en la habitación y lo sostuviera con fuerza. Trató de luchar, pero sus miembros no parecían obedecerle. Su forcejeo sólo reducía el ritmo de Sullivan. Hasta que el humano echó un brazo hacia atrás y asestó a Dante un golpe en la mandíbula.

Su visión comenzó a dar vueltas de manera enloquecida. Cuando abrió los ojos, se halló tendido sobre su estómago, acostado sobre una plancha de frío acero pulido algo elevada mientras Ben Sullivan le ataba las manos a la espalda, y luego le sujetaba las muñecas con el cable de teléfono. Dante debía haber sido capaz de soltar los nudos, pero estaban muy apretados. El humano se trasladó hacia sus pies, atándolo como un cerdo.

—Ya sabes, creí que matarte sería difícil —le susurró al oído el traficante de carmesí. Eran las mismas palabras que Dante había oído la última vez que había tenido la visión de su propia muerte—. Pero me lo has puesto muy fácil.

Tal como había hecho antes, Ben Sullivan se dirigió hacia el frente de la plataforma y se inclinó delante de Dante. Lo agarró del pelo y le levantó la cara del frío metal. Más allá de la cabeza de Sullivan, Dante vio un reloj de pared colocado encima de la puerta; faltaba un minuto para las once y media. Luchó por captar más detalles, consciente de que podrían ser necesarios para estar preparado y tal vez tener la posibilidad de girar las cosas a su favor. No sabía si sería imposible engañar el destino, pero valía la pena intentarlo.

—No tenía que haber sido así —decía ahora Sullivan. El humano se inclinó para acercarse... lo bastante cerca como para que Dante viera la mirada vacía de un secuaz contemplándolo—. Has de saber que eres tú mismo el que ha provocado todo esto. Puedes dar las gracias de que no te entregue a mi amo.

Tras decir esto, Ben Sullivan lo soltó, dejándolo caer cabeza abajo. Mientras el secuaz salía a grandes pasos de la habitación y cerraba la puerta, Dante abrió los ojos y vio su reflejo en la superficie de acero pulido de la mesa donde yacía.

No, no era su reflejo.

Era el de Tess.

No era su cuerpo el que estaba atado en la mesa de examen de la clínica e iba a ser consumido por el humo y por las llamas, sino el de Tess.

Oh, dios santo.

No era su espantosa muerte lo que había experimentado en sus pesadillas durante todos estos años. Era la muerte de su compañera de sangre, la mujer que amaba.

Capítulo treinta y cuatro

Tess abandonó la propiedad del recinto para adentrarse en la ciudad en un estado de atolondramiento emocional. Sin su bolso, su abrigo y su teléfono móvil tenia pocas opciones donde ir... ni siquiera llevaba la llave de su apartamento. Sin aliento, confundida, totalmente agotada por todo lo que le había pasado, se dirigió a un teléfono público, rogando que no estuviera fuera de servicio. Comprobó la señal, marcó el cero y esperó oír la voz del operador.

—Llamada a cobro revertido, por favor —dijo jadeando al auricular, luego le dio al operador el número de la clínica. El teléfono sonó una y otra vez. No hubo respuesta.

Cuando saltó el contestador, el operador desconectó, y le dijo:

—Lo siento, no hay nadie para aceptar la llamada.

—Espere —dijo Tess, con una preocupación constante—. ¿Podría intentarlo otra vez?

—Un momento.

Tess esperó ansiosamente mientras el teléfono comenzaba a sonar de nuevo en la clínica. No hubo respuesta.

—Lo siento —dijo de nuevo el operador, desconectando la llamada.

—No lo entiendo —murmuró Tess, más para sí misma—. ¿Puede decirme qué hora es?

—Las diez y media.

Nora no hacía la pausa para comer hasta el mediodía, y ella nunca se ponía enferma, ¿entonces por qué no cogía el teléfono? Debía de estar ocurriendo algo.

—¿Podría intentarlo con otro número?

—Sí, claro.

Tess le dio al operador el número de Nora, y cuando la llamada tampoco obtuvo respuesta le dio el número del móvil. Al ver que seguía sin obtener respuesta, el corazón de Tess se iba hundiendo en su pecho. Todo le salía mal. Muy mal.

Con el terror martilleando en su interior, Tess colgó el teléfono y comenzó a caminar hacia la estación de metro más próxima. No tenía el billete de un dólar y veinticinco centavos que necesitaba para llegar a North End, pero una mujer mayor de la calle se apiadó de ella y le dio un puñado de monedas.

El trayecto hacia casa se le hizo eterno, y cada rostro extraño del vagón parecía contemplarla como si supiera que ya no pertenecía a ellos. Como si pudieran advertir algún tipo de cambio, y ella ya no formara parte del mundo normal. Como si ya no perteneciera al mundo de los humanos.

Y tal vez así fuera, pensó Tess, reflexionando acerca de todo lo que Dante le había contado y todo lo que había visto y vivido durante las últimas horas. Los últimos días, se corrigió, retrocediendo hasta la noche de Halloween, cuando vio por primera vez a Dante.

Cuando él le hundió los colmillos en el cuello acabando con la normalidad de su mundo.

Pero tal vez no estaba siendo del todo justa. Tess no podía recordar haberse sentido nunca del todo normal. Siempre había sido... distinta. Su inusual habilidad la había mantenido siempre separada del resto de gente, afectándola incluso más que su tormentoso pasado. Siempre se había sentido inadaptada, una extranjera, incapaz de confiar a nadie sus secretos.

Hasta que apareció Dante.

Él le había abierto tanto los ojos. Con él había descubierto nuevas formas de sentir y desear, con una esperanza renovada por cosas con las que siempre había soñado. La hacía sentirse a salvo y comprendida. Y aún más, la hacía sentirse amada y deseada.

Pero todo aquello había estado basado en mentiras. Ahora sabía la verdad —por más increíble que fuese— y sería capaz de darlo todo por fingir que no era real.

Vampiros y lazos de sangre. Una guerra organizada entre criaturas que no deberían existir fuera del reino de la fantasía, de las pesadillas.

Sin embargo, todo era cierto.

Era real.

Tan real como sus sentimientos por Dante, lo cual sólo hacía que su decepción fuese aún más profunda. Lo amaba, y nada la había aterrorizado tanto en toda su vida. Se había enamorado de un peligroso vigilante. Un vampiro.

Sintió el peso de ese reconocimiento mientras bajaba del metro y se dirigía hacia su vecindario de North End. Las tiendas estaban llenas con los clientes de la mañana y el mercado disfrutaba de un flujo regular de gente. Tess pasó junto a un grupo de turistas que se habían detenido para echar un vistazo a los otoñales melones y calabacines, que parecían contradecir el descenso del aire fresco y la llegada del buen tiempo.

A medida que se acercaba a casa, su sensación de terror aumentaba. Uno de los inquilinos salía cuando ella llegó a la puerta principal. Aunque no conocía al anciano por su nombre, éste le sonrió y sostuvo la puerta abierta para que entrara. Tess entró y subió el tramo de escaleras hasta su apartamento. Cuando estaba a diez pasos de la puerta, se dio cuenta de que la habían forzado. La jamba estaba estropeada cerca de la cerradura, como si la hubieran abierto con una palanca, cerrándola de nuevo para aparentar que no había ocurrido nada.

Tess se quedó helada por el pánico. Retrocedió unos pasos, preparada para darse la vuelta y huir. Entonces sintió junto a la espalda una masa sólida, había alguien de pie tras ella. Un brazo fuerte la rodeó por la cintura, haciéndola perder el equilibrio, y sintió el contacto del acero frío y puntiagudo apretado de manera muy significativa bajo su mandíbula.

—Buenos días, doctora. A menuda maldita hora apareces.

—No puedes hablar en serio, Dante.

Aunque todos los guerreros, incluido Chase, se hallaban reunidos en las instalaciones de entrenamiento observándolo prepararse para una batalla, Gideon fue el primero en desafiarlo.

—¿Tengo pinta de estar bromeando? —Dante sacó una pistola y un puñado de balas de uno de los armarios—. Nunca en mi vida he hablado tan en serio.

—Dios santo, Dante. Por si no las notado, son sólo las diez de la mañana. Eso significa plena luz del día.

—Sé lo que significa.

Gideon soltó una lenta maldición.

—Te vas a freír, mi amigo.

—No si puedo evitarlo.

Considerando que existía desde el siglo XVIII, Dante estaba muy por encima de la media siguiendo criterios humano, pero como vampiro de la estirpe pertenecía al tipo promedio, pues su linaje estaba separado de los Antiguos por varias generaciones y su piel era distinta a esa piel alienígena hipersensible. No podía estar mucho tiempo a la luz del día, pero sí podía recibir una pequeña cantidad de rayos de sol y vivir para contarlo.

Por Tess, sería capaz de caminar al mismísimo corazón del sol si eso podía salvarla de la muerte que la esperaba.

—Escúchame —dijo Gideon, poniendo su mano en el brazo de Dante para captar su atención—. Puede que no seas tan vulnerable a la luz como los de la primera generación, pero continúas siendo un miembro de la estirpe. Si pasas más de treinta minutos expuesto directamente a la luz del sol te convertirás en una tostada.

—No voy a salir ahí fuera a hacer turismo —dijo él, negándose a dejarse influir. Hizo caso omiso de la prudencia de su hermano y cogió otra arma del armario—. Sé lo que estoy haciendo. Y tengo que hacerlo.

Había contado a los otros lo que había visto, la visión que le había desgarrado el corazón. La idea de haber dejado salir a Tess del recinto sin su protección lo torturaba sin descanso, la impotencia de no haber sido capaz de detenerla. La idea de que pudiera estar en peligro en aquel preciso momento, mientras sus vulnerables genes de vampiro lo obligaban a ocultarse bajo tierra.

—¿Y qué pasa si la hora que viste en tu visión, las once y veintinueve, era en realidad las once y veintinueve de la noche? —preguntó Gideon—. No puedes estar seguro de que lo que viste ocurría por la mañana. Tal vez te estés arriesgando para nada...

—¿Y si espero y resulta que me equivoco? No puedo

arriesgarme a eso. —Dante negó con la cabeza. Había tratado de ponerse en contacto con ella por teléfono, pero no tuvo respuesta ni en su apartamento ni en la clínica. Y el dolor que ardía en su pecho le decía que ella no lo estaba eludiendo por su propia voluntad. Ni siquiera necesitaba su visión clarividente para saber que su compañera de sangre estaba en peligro—. De ninguna manera me quedaré aquí esperando hasta que oscurezca. ¿Lo harías tú, Gideon? Si Savannah te necesitara, si te necesitara por una cuestión de vida o muerte, ¿considerarías la posibilidad de no arriesgarte? ¿Lo harías tú, Lucan, si fuera Gabrielle la que estuviera allí fuera en peligro?

Ninguno de los guerreros le respondió. No había ningún varón unido por un lazo de sangre que no fuera capaz de atravesar el océano por la mujer a la que amaba.

Lucan se acercó a él y le tendió la mano.

—La honras como se merece.

Dante estrechó la fuerte mano de su líder de la primea generación, la mano de su amigo, y se la sacudió firmemente.

—Gracias. Pero para serte honesto, estoy haciendo esto por mí tanto como por Tess. La necesito en mi vida. Ella... lo significa todo para mí.

Lucan asintió con gravedad.

—Entonces ve a buscarla, hermano. Celebraremos que os hayáis emparejado cuando tú y Tess volváis a salvo al recinto.

Dante le sostuvo la mirada a Lucan y sacudió lentamente la cabeza.

—Eso es algo que necesito hablar contigo. Con todos vosotros —dijo, mirando también a los otros guerreros—. Suponiendo que yo sobreviva, que sea capaz de salvar a Tess y ella me acepte como compañero, pretendo trasladarme con ella a los Refugios Oscuros.

Un largo silencio fue la respuesta, sus hermanos lo miraban fijamente y en silencio.

Dante se aclaró la garganta, sabiendo que su decisión podía resultar muy sorprendente para esos guerreros con los que había luchado durante más de un siglo.

—Ella ya ha sufrido bastante, incluso antes de conocerla y de arrastrarla a nuestro mundo contra su voluntad. Merece ser feliz. Merece mucho más de lo que puedo darle. Sólo quiero que a partir de ahora esté a salvo, lejos de todo peligro.

—¿Dejarías la Orden por ella? —preguntó Niko, el más joven después de Dante, un guerrero al que le entusiasmaba su deber quizás incluso más que al propio Dante.

—Dejaría de respirar por ella si me lo pidiera —replicó él, sorprendiéndose a sí mismo por la profundidad de su devoción. Miró a Chase, que todavía le debía ese segundo favor desde la última noche—. ¿Qué dices tú? ¿Te queda algún enchufe en los Refugios Oscuros de Boston para ayudarme a hacerme un lugar en la agencia?

Chase sonrió satisfecho, encogiéndose de hombros.

—Puede que sí. —Caminó hacia el armario de las armas y sacó una SIG Sauer—. Pero lo primero es lo primero. Tenemos que traer a tu mujer de vuelta sana y salva para que pueda decidir si quiere a un pobre imbécil como tú por compañero.

—¿Nosotros? —dijo Dante, viendo al antiguo agente Darkhaven colocarse la SIG y otra pistola semiautomática.

—Sí, nosotros. Yo voy contigo.

—¿Pero qué...

—Yo también —dijo Niko, acercándose y cogiendo su propio alijo de armas. El ruso sonrió mientras señalaba con la cabeza a Lucan, a Gideon y a Tegan—. ¿No irías a dejarme aquí con estos ancianos de la primera generación, ¿verdad?

—Nadie va a venir conmigo. Yo no he pedido...

—No tienes que hacerlo —dijo Niko—. Te guste o no, Dante, tendrás que cargar con Chase y conmigo en esta misión. No vas a hacerlo solo.

Dante soltó un taco, agradecido por la muestra de apoyo.

—Vamos entonces. Hay que ponerse en marcha.

Capítulo treinta y cinco

Apretando el cuchillo contra su cuello para mantenerla en silencio, Ben obligó a Tess a salir del edificio y subirse a un coche que estaba esperando en la calle. Ben olía mal, como a sangre agria y a sudor y un poco a podrido. Su ropa estaba asquerosa y arrugada, su pelo normalmente brillante y dorado ahora estaba despeinado y caía lacio y sucio sobre su frente. Mientras la empujaba en el asiento trasero del coche, Tess pudo vislumbrar sus ojos. Estaban apagados y fijos y la miraban con una indiferencia fría que le puso la piel de gallina.

Y Ben no estaba solo.

Había otros dos hombres esperando en el coche, los dos sentados adelante y con el mismo aire vacío en sus ojos.

—¿Dónde está, Tess? —preguntó Ben mientras cerraba la puerta consiguiendo que en el interior del vehículo reinara la oscuridad—. Dejé una pequeña cosa en tu clínica el otro día, pero ahora no está allí. ¿Qué hiciste con ella?

El *pendrive* que él había escondido. Ahora estaba en posesión de Dante. Por mucho que dudara de Dante por lo último que había sabido de él, lo que sentía ahora por Ben era mucho más fuerte. Observó su perturbadora mirada sin vida y negó con la cabeza.

—No sé de qué estás hablando.

—Respuesta errónea, doctora.

Tess no estaba nada preparada para recibir el puño que la golpeó en la cabeza. Soltó un grito, cayendo sobre el asiento y agarrándose la cara por el dolor que estallaba en su rostro.

—Tal vez pienses con más claridad en la clínica —dijo Ben.

Ante su indicación, el conductor apretó el acelerador y el coche se adentró en las calles. La visión de Tess se nublaba mientras abandonaban la zona de North End para dirigirse a la clínica, al este de Boston. La furgoneta de Ben estaba aparcada en la parte de atrás, junto al escarabajo antiguo de Nora.

—Oh, dios —murmuró Tess, sintiendo un vuelco en el corazón al ver el coche de su ayudante—. ¿Qué le has hecho, Ben? Dime que no has hecho daño a Nora...

—Vamos, doctora —dijo él, ignorando su pregunta mientras abría la puerta y la hacía salir del coche amenazándola con el cuchillo.

Tess salió, seguida de Ben y de los dos estúpidos que lo acompañaban. La condujeron hacia la parte trasera de la clínica, haciéndola atravesar el almacén y el criadero de perros vacío. Ben la iba empujando hacia delante, hasta que entraron en el vestíbulo de la clínica. El lugar estaba destrozado, los archivadores tirados en el suelo y con todos sus contenidos esparcidos, los muebles rotos, los productos químicos y farmacéuticos esparcidos también en el suelo. La destrucción era total, pero fue al ver a Nora que a Tess se le cortó la respiración.

Estaba tendida en el suelo detrás del mostrador de recepción, su cabeza comenzó a asomar a medida que Tess se acercaba. Tenía las manos y los pies atados con un cable de teléfono y la boca amordazada con un trozo de gasa de los suministros médicos de la clínica. Nora lloraba, con la cara pálida y los ojos hinchados y rojos como si hubiera estado expuesta a horas de tormento. Pero estaba viva, y eso fue lo que evitó que Tess se desesperara completamente.

—Oh, Nora —dijo con la voz rota—. Lo siento tanto. Te sacaré de esto, te lo prometo.

A su lado, Ben se rio.

—Me alegra oírte decir eso, doctora. Porque el destino de la pequeña Nora ahora depende exclusivamente de ti.

—¿Qué? ¿Qué quieres decir?

—Tú vas a ayudarnos a encontrar ese *pendrive* o si no vas a tener que ver como le desgarro la garganta a esa perra delante de ti.

Por detrás de la mordaza que tenía en la boca, Nora gritó. Comenzó a luchar salvajemente por desatarse las cuerdas, todo en vano. Uno de los enormes compañeros de Ben, fue hasta ella y la agarró obligándola a ponerse en pie, apretándola con fuerza. La arrastró más cerca, de manera que las dos mujeres apenas estaban separadas. Nora suplicaba con sus ojos, el puro pánico la hacía temblar como una hoja en las manos de su captor.

—Deja que se vaya, Ben. Por favor.

—Entrégame el *pendrive* y la dejaré marchar, Tess.

Nora gimió, con un sonido suplicante y desesperado. Tess sintió entonces auténtico terror, un terror que le helaba los huesos y que crecía aún más en su interior al contemplar los ojos de su amiga y darse cuenta de que Ben y esos hombres hablaban con una seriedad mortal. Matarían a Nora —y probablemente también a ella—, si no les daba lo que querían. Y no podía hacerlo, porque no lo tenía.

—Ben, por favor. Deja que Nora se marche, me tienes a mí. Soy yo quien cogí el *pendrive*, y no ella. Ella no está involucrada en esto...

—Dime dónde pusiste el *pendrive* y tal vez la deje marchar, ¿entiendes, doctora? ¿No te parece justo?

—No lo tengo —murmuró ella—. Lo saqué de la mesa de exámenes donde tú lo escondiste, pero ya no lo tengo.

Él fijó en ella esa mirada insensible y un músculo de su mandíbula se movió.

—¿Qué hiciste con él?

—Suéltala —contestó Tess—. Suéltala y te diré todo lo que quieras saber.

Ben levantó las comisuras de los labios. Lanzó una mirada al cuchillo, jugando con su filo. Entonces, hizo un movimiento rápido y se lo clavó a Nora en el estómago.

—¡No! —gritó Tess—. ¡Oh, dios, no!

Ben se volvió hacia ella, tan frío como podía mostrarse.

—Es tan sólo una herida en el intestino, doctora. Podrá sobrevivir si recibe ayuda a tiempo, pero será mejor que comiences a hablar rápido.

A Tess se le doblaron las rodillas. Nora estaba sangrando mucho, y tenía los ojos en blanco.

—Maldito seas, Ben. Te odio.

—Ya no me importa lo que sientas por mí, Tess. Lo único que me importa es recuperar ese *pendrive*. ¿Dónde demonios está?

—Se lo entregué a alguien.

—¿A quién?

—A Dante.

Eso provocó una chispa de animosidad en la mirada vacía de Ben.

—¿Te refieres a ese tipo que te has estado tirando? ¿Tienes idea de lo que has hecho? ¿Tienes idea de quién es?

Ella no respondió y Ben sacudió la cabeza, riendo.

—Bueno, estás realmente jodida, Tess. Esto ya se me ha escapado de las manos.

Tras decir esto, movió rápidamente el brazo dirigiendo su cuchilla arqueada directamente hacia Nora, cumpliendo con su amenaza. Tess gimió mientras veía caer al suelo el cuerpo sin vida de Nora. Ben y uno de sus compañeros la agarraron para impedir que se acercara a ella... antes de eso ella tenía una remota esperanza de poder salvarla con el don de sus manos. La alejaron de esa carnicería, agarrándola de los brazos y las piernas mientras ella luchaba en un estallido de desesperación animal.

La lucha fue inútil. Al momento, Tess se halló en el suelo de una de las habitaciones de examen, y luego oyó el ruido metálico de la cerradura. Ben la dejó allí encerrada esperando su destino.

Nikolai conducía como llevado por el diablo, dirigiendo el todoterreno negro a toda velocidad a través de la ciudad. La tentación de mirar las calles y edificios iluminados por la luz del sol a través de las ventanas teñidas y oscurecidas del coche era grande para Dante —se trataba de algo que nunca había visto y que esperaba no tener que volver a ver—, pero mantuvo la cabeza baja en el interior del vehículo con sus pensamientos concentrados en Tess.

Él y los otros llevaban una ropa de nylon negra que los protegía de la cabeza a los pies: traje de trabajo, guantes, una máscara que les cubría la cara y la cabeza y unas gafas de sol envolventes para proteger sus ojos. Aun así, el camino desde el vehículo hasta la puerta trasera de la clínica de Tess fue intenso.

Con las armas preparadas, Dante no perdió el tiempo. Cargó la munición y dio una patada con la bota en el centro de la puerta del almacén con tanta fuerza que la puerta de acero casi se sale de las bisagras. Salía humo del fuego que Ben Sullivan había comenzado a encender en el interior. Las columnas de humo se hicieron más densas con el repentino influjo de aire que recibieron del exterior. No tenían mucho tiempo para acabar con eso.

—¿Qué diablos está pasando?

Al oír el estallido de metal de la puerta, un secuaz salió corriendo a ver qué pasaba. Nikolai se lo hizo saber de inmediato disparándole una ronda de balas directamente en el cráneo.

Ahora que ya estaban dentro, Dante olía a sangre y a muerte a través del humo... no era la del hombre que acababa de morir a sus pies, y gracias a Dios tampoco era de Tess. Aún seguía con vida. Podía sentir su miedo, su actual estado de dolor y angustia que lo desgarraba también a él como un acero ardiente.

—Barred el lugar y acabad con el fuego —ordenó a Niko y a Chase—. Matad a cualquiera que se cruce en vuestro camino.

Tess intentaba deshacerse de las cuerdas que le ataban las manos y los pies a la espalda sobre la mesa de examen. No se movían. Pero ella no dejaba de intentarlo, a pesar de que su lucha sólo parecía divertir cada vez más a su captor.

—Ben, ¿por qué me haces esto? Por dios santo, ¿por qué has matado a Nora?

Ben hizo un chasquido con la lengua.

—Tú la mataste, Tess, no fui yo. Tú me obligaste.

Sintió que la ahogaba el dolor mientras Ben se acercaba a la mesa donde estaba atada.

—Sabes, creí que matarte sería difícil —le susurró al oído, con su aliento caliente y maloliente—. Pero me lo has puesto muy fácil.

Ella lo observaba nerviosa mientras él se dirigía al frente de la plataforma y se inclinaba hasta ponerse a su nivel. La agarró del pelo con los dedos y le levantó la cara de la fría plancha de metal. Sus ojos parecían los de un hombre muerto, apenas la cáscara de los de un ser humano, ya no eran los ojos del Ben Sullivan que ella había conocido

—No tenía por qué haber sido así —le dijo, con un tono sólo en apariencia suave—. Has de saber que eres tú misma la que ha provocado esto. Puedes sentirte agradecida de que no te lleve ante mi amo.

Le acarició la mejilla, y a ella el contacto le resultó asqueroso. Cuando se estremeció, él le tiró del pelo con más fuerza, obligándola a mirarle. Se inclinó para besarla y Tess le escupió en la cara, luchando con el único medio que le quedaba.

Tess se preparó para recibir una represalia mientras él levantaba su mano libre para golpearla.

—Jodida perra...

No tuvo tiempo de acabar la frase y tampoco de tocarla. Una ráfaga de aire gélido entró por la puerta abierta un instante antes de que el lugar se llenara con la enorme silueta de un hombre con un impresionante atuendo negro y unas gafas de sol envolventes. Armas de fuego y cuchillas colgaban de sus caderas y de las gruesas fundas de cuero entrecruzadas sobre su musculoso torso.

Dante.

Tess lo reconocería en cualquier parte, incluso bajo toda esa cobertura negra. Una llama de esperanza prendió en ella, junto a la sorpresa. Podía sentirlo acercarse con su mente, prometiéndole que la sacaría de allí. Que ahora estaba a salvo.

Y al mismo tiempo podía sentir su rabia. El escalofrío helado que recorría su enorme cuerpo, centrándose en Ben. Dante bajó la cabeza, y el foco de su mirada podía leerse incluso a través de las oscuras lentes que le protegían los ojos. Un brillo emanaba por detrás de esas oscuras sombras... un brillo ámbar y letal.

En menos de un pestañeo, el cuerpo de Ben fue levantado del suelo y aplastado contra los armarios de la habitación. Pataleó y se agitó, pero Dante lo sostuvo en lo alto simplemente con el poder de su voluntad. Cuando otro guerrero vestido de negro apareció ante la puerta, Dante gruñó una orden.

—Llévatela de aquí, Chase, no quiero que ella vea esto.

El compañero de Dante entró y soltó a Tess, luego la levantó con cuidado en sus brazos y la sacó de la clínica, llevándola hasta el todoterreno que esperaba fuera.

Una vez Chase hubo sacado a Tess de la habitación, Dante liberó al humano de su fuerza mental. Sullivan cayó entonces como un peso muerto sobre el suelo. Comenzó a gatear para levantarse, tratando de alcanzar un cuchillo que había dejado sobre el mostrador. Dante hizo volar el arma con una orden mental, haciendo que la punta de acero se clavara en la pared opuesta.

Entró a grandes pasos en la habitación, privándose de sus propias armas para matar a Ben Sullivan con sus propias manos. Ahora quería venganza, quería hacer sufrir al bastardo por lo que pretendía hacerle a Tess. Por lo que le había hecho antes de que él llegara.

—Levántate —ordenó el humano—. Esto se acabó.

Sullivan se rio entre dientes, poniéndose lentamente en pie. Cuando Dante lo miró a los ojos vio en el traficante de carmesí la mirada apagada de una mente esclava. Ben Sullivan se había convertido en un secuaz. Eso explicaba su estado. Matarlo, por cualquiera que fuera el medio, sería hacerle un favor.

—¿Dónde se esconde tu amo, secuaz?

Sullivan se limitó a lanzarle una mirada de odio.

—¿Te ha contado que le pateamos el culo este verano pasado, que prefirió huir con el rabo entre las piernas antes que enfrentarse a la Orden? Es un cobarde y un impostor, y vamos a acabar con él.

—Jódete, vampiro.

—No, no pienso joderme —dijo Dante, notando la contracción nerviosa de los músculos en las piernas del secuaz, el revelador movimiento que le indicaba que Ben Sullivan estaba a punto de saltar—. Jódete tú, pedazo de mierda. Y jode a ese desgraciado a quien perteneces.

Un estridente rugido salió de la boca del secuaz mientras se lanzaba a través de la habitación en dirección a Dante. Sullivan le lanzó puñetazos y todo tipo de golpes, moviendo los puños con rapidez, pero no tan rápido que Dante no pudiera bloquearlos. En la refriega, la tela que cubría el pecho de Dante se desgarró, dejando expuesta su piel. Con un rugido, le dio un puñetazo en la cara al secuaz, saboreando el ruido de huesos rotos y el sonido del golpe contra la carne.

Ben Sullivan se derrumbó.

—Sólo hay un verdadero amo de la raza —siseó Ben—. Pronto él será el rey... ¡como le corresponde por derecho de nacimiento!

—¡Ni lo sueñes! —contestó Dante, levantando del suelo con una mano el cuerpo del secuaz y arrojándolo después por los aires.

Sullivan se deslizó por encima de la superficie pulida de la mesa donde había tenido atada a Tess, y luego fue a dar contra la pared con ventanas, al otro extremo de la habitación. Se levantó inmediatamente de un salto, moviéndose hacia las persianas, que se balancearon detrás de él. Dante instintivamente se protegió los ojos de la luz que entraba de forma intermitente, levantando el brazo para esquivar los rayos de sol.

—¿Qué pasa? ¿Demasiada luz para ti, vampiro?

Su sonrisa abierta dejaba ver sus dientes manchados de sangre. Tenía en la mano un pedazo de cajón roto que sostenía ante él como un palo dentado.

—¿Qué te parece una bonita lección sobre una muerte dura?

Movió el brazo hacia atrás y rompió en pedazos la ventana, dando golpes a las persianas torcidas y haciendo volar los pedazos de vidrio alrededor. La luz del sol entró a raudales ante los ojos de Dante, que le quemaban detrás de las gafas. Rugió ante la repentina agonía de sentir despedazadas sus córneas, y en ese breve segundo de distracción, Ben Sullivan rodó por debajo de él, tratando de escapar.

Temporalmente ciego, con la piel muy caliente a través de la ropa protectora y quemándole en la parte de carne que le había quedado expuesta, Dante siguió el rastro del secuaz con los otros sentidos, todos acentuados ahora que su rabia lo transformaba. Los colmillos le crecieron asomando de su boca y las pupilas se le estrecharon al otro lado de sus lentes oscuras.

Elevándose en el aire, saltó a través de la habitación con un único movimiento fluido, abalanzándose sobre Sullivan desde atrás. El impacto los hizo caer a los dos al suelo. Dante no le dio al secuaz la oportunidad de reaccionar. Lo agarró de la barbilla y de la frente y se inclinó hacia él hasta que sus afilados colmillos rozaron la oreja del bastardo.

—Jódete, pedazo de cabrón.

Con un giro brusco, Dante le partió el cuello al secuaz con sus propias manos.

Dejó caer el cadáver sin fuerzas al suelo, apenas consciente del olor acre en el aire y el débil chisporroteo que zumbaba en sus oídos como un enjambre de moscas. El dolor lo invadió mientras se ponía de pie y se alejaba de la ventana rota. Oyó las fuertes pisadas de unas botas acercándose a la habitación, pero apenas podía obligar a sus ojos a concentrarse en el espacio oscuro que había entre las jambas de la puerta.

—Aquí hay luz total... mierda —se oyó amortiguada la voz de Niko. Luego el guerrero se colocó al lado de Dante, haciéndolo salir con urgencia de la habitación bañada en luz—. Dios santo, Dante, ¿cuánto tiempo has estado expuesto?

Dante negó con la cabeza.

—No tanto. El bastardo rompió una ventana.

—Ya —dijo Niko, con la voz extrañamente sombría—. Ya lo veo. Tenemos que sacarte de aquí ahora mismo. Vamos, levanta.

Capítulo treinta y seis

—Maldita sea.

El guerrero vestido de negro sentado en el asiento de delante del todo terreno junto a Tess —Chase, lo habían llamado— abrió la puerta del coche y se bajó de un salto al ver a Dante y al otro tipo saliendo de la clínica.

Pero Dante no corría demasiado, sino que iba tropezando, mientras el otro guerrero lo sostenía ayudándolo a avanzar. Tenía la cabeza caída sobre el pecho, descubierto, y la parte delantera de su traje estaba hecha jirones, dejando expuesta la piel morena de su torso, que brillaba con un rojo feroz bajo la luz de la soleada mañana.

Chase abrió la puerta de atrás del todoterreno y ayudó al otro hombre a entrar a Dante. Los colmillos de Dante habían crecido, y sus afiladas puntas se mostraban cada vez que respiraba por la boca entreabierta. Su rostro estaba contorsionado por el dolor, y sus pupilas eran finas hendiduras negras en medio de sus iris de un brillo ambarino. Estaba completamente transformado, era el vampiro al que Tess debía temer pero del que ahora ya no podía huir.

Sus amigos actuaban con rapidez, su sombrío silencio hacía que a Tess se le helara la sangre en las venas. Chase cerró la puerta trasera y corrió al asiento del conductor. Entró de un salto, encendió el vehículo y se pusieron en marcha.

—¿Qué le ha pasado? —preguntó ella ansiosa, pues no podía ver sangre en Dante ni ninguna otra señal de heridas—. ¿Está herido?

—Exposición a la luz —dijo el tipo que ella no conocía, su tono urgente tenía un matiz de acento eslavo—. Ese maldito traficante de carmesí hizo estallar una ventana. Dante tuvo que agarrar al bastardo exponiéndose directamente a la luz del sol.

—¿Por qué? —preguntó Tess, observando el cuerpo de Dante en el asiento de atrás, sintiendo su agonía y la preocupación que se reflejaba en la seriedad de sus compañeros—. ¿Por qué lo ha hecho? ¿Por qué habéis hecho esto?

Con movimientos pequeños pero decididos, Dante consiguió quitarse uno de los guantes. Alargó la mano hacia ella.

—Tess...

Ella tomó la mano entre las suyas, viendo como sus dedos se perdían entre los de él. La emoción que viajó a través del contacto le llegó a lo más hondo, cálida y conocida, le robó la respiración.

Era amor, tan profundo, tan fiero, que la dejó sin habla.

—Eras tú. No era mi muerte... era la tuya.

—¿Qué? —Ella apretó su mano, con las lágrimas asomando a sus ojos.

—Las visiones... no eran mías, sino tuyas. No podía dejar... —hizo una pausa para tomar aire, respirando con dificultad en evidente agonía—. Tenía que impedirlo. No podía permitirlo... pasara lo que pasase.

A Tess se le derramaron la lágrimas, rodando por sus mejillas mientras sostenía la mirada de Dante.

—Oh, dios, Dante. No debías haberte arriesgado así. ¿Qué pasaría si hubieras muerto en mi lugar?

Levantó ligeramente el labio superior, dejando ver el borde de un brillante y afilado colmillo.

—Vale la pena... viéndote aquí. Vale la pena... cualquier riesgo.

Tess le apretó la mano con las dos suyas, furiosa y agradecida, y bastante aterrada por el aspecto que tenía tendido en la parte trasera del vehículo. Lo sostuvo sin soltarlo hasta que llegaron al recinto. Chase aparcó el todoterreno en el cavernoso hangar lleno de una docena de vehículos. Todos bajaron del coche y Tess se mantuvo apartada mientras los compañeros de Dante lo ayudaban a llegar hasta un conjunto de ascensores.

El estado de Dante parecía empeorar con cada minuto que pasaba. Cuando bajaron del ascensor apenas podía tenerse en pie. Un grupo de otros tres hombres y dos mujeres se acercaron por el pasillo, todos dispuestos a actuar con rapidez.

Una de las mujeres se acercó a Tess y le puso la mano suavemente en el hombro.

—Soy Gabrielle, la compañera de Lucan. ¿Estás bien?

Tess se encogió de hombros y luego asintió débilmente.

—¿Dante se pondrá bien?

—Creo que le irá mejor si sabe que tú estás cerca.

Gabrielle hizo un gesto a Tess para que la siguiera por el pasillo de la enfermería, la misma ala de donde había huido de Dante aterrorizada aquella misma mañana.

Entraron a la habitación donde habían llevado a Dante, y Tess vio a sus amigos quitándole las armas, y luego, con cuidado, el traje y las botas, para colocarlo en una cama de hospital.

A Tess la conmovió la preocupación que mostraban todas las personas en la habitación. Allí Dante era amado, aceptado tal como era. Tenía una familia, un hogar, una vida... y sin embargo, lo había arriesgado todo para salvarla. Por mucho que deseara temerle, estar resentida con él por todo lo que había ocurrido entre ellos, no podía. Miraba a Dante, sufriendo por haberse sacrificado por ella, y lo único que sentía era amor.

—Dejadme —dijo suavemente, acercándose a la cama de Dante. Miró los rostros preocupados de las personas que cuidaban de él, los guerreros y las dos mujeres cuyas tiernas miradas le decían que ellas sabían lo que estaba sintiendo—. Dejadme ayudarlo, por favor.

Tess tocó la mejilla de Dante, acariciando su fuerte mandíbula. Se concentró en sus quemaduras, recorriendo con los dedos su pecho desnudo, por encima de las bellas marcas que ahora estaban llenas de ampollas y en carne viva, ardiendo con un horrible dolor. Tan suavemente como pudo, Tess colocó las manos sobre la carne quemada, usando su don para alejar la radiación, para ahuyentar el dolor.

—Oh, dios santo —susurró uno de los guerreros—. Lo está curando.

Tess oyó los gritos de asombro ahogados y las palabras de esperanza que circulaban entre los amigos de Dante... su familia. Sintió que su afecto llegaba también hasta ella, pero aunque agradecía esas muestras de estima, toda su concentración estaba centrada en Dante. En curarlo.

Se inclinó sobre él y le dio un beso en los lánguidos labios, sin que le molestara sentir el pequeño pinchazo de sus colmillos en los suyos. Lo amaba por entero, tal como era, y rogaba tener la oportunidad de decírselo.

Dante viviría. Las quemaduras habían sido graves, y fácilmente podrían haberle costado la vida, pero el toque sanador de su compañera de sangre había demostrado ser más poderoso que la muerte que lo acechaba. Igual que los otros en el recinto, Chase había quedado atónito ante la habilidad de Tess y la evidente devoción que profesaba a Dante. Había permanecido a su lado en todo momento, cuidando de él como él había cuidado de ella tras rescatarla del ataque de los renegados.

Todo el mundo estaba de acuerdo en que harían una buena pareja: los dos eran individuos de una fortaleza envidiable; juntos serían inquebrantables.

Pasado lo peor de la tormenta y con el recinto volviendo a la calma con la llegada de la noche, los pensamientos de Chase comenzaron a centrarse en su regreso a casa. Su propio viaje todavía no había terminado y el camino que le quedaba por delante era tenebroso e incierto. Hubo un tiempo en que todo le había parecido claro, lo que le aguardaba en el futuro... a dónde pertenecía y a quién.

Ahora ya no estaba seguro de nada.

Se despidió de los guerreros y sus compañeras y luego salió, alejándose del mundo de la Orden y volviendo al suyo. Mientras conducía por la ciudad todo estaba tranquilo. Las ruedas del vehículo que le habían prestado giraban y la carretera iba quedando tras él, ¿pero a dónde estaba yendo?

¿Podía seguir considerando que el Refugio Oscuro era su hogar? Sus sentidos se habían agudizado durante el poco tiempo que había pasado con los guerreros y su cuerpo pesaba más por todo el metal que cargaba bajo su abrigo... los diversos cuchillos, la Beretta de nueve milímetros que se había convertido en una presencia reconfortante contra su cadera.

¿Cómo podía pretender volver a integrarse en la serena vida que conocía?

¿Y qué pasaba con Elise?

No podía regresar a la atormentada existencia de seguir esperando a una mujer que tal vez nunca sería suya. Tenía que confesarle lo que sentía y dejar que pasara lo que tuviera que pasar. Ella tenía que saberlo todo. Chase no se engañaba a sí mismo con la esperanza de que ella pudiera corresponder a su afecto. De hecho, ni siquiera estaba seguro de lo que esperaba. Sólo sabía que aquella vida que había estado viviendo a medias se había acabado, y que ahora empezaría otra.

Chase giró hacia la verja del Refugio Oscuro inundado por una sensación de libertad. Las cosas iban a cambiar para él. Aunque no sabía qué iba a ocurrir de ahora en adelante, se sentía liberado de saber que había alcanzado un punto de giro en su vida. Se adentró por el camino de gravilla de la entrada y aparcó cerca de la residencia del Refugio Oscuro.

La casa estaba iluminada por dentro, el dormitorio de Elise y sus acogedores salones brillaban con una luz tenue. Estaría levantada, probablemente ansiosa esperando que él regresara del recinto con algo que contarle.

Chase apagó el motor y abrió la puerta del vehículo. En el instante en que sus botas pisaron el suelo, tuvo la sensación de que no se encontraba solo. Sacó las llaves del bolsillo y avanzó, desabrochándose discretamente el abrigo. Sus ojos escudriñaron las sombras, oteando en la oscuridad en busca de alguna señal del enemigo. Sus oídos estaban atentos a cualquier ruido sutil alrededor... el crujido de las ramas y de la brisa pasando a través de ellas, el zumbido amortiguado del equipo de música estéreo de la casa, la pieza de jazz favorita de Elise como música de fondo...

Y entonces, en medio de todo eso, el áspero resuello de alguien respirando no muy lejos de donde él se había detenido. Hubo un crujido de la gravilla tras él. Los dedos de Chase estaban ya listos sobre el gatillo de la nueve milímetros y lentamente se giró para enfrentar la amenaza.

Camden.

La sensación de *déjà vu* golpeó a Chase con un cañonazo en el estómago. Pero su sobrino tenía aún peor aspecto que la vez anterior, si es que era posible. Cubierto de sangre seca y de sangre derramada, horripilante evidencia de las recientes muertes que no habían aplacado su sed, Camden surgió del seto donde se había estado ocultando y se acercó. Sus enormes colmillos goteaban saliva mientras evaluaba a Chase como próximo candidato para saciar la lujuria de sangre que apresaba su cuerpo y su mente. Había sido inalcanzable cuando Chase se encontró con él en el apartamento de Ben Sullivan. Ahora era peligroso e impredecible, un perro rabioso que ha sido fiero durante demasiado tiempo.

Chase lo miró con tristeza, lleno de remordimiento por no haber sido capaz de encontrarlo, de salvarlo, a tiempo de prevenir que se convirtiera en renegado de manera irreversible.

—Lo siento tanto, Cam. Esto nunca te tenía que haber ocurrido a ti. —Por debajo de su abrigo de lana oscuro, Chase quitó el seguro de la Beretta y desenfundó el arma—. Si pudiera morir yo en tu lugar, te juro que…

Tras él, desde la casa, Chase oyó el ruido metálico de la puerta principal al abrirse, y luego el repentino y prolongado grito de Elise. El tiempo se detuvo de golpe. Todo comenzó a dar vueltas, la realidad descendió con el espesor de un lento sueño, una pesadilla que comenzó en el instante en que Elise salió de la casa.

—¡Camden! —Su voz parecía terriblemente lejana, ralentizada como todo en aquel momento—. ¡Oh... dios... Camden!

Chase volvió la cabeza hacia ella. Le gritó que volviera atrás, pero ella corría, con los brazos abiertos, su atuendo de viuda flotando en torno a ella como las alas de una delicada mariposa nocturna mientras volaba hacia su hijo. Hacia el encuentro de una muerte segura y violenta si Chase le permitía acercarse lo suficiente como para tocar al vampiro renegado que un día había sido su querido hijo.

—¡Elise, vuelve atrás!

Pero ella lo ignoraba. Continuó avanzando, incluso cuando sus ojos llenos de lágrimas enfocaron el temible y repugnante aspecto de Camden. Se ahogó en sollozos, pero sus brazos continuaban abiertos para él, y sus pies seguían avanzando a través de la hierba.

De reojo, Chase advirtió que la salvaje mirada color ámbar del vampiro se dirigía hacia Elise. Con los ojos fijos en ella, el vampiro sediento de sangre profirió un terrible aullido, poniéndose en cuclillas para atacar. Chase se volvió y se colocó entre la madre y el hijo. Estaba apuntando con la pistola casi sin darse cuenta.

Transcurrió otro segundo.

Elise todavía se acercaba, ahora más rápido, llorando y llamando a Camden por su nombre.

Chase medía la distancia con su estómago, sabiendo que faltaban apenas segundos antes de que esa confrontación terminara en tragedia. No tenía elección. Debía actuar. No podía quedarse ahí y permitir que ella arriesgara su vida...

El estallido de la bala sonó como un trueno en medio de la noche.

Elise gritó.

—¡No! ¡Oh, no, dios... no!

Chase permaneció allí de pie, entumecido, apretando todavía el gatillo con los dedos. La bala rellena de titanio había alcanzado al renegado directamente en el centro del pecho, haciéndolo caer al suelo. El chisporroteo de carne quemada ya había empezado, borrando toda duda de que pudiera haber habido alguna oportunidad de salvar a Camden de la lujuria de sangre que lo poseía. El carmesí lo había conducido por el camino de la muerte; ahora había llegado a su fin. El sufrimiento de Camden había acabado.

En bambio el de Elise, y el de Chase, no había hecho más que comenzar.

Ella corrió hasta él y lo golpeó con los puños. Su rostro, sus hombros, su pecho, todo lo que pudiera golpear. Sus ojos color lavanda estaban inundados de lágrimas, su bello rostro pálido y lleno de dolor, su voz se perdía entre los sollozos y lamentos que salían de su garganta.

Chase soportó los golpes en silencio. ¿Qué podía hacer? ¿Qué iba a decir?

Dejó que ella descargara sobre él todo su odio, y sólo cuando se detuvo, volviéndose para hundirse en el suelo cerca del cuerpo de su hijo, que el titanio estaba reduciendo rápidamente a cenizas, Chase encontró las fuerzas para moverse. Contempló fijamente su silueta encorvada y temblorosa sobre el camino de grava, y le pitaban en los oídos los lúgubres sonidos de su dolor. Entonces, en cansado silencio, abrió la mano para soltar el revólver.

Se apartó de ella y del Refugio Oscuro que durante tanto tiempo había sido su hogar, y se adentró, solitario, en la oscuridad.

Dante se despertó sobresaltado, abriendo de golpe los ojos y respirando agitadamente. Había estado atrapado por una pared de fuego, cegado por las llamas y la ceniza. Incapaz de alcanzar a Tess. Se sentó, jadeando, con la visión todavía dando vueltas en su mente, agitando su corazón.

Oh, dios, si le hubiera fallado...

Si la hubiese perdido...

—¿Dante?

Un profundo alivio lo invadió al oír el sonido de su voz, al darse cuenta de que Tess estaba junto a él, sentada en su misma cama. Acababa de despertarla y ella aún estaba adormilada; levantó la cabeza, con el pelo despeinado, y sus dulces ojos se veían cansados.

—Dante, estás despierto. —De pronto el rostro de Tess se iluminó, luego se acercó más a él y le acarició la cara y el pelo—. Estaba tan preocupada. ¿Cómo te encuentras?

Él pensó que debería sentirse muchísimo peor de como se sentía. Estaba lo bastante bien como para coger a Tess entre sus brazos. Lo bastante fuerte como para sentarla en su regazo sobre la cama, donde la besó profundamente.

Estaba lo suficientemente vivo como para saber que lo que necesitaba más que ninguna otra cosa en aquel momento era sentir su cuerpo desnudo apretado contra el suyo.

—Lo siento —murmuró junto a sus labios—. Tess, siento todo lo que te he hecho pasar...

—Shh, tendremos tiempo para eso más tarde. Podremos arreglarlo todo más tarde. Ahora mismo necesitas descansar.

—No —dijo él, demasiado encantado de estar despierto, de estar con ella, como para pensar en malgastar más tiempo durmiendo—. Lo que necesito decirte no puede esperar. Hoy he visto algo terrible. He visto lo que sería perderte. Es algo que no quiero volver a sentir. Necesito saber que estás protegida, que estás a salvo...

—Estoy aquí. Tú me salvaste, Dante.

Él acarició la piel aterciopelada de sus mejillas, agradecido de poder hacerlo.

—Eres tú quien me salvaste, Tess.

Él no estaba hablando de sus heridas por la exposición solar, que ella había curado con su sorprendente don. Tampoco estaba hablando de la primera noche en que la había encontrado, cuando se hallaba en una debilidad extrema y su sangre lo fortaleció. Tess lo había salvado de muchas otras formas más allá de ésas. Él pertenecía a esa mujer, pertenecían a ella su corazón y su alma, y quería que ella lo supiera ahora.

—Todo tiene sentido cuando estoy contigo, Tess. Mi vida tiene sentido, después de tantos años de estar huyendo asustado en la oscuridad. Tú eres la luz, mi razón de vivir. Estoy profundamente unido a ti. Para mí, nunca habrá nadie más.

—Ahora tenemos un lazo de sangre —dijo ella, pero su débil sonrisa le tembló en los labios. Bajó la vista, frunciendo el ceño—. ¿Qué habría pasado si no me hubieras mordido esa noche en la clínica? ¿Sin el lazo de sangre, tú todavía...?

—¿Si te amaría? —acabó él la frase. Le levantó la barbilla para que pudiera ver la verdad reflejada en sus ojos—. Tú siempre has estado, Tess. Sólo que no lo he sabido hasta esta noche. He estado buscándote durante toda mi vida, conectado contigo por la visión de lo que ocurrió hoy.

El alisó su cabello despeinado, dejando que una de sus ondas color miel se enredara en sus dedos.

—¿Sabes una cosa? Mi madre tenía una confianza ciega en el destino. Creía en él, a pesar de saber que su propio destino le reservaba la pérdida y el amargo dolor. Yo nunca he querido aceptar esa fe, la creencia de que todo está predestinado. Creía que yo era más inteligente, que estaba por encima de todo eso. Pero ha sido el destino quien nos ha unido, Tess. Ahora no puedo negarlo. Dios, Tess... ¿tienes idea de cuánto tiempo te he estado esperando?

—Oh, Dante —susurró ella, enjugándose una lágrima—. Yo no estaba preparada para nada de esto. Estoy tan asustada...

Él la atrajo hacia sí, afligido por todo lo que ella había tenido que soportar por su causa. Sabía que el trauma de lo que le había ocurrido permanecería mucho tiempo. Tanta muerte y destrucción. No quería que ella volviera a sentir esa clase de dolor nunca más.

—Necesito saber que te encuentras en un lugar donde siempre estarás a salvo, Tess. Donde yo pueda protegerte mejor. Hay lugares donde podemos ir, hay hogares seguros para la estirpe. Ya he hablado con Chase para que encuentre un lugar seguro para nosotros en el área de los Refugios Oscuros.

—No. —A él le dio un vuelco el corazón cuando ella se separó con cuidado de su abrazo y se puso de rodillas sobre la cama a su lado. Negó con la cabeza lentamente—. Dante, no...

Que Dios lo ayudara, pero no podía hablar. Esperó en un silencio agónico, sabiendo que merecía su negativa. Él debería compensarla por tantas razones. Sin embargo, estaba seguro de que ella le tenía cariño. Rogaba para que así fuera, al menos un poco.

—Tess, si tú dices que no me amas...

—Yo te amo —dijo ella—. Te amo con todo mi corazón.

—¿Entonces qué es lo que pasa?

Ella lo miró con perspicacia, con sus ojos de color aguamarina humedecidos pero llenos de resolución.

—Estoy cansada de huir, estoy cansada de esconderme. Tú has abierto mis ojos a un mundo que jamás soñé que existiera. Tu mundo, Dante.

Él sonrió a esa preciosa mujer sentada a su lado.

—Mi mundo es tuyo.

—Y todo lo que abarca también. Este lugar, esta gente. El increíble legado del que formas parte. Tu mundo es oscuro y peligroso, Dante, pero a la vez extraordinario... como tú. Como la vida. No me pidas que huya de esto. Quiero estar junto a ti, pero si voy a vivir en tu mundo tendrá que ser aquí, donde tú perteneces. Donde está tu familia.

—¿Mi familia?

Ella asintió.

—Los otros guerreros que viven aquí y sus compañeras. Ellos te quieren. Hoy pude verlo. Tal vez con el tiempo también me quieran a mí.

—Tess. —Dante la acercó a él, abrazándola con el corazón lleno de una gratitud que remontaba el vuelo en su pecho como si estuviera sostenida por alas—. ¿Querrías estar aquí conmigo, como la compañera de un guerrero?

—Como la compañera de mi guerrero —corrigió ella, sonriéndole con los ojos brillantes de amor—. No puede ser de otra manera.

Dante tragó saliva con la garganta seca. No merecía a esa mujer. Después de todo lo que habían pasado, después de su huida incesante, su corazón por fin encontraba su hogar. Junto a Tess. Junto a su amada.

—¿Qué opinas? —le preguntó ella—. ¿Podrás vivir conmigo?

—Eternamente —juró Dante. Luego, la empujó sobre la cama y selló su pacto con un apasionado e interminable beso.

[illegible]

Dante tragó saliva con la garganta seca. No merecía a esa mujer. Después de todo lo que habían pasado, después de una huida incesante, su corazón por fin encontraba [illegible] con Tess, junto a su amada.

—[illegible] conmigo?

—[illegible] Luego [illegible]

Agradecimientos

Gracias a todo el mundo del Bentam Dell por ayudarme a llevar el mundo de las criaturas de la medianoche hasta las páginas y hasta las manos de mis lectores. Muy especialmente a Shauna Summers, Kristin Doyle, Nita Taublib, Kathleen Baldonado, Theresa Zoro, Anna Crowe, el fantástico departamento de arte y los maravillosos equipos encargados de ventas y derechos. Estoy encantada de haber trabajado con vosotros.

Doy las gracias también a mi agente, Karem Solem, y a mi publicista, Patricia Rouse, por vigilarme siempre y ayudarme a mantenerme en el buen camino.

Y mi más profunda gratitud y total adoración es para mi marido —mi arma secreta— por todas sus ideas asesinas a las que yo felizmente doy crédito y por la alegría (tal vez la palabra sea un poco excesiva) con que organiza el desastre que reina en el hogar cuando estoy enfrascada en alguno de mis libros (lo cual ocurre casi siempre). ¡No podría haberlo hecho sin ti, HB!

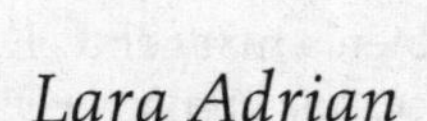

Lara Adrian

Cuando era una niña, Lara Adrian solía dormir con las sábanas liadas al cuello por miedo a convertirse en presa de algún vampiro. Más tarde, y tras leer a Bram Stoker y Anne Rice, empezó a preguntarse si aquel miedo no significaría algo más: un deseo secreto de caminar en un mundo oscuro, de vivir un sueño sensual junto a un hombre atractivo, seductor y con poderes sobrenaturales.
Esa mezcla de miedo y deseo son la base de sus novelas fantásticas de hoy.
Es autora de *El beso carmesí, El despertar de medianoche, El beso de medianoche, Rebelión a medianoche* y *Bruma de medianoche,* todos ellos publicados por Terciopelo.